2010年2月10日，东亚四强赛中国队凭借于海、郜林、邓卓翔的3粒进球，3：0大胜韩国队，洗刷32年国际A级赛不胜韩国的耻辱记录。

2004年　2006年　2008年　2010年

2001年10月7日，中国男足第一次获得世界杯出线权，那是中国足球史上最辉煌的一刻，留下了众多值得记忆的画面。转眼到2002年，中国队的世界杯之旅满目疮痍，欷歔之余，年轻一代在球场上所展现的希望也不应被忽视。

让我们铭记下面的每一个人：

王军、李士林、李博伦、罗宁、李建一、杨祖武、马冰、张路、李小明、金志扬、沈祥福、杨群、李松海、郭瑞龙、双印、乔利奇、卡洛斯、彼得洛维奇、托米奇、李章洙、洪元硕、赵旭东、李立新、李春满、康玉明、张阳、米奇、杨洪民、符宾、刘建军、谢朝阳、韩旭、郭维维、姜滨、魏克兴、谢峰、曹限东、魏占奎、杨晨、高峰、胡建平、吕军、周宁、邓乐军、李洪政、闻春雨、高洪波、谢少军、南方、董育、李长江、吴春来、大王涛、徐阳、李红军、王少磊、于光、姚健、李东波、刘新伟、陶伟、杨璞、邵佳一、徐云龙、田野、薛申、商毅、李毅、庄毅、高雷雷、桂平、王硕、小王涛、路姜、张帅、杨世卓、杜文辉、杨昊、崔巍、楚志、康斯贝、刘正坤、勾鹏、季楠、路鸣、邓晓磊、吴艳滨、高大卫、小李明、邱忠辉、隋东亮、徐宁、王栋、郝强、于博、闫相闯、黄博文、郝伟、杨智、王存、杨君、周挺、李尧、王长庆、张思鹏、郎征、郭辉、张永海、岳凯豪、胡崎岭、姚爽、侯森、程月磊、薛飞、桑一非、王珂、杨运、于洋、张磊、张辛昕、张稀哲、谭天澄；林德诺、英加纳、冈波斯、安德雷斯、卡西亚诺、罗曼、托肯、米哈利、佩塔、拉雷阿、巴雷德斯、别

戈维奇、阿玛加、伊利奇、桑德鲁、切尔梅利、米伦、劳德伦德、巴辛、兰科维奇、塔尼奇、罗兰德、普雷迪奇、安德烈、马库斯、雷吉纳尔多、马科斯、恩里克、科内塞、阿莱克斯、耶利奇、米尔顿、穆萨、瓦尔特·马丁内斯、阿尔松、阿德拉尔多、潘塔、堤亚哥、斯托扬、埃尔维斯、布尔卡、瑞恩·格里菲斯、乔尔·格里菲斯、埃米尔·马丁内斯、威廉·保罗、达科·马季奇……

国安 永远争第一

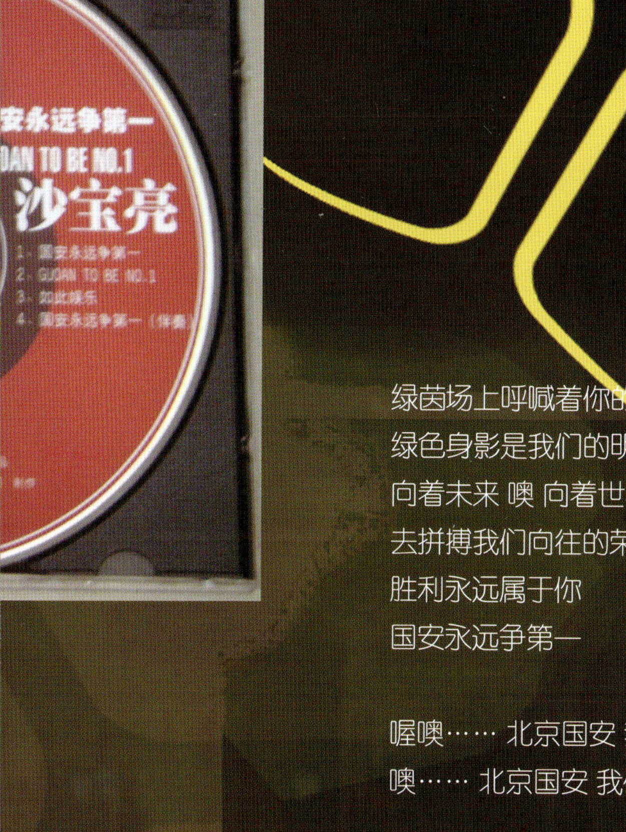

绿茵场上呼喊着你的名字
绿色身影是我们的明星
向着未来 噢 向着世界
去拼搏我们向往的荣誉
胜利永远属于你
国安永远争第一

喔噢…… 北京国安 我们永远支持你
噢…… 北京国安 我们永远热爱你

绿茵场上呼喊着你的名字
我们永远支持你

向着未来 向着世界
我们永远热爱你

北京纪事
国安专刊
96珍藏版
'96
甲A
足球观战指南
中国足球协会监制
2000
甲A
观看指南
珍藏版
'98
甲A
14支球队火拼甲A
足球联赛指南
惜别'97不要说再见
各队全家福纵揽
'97
中国足球甲A
'97 China Football League for Division A
RYOBI
甲A十二强实力评析

亨利、希勒、巴蒂斯图塔，他们是那个年代风靡中国的球星，尤其是希勒和巴蒂斯图塔。而亨利出道于1998年世界杯，几乎是这一代的中国球迷第一个见证从毛头小子蜕变成世界巨星的一个人。

俱乐部感谢了领导对球队的关怀、感谢了球迷对球队的不离不弃、感谢警方维护赛场秩序、感谢媒体的关注……感谢了太多人。作为球迷呢，我们应该感谢谁？！其实，在我们身边的每一个人都值得我们感谢。曾经的教练们、曾经的队员们、曾经的和你一起站在先农坛、丰台体育中心、北京工人体育场看台上的每一个原本的陌生人。

5台上
绿色狂飙啦啦队
北京国安球迷
会员卡
六台
（上）
八下
2006中国足球超级联赛
观
赛
卡
No.04601
北京国安足球俱乐部
2007中国足球超级联赛
3台
观
赛
卡
02050
北京国安足球俱乐部
2008中国足球超级联赛
19台
观
赛
卡
GUOAN
会 员 证

足球范儿

我们球迷这些年

张海涛　著

华文出版社

图书在版编目(CIP)数据

足球范儿：我们球迷这些年／张海涛著. -- 北京：华文出版社，2010. 6

ISBN 978-7-5075-3185-5

Ⅰ.①足… Ⅱ.①张… Ⅲ.①纪实文学—中国—当代 Ⅳ. ①I25

中国版本图书馆 CIP 数据核字（2010）第 114529 号

书　　名： 足球范儿：我们球迷这些年
标准书号： 978-7-5075-3185-5
作　　者： 张海涛
责任编辑： 潘　婕
特约监制： 李耀辉　郑中莉
特约策划： 郑中莉
特约编辑： 沈晔英
封面设计： 棱角视觉印象
出版发行： 华文出版社
地　　址： 北京市宣武区广外大街 305 号 8 区 2 号楼
邮政编码： 100055
网　　址： http://www.hwcbs.com.cn
电子信箱： hwcbs@263.net
电　　话： 总编室 010-58336255　编辑部 010-58336223
经　　销： 新华书店
印　　刷： 廊坊市兰新雅彩印有限公司
开　　本： 700mm × 980mm　1/16
印　　张： 18 印张
字　　数： 180 千字
版　　次： 2010 年 8 月第 1 版　2010 年 8 月第 1 次印刷
定　　价： 32. 80 元

出场

LINEUP

足球范儿：我们球迷这些年

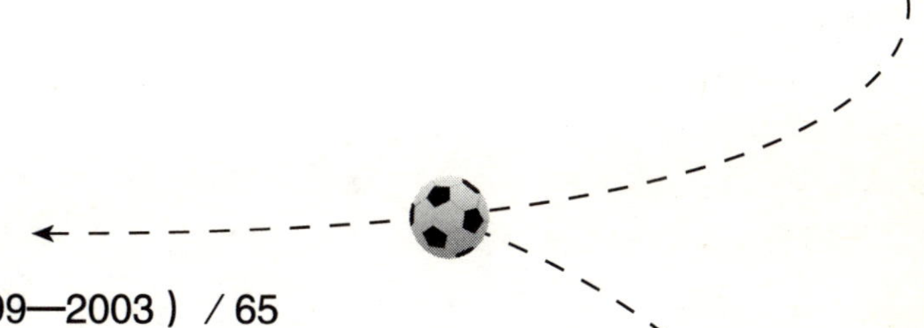

青葱岁月（1995—1998）/ 1

卧薪尝胆（1999—2003）/ 65

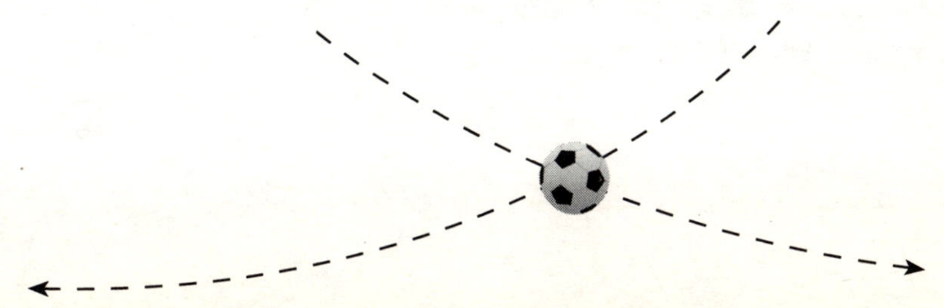

出场

LINEUP

足球范儿：我们球迷这些年

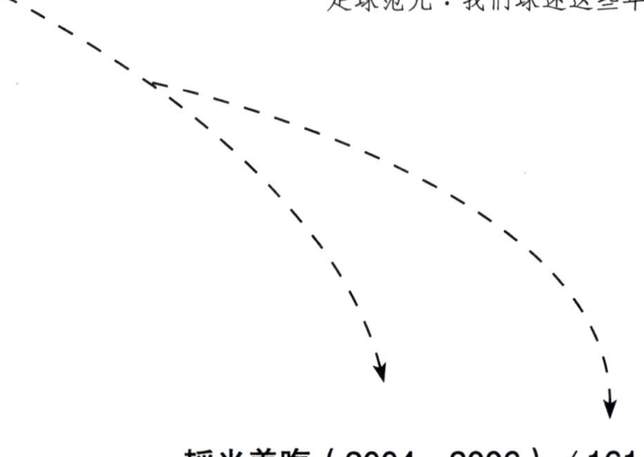

稻光养晦（2004—2006）/ 161

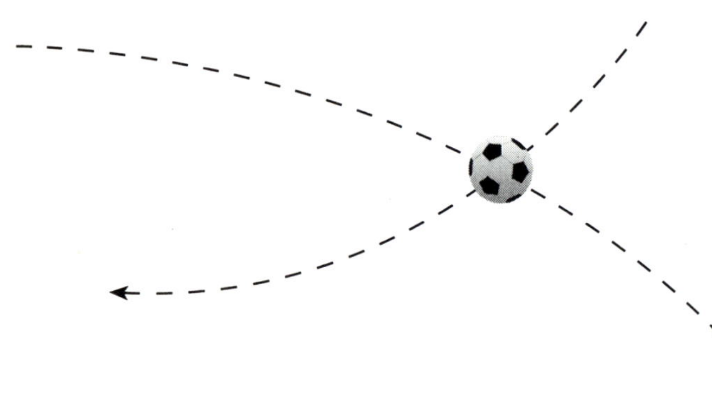

厚积薄发（2007—2009）/ 225

▶▶▶ 序一

初衷：为什么要写这样一本“书”

或许不应该称之为书吧，对于文学我一直是心存敬意的。只是国安终于拿到冠军了，坚持了这么久，权当给自己一个交代吧，我想把自己这15年来关于足球的点点滴滴的回忆总结在录。记录自己懵懂青春的同时，感谢足球，感谢和我相互陪伴，带给我这15年来无限乐趣的足球，足球，北京足球，中国足球！谨把这些回忆和收集的资料献给和我一样曾经或者一如既往深爱着中国足球的朋友。

没有或许，我知道自己没有那些经常要靠“诋毁”足球来赚取眼球的“著名”球评人犀利的文笔，好在咱不需要刻意的煽情，只要情感爆发当下的还原，口语化的描述就已足够。这份不用装的感觉多少让我在用尽这15年来攒下的所有文字之后，还能够感觉到一份轻松。

从1995年到2009年，十几年的时间，足够一个人完成学业，找到自己安身立命的基础，娶妻生子，延续父辈们平淡却真实的人生。然而，我却宿命般地碰上了足球！或许正是因为榜样的力量是无穷的，短暂辉煌即走向没落的北京足球，让骨子里追求完美的我也找到“堕落”的理由：没有冠军，第二和倒数第二又有什么区别呢？没有冠军，难道就意味着必须向冠军俯首称臣吗？看上去，只是一种矫情而纠结的情绪。不过，我始终相信，不用解释，即便是苍白和简单的表述，也一定会有和我一样感受的人。

15年的时间，因为足球。

15年的时间，生命里只有足球。一个单身男人或许因为找不到所谓的归宿，近而会觉得自己无所谓。但是，这种靠在球场上投入巨大热情和通过比赛胜利来麻醉自己的糊涂也断断不该是一个成熟男人的所作所为。15年，时间逼着你走向成熟。15年之后，单纯的幼稚这种技术含量十足的性格已经装都装不出。

2009年10月31日，北京国安4：0战胜杭州绿城之后，作为国安球迷的我们，必须成熟。无他，只是我们必须让自己配得上“国安球迷”的这个称呼。其实，真的是要真心的感谢足球，是足球让我的生命有了一个如此无厘头却真实的“噱头”。我，因此而幸福。

关于爱上足球的幸福，不光是我，相信每一个球迷都会有自己最为私人的感受。作为球迷，我羡慕巴西人与生俱来的优越感，确实羡慕；佩服德国人那种高度热情的参与感，由衷佩服；理解自己身边每一个为中国足球呐喊、欢呼、流过泪、拍过手的球迷朋友，包括对于胜利的失态和对于失败的暴怒。同时，身为北京国安的球迷，其实我对国安的感情等同于大家对各自家乡球队的拥护。国安之于北京，万达、实德之于大连，申花之于上海、鲁能之于山东、亚泰之于长春、建业之于河南……只要真实投入，谁的快乐不是比痛苦更多！

关于“可怜”的中国足球，永远有人在不遗余力地诋毁，不去现场、不看电视、不听广播甚至不加关注，却不放弃诋毁！其实，你们扪心自问，如果不是诋毁足球给你们带来了莫大的好处，你们还会如此热情吗？说到底，无非是靠咒骂来赚取眼球而已。

中国足球，真的有那么苦大仇深吗？我不过坚持了15年：中国队冲进了世界杯、中国球员踢过了“五大”联赛（即便这个“五大”，其实也是说给你们听的）、北京国安拿到了联赛冠军。2010年2月，中国国家队还3：0战胜了韩国。中国足球有那么不堪吗？“恐韩症”一个马后炮般的称谓，居然被一群习惯弱势心态的黑色球评们拿来说事说了30多年，莫名其妙啊，可想而知咱们所谓的“球评人”都是什么文化程度了！

可惜了被“误读”的中国足球。一场焦点比赛可以吸引50000多球迷到现场观战，还有人要到处去宣扬“谁还看中国足球啊！”唉，无语！对于这些习惯于坐在电视机前看着导播用200人营造出来的数千人效果的激情直播，以及由居委会的大爷大妈组成的拉拉队，人们习惯被愚弄，也懒得去分析。

我想说的是，请关爱足球。其实足球才是体育市场里最具影响力的项目，无论在哪里，都是如此。关于论据，只要想找，随处可寻。这其中，本土足球永远是第一位，没有地域不成足球。关于反赌打黑，其实我们远没有那些打着“为球迷的呼声呐喊”的“著名”球评人想象的那么关注。出来混早晚是要还的，今天的结果不过是一拨人的一个正常归宿，给我们一个结果就足够了。中国足协都已经被推倒重来了，再探究谁比谁干净已经没有意义。皮之不存，毛将焉附！从这个意义上说，不单单是足协、官员、裁判，也不单单是俱乐部、球员、教练，难道作为媒体、作为球迷，其他人就一点责任都没有吗？！这其实就是我们整个社会问题的一个缩影。大家都有问题，还是不要想着如何落井下石了，想想如何惩前毖后、治病救人吧！

不妨如此说，中国足球的一段历史在2009年正式宣告结束。我们对新的未来继续充满希望。相对于过去而言，当时的那份快乐我已经拥有，谁也夺不走，这就是中国足球带给我的。人的一生总要做点什么，见证了北京足球的第一个冠军，这足够我用一生的时间来骄傲。当不当我是个疯子并不重要，重要的是我终于用15年的坚持证明了自己的信仰！

对于所有经历了中国足球假赌黑的球迷而言，或许冠军可以剥夺，或许联赛成绩可以取消，但是我们的快乐已经被永久留存。有些真相太过残忍，我宁可装做什么也不知道好了，并且我真的也不想知道了。我始终相信即使中国足球有再多这样那样的问题，在比赛场上也一定还有我可以看到的真实。我只是想找寻一份简单的快乐，没有足球，这个愿望会更难。

我们爱足球，希望它好！

▶▶▶ 序二

相信未来

中国足球应该为拥有海涛这样一个球迷而庆幸、羞愧、自豪。

很久之前在一本英文杂志上看过一篇关于英国球迷的文章，里面提到，在英国，最一流的球迷未必在最高等级的赛场里，最一流的球迷反而可能在一些低级别的赛场里。

在我眼里，海涛就是最一流的球迷。

在假球、黑哨横行的年代，在媒体口诛笔伐、鱼龙混杂的乱象里，海涛像60年代的诗人食指在其名作《相信未来》中一样，在众多磨难、失望的境地下还是选择了宽恕、选择了相信。

这种相信源于最简单的热爱以及最真诚的关注，这种相信源于一颗善良、单纯的心，这颗火热的心，即使足协没有，即使媒体没有，它的最后一颗火种也会留存在广大球迷当中。

无数次，中国足球伤了球迷的心。但一旦碰到中国队的比赛，那群嘴巴上说中国足球没戏了，从此不看中国足球的汉子，到头来，有的宁愿选择食言，有的故作冷漠背地里偷偷打听比分……

3：0战胜韩国队那场比赛后，我那些多年不联系的朋友也纷纷四处打电话，交流惊喜之情，大有一种“天亮了”的希望寄托其中。

海涛也骂过中国足球，还骂过国安，但这都不妨碍他对中国足球最深的理解以及热爱，因为他有一颗伟大的球迷的心。

和很多北京球迷一样，能够目睹国安建立、成长、夺冠、迷茫，这种陪伴是忠诚而且幸运的，这份感情是厚重而亲密的。而不像我这种家乡没有球队的球迷，找不到太多的归属感。

如果你是北京球迷，通过此书，你既可回顾以往国安的峥嵘岁月，又可结识一位国安拥趸，同道中人。

如果你是中国球迷，通过此书，你也可领略中国足球的千人万相，嬉笑怒骂，作为饭后茶余的消遣。

如果你是球迷，通过此书，你可阅读一份深厚的情怀，静默无声，却直抵本质，温暖人心。

基于我对海涛的了解以及对此书的阅读，海涛是个纯爷们，24k的，鉴定完毕。

最后，重提食指的《相信未来》，献给所有关注中国足球、不放弃中国足球的各位。

当蜘蛛网无情地查封了我的炉台
当灰烬的余烟叹息着贫困的悲哀
我依然固执地铺平失望的灰烬
用美丽的雪花写下：相信未来
当我的紫葡萄化为深秋的露水
当我的鲜花依偎在别人的情怀
我依然固执地用凝霜的枯藤
在凄凉的大地上写下：相信未来
我要用手指那涌向天边的排浪
我要用手掌那托住太阳的大海
摇曳着曙光那枝温暖漂亮的笔杆
用孩子的笔体写下：相信未来
我之所以坚定地相信未来

是我相信未来人们的眼睛
她有拨开历史风尘的睫毛
她有看透岁月篇章的瞳孔
不管人们对于我们腐烂的皮肉
那些迷途的惆怅、失败的苦痛
是寄予感动的热泪、深切的同情
还是给以轻蔑的微笑、辛辣的嘲讽
我坚信人们对于我们的脊骨
那无数次的探索、迷途、失败和成功
一定会给予热情、客观、公正的评定
是的，我焦急地等待着他们的评定
朋友，坚定地相信未来吧
相信不屈不挠的努力
相信战胜死亡的年轻
相信未来、热爱生命

球迷　胡了了

2010年5月4日

青葱岁月 1995—1998

1995年到1998年是我求学的四年，也是我成长的4年。生于1979年的我，直到今天都不清楚自己到底算不算是标准意义上的70后，只知道我们这一代人恰好处在社会意识形态大转折的关口。至于足球，或许我们每个人的心里都有一段自己的记忆，每个人的侧重点也会有所不同。不过，我相信，对于大多数和我年纪相仿，成长于中国足球职业化初期的球迷而言，中国足球包括国安的这4年注定会是一段充满激情、疯狂和生涩的青葱岁月。

1995年的夏天，对于我而言不同以往。年轻的我那时对一切都充满青春所特有的萌动，结束了中考的日子轻松而无聊。《中国歌曲排行榜》《校园民谣》《老式汽车》《零点夜话》《浪漫情歌》，我几乎成了电台所有晚间节目的忠实听众。只是这种隔岸观火的寄托总是让我找不到归属感，这些细腻琐碎的感情也让半大不小的自己冷静下来的时候深感无趣。这一切直到8月8号的一场比赛之后才找到出口，北京国安3：2力克罗马里奥领衔的弗拉门戈。虽然此前我甚至不知道足球到底是个什么东西，但是国安赢球的结果还是让我记住了南方、高洪波以及高大帅气的符宾等人。当时感觉，足球居然这么酷！

然而，当我来到离先农坛两三站之隔的学校，开始跟着早先一步成为球迷的同学们一起为国安呐喊助威的时候，国安却在一场令人目瞪口呆的0：3溃败广东宏远之后陷入低谷。足球，第一次关注它就告诉了我什么叫做反复。当然，在那个人们还都单纯的年代，京城球迷擦着眼泪的“胜也爱你，败也爱你”还是给了我足够的震撼，我无法逃脱地在瞬间被征服。京城球迷或者说我身边的每一个人对失利的国安将士的宽容，以及对于魏吉鸿的同仇敌忾，甚至让年少的自己第一次有了一种莫名的冲动，这是一股我们骨子里所追寻的“并肩战斗”的精神！我知道，从此，足球把我劫掠了……

1995年的国安虽然最终没能夺取冠军，但是最后一场3：1大胜广东宏远的比赛还是让我认为，北京国安就是所有甲A球队之中最好的那支队伍。1996年赛季初的梦幻中场更是一度让我以为冠军就在眼前。等到1996年末，我们不得不接受冠军旁落的事实的时候，一座足协杯的冠军又给了我继续坚持下去的理由。现在想想，那时候的自己对于足球或许还不算痴迷，更多的是一种精神上的寄托。虽然胜利很远，但是足球市场的火爆，还是让我摆脱了学生时代内心深处的孤独，这份感觉让我从一开始就对足球充满感激。

那是一段在我们的精神世界里充满足球激情的岁月。《足球》报、《中国足球报》《球迷》《球报》《足球世界》《足球俱乐部》，包括《精品购物指南》的“北京足球”版块……都是我们趋之若鹜的追逐目标。全班同学集体分看一份报纸的经历带给我们太多关于足球单纯而美好的记忆。

接下来的1997、1998赛季对于京城球迷而言，注定痛楚大过欣喜。高峰、高洪波的先期出走，以及曹限东、谢峰、邓乐军、符宾等人的纷纷离去，对于已经开始尝试着把足球当做信仰的我而言，是一次沉重的打击和彻底的颠覆。因为球星喜欢上足球，当我们还不能够很好地想明白是先有了足球才能够有球星的时候，这种离去带走的就不只是一份挂念了。直到现在，恐怕都没有谁可以说得清楚，这两年北京足球究竟因此流失了多少球迷。

虽然卡西亚诺、冈波斯、安德雷斯的出现最大程度地弥补了京城球迷精神上关于球星记忆的空白，并且联手为北京足球奉献了前无古人、后无来者的9：1血洗宿敌上海申花的经典，并且蝉联足协杯冠军，勇夺超霸杯冠军，在亚优杯上神勇地双杀日本川崎，但是，这些年的足球还是因为国家队在亚洲杯、十强赛上的一系列惨痛失败而让我们陷入迷茫，甚至激情不再。随着身边曾经一直并肩呐喊的人逐渐离去，环顾四周，我忽然发现自己再次陷入只身一人的孤独。

这期间，由于在一次课余的足球活动中意外受伤，我花了一年多的时间奔波于京城的各大医院，品尝着医患之间多方博弈的各种疾苦，至今依然清晰记得自己在半夜爬起来去同仁医院、友谊医院、广安门医院的挂号窗口排队取号的场景。而在此期间支撑我的，就是在另一块战场上同样在和对手“战斗”的国安。虽然因为伤病，我对于1998年的国安记忆有些模糊，但是每次传来的胜利消息对当时的我都是最大的鼓舞！

想来，这当是我人生成长路上的第一堂课。如果没有当时固执的坚守，我知道自己永远无法体会到十几年后终于圆梦的那份人世间莫过于此的最大的幸福。由金指为北京足球奠定的激情和国安永远不畏强手、和对手死磕到底的精神，成为我一路坚持的信念，同样也是必须坚持下去的理由！金志扬的著名言论如“宁缺毋滥”“宁可被打死 不能被吓死”一度成为我的人生信条，而“低水平的国内联赛，名次的争夺并没有更多的实际意义”的观点，甚至也让我为 “宁做凤尾，不做鸡头”的奇怪的反潮流的人生定位找到依据。不得不承认，是足球左右了我的人生路！幸或不幸，我们无从选择，让身体里从此流淌着足球的血液就是我们唯一的出路！

当然，如果客观地看待国安这段的青葱岁月，其实我们必须承认一个事实，那就是这个时期的国安其实尚无夺取联赛冠军的实力！大连的小王涛、魏意民、郝海东，山东的宿茂臻、唐晓程，以及延边和八一的彪悍和顽强几乎就是这一时期国安无解的死穴。无论我们为自己找什么样的理由来开脱，自身实力的不足已经注定我们同联赛的冠军无缘。何况，大连队确实就是这个时期中国足坛当之无愧的巨无霸。“永远争第一”的国安在甲A联赛之初的几年带给京城球迷的其实是一个虚无缥缈的冠军梦……

1995

★ 关键词：激情、懵懂、追逐

★ 大事记：北京国安2：1阿森纳（商业比赛）

北京国安3：2弗拉门戈（商业比赛）

广东宏远3：0北京国安（联赛）

北京国安3：1广东宏远（联赛）

“当我们慢慢地学会理解什么叫压力的时候，是足球带领我们继续勇敢地一路向前，足球就这样成为我们当时唯一的精神寄托。每个周一一起床，我们就开始憧憬、期盼着周末的那场足球比赛。有时候结果都显得不那么重要了，当认识的不认识的、男的女的、同学、老师、学校的工作人员都聚在一起为那支叫‘北京国安’的球队加油呐喊的时候，你就会有一种真实的切身感受：同仇敌忾、热血沸腾，你就像一个战士一样和你的军队一起在战斗！”

“终场哨响，全年联赛结束。联赛亚军的排名让整个北京城陷入疯狂，当路经体育场的所有汽车都在鸣笛庆祝的时候，身处其中注定让你不能自已，那时候我开始有了一种最真实的感受，喜欢足球是如此的幸福！”

这一年我16岁，找到精神图腾的开始，选择爱上足球，从此不离不弃、无怨无悔。

当记忆回到遥远的15年前，我忽然发现自己看国安第一场球的日期居然是8月8日，一个所有中国人都熟知的日子。1995年8月8日，北京国安迎战刚刚在世界杯上大放异彩的罗马里奥领衔的弗拉门戈队。15年前，16岁的我第一次看足球，根本搞不懂足球到底是个什么东西，在模糊的记忆中，我记住的第一名国安队员是南方，因为他这个非常具有地域色彩的名字。最后咱们赢了，罗马里奥也进球了。然后，符宾、高洪波、南方这些名字开始在我的生活中随时随地地被提及，对于世界足球的关注也由被誉为“南美独狼”的罗马里奥开启……

1995年是我初中毕业的年份，恰好要到与先农坛体育场两三站之隔的西罗园上学。1995年的职业联赛火得一塌糊涂，就连路边练摊的大爷大妈卖得最多的小商品都是甲A的球星卡。在那个年代喜欢足球不仅仅是一个爱好，更代表一种品位。有个情节到今天我都清晰地记得，在某一天的14路公交车上，当一个七八岁的小男孩背完1号符宾、2号刘建军、3号谢朝阳、4号韩旭……国安的整个队员名单，又继续1号罗西、2号帕努奇、3号马尔蒂尼……的时候，旁人那惊羡的表情。可以说在那个精神生活尚十分匮乏的时代，足球承载了太多丰富人们精神世界的责任。

一开始的痴迷近乎疯狂，喜欢上足球以后就开始收集所有能够收集到的有关足球的资料。1994年，中国国家队4：2战胜桑普多利亚，高峰、曹限东、彭伟国、张军进球；1995年国家队3：1再胜桑普，曹限东、高峰、郝海东进球，国安1胜1平AC米兰，2：1力克阿森纳；世青赛上高洪波包办进球刀斩英格兰。简单回顾以后，忽然发现这些就是所有人对中国足球信心爆发的源头，一个足球强国梦想的实现在刹那间恍如就在眼前。

当我们慢慢地学会理解什么叫压力的时候，是足球带领我们继续勇敢地一路向前，足球就这样成为我们当时唯一的精神寄托。每个周一一起床，我们就开始憧憬期盼着周末的那场足球比赛。有时候结果都显得不那么重要了，当认识的不认识的、男的女的、同学、老师、学校的工作人员都聚在一起为那支叫“北京国安”的球队加油呐喊的时候，你就会有一种真实的切身感受：同仇敌忾、热血沸腾，你就像一个战士一样和你的军队一起在战斗！

坦白讲，对于一个十几岁的孩子而言，球星的吸引力是要大过对于足球球技战术层面的解读的。肩负着一座城市荣誉的队员们让一个个怀揣英雄梦的孩子如醉如痴：符宾到底是叫符宾还是符兵？“大宝子”到底是谢朝阳还是韩旭？“京城四少”到底有没有杨晨、周宁，有没有南方、米乐？谢峰到底是该踢前锋还是该踢后卫？高洪波到底是来自桥梁厂还是芦城体校或者是回民中学？我们总有讨论不完的话题。

1995年的国安因为金志扬领衔的新教练班子而脱胎换骨，符宾从吉林加盟，高洪波从新加坡回归也在一定程度上弥补了国安1994赛季攻守两端最大的不足。联赛首战做客济南1：2不敌济南泰山之后，回到主场的国安2：0战胜申花，3：0战胜天津。第4轮比赛虽然做客吉林0：2输给延边，但在回归主场之后再次2：1力克大连，2：0完胜四川，迎来两连胜，国安也凭借开赛以来主场4连胜的战绩占据积分榜首位。

随后的比赛，曹限东客场一球决杀辽宁，高洪波梅开二度补时进球客场逼平广州，周宁、韩旭、杨晨、谢峰进球主场4：0大胜青岛，韩旭建功1：0小胜八一，国安保持不败，连续5轮占据积分榜榜首。不过，主场迎战八一的比赛，高峰被罚出场也为下一轮国安做客广东挑战宏远的落败埋下了伏笔。在此期间，国安在参加的足协杯赛中先后以总比分5：0淘汰了八一，2：0淘汰了大连，在3：3战平的情况下点球惜败给山东济南泰山，遗憾地未能进军决赛。

关于1995年9月3日北京客场同广东宏远的比赛，已经有太多版本的叙述。本来赛前高峰和邓乐军就因为停赛和伤病而无法出场，在比赛中国安的红黄牌还满天飞，谢峰、曹限东相继被罚出场。广东队李朝阳、黎兵、马明宇三度建功，国安损兵折将3球完败。由于国安赛前积22分排名榜首，上海积20分排名第2，广东积19分排名第3。此役过后，上海客场3：1击败天津，近而积23分夺回榜首，国安输球不仅丢掉榜首的位置，还因为净胜球的关系反而屈居同积22分的广东宏远之后，降至第3位。

其实日后回忆起本场比赛，国安输球也在意料之中。客场同广东的比赛之前，国安队4个客场只是1：0小胜了最后降级的辽宁，在伤停补时阶段的进球勉强逼平广州太阳神，对垒当时实力尚属中下游的山东济南泰山和吉林延边现代则是双双落败，而广东宏远在之前的5个主场比赛中4胜1平保持不败。应该说，客场战绩不佳才是国安不足以问鼎当年联赛的根本。不过，那时候的人们处在一个激情似火的情绪中，偶然的失利都不是一个可以接受的事实，更不要说去承认自己的不足了。所以，对于当时的北京球迷而言，这场决定了最后国安同冠军失之交臂的比赛，失利原因就只有归结到当时对国安出示了7张黄牌2张红牌的主裁判魏吉鸿身上了，由于此君一贯喜欢面带笑容地执法，从此“笑面虎”就成为北京球迷对魏吉鸿的称谓，魏吉鸿也自本场比赛之后被北京球迷列为最不受欢迎的人。

后面的比赛由于多名主力缺阵，国安再次在主场1：1战平山东，继续拉大同上海和广东的积分差距。第13轮比赛在客场同上海的榜首之争，一直坚持到下半场的国安队在面对上海队后场长传的时候，韩旭选择头球回传门将，结果和符宾的配合失误，被谢晖抓住机会挑射得手，最终被上海1：0击败。13轮比赛过后，国安距离榜首上海申花的积分差距被拉大到6分。此后的5轮比赛，国安3胜2平保持不败，并且终于在第18轮2：1击败辽宁之后反超广东宏远1分上升到积分榜第2位。然而此时的上海申花则凭借从第8轮开始直到第17轮比赛结束的十连胜，以及第18轮战平八一，一骑绝尘领先国安足足8分之巨！

4轮比赛，8分差距。这看上去就是不可能完成的任务。在第19轮比赛中，国安3：1力克广州太阳神，同时上海申花落难广东，0：1被宏远的黎兵击败。积分差距迅速缩小到5分，京城球迷再次充满期待。然而国安最终还是受制于自己羸弱的客战作战能力，第20轮比赛拼尽全力的国安也只能在客场0：0惜平青岛海牛，眼睁睁地看着主场3：1完胜济南泰山的上海申花远离自己而去。亚军的位置也再次被同轮比赛取胜的广东宏远所取代，国安再次降至第3位。记得当时住在宿舍里，还只能通过电台的直播来收听比赛的自己，听完全场比赛以后无比惆怅地下楼准备去吃东西，走出学校门口，就看到对面小吃摊上听着赛后评球的一个中年男人仰头将手里的啤酒一口气灌下，冲天大喝一声："唉！"然后顺手将瓶子在墙角摔碎。那一刻，我知道这个和我一样刚刚收听完比赛的男人，摔碎的是我们共同的希望破灭之后的晦气……

在倒数第二轮国安客场被八一队的郝海东以一记点球逼平以后，积39分的国安也迎来了1995赛季最激动人心的收官之战，主场迎战积40分的广东宏远。记得赛前的一期《精品购物指南》头版刊登的文章是"先农坛不败"，辅以一张杨晨带球突破的大幅照片。面对这个在客场将我们3：0击败的强劲对手，只有胜利才可以确保我们亚军的位置，先农坛出现了令人惊讶的通宵排队购票的场景。最终国安凭借高

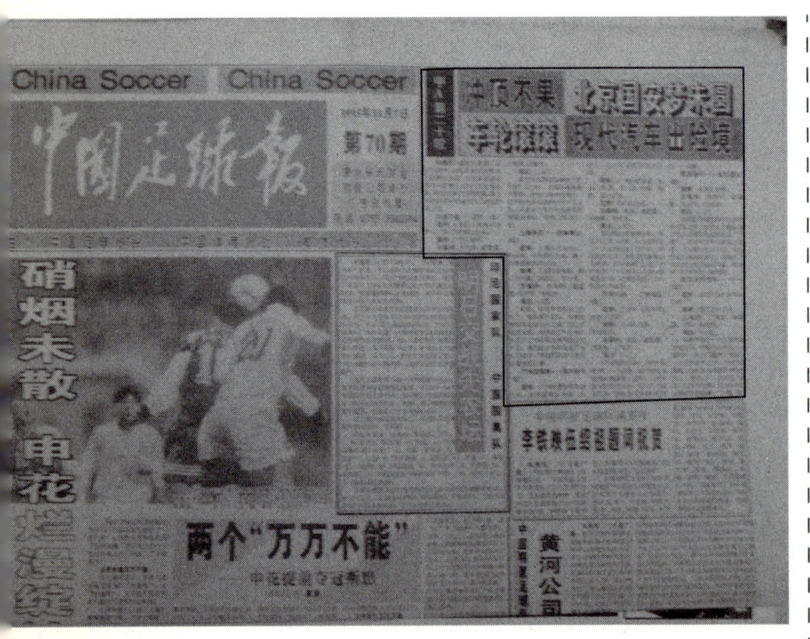
China Soccer China Soccer
中国足球报
第70期
硝烟未散
申花
两个"万万不能"
黄河公司

1995年联赛第20轮，国安客场平青岛海牛，丧失夺冠希望。

当初还没有名气的沙宝亮演唱的《国安永远争第一》，是所有中国职业俱乐部队歌中流传最久的一首，创作于中国职业联赛第二年（1995年）。长久以来，它已经成了国安足球文化的一部分。

峰的梅开二度和高洪波的单刀赴会3：1赢下比赛，高峰展开双臂俯冲式翱翔的庆祝画面成为北京足球的经典瞬间，先农坛那漫天飞舞的纸片和全场被点燃的打火机也成为中国足球为数不多的美好回忆。终场哨响，全年联赛结束。联赛亚军的排名让整个北京城陷入疯狂，当路经体育场的所有汽车都在鸣笛庆祝的时候，身处其中注定让你不能自已，那时候我开始有了一种最真实的感受，喜欢足球是如此的幸福！

对于当时喊出"永远争第一"的口号的国安而言，1994年的联赛第八名为1995年的亚军预留了太多的冲刺空间。赛季初连续5轮占据积分榜榜首的成绩极大地刺激了北京球迷的神经，加上赛季中凭借吕军和谢峰的进球2：1击败阿森纳、90分钟内0：0战平AC米兰，以及凭借曹限东和高洪波的进球3：2力克弗拉门戈等友谊赛的不败，让京城球迷一厢情愿地认为我们已经具备夺冠的实力。虽然现实是我们全年11个客场比赛只取得区区3场的胜利，但是最后亚军的结果还是大大超出京城球迷的预期，特别是最后一轮比赛3：1酣畅淋漓完胜对手更是让北京球迷的信心空前高涨。同时金指"国安年，申花运"的观点也让大家心有不甘，京城球迷对来年的联赛充满期待。

在年底北京电视台主办的“国安永远争第一”的联谊晚会上，主持人文燕声情并茂地讲述着球迷给国安队长曹限东的母亲寄送药品的故事。当邓乐军和一个女球迷一起合唱《我听过你的歌》，谢朝阳惊艳的《风雨无阻》以及全体队员们集体高唱《真心英雄》的时候，我真切体会到对于小小年纪就已经开始标榜特立独行的自己而言，那些用自己的球技去为一座城市、为我们共同的国家荣誉拼搏的足球运动员就是我心目中的偶像！

1995赛季末评选的最佳阵容：门将区楚良，左后卫李红军，双中卫范志毅、徐弘，右后卫魏群，三中场曹限东、高洪波、彭伟国，三前锋高峰、黎兵、郝海东。我一度认为他们就是中国足球最出色的11个人，除去国安的3个人，其余的每一个队员也在日后迅速成为我们耳熟能详的英雄。关于1995年的记忆，绝不仅仅是北京国安一支队伍那么简单。当我们近乎疯狂地将国安队里每个球员的形象无限放大之时，更是凭生出希望对手同样足够强的豪气。就像金庸小说的华山论剑一样，为国安圈定京城四大名捕高峰、高洪波、谢峰、曹限东之余，我们同样对上海的谢晖、范志毅，大连的王涛、魏意民，广东的黎兵、马明宇，太阳神的彭伟国、胡志军，山东的宿茂臻、唐晓程，延边的金光柱、高仲勋，天津的王俊、韩金铭，八一的郝海东、胡云峰，四川的姚夏、魏群等充满期待！

“1995年的一代是为北京足球创品牌的一批人，值得我们永远记忆！”若干年后，周宁对于当年的定义，准确而清晰！足球，就这样让北京、让中国的概念第一次真实地在一个孩子的心中融化，融入他此后每一天的生活里，融入他的血液中……

1994年甲A联赛积分表

名次/球队	场次	胜	平	负	进球	失球	净胜球	积分
01大连万达	22	14	5	3	43	21	22	33
02广州太阳神	22	11	5	6	36	27	9	27
03上海申花	22	10	6	6	36	36	0	26
04辽宁抚顺	22	11	3	8	47	36	11	25
05山东泰山	22	10	4	8	22	22	0	24
06四川全兴	22	8	7	7	31	24	7	23
07广东宏远	22	8	7	7	28	21	7	23
08北京国安	22	7	8	7	42	34	8	22
09八　一	22	6	9	7	15	19	–4	21
10吉林敖东	22	6	7	9	25	31	–6	19
11沈阳六药	22	1	9	12	16	39	–23	11
12江苏迈特	22	1	8	13	13	44	–31	10

1994赛季北京国安队人员名单：

领　队：杨祖武

主 教 练：唐鹏举

助理教练：金志扬、郭瑞龙

队　医：双印

主　场：北京先农坛体育场

队　员：1号李长江　2号刘建军　3号谢朝阳　4号杨庆九　5号栾义军　6号姜滨　7号谢峰　8号曹限东　9号魏克兴　10号杨晨　11号高峰　12号胡建平　13号吕军　14号周宁　15号邓乐军　16号李洪政　17号韩旭　18号魏占奎　19号杨斌　20号金荣鑫　21号窦继东　22号姚健　24号毕胜　25号谢少军　27号李立新　28号黎榕

1994赛季全国足球甲级A组联赛第8名

日期	轮次	对阵及比分	进球队员	
4月17日	第1轮	广东宏远　0：2　北京国安	杨晨、谢峰	
4月24日	第2轮	上海申花　4：3　北京国安	邓乐军、曹限东、曹限东	范志毅、李晓、李晓、瓦洛嘉
5月1日	第3轮	北京国安　2：2　大连万达	高峰、谢朝阳	徐晖、王涛
5月8日	第4轮	北京国安　0：1　四川全兴		魏群
6月4日	第5轮	延边现代　0：0　北京国安		
6月12日	第6轮	沈阳六药　0：1　北京国安	吕军	
6月19日	第7轮	北京国安　3：1　辽　宁	高峰、高峰、高峰	徐冀宁
6月26日	第8轮	北京国安　0：0　八　一		
7月3日	第9轮	广州太阳神3：2　北京国安	周宁、曹限东	胡志军、彭锦波、胡志军
7月10日	第10轮	山东泰山　1：1　北京国安	谢峰	邢锐
7月17日	第11轮	北京国安　4：1　江苏迈特	谢峰、韩旭、曹限东、谢峰	吴军
7月24日	第12轮	北京国安　2：2　广东宏远	谢峰、曹限东	琼斯、姚德彪
7月31日	第13轮	北京国安　5：1　上海申花	魏占奎、高峰、魏克兴、谢峰、高峰	刘军
8月7日	第14轮	大连万达　4：1　北京国安	高峰	王涛、王涛、孙明辉、高旭
8月14日	第15轮	四川全兴　4：1　北京国安	杨晨	何斌、刘斌、何斌、马明宇
8月21日	第16轮	北京国安　1：2　延边现代	谢峰	朴文虎、高仲勋
8月28日	第17轮	北京国安　6：0　沈阳六药	魏克兴、高峰、邓乐军、邓乐军、谢峰、周宁	

续表

9月4日	第18轮	辽　宁　3∶1　北京国安	周宁	曲圣卿、隋波、徐冀宁
10月23日	第19轮	八　一　2∶2　北京国安	杨晨、谢峰	潘毅、孙新铭
10月30日	第20轮	北京国安　1∶1　广州太阳神	高峰	彭伟国
11月6日	第21轮	北京国安　2∶2　山东泰山	谢峰、高峰	邢锐、李明
11月13日	第22轮	江苏迈特　0∶2　北京国安	谢峰、邓乐军	
6月16日	商业比赛	北京国安　2∶1　AC米兰	谢峰、高峰*	帕努奇

〈仅供参考，*为点球，#为任意球〉

1995年甲A联赛积分表

名次/球队	场次	胜	平	负	进球	失球	净胜球	积分
01上海申花	22	14	4	4	39	16	23	46
02北京国安	22	12	6	4	36	20	16	42
03大连万达	22	12	6	4	27	22	5	42
04广东宏远	22	12	4	6	35	22	13	40
05广州太阳神	22	7	7	8	28	27	1	28
06济南泰山	22	6	9	7	27	28	–1	27
07延边现代	22	6	9	7	24	29	–5	27
08天津三星	22	7	3	12	20	40	–20	24
09八　　一	22	5	8	9	24	23	1	23
10四川全兴	22	6	4	12	28	31	–3	22
11青岛海牛	22	5	7	10	20	32	–12	22
12辽　　宁	22	4	5	13	29	47	–18	17

1995赛季北京国安队人员名单：

总 经 理：杨祖武

领　　队：杨群

主 教 练：金志扬

助理教练：郭瑞龙、李松海

队　　医：双印

主　　场：北京先农坛体育场

队　　员：1号符宾　2号刘建军　3号谢朝阳　4号韩旭　5号郭维维　6号姜滨　7号谢峰　8号曹限东　9号魏占奎　10号杨晨；11号高峰　12号胡建平　13号吕军　14号周宁　15号邓乐军　16号李洪政　17号闻春雨　18号高洪波　19号谢少军　20号南方　21号董育　22号李长江　23号吴春来

1995赛季全国足球甲级A组联赛亚军、足协杯赛4强

日期	轮次	对阵及比分	进球队员	
4月16日	第1轮	济南泰山 2:1 北京国安	杨晨	宿茂臻、唐晓程
4月23日	第2轮	北京国安 2:0 上海申花	曹限东#、高峰#	
4月30日	第3轮	北京国安 3:0 天津三星	高峰、高洪波、谢峰	
5月7日	第4轮	延边现代 2:0 北京国安		金光柱*、金永洙
5月14日	第5轮	北京国安 2:1 大连万达	高峰、南方	魏意民
5月21日	第6轮	北京国安 2:0 四川全兴	高洪波、曹限东	
5月28日	第7轮	辽宁航星 0:1 北京国安	曹限东	
6月11日	第8轮	广州太阳神2:2 北京国安	高洪波、高洪波	胡志军、谭恩德
8月6日	第9轮	北京国安 4:0 青岛海牛	周宁、韩旭、杨晨、谢峰	
8月13日	第10轮	北京国安 1:0 八 一	韩旭	
9月3日	第11轮	广东宏远 3:0 北京国安		李朝阳、黎兵、马明宇
9月10日	第12轮	北京国安 1:1 济南泰山	高洪波*	唐晓程
9月17日	第13轮	上海申花 1:0 北京国安		谢晖
9月24日	第14轮	天津三星 1:4 北京国安	曹限东、高洪波、高洪波、高洪波	王俊
10月1日	第15轮	北京国安 1:1 延边现代	谢朝阳	李玄锡
10月8日	第16轮	大连万达 0:0 北京国安		
10月15日	第17轮	四川全兴 2:3 北京国安	韩旭、高峰、邓乐军	翟飚、法比亚诺

续表

10月22日	第18轮	北京国安　2：1　辽宁航星	高洪波、韩旭	庄毅
10月29日	第19轮	北京国安　3：1　广州太阳神	高洪波、南方、南方	彭锦波
11月5日	第20轮	青岛海牛　0：0　北京国安		
11月12日	第21轮	八　一　1：1　北京国安	高峰	郝海东*
11月19日	第22轮	北京国安　3：1　广东宏远	高峰#、高峰、高洪波	阿曼杜
6月25日	足协杯	八　一　0：1　北京国安	谢峰*	
7月2日	足协杯	北京国安　4：0　八　一	高峰、邓乐军、高峰、韩旭	
7月9日	足协杯	大连万达　0：1　北京国安	南方	
7月16日	足协杯	北京国安　1：0　大连万达	邓乐军	
7月23日	足协杯	北京国安　2：1　济南泰山	南方、韩旭	唐晓程
7月30日	足协杯	济南泰山　2：1　北京国安	南方	李波#、唐晓程
5月17日	商业比赛	北京国安　2：1　阿森纳	吕军、谢峰	埃迪麦格德里克
6月14日	商业比赛	北京国安　0：0　AC米兰		
8月1日	商业比赛	北京国安　1：1　韩国现代	高峰	略
8月8日	商业比赛	北京国安　3：2　弗拉门戈	曹限东、高洪波、高洪波	略
11月25日	商业比赛	北京国安　0：1　韩国大宇		马尼奇

〈仅供参考，*为点球，#为任意球〉

1996

★ 关键词：争冠、国奥失利、足协杯冠军、兵败亚洲杯

★ 大事记：中国国奥0：3韩国国奥（奥运预选赛）

北京国安3：2格雷米奥（友谊赛）

北京国安2：2延边现代（联赛）

北京国安3：0大连万达（足协杯）

北京国安4：1济南泰山（足协杯）

中　　国0：1日　　本（亚洲杯）

中　　国3：4沙　　特（亚洲杯）

“第二天国内报纸‘能战而怯战，求和终未和’的标题代表了太多中国人深感奇耻大辱的怒其不争！或许也就是从这个时候开始，在过去一年经常被金志扬‘宁可被踢死，也不能被吓死’的教导而热血沸腾的我，慢慢地开始将心中的天平朝着国安的方向倾斜。虽然，我们同是中国人，但是国家队层面上的足球确实还不足以激励一个正在成长中的孩子的心！”

这一年我17岁，继续求学。生命中只有足球！

这一年中，开始有了更多的关于国家队的记忆：1月底备战亚洲杯的国家队参加了由北京国安、广东宏远、山东济南泰山等一共4支队伍参与的梅视杯，首战国家队7：0狂胜替补出战的山东济南泰山，高峰一人独进5球。同时，国安凭借邓乐军和谢峰的进球2：0击败广东。最后的决赛国家队3：1战胜国安，谢育新、黎兵、郝海东分别为国家队建功，谢峰为国安扳回一球。随后的亚洲杯小组预选赛国家队更是狂胜澳门、菲律宾等队晋级。

联赛中，1995赛季一结束，球迷们就开始无限度地搜集所有关于国安队的消息：延边马拉多纳李红军、辽宁铁腰姜峰、四川大侠魏群的有意加盟，新加坡中哈鲁俱乐部对于球队最佳射手高洪波的邀请，都让京城球迷躁动不已。最终，俱乐部选择经济式经营：球队将主场从先农坛搬至工人体育场，沈祥福充实进教练组，高洪波留队，原八一队中场大王涛转会而来，留学日本的魏克兴回归，加上原本的球队队长金左脚曹限东，梦幻中场一说甚嚣尘上。各路媒体也都把国安视为1996年度甲A联赛冠军的最有力争夺者。北京球迷对于冠军的期待从此刻开始真切地降临！

在联赛开始前一个月，1996年亚特兰大奥运会足球预选赛率先开锣。直到今天，我都想不明白中国足协为什么让1994、1995两年把国家队带得风生水起的戚务生同时接任国奥队主教练，并且给当时深受球迷和媒体喜爱的老外教练拉德安排了一个不伦不类的“技术顾问”的职位！虽说即便是拉德带队也未必能够保证中国队小组出线，不过由戚务生来完成这次失败，在感情上还是多少打击了球迷们因国家队以及国安在过去两年时间里“工体不败”神话所积累起来的信心。

首战哈萨克斯坦，国奥队率先失球然后由谢晖和姚夏进球2：1反超，在对手再进一球把比分扳平，同时杨晨被罚下场的情况下，于根伟、彭伟军再次进球最终4：2反败为胜，主教练戚务生感动得老泪纵横。当时我就想，这主教练是心里有底啊还是心里没底啊，打一个这么弱的对手有什么可激动的呢？第二场比赛迎战沙特，多萨里大闹中国队禁区，戚务生更是令人费解地换上吴承瑛随后又将其换下。或许就是从这一刻起，戚务生加深了对吴承瑛的成见，最终导致年底的亚洲杯死用刘越的悲剧。国奥队最终凭借谭恩德的进球1：1同对手战平，这应该还算是一个不错的结果。在当时的观念里，亚洲球队中韩国、日本、伊朗、沙特就是四支可以同我们平起平坐的球队，而像什么科威特、卡塔尔、阿联酋、伊拉克、朝鲜，大家都认为中国队打他们必胜，其余的就更不值一提了。今天想来，不知道这是自己当时年少无知的臆想，还是这么多年以后国家队堕落得实在太快！

两轮过后，中国队1胜1平积4分有2个净胜球，韩国队1：1战平沙特，2：1小胜哈萨克斯坦有一个净胜球，最后一轮两连平的沙特迎战小组最弱的哈萨克斯坦，只要2球以上拿下对手就将铁定占据一个出线名额。中国队占据有利形势，只要打平韩国就能够以一个净胜球的优势挤掉对手，小组出线。然而，最后的结果却是作为一个中国足球培养起来的新球迷开始要体验中国队逢打平即出线，但结果必败的“优良”传统。被意外推迟的比赛，李基珩霸道十足的进球，大雨滂沱下泥泞的场地，小李明的乌龙助攻，信号中断的转播……拥有杨晨、周宁、申思、于根伟、庄毅、谢晖、姚夏等日后大红大紫的“球星”们的国奥队就这样在原本形势大好的情况下最终0：3完败韩国国奥，不仅是在场面和结果上全面落败，更可怕的是亲身体验“恐韩症”也让当时的我陷入恐慌。我忽然发现之前建立起来的中国足球即将走向世界的梦想是多么的可笑，中国足球国家队层面上的疲软甚至开始让人感觉无所适从，足球，中国足球，到底是不是值得我们去爱，去坚持？

或许就是因为终于经历了第一次失败的大赛吧，对于当时还远远无法舍弃足球的我们而言，即将开始的甲A联赛就这样成为唯一的期待，期待着国安队会有好的表现，期待着北京足球可以用冠军来宣告失败只是一次意外！

联赛开始前的热身赛，国安3：2赢了巴西劲旅格雷米奥。谢峰点球建功、新加盟的大王涛神勇地梅开二度高调亮相、斯科拉里咆哮新闻发布会……对于这场比赛的记忆因为赛后的混乱而模糊，时任格雷米奥主帅的斯科拉里在赛后大放厥词。现在想来无论裁判公平与否，作为世界最大牌的教练有失风度地去"诅咒"一个在足球上相当落后的国家，又何苦？！至于说媒体的炒作，17岁的我当时还想不明白。

联赛首轮高原客场挑战八一，赛前伤兵满营却被京城球迷寄予厚望的国安队出师不利，上半场比赛，韩旭的射门击中立柱弹出底线。而下半时八一队同样是打中门柱的射门却被黄岩补射中的，国安也因此最终0：1落败，京城球迷一片哗然。

联赛次轮主场迎战延边现代汽车，曹限东和邓乐军的进球让国安早早地以2：0领先结束上半场，然而下半场的比赛却风云突变，对手的攻势打得风生水起，国安球员开始患得患失，最终被玄春浩和高仲勋的两粒进球将比分扳成2：2平，让工体的数万球迷再次目瞪口呆。领先两球然后被对手扳平，当年17岁的我甚至都无法相信最后结果的真实性。如果说首战一球惜败坐拥高原主场之利的八一队还可以归结为运气不好的话，那么主场同延边的比赛，两球领先之后，面对对手的反攻却只能在足足整个下半场45分钟内被动挨打，最后结果堪堪守平则让此前明显感觉高处不胜寒的我们一下子跌落凡尘。去年收官之战3：1痛击广东宏远的霸气，瞬间灰飞烟灭。

此时回忆起国安迎战八一和延边这两支球队的成绩，我忽然发现原来我们同这两个对手在历史交锋记录上并无优势，同八一1994赛季国安主场0：0、客场2：2两度战平，1995赛季主场1：0小胜，客场一球领先终场前被郝海东的点球扳平比分。同延边1994赛季国安客场0：0逼和对手，主场却1：2告负，1995赛季客场0：2，主场1：1国安两年4战对手竟无一胜绩！甚至说八一和延边就是国安的克星也不为过。大王涛、曹限东、魏克兴的梦幻中场并没有发挥出预想的威力，比分其实还不是最可怕的，在场上看不到优势才真正让人揪心。而此时从1995年下半赛季就开始不败的大连万达已经是首战客场3：0胜天津，次站客场1：0胜山东，继而凭借开赛两连胜的优异战绩领先国安5分之多占据积分榜榜首。坦白讲，这是个让人泄气的现实，我们的联赛冠军梦刚刚开始就不得不宣告破灭。

随后的日子里，国安终于在第3轮客场挑战“升班马”广州松日的比赛里，凭借南方的进球1：0迎来联赛首胜。紧接着在工体4：0大胜天津三星，当时还发生了轰动一时的施连志飞踹高峰的事件，也算为日后的京津恩怨打下伏笔。此后的三轮比赛，国安只是在主场1：0小胜广州太阳神，而在客场则是以1：3的相同比分完败于济南泰山和大连万达脚下，宿茂臻、唐晓程、小王涛、魏意民这种典型的一高一快组合打起国安来，得心应手、势如破竹。至此，球迷心中残存的一丝国安争冠的希望也彻底烟消云散，比失去争冠希望更可怕的是，我也从此开始意识到，当时国安的实力距离冠军还有着远远超过想象的巨大差距。而这，让人绝望！

第8轮比赛，国安主场迎战四川全兴。金指放弃梦幻中场组合起用李洪政首发，结果洪政首开纪录并且创造一粒点球由高洪波罚入，加上米乐的进球，国安3：1战胜全兴。不过，这也是洪政整个1996赛季打进的唯一一粒进球。“洪政现象”很好地说明了当时国安队的自身气质，那就是有如段誉的六脉神剑一样，总是时灵时不灵，当你不抱希望的时候，他会突然用一场精彩的比赛给你个惊喜，可当你选择重新关注的时候，他又会迅速地归于平庸。如此神经质的表现，天知道我们的冠军要等到什么时候啊？！

随后的三轮比赛，国安继续低迷表现：主场被深圳1：1逼平；客场挑战广东宏远，因为高峰没有按时归队，被球队临时决定不带其客场出征，最终国安被广东宏远1：0击败；客战上海，终场前魏克兴进球1：1逼平对手。半程联赛结束国安11战仅取得4胜3平4负积15分的可怜成绩，排名中游。

联赛间歇期，国安迎来足协杯。在以两回合4：3的比分艰难淘汰上海豫园后，以替补阵容出战成都的国安0：2完败四川全兴，彭晓方和马麦罗进球。而此时，队里也迎来了国安职业联赛史上的首位外援迪诺，我对于这位老兄的印象确实过于单薄了。穿21号战袍，对八一创造过一个点球谢峰主罚被江津扑出几乎就是所有了。是林德诺还是迪诺？是葡萄牙人还是巴西人？这是一个还没有搞清楚身份就已经消失了的身影。此人代表国安打的第一场比赛就是足协杯主场对四川，赛前客场0：2的比分让每个人都心里没底。球迷们一直在想谁能给国安进球呢，0：2啊！两回合的淘汰赛如果四川再进一个球，我们必须要进4个才可以晋级。看上去，这接近于一个不可能完成的任务。然而最终国安4：0大胜全兴，胡建平、谢朝阳、韩旭、谢峰分别建功。现在想起来，两个中后卫同时建功也奠定了国安在足协杯赛事中一种有别于联赛表现的霸气！或许这个赛场注定属于国安。

淘汰了四川，迎来的对手是联赛不败的大连万达！一直记不起南方“大连克星”的称号从何而来，不过，这场首回合比赛首开纪录的依旧是南方。随后，胡老师毫无预兆地突然爆发，梅开二度。国安主场3：0完胜大连！这是一个出乎所有人意料的比分，国安足协杯的奇迹继续。1996年8月4日国安客战大连，这场比赛忘记了有没有直播，当时身在朋友家的我只能通过北京电视台屏幕下方的即时字幕了解比赛情况。比赛刚刚开始不久，字幕显示：王涛进球，1：0！紧接着，张恩华进球，2：0！然后王涛进球……当时的第一反应就是，完蛋了……然而比分显示2：1！再看，原来是国安的大王涛进球！这是王涛来到队里以后在正式比赛中为国安进的第一个球，也几乎是他为国安攻进的唯一一个有价值的进球。在这个球之后，几乎就等于宣判了大连队的死刑。因为他们至少还要再进3个球才能够反败为胜，最后的比分是3：1，国安以两回合4：3的总比分成功晋级。决赛面对济南泰山，冲击职业化以来的第一个冠军！

在足协杯比赛期间，国安还同球王马拉多纳领衔的博卡青年队进行了一场商业比赛。曹限东的抽射、杨晨的千里走单骑而后高射炮打门，以及最后1：2的比分几乎就是记忆中所有的零星片段。当然，第一次同球王的亲密接触还是引起了不少人的关注，而我也记住了一名射门能力出色的博卡球员——贝隆。

下半年的联赛，国安依旧是不愠不火的表现，首战坐镇工体就被来访的八一队2：2逼平，可怜的迪诺终于为国安在比赛中建功，创造出一粒点球。然而，最后却被一直在队里拥有“点球专家”美誉的谢峰踢到了八一队门将江津的怀里，从国安出走的姜滨在比赛的最后时刻反戈一击，直接把国安的三分踢飞。

随后的比赛，国安依旧在不被看好的时候有着神奇的发挥。客场凭借高峰和南方的进球2：0力克延边现代，主场迎战广州松日凭借着曹限东的梅开二度、谢峰的点球和胡老师的建功4：2大胜，做客天津在比分落后的情况下杨晨连进两球反超，最终对手凭借一粒点球扳平比分。整体上看，国安的状态随着同几个弱队的交锋得以回升。

然而第16轮同山东的比赛，国安再次让人大跌眼镜。关于这场比赛的所有记忆都被一个片段所取代，那就是宿茂臻摆脱韩旭上演的长途奔袭。当年联赛工体不败的纪录就此被打破，韩旭和魏克兴最终没能挡住宿茂臻，也为日后山东球迷包括宿茂臻本人的谈资中成就了一段所谓“千里走单骑”的谈资。不过，从我个人的角度而言，我倒是更愿意相信素有“小诸葛”之称的当时我们的教练组是在欲擒故纵，毕竟，联赛打到这个份上，冠军早就没了可能。面对已经成为足协杯决赛对手的山东，开始从战略上进行部署其实才更符合金指性子里的精明。关于这一点，我知道有球迷朋友或许会不认同。不过还是推荐大家有空的时候重温一下1997赛季足协杯决赛和之前同上海的客场之战的两场球，或许有些朋友多少会得到些启示吧。

接下来的比赛，国安凭借高洪波的进球1：0客场拿下广州太阳神。在一场关乎荣誉的比赛中，主场0：0打平最后的冠军大连万达。随后伤兵满营替补出战四川，被姚夏和彭晓芳两球完败。在关乎对手是否能够保级的比赛中又客场1：2不敌深圳。直到联赛倒数第二轮回到工体，才凭借高洪波的梅开二度2：1力克广东宏远。

联赛最后一轮，国安主场凭借谢峰的点球1：0战胜上海申花，为1996年甲A草草收场，22轮联赛最终只取得9胜6平7负积33分，距离榜首以不败战绩夺冠的大连足有13分之巨，名列积分榜第4，最终跌落三甲。不过这一年联赛的排名好像无关紧要了，因为联赛结束后不久，国安就将迎来济南泰山——国安足协杯决赛的对手！

1996年11月3日15：00整，大雾弥漫的北京城，足协杯决赛。

这场冠军的争夺战也算是给年初炒得火热的梦幻中场的一个证明吧。决赛首发金指排出国安在当时最擅长的532阵型，1号门将符宾，15号左后卫邓乐军，12号右后卫胡建平，两个盯人中卫3号谢朝阳、4号韩旭，拖后的13号吕军，3个中场从左至右依次是8号曹限东、6号魏克兴、9号大王涛，双前锋11号高峰、18号高洪波。

随着主裁判日本人美本博之的一声哨响，双方无须预热，一上来即短兵相接。顶替谢峰首发出任右后卫的胡建平，带球失误被宿茂臻抢断后射门，符宾侧身扑出。紧接着，魏克兴重伤离场，谢峰顶替出任右后卫，胡建平调至中场。比赛打到大约20分钟，临时调换位置的胡建平右路传中，韩旭跟进抢点，山东门前一片大乱，高洪波补射建功，1：0！随后，上半场比赛临近结束又是胡建平的右路传中，高峰门前捡漏成功，2：0！国安完美的45分钟！不过虽然有着两球领先的优势，经历了过去两年4次交锋1平3负的国安球迷心里还是有着不小的担心，特别是一同国安交锋就神勇无比的宿茂臻和唐晓程，更是让京城球迷噤若寒蝉，下半场比赛伊始，山东队20号宋毓明上场替下9号刘越。中场球员替下后卫，预示着山东不甘屈服的反攻。5分钟后，山东由16号后卫冯建国打门，造成国安门前混乱。胡建平一脚解围却不慎踢到对方前锋唐晓程的后背上弹入网窝，2：1山东迅速扳回一球！本场比赛注定是一场双方后卫球员的终极较量。下半场比赛进行到大约20分钟，国安队4号韩旭再次插上助攻形成单刀，山东守门员王军无奈之下，只好犯规将其放倒，点球！日本主裁判美本博之在判罚点球的同时，出示红牌将王军罚出场外。山东只得换人调整，替补门将张蓬生换下后卫王超。国安11打10取得人数上的优势，山东反攻的气势也因此消沉，3分钟后，高峰突破后劲射将比分改写为3：1，山东

足球

广州日报社主办

第956期

国家队南下集训

备战亚洲杯决赛

飞利浦足协杯决战

国安大胜泰山捧杯

足球的未来在儿童身上

1996年足协杯，国安胜山东泰山后，夺得在足球俱乐部职业联赛历史上的第一个全国冠军。

大势已去。仅仅两分钟后，高洪波突破再次赢得禁区前沿任意球，邓乐军面对替补门将张蓬生一脚绝妙弧线建功。最终国安4：1大捷，夺得国安在足球俱乐部职业联赛历史上的第一个全国冠军。

国安就这样成冠军了，4：1的结果让人稍感意外的同时，也再次印证了国安神经刀的定位。和联赛相比，毕竟足协杯的偶然因素更多一些。同时，整个1996赛季，国安高达7场的失利还是给了京城球迷一个清醒的认识。即便是足协杯冠军，也并不代表着我们相比于大连、上海等队就没了差距。对于将来，我们的信心并没有因为一个足协杯冠军而增加多少，反而是在赛前就已经传出来的高峰、高洪波等人来年可能离队的消息，更让当时的我们惴惴不安。而这个冠军，更确切的感觉就是高峰、高洪波和我们的告别……

两天后的商业比赛，替补阵容出战的国安凭借南方的进球1：0小胜美国职业明星队，郭维维、谢少军等1995赛季刚刚被球迷所熟知的老将们最后一次在京城球迷面前亮相，在出访意大利同那不勒斯交手之后，正式宣布退役。被京城球迷习惯称为“五哥”的郭维维也最终用一粒进球为自己的国安生涯画上完美的句号。

短暂地享受完足协杯带来的喜悦之后，1996年关于足球的记忆依旧是由国家队的失败来收尾。

在当年参加的亚洲杯比赛中，中国队小组首战即让国人大跌眼镜，0：2完败给当时的准亚洲二流球队乌兹别克，比赛中刘越头球回传门将区楚良力量过轻，被对手截获率先破门，这也预示着对于刘越而言这届杯赛的不堪回首。虽然在第二场比赛中，凭借马明宇精彩绝伦的正脚背抽射、高峰的单刀、黎兵的头球，三球战胜叙利亚。但是，在第3场同日本队的比赛中，因为当时三个小组取小组前两名和两个成绩好的第3名出线的赛制，同时另外一组的韩国队已经结束所有比赛，积4分没有净胜球而排名小组第3，这样只要中国队同日本战平确保1分，就可以凭借着净胜球的优势挤掉韩国队晋级。中国队令人惊讶地选择了不思进取的保平争胜。而挤掉韩国这样一个未来道路上的强劲对手也恰恰是日本队乐于见到的结果，两支球队开始心有灵犀地磨洋工。比赛时间就这样在双方后场的倒脚中慢慢流逝，然而当比赛接近尾声，日本队员相马植树一脚看似无心插柳的远射却意外地攻破了中国队的大门，当回到中圈开球，重新振作的中国队几乎所有球员都冲向日本腹地的时候，终场哨声响起。我们就这样耻辱地被日本队1：0击败。

第二天国内报纸“能战而怯战，求和终未和”的标题代表了太多中国人深感奇耻大辱的怒其不争！或许也就是从这个时候开始，在过去一年经常被金志扬“宁可被踢死，也不能被吓死”的教导而热血沸腾的我，慢慢地开始将心中的天平朝着国安的方向倾斜。虽然，我们同是中国人，但是国家队层面上的足球确实还不足以激励一个正在成长中的孩子的心！

后面的比赛，当所有人认为我们已经被淘汰的时候，叙利亚出人意料地2：1力克乌兹别克。已经选择了放弃的队员和教练们只得重新打起精神，准备迎战淘汰赛的对手沙特阿拉伯。记得当时的比赛是在北京时间的半夜，住学生宿舍的我们还要躲过值班老师的盯防，偷偷地跑到教室去给中国队加油。开场不久张恩华就接到彭伟国的角球攻破对手球门，紧接着彭伟国门前抢点，把比分改写为2：0，可是就当我们认为中国队将轻易战胜对手的时候，一个叫图纳扬的沙特人又给了我们一次刻骨铭心的创伤。沙特人迅速连进4球，将比分逆转。虽然此后张恩华又为中国队扳回一球，最终我们还是3：4惜败对手，被淘汰出局。事后想来，中国队幸运地从小组中出线看起来倒更像是一场灾难。国安在联赛中2球领先然后被延边扳平，就已经让一个初识足球的小球迷沮丧得不知所以，而国家队居然更可以在2球领先的大好局面下被对手4球反超。中国足球几乎就是在用行动培养着中国球迷拥有一颗颗必须禁得起挫折的钢铁般坚强的心。但是，说实话，接二连三莫名其妙的失败，以及期间范志毅对比赛中失误的刘越的大声呵斥所塑造出来的中国足球的形象，开始让尝试着去爱足球的我们陷入彷徨……

整体上说，1996年的联赛还是延续了1995赛季以来的足球市场的火爆。不过因为职业化以及关注度突然扩大所带来的各种各样的问题也已经开始慢慢显现：队员和教练们因为突然从平民变为明星所经历的迷茫、无措到逐渐适应以后的傲慢、嚣张的心理变化；时刻被鲜花、掌声的光环所笼罩的情形同队员们技战术能力之间的真实落差；名目繁多、鱼龙混杂的商业比赛的无限度开发；以及奥运会预选赛、亚洲杯等一系列国字号球队的训练和比赛如何同甲A联赛更好地兼容共存等诸多问题，包括国字号球队的失利对未来球市的影响都已经显露出不好的苗头，都应该引起行业主管部门的高度重视，并加以引导、控制和解决。只不过，已经开始尝试职业化路线的我们，并没有意识到这些职业化所带来的“职业”问题。

国家队在亚洲杯上的失利，让我们对足球的热情消退了很久。随着国内外所有足球赛事的结束，当时我的生活也再次回归到精神沙漠之中。此时，也只有报纸上关于国安的那一点点消息可以给我带来一些慰藉。虽然对球队的真实实力还没有一个清醒的认识。但是，当时同样单纯的社会和所有怀揣美好梦想的人们还是乐于去猜想新赛季的国安会有一个更好的结局，也就是这份对于美好事物的期待，让足球带给我的乐趣延续。虽然，国家队层面上的低迷表现无法让人找到寄托，好在我们还有自己的甲A联赛，我们还有国安。源于此，包括17岁的我在内的所有京城球迷对于即将到来的1997赛季充满期待，我们渴望着中国足球取得进步，更渴望着北京国安夺取联赛冠军！渴望着我们自己的联赛打得精彩，渴望着可以给风雨飘摇的中国足球和我们自己茫然未知的未来带来希望！

1996年甲A联赛积分表

名次/球队	场次	胜	平	负	进球	失球	净胜球	积分
01大连万达	22	14	10	0	42	18	24	46
02上海申花	22	12	9	3	38	18	20	39
03八　一	22	12	11	3	28	19	9	35
04北京国安	22	12	6	7	30	25	5	33
05泰山将军	22	7	7	7	23	24	–1	31
06四川全兴	22	6	9	6	22	23	–1	30
07广州太阳神	22	6	8	7	26	25	1	29
08天津三星	22	7	8	8	20	30	–10	26
09广东宏远	22	5	10	7	20	25	–5	25
10延边现代	22	6	8	10	20	30	–10	20
11深圳飞亚达	22	5	7	12	13	29	–16	16
12广州松日	22	4	9	11	10	26	–16	15

1996赛季北京国安队人员名单：

领　　队：杨　群

主 教 练：金志扬

助理教练：郭瑞龙、李松海、沈祥福

队　　医：双印

主　　场：北京工人体育场

队　　员：1号符宾　2号刘建军　3号谢朝阳　4号韩旭　5号郭维维　6号魏克兴　7号谢峰　8号曹限东　9号王涛　10号杨晨　11号高峰　12号胡建平　13号吕军　14号周宁　15号邓乐军　16号李洪政　17号董育　18号高洪波　19号谢少军　20号南方　21号林德诺　22号李长江

1996赛季全国足球甲级A组联赛第4名、中国足协杯赛冠军

日期	轮次	对阵及比分	进球队员	
4月14日	第1轮	八　　一　1：0　北京国安		黄岩
4月21日	第2轮	北京国安　2：2　延边现代	曹限东、邓乐军	玄春浩、高仲勋
4月28日	第3轮	广州松日　0：1　北京国安	南方	
5月5日	第4轮	北京国安　4：0　天津三星	高洪波、谢峰、高峰、高峰	
5月12日	第5轮	济南泰山　3：1　北京国安	高洪波	唐晓程、唐晓程、宿茂臻
5月19日	第6轮	北京国安　1：0　广州太阳神	谢峰	
5月26日	第7轮	大连万达　3：1　北京国安	韩旭	王涛、斯文森、魏意民
6月2日	第8轮	北京国安　3：1　四川全兴	李洪政、邓乐军、高洪波	邹侑根
6月9日	第9轮	北京国安　1：1　深圳飞亚达	谢峰	高兰
6月16日	第10轮	广东宏远　1：0　北京国安		黎兵
6月23日	第11轮	上海申花　1：1　北京国安	魏克兴	范志毅
8月11日	第12轮	北京国安　2：2　八　　一	高峰、邓乐军	胡云峰、姜滨
8月18日	第13轮	延边现代　0：2　北京国安	高峰、南方	
9月1日	第14轮	北京国安　4：2　广州松日	曹限东、谢峰、胡建平、曹限东	叶志彬、谢育新
9月8日	第15轮	天津三星　2：2　北京国安	杨晨、杨晨	奥斯瓦尔多、罗纳多
9月15日	第16轮	北京国安　0：1　济南泰山		宿茂臻
9月22日	第17轮	广州太阳神0：1　北京国安	高洪波	

续表

9月29日	第18轮	北京国安　0：0　大连万达		
10月6日	第19轮	四川全兴　2：0　北京国安		姚夏、彭晓方
10月13日	第20轮	深圳飞亚达2：1　北京国安	邓乐军	陈大英、高兰
10月20日	第21轮	北京国安　2：1　广东宏远	高洪波、高洪波	马明宇
10月27日	第22轮	北京国安　1：0　上海申花	谢峰	
7月7日	足协杯	上海豫园　1：1　北京国安	邓乐军	略
7月10日	足协杯	北京国安　3：2　上海豫园	周宁、谢峰、高峰	王东宁、张军
7月14日	足协杯	四川全兴　2：0　北京国安		彭晓方、马麦罗
7月21日	足协杯	北京国安　4：0　四川全兴	胡建平、谢朝阳、韩旭、谢峰	
7月28日	足协杯	北京国安　3：0　大连万达	南方、胡建平、胡建平	
8月4日	足协杯	大连万达　3：1　北京国安	王涛（大）	王涛（小）、张恩华、王涛（小）
11月3日	足协杯	北京国安　4：1　济南泰山	高洪波、高峰、高峰、邓乐军#	唐晓程
4月9日	商业比赛	北京国安　3：2　格雷米奥	谢峰*、王涛、王涛	埃尔顿、贾德尔
7月25日	商业比赛	北京国安　1：2　博卡青年	曹限东	贝隆、贝隆
11月9日	商业比赛	那不勒斯　3：1　北京国安	郭维维	略

〈仅供参考，*为点球，#为任意球〉

★ 关键词：转会、惨败、狂胜、三杆洋枪、十强赛、蝉联足协杯

★ 大事记：大连万达5：1北京国安（联赛）

北京国安9：1上海申花（联赛）

中　　国2：4伊　　朗（十强赛）

科 威 特1：2中　　国（十强赛）

中　　国2：3卡 塔 尔（十强赛）

北京国安2：1上海申花（足协杯）

“我们来到这里，就是为了胜利！国安不会和其他球队一样以守平为目标，那不是北京人更不是国安队的风格。今天我们就是要在它的主场死磕，就是要战胜大连队！胆小的没有信心的不要上场，我需要的是那种宁要站着死，也不跪着生的球员！”

“你们打这场比赛，代表的不仅是国安队，代表的是北京，是中国！你们必须树立必胜的信念，用你们的汗水与鲜血捍卫中国足球，给处于低谷的中国足球、遭受打击的中国球迷带去一份新的希望！”

“金志扬在国家队失利之后接受采访时称：低水平的国内联赛，名次的争夺并没有更多的实际意义，这也让一直无法拿到冠军的国安球迷有些释然。当然，老金的观点还是时不时地会被其他地区球迷以‘等你们先拿到冠军再说吧’而奚落。实际上，这像极了我一直坚持的人生准则：快乐开心永远都应该是第一位的，赚钱并不应该成为我们人生的主要目的，为了明天的快乐而在今天委屈自己不值得。但是朋友们总是回以一句：“还是等你赚到钱以后再说吧。”这些话让我不屑争辩同时却也真实得无话可说。没有冠军的国安就这样和一事无成的我相依为命地并肩站到一起，甚至也成为日后自己在面对挫折时候选择逃避和游戏人生的借口……”

这一年我18岁，求学。

1997年注定是北京球迷无法忽视的一年，同样也是中国足球的灾难年。刚刚依靠职业联赛的火爆而聚敛的人气随着中国国家队冲击世界杯的失利而烟消云散，残酷的出局再次将球迷们的狂热拉回到理智的现实，那就是中国足球的发展还任重道远，联赛暂时的火爆并不代表一个国家足球水平的整体提升。

1996赛季结束，国安也迎来了翻天覆地的新赛季。高峰寻求转会的消息一石激起千层浪，万人签名挽留高峰的活动进行得轰轰烈烈。球迷们为了高峰离队而寻死觅活、痛哭流涕，甚至给市长热线打电话，联合所有班级同学联名给高峰写信等，一时闹得满城风雨。而高峰最终还是决定转会刚刚冲上甲A的前卫寰岛。随后，消息一波波传来，国安队打算引入八一队的郝海东以代替高峰，再次邀请辽宁的国家队主力后腰姜峰加盟，天津国脚韩金铭也想来国安，宏远的黎兵同国安进行接触，国安中意刚刚冲上甲A的青岛海牛边后卫陈刚……

最后的结果，国安相中的郝海东加盟大连万达，并就此开创了万达时代的神话；国安有意的姜峰、韩金铭双双随同高峰一起加盟前卫寰岛；黎兵回归四川全兴；陈刚留在青岛海牛。而国安在失去了高峰之后，再度接受了高洪波的转会申请。球迷心目中的绝对球星高峰、高洪波相继离队，一时也让大家忽略了徐阳、李红军、王少磊、于光、姚健等新人的入队。其实高峰在1995、1996联赛两年在国安的进球加起来也不过11个，然而在这两年中北京球迷记忆最深的两场比赛1995年最后一轮3：1胜广东宏远和1996年足协杯决赛4：1胜济南泰山却都是高峰梅开二度，这种专为大场面而生的特性与北京人骨子里的气质极度吻合，所以北京球迷时至今日也无法割舍对高峰的情感，他身上所特有的放荡不羁的浪子性格以及旁人无法企及的鬼才灵性或许才是让我们趋之若鹜的终极原因吧。

就这样，1997联赛还未开打，国安已经宣告球队锋线遭受重创。同时，金志扬上调国家队以及为了确保国家队的集训而调整联赛时间也让1997年的甲A变得支离破碎，北京球迷对于冠军的渴望还没有开始就已经在这个国家队冲击世界杯的关键年而显得多少有些虚无缥缈。

联赛首战，国安主场0：0战平四川全兴，紧接着客场1：2负于广东宏远。而大连万达依旧以强势的两连胜领跑积分榜。随着英加纳、冈波斯以及大安的加盟，国安在第3轮到第8轮的比赛中3胜3平保持不败。不过就当我们还在为一场比赛可以拿到3分而暗自庆幸的时候，大连万达已经以一波7胜1平的恐怖表演绝尘而去，国安球迷的冠军梦也只能再次胎死腹中。而此时队里来自非洲的外援英加纳虽然独进三球引领着国安队内射手榜，在国安客场挑战大连万达之前却不得不因为要给后来的卡西亚诺留出位置而被球队放弃，最终以5万美元的价格被转让给广州松日。金志扬以及整个教练组的眼力以及魄力则在日后被证明得淋漓尽致。

现在回忆起1997年的甲A联赛，更多地留在北京球迷记忆中的是7月20日主场对上海的9：1，而留给我印象最深的却是之前客战大连我们惨痛的1：5！时至今日，我依然可以清晰地回忆起在迎战大连之前的整个球队，无论是队员还是教练组对于挑战大连万达42轮不败神话的决心。金指更是在媒体面前表示我们去大连就是要打破他们的纪录的，绝对不会龟缩防守。后来媒体证实，在赛前卡西亚诺已经取代英加纳来到了队里。然而或许是出于默契的考虑，金指并没有安排卡西亚诺出场。即便如此，大家还是对把大连拉下马有着足够的信心。

多年以后，在徐阳的回忆录中曾经提到金指在赛前准备会上的动员：“我们来到这里，就是为了胜利！国安不会和其他球队一样以守平为目标，那不是北京人、更不是国安队的风格。今天我们就是要在他的主场死磕，就是要战胜大连队！胆小的、没有信心的不要上场，我需要的是那种宁要站着死，也不跪着生的球员！”这是一种所有国安球迷都曾经为之自豪的精神！

这场比赛的时间是7月13日，中国申办奥运会成功的日子，也是2009年冠军队小黄的生日，多少算个巧合吧。国安排出的首发阵容是：门将符宾，后卫李红军、谢朝阳、吕军、韩旭、谢峰，中场魏克兴、李洪政、胡建平，前锋冈波斯、安德雷斯。比赛一开始，我们也确实看到了国安大打攻势足球的决心，洪政、冈巴也都获得了非常好的机会。我到今天都愿意相信如果我们在前15分钟占尽优势的攻势中取得一个进球，那么最后一定可以拿下比赛。可惜，小王涛惊人的射门力量最终还是突破了符宾的十指关。再往后泄了一口气的队员们虽然依旧对大连展开强攻，可是效果已经明显是看似轰轰烈烈，实则毫无实质性威胁，而大连队的反击则是一次比一次更接近破门，国安能够保持在上半场不再丢球已经算奇迹了。下半场郝海东上演帽子戏法，王鹏锦上添花，而冈波斯为国安扳回一球，国安1：5大比分告负。郝海东也成为了中国职业联赛截至2009赛季结束以来唯一一位在联赛中面对国安时上演帽子戏法的球员。

赛前高调的出征，到赛后惨痛失利的落差，对于当时18岁的我而言几乎就是无法承受的痛苦。当然，金指那种“宁可站着死，也绝不跪着生”的气质还是给这场失利平添了一份悲壮的英雄气概。至少，我们在面对强敌的时候没有选择退缩，而这也才是北京爷们该有的血性！仅此一战，也奠定了一点：大连足球永远值得我们尊敬！

接下来的比赛就是著名的9：1了，这注定是一场前无古人后无来者的经典之战！当大家沉醉在痛击上海的快乐之中的时候，我倒是宁愿相信这是老天对于国安客场不向大连低头的一种奖赏。如果不是时任申花主帅的安杰依考察国安的第一场比赛就是1：5大败大连，从而产生国安不过如此的印象，如果不是金指将卡西养精蓄锐工体出奇兵的绝妙之举，如果不是客场同大连对攻进而让队员们对大败而心有不甘，相信也未必会产生如此令人惊诧的9：1了。记得赛后《中国足球报》的文章对比赛的描述：当终场哨响以后，不可一世的范大将军哭成了泪人，而国安球员李洪政却兴致盎然地将球迷们扔进赛场的纸扇扔还球迷，工体现场一派其乐融融……

这场比赛国安的首发阵容是：门将符宾，后卫李红军、谢朝阳、吕军、王少磊，中场冈波斯、曹限东、胡建平、周宁，前锋卡西亚诺、安德雷斯。具体说到这

China Soccer China Soccer

中国足球报

第157期

愿好运相伴中国足球

Pabst Blue Ribbon

蓝带啤酒
天长地久

九比一

短镜头

1997年，国安对阵上海，打出著名的9：1。

场比赛到底是不是双方实力的正常反映，那主要就要看心理素质算不算是实力的一种考量了。其实这场比赛进行到第16分钟，大安接曹限东传球率先打破僵局的时候，场面形势也几乎处于均衡。然而范志毅的紧张直接导致曹限东毫无威胁的射门最终将比分扩大为2：0，即便如此，上海队还是由吴承瑛迅速扳回一球。此时场上不过刚刚过去了20多分钟，如果继续稳扎稳打，上海也还有机会。但是随着卡西33分钟时的头球破门，上海球员的心态彻底失衡。36分钟时冈波斯罚中卡西创造的点球，44分钟时冈波斯更是直接接符宾的手抛球一路蹚进申花禁区单刀破门。上半场的比赛国安以5：1领先。

下半场，申花换上两名外援前锋丹尼斯和古德恰，同时把范志毅前提加强进攻。一上来申花也确实取得了场面上的优势，53分钟时丹尼斯直传，范志毅单刀突进，然而射门却直接打在了国安门将符宾身上。而紧接着国安就由卡西亚诺接周宁的传球将比分扩大到了6：1，随后安德雷斯和卡西亚诺双双完成整场比赛的帽子戏法，国安最终9：1大捷，而这还是在替换上场的刘建军两黄变一红被罚下场的情况下完成的。上海队员在大比分落后时候的崩溃让人怒其不争，赛后刚刚就任申花主帅的安杰依更是怒称："申花队员不该在场上散步，只有我和太太才有资格在场上散步……"

9：1的比分不仅最大限度地缓解了球迷们因1：5而受伤的心灵，同时安德雷斯、卡西亚诺、冈波斯的8个进球也让三个火枪手的名声大振！一瞬间，我们仿佛重新看到了冠军的希望，如此恐怖的攻击组合，又有谁可以阻挡呢？北京球迷开始雄心万丈！接下来客场对延边敖东的比赛，仅仅开场3分钟曹限东就为国安取得一球的领先优势，敖东的黄东春进球扳平，下半场安德雷斯再进一球，继续领先。不过最终还是被黄东春顽强地扳平。京城球迷回到现实中。当然，三个火枪手并非是昙花一现，随后的比赛，冈波斯、卡西亚诺进球，国安客场2：0轻取四川全兴，回到主场安德雷斯再次上演帽子戏法，卡西亚诺锦上添花，国安4：1大胜广东宏远。自此，卡西亚诺加盟后的三个火枪手所参加的4轮比赛，国安3胜1平狂进17球，迅速刮起一股席卷全国的绿色旋风。北京球迷的激情再度被点燃……

然而，接下来的联赛间歇期，国家队冲击世界杯的失利还是极大地挫伤了所有中国球迷的热情。1997年十强赛，中国同伊朗、沙特、科威特、卡塔尔4支西亚球队分在一组。第一次真正经历大赛氛围的我随着周围人们莫名的热情而变得谨慎，甚至有些心事重重。通过报纸、杂志、电台、电视台的新闻节目不停的分析，不断的渲染，以及身边资深老球迷在期待中所展现出来的焦虑，我越发地感觉到冲击世界杯对于中国足球的重要性。通过温习我们过去惨痛的失败史，我惊恐地发现我们原来还没有过哪怕一次的成功。我开始感受到压力，虽然前面有了奥运会预选赛和亚洲杯失利的教训，但是，我还是相信经历了职业化洗礼的高峰、曹限东、谢峰、高洪波等我心目中的英雄以及屡屡攻破国安大门的王涛、郝海东、宿茂臻、黎兵、马明宇等人一定能够合力给我们奉献出一次酣畅淋漓的大胜。

通过赛前的报道，我们得知主教练戚务生为国家队设计了新型的451阵型。这也是当时的我最为不理解的地方，从1995年开始关注国安，开始关注国家队，442就一直被认为是中国国家队演练的最佳阵容。前锋高峰、郝海东，中场的曹限东、彭伟国、马明宇、姜峰，后卫线上的李红军、范志毅、徐弘、魏群就是我们的主力阵容。为什么随着亚洲杯的失利，就被大家口诛笔伐贬得体无完肤必须推倒重来了呢？！现在想来，那时中国足球的大环境其实就已经处在功利十足的浮躁之中。经历过亚洲杯的失败之后，连刚刚回国的健力宝的几个十几岁的孩子都得以迅速地加入国家队，甚至开始坐稳主力阵容！

在那个时期，几乎每一个同中国足球有关的人都在想，如果这样会不会更好？！如果再换种方式会不会有更多的机会？！自从兵败亚洲杯之后，中国足球就陷入一种莫名的恐慌和极度的不自信之中。7月30日，一则报道称“经国家队世界杯领导小组两天紧急会议及报请国家体委有关领导同意，正式敲定备战十强赛的37人集训大名单及26人的首次集训名单”。这是一次中国特色十足的报道，更是很好地给全国球迷清晰地展现了当时的国家队到底面对着何等压力！在37人的大名单中，除去京城球迷始终对其充满敬意的大连万达的空霸小王涛之外，几乎涵盖了3年多的职业联赛以来所有表现突出的球员。不过，最后参加首次集训的26人名单还是让不少京城球迷欷歔不已，因为这里面没有了过去几年里国家队铁打的主力——北京国安的中场球星曹限东，同时也少了转战甲B的前京城杀手高洪波和一度成为国安克星的宿茂臻的身影……

在赛前媒体连篇累牍的报道中，最终落选预选赛阵容的曹限东手机24小时开机，随时等待着国家队主教练戚务生的召唤，而同样落选的高洪波更是不惜通过媒体发表只要让其上场，保证平均一场一个进球的言论。当然，这些消息的真假无从考证。不过还是从另一个角度表达了大家对于世界杯的重视、期待和那份不安的心情。

小王涛、宿茂臻、曹限东、高洪波等人的落选，以及李金羽、李铁、张效瑞、隋东亮等人的最终入选，在当时或许就足以说明，以戚务生为首的教练组已经开始动摇。面对袁伟民“一切为了出线”的动员所带来的那份巨大而无形的压力，大家已经处在一个对未来失去计划的迷茫和彷徨之中。

8月10日，国家队首批26名球员奔赴英国，开始为期十几天的最后拉练。同期传出消息，与我们同在一组的对手伊朗队的头号球星、1996年亚洲足球先生阿齐兹成功加盟德甲球队科隆，同先期加盟的国家队队友阿里代伊和卡里姆会合。

8月18日中国国家队在英国的首场热身赛2：0轻取几乎等于英乙水准的诺丁汉森林，郝海东、李明建功。国家队初试新阵451：门将区楚良，后卫孙继海、范志毅、张恩华、毛毅军，中场马明宇、李铁、李明、姚夏、刘军，单前锋郝海东。

20日再战水晶宫21岁以下的二线阵容，首发门将符宾，四后卫李红军、徐弘、张恩华、魏群，中场李铁、隋东亮、刘军、黎兵、李金羽，单前锋胡云峰，即便是一帮孩子的二线阵容，国家队上半场反而被对手2：0领先，换上主力之后，郝海东进2球，范志毅、李明、孙继海分别建功，最后以5：2反败为胜。21号迎战切尔西的替补阵容，中国队首发区楚良、孙继海、范志毅、张恩华、毛毅军、马明宇、李铁、李明、姚夏、刘军、黎兵已经开始逐渐接近十强赛的主力阵容，上半场0：1落后，下半场的比赛黑子张恩华接角球抢点破门成功，随后，李明的劲射将比分锁定为2：1。接下来国家队再以0：0逼平阿森纳，4：2大胜查尔顿，以5战4胜1平结束英国拉练。

在此期间，8月21日的《足球》报还刊登了《杨一民千里走单骑窥探伊朗队虚实》的文章。当时身在德甲的阿里代伊没有回国参赛，风传是因为其同主教练有矛盾，继而被开除国家队，中国球迷无不为去一心头大患而暗自窃喜。同时，杨一民反馈回来的消息是伊朗队中11号阿齐兹、6号巴盖里和当时还被国内媒体称为“马赫达维尔”的17号马达维基亚为重点球员。其实，在此之前，就当我们刚刚跻身十强赛的时候，《足球》报就曾经刊登过陈伟胜署名的文章《咄咄逼人的伊朗队》，以执法伊朗队小组预选赛的中国籍裁判王学智和于敬仁的视角，提醒中国队如果同伊朗队分在同一小组，一定要引起重视的几个方面，包括提醒中国国家队伊朗队的心理素质惊人，不到比赛最后一刻都绝对不能松懈，以及重点关注曾经在伊朗17：0狂胜马尔代夫的比赛中，个人独中7球的6号罗斯兰，也就是日后被中国球迷铭记的巴盖里和伊朗的头号球星阿里代伊！日后想来，这两次十分关键的提醒不仅没能引起有关人士的高度重视，反而一语成谶，中国队最终还是倒在阿里代伊、巴盖里和马达维基亚的脚下。

几乎就是相同的时间，传来卡塔尔主教练因为考虑到卡塔尔国内球员的水平有限，迅速招募3名高水平的尼日利亚球星入籍的消息，又在一定程度上加深了部分中国球迷以及相关人士的恐惧。

8月27日，国家队结束海外拉练从英国直飞韩国，参加当年中韩对抗赛的第二回合。首发的区楚良、孙继海、范志毅、张恩华、毛毅军、马明宇、李铁、李明、姚夏、于根伟、黎兵也就成为此次英国拉练的最后成果。最终，中国队只是凭借区楚良的神勇表现，0：0逼平对手。不过，这时候中国队的教练组貌似已经没有任何可以应对变化的招数了。打完中韩对抗赛， 9月2日最后的一场热身赛中国家队凭借范志毅、李金羽、黎兵的3粒进球完胜哈萨克斯坦终于结束了漫长的热身之旅。7场比赛中国队最终取得5胜2平的不败战绩，在给了国人部分信心的同时，也让人生疑，其中7场比赛均没有上场的原球队主力中场彭伟国因为受伤一直在进行治疗，球队却最后也没有进行人员调整，给人的感觉是对于十强赛的准备从一开始确定26名球员名单就已经全部设计完毕，接下来的只是按部就班地完成就可以了，这让作为球迷的我还是隐隐地担忧。同时，十强赛比赛正式开打之前再次传出消息：伊朗队阿里代伊回归！

1997年9月13日十强赛第一场，中国队坐镇大连金州体育场，迎战来访的伊朗队。

中国队首发451，门将区楚良，后卫孙继海、范志毅、张恩华、毛毅军，中场马明宇、李铁、李明、于根伟、姚夏，单前锋黎兵。一个在N天以前就被提前公布的阵容，到此时我们也才忽然记起，郝海东因为小组赛阶段的两张黄牌首场停赛！这次，坐在电视机前和几个朋友一起期待着比赛开始的我，就像平常的每个周末期待着国安的比赛一样，心情随着比赛的临近而越发激动。说实话，那个时候的我是不能够完全看懂足球的，留在今日的记忆中的就是裁判的一声哨响，随后电视中便充斥着从现场传回来的巨大的噪声，加油、呐喊、鼓点、喇叭声掺杂在现场解说员的旁白中，眼睛死死地盯着屏幕上的皮球，全神贯注地期待着奇迹的发生。5分钟、10分钟、15分钟、20分钟……时间就这样不知不觉地慢慢流逝，直到范志毅的一脚挑传，张恩华摔倒在伊朗的禁区中……点球！点球！真的是点球！狂喜来临前的紧张甚至让我难以控制内心的激动。当范志毅站在球前，我忽然有个最直观的感受，电视静音了！数万人的金州体育场已经传不出哪怕一丝的声响。我甚至第一次有了书中所描述的感觉，空气凝固了，我感觉自己有点透不过气了……范志毅摆好球，后退，助跑，摆腿，大力轰中路，伊朗守门员一个侧扑，皮球伴随着全场突然爆发的一种巨大声响应声入网！呼——我如释重负。上半场比赛中国队凭借范志毅的点球1：0领先！中场休息，我急不可待地跑去厕所，却不知道要干什么去！那种

在数万人静静地关注和期待下的点球一击，让我瞬间明白了什么叫“压力”！也就是从那一刻起，我开始尝试着去理解和宽容所有在比赛中罚失点球的队员。下半场的比赛开始不久，李明在禁区内接孙继海的传球侧身凌空直接攻门，2：0！中国队完美开局。此后的时间，我和一起看球的朋友们都已经相信胜利属于中国队了，甚至我们对于比赛的关注也逐渐地转为对双方球员的评头论足。直到稍后不久，一个同伴忽然直指着电视大喊：点球？！点球吧？点球！我们的注意力才重新回到比赛中，阿里代伊委屈地坐在地上，范志毅一脸无辜地摊开双手，确实是点球，结果已经不能更改。看着站在球前的伊朗队6号巴盖里，我拼命地回想区楚良是否有在国家队或者俱乐部队里扑出过点球的经历。当记忆还没有在脑海中成形，区楚良一个姿势标准的侧扑，然后皮球飞进球网的一幕已经再次上演。伊朗队迅速将比分扳为1：2，赛前关于伊朗队心理素质强横的印象第一时间从脑海之中闪过，果然是10号阿里代伊和6号巴盖里。中国队教练组迅速作出调整，高峰上场替下黎兵。随后第一次代表中国国家队大赛首发的姚夏和于根伟纷纷下场，由李金羽和隋东亮顶替。也不知道是因为紧张而导致的体力问题还是伤病，在这3个换人之后，少了一直压制自己的姚夏，伊朗2号马达维基亚短时间内迅速爆发，两记石破天惊的远射让电视机前的我们目瞪口呆！中国队2：3落后！以后的记忆变为混乱，伊朗队如何攻进第4粒进球的我已经记不清了。只是感觉场上的中国队的队员们神态紧张，动作僵硬。不再奢望着扳回比分，比赛还是赶紧结束吧……

赛后的时间，我们回忆起太多曾经的过往：回忆起当初力斩桑普多利亚的442，回忆起7：0狂胜山东时候快刀浪子高峰的5个进球，回忆起2：0战胜新西兰的比赛中高峰灵巧的脚后跟一磕，回忆起联赛中威风八面的范志毅和郝海东，当然也回忆起兵败亚洲杯，回忆起2：0领先沙特然后被人家连扳4球，回忆起赛前媒体连篇累牍报道的重点对手阿里代伊、巴盖里、马达维基亚……

原来这一切都是命中注定的啊！

随后的比赛，沙特主场2：1战胜科威特。第二轮中国队轮空，卡塔尔主场0：2负于科威特，伊朗主场同沙特1：1战平。两轮比赛过后，伊朗、沙特同积4分占据积分榜前两位，科威特积3分紧随其后，中国和卡塔尔积0分排名后两位。

第3轮比赛，中国队客场挑战卡塔尔。关于这场比赛的记忆只停留在范志毅被人家潇洒地人球分过和郝海东带病上场扳平比分上了。虽然在落后的情况下扳回比分本应值得庆幸，但是在一致被认为是小组赛最弱对手的卡塔尔身上只取得一分，这个结果还是让中国球迷泄气。同轮比赛科威特主场1：1战平伊朗，3轮过后，中国队继续位列榜尾。

比赛打到第4轮，中国队主场迎战沙特。国家队终于变阵，用谢峰顶替之前首发的毛毅军，也就是这个变化最终为国家队带来了十强赛的第一场胜利。下半场比赛谢峰沿着边路一通冲击，最后以不惜冲出场外撞到广告牌子上的代价为中国队博得一个角球。记得当时是李明主罚，张恩华久违的狮子甩头，将球狠狠砸进沙特队大门。中国队最终凭借此球1：0战胜对手，以三战积4分的成绩重新燃起小组出线的希望。另外一场比赛伊朗主场3：0完胜卡塔尔。4轮比赛过后，伊朗队8分独居榜首，中国、沙特、科威特3队同积4分成胶着状态，卡塔尔1分垫底。

第一循环的最后一轮比赛，中国队客场挑战科威特，这场比赛的时间是周末，感谢中央一台对于比赛的直播。当半夜家人都已经去休息的时候，我蜷缩在沙发里目不转睛地关注着中国队的客场之旅。坦白讲，当时的我对国家队并没有什么赢球的信心，毕竟科威特主场曾经战平了将我们轻易击溃的伊朗队，而我们三场比赛也仅仅是凭幸运的一球战胜沙特。但是，为什么还要坚持呢？我没有答案，同样我也找不到放弃的理由。不知道在当时有多少中国球迷和我有着一样的感受，就是这样矛盾地在坚守。好在这次我们终于等来了希望，开场3分钟郝海东的进球回报了所有像我一样孤独地坚守着的球迷。当号称前柔道高手的科威特前锋侯瓦迪以一记巧妙的吊射扳平比分的时候，我甚至开始再次祈祷这或许又是一场1：1的平淡结局吧，但愿我们不会输！下半场的比赛科威特人体力明显下降，我们也终于等来了我们的生力军高峰。当高峰两次尝试在对方禁区左侧摆脱打门无果后，换到右路的高峰终于等到了绝杀的机会。当高峰连续摆脱，半转身抽射中的一瞬间，不知道有多少电视机前的球迷和我一样在振臂高呼……午夜，一个人躲在不开灯的房间里，蜷缩在沙发中，然后自顾自地高举双臂，想想真的是为年少的自己而感动。

随后的比赛，沙特主场1：0战胜卡塔尔。第一循环5轮比赛结束，伊朗队积8分继续排名榜首，中国和沙特同积7分因为净胜球的关系屈居沙特之后。虽然暂时还是处在第3位，不过仅仅一个净胜球的微小差距还是让全国球迷对剩余比赛的结果充满期待。

只可惜，这份期待终究还是没能坚持太久。第二循环的首轮比赛，做客伊朗的中国队再次以一场1：4的大比分完败。队员们在赛场上所表现出来的慌乱和无措深深地刺痛了近3年火爆联赛培养起来的中国球迷！这还是我们昔日追逐的“英雄”吗？虽然同轮的科威特主场爆冷2：1力克沙特，让大比分输球的中国队不至于被对手把积分拉开。但是，面对如此状态的国家队，不知道有多少球迷能够相信我们还会有机会。

次轮比赛轮空，国足难得地迎来调整的时间。我们坐山观虎斗地看着沙特主场1：0力擒伊朗，卡塔尔客场爆冷击败科威特。所有的形势都在朝着对我们最有利的方向发展，我们甚至惊喜地发现，此轮比赛过后，并没有参加比赛的我们积分不但没有被拉开，反而进一步缩小了同榜首球队的差距。老天爷再次把机会交到了中国队的手中！只是，我们也再次眼睁睁地看着它从我们身边溜走……

相信这次主场同卡塔尔的比赛和第一场主场同伊朗的比赛一样，是让中国球迷刻骨铭心的记忆。破釜沉舟地解放范志毅、顺乎民意地换下李铁，永远似曾相识的领先被反超，我们“伟大”的国家队就这样在一场方寸大乱的90分钟里，再次宣告中国足球精神层面上的直接出局。直到今天还有为数不少的球迷在反复强调着，其实输掉主场同卡塔尔的比赛我们依旧还有机会，如果不是客战沙特懦弱的保平争胜心理作祟，我们依旧可以进军世界杯。只是可怜的中国球迷啊，面对一支已经泄了气的球队，即便我们高喊着誓夺3分的口号出征，我们能够保证从沙特的客场带回三分吗？再或者，即便我们可以侥幸地从客场带回3分，谁又能够保证最后主场面对科威特的时候我们依旧可以在巨大的压力面前正常发挥再次全取3分呢？！这也就是我们始终无法面对的自己的真实实力！最后的两场球，客场逼平沙特和主场1：0击败科威特，与其说是我们自己错过了最后的机会，倒不如说是队员们在已经没有出线压力的情形下，为自己冲击世界杯之旅做的收尾。

只是，残酷的现实，冰冷的结局，肩负祖国荣誉出征后的溃败，以及对伊朗两回合3：8的比分让我们终于不再抱有任何幻想地看清了国家队的真实水平，包括我们在原本就已经是世界三流水平的亚洲足坛所应有的地位。一种莫名复杂的情感让球迷在回过头面对自己曾经疯狂痴迷的甲A联赛的时候，已经不知道该作何取舍。

足球到底还是不是我的梦？！

在接下来重新开始的甲A联赛中，北京国安就像中国足球的风向标一样，随之陷入一种苦苦支撑的颓废情绪之中。最后的9轮比赛仅仅取得2胜5平2负的成绩，最终排在大连万达和上海申花之后获得季军。而大连万达的N场不败也在最后一轮做

1997年，国足主场2比3负于卡塔尔，媒体一片哀鸿遍野。

足球

蓝带啤酒 天长地久

国家队包机飞抵利雅得 行装甫卸立即投入训练

soccer 第1058期

广州日报社主办

1997年11月3日 星期一

莫明其妙 一错再错

威务生金州惨败

死马权当活马医

中国队理论上没死

家备良药，万事无忧

SONY

无限动力

面对冰冷的结局，球迷的表情只能用痛惜来形容。

客上海的时候，被申花以4：2将纪录终结。看着最后由上海人完成的这个壮举，不知道有多少北京球迷其实心有不甘。主场对大连的比赛前夕，金志扬为了能够让球队以最好的状态迎战对手，甚至刻意让姚健、韩旭、刘建军、邓乐军、卡西亚诺等人在上一场比赛中休息。同大连队的比赛开始后，国安毫不迟疑地展开狂攻，然而谢峰以及出任后腰的邓乐军等人霸气十足的射门最终与进球失之毫厘，最后时刻安德雷斯接谢峰的下底传中头球攻门稍稍偏出也成为京城球迷1997年最后的遗憾。最终，场面全面占优的国安只能0：0同对手战平！

当然，在12月国安参加的亚洲优胜者杯的比赛中，客场2：0主场1：0双杀日本川崎贝尔迪还是成为中国球队参加洲际赛事中难得的经典记忆，冈波斯、周宁、南方的3个进球以及金志扬让人热血沸腾的战前动员："你们打这场比赛，代表的不仅是国安队，代表的是北京，是中国！你们必须树立必胜的信念，用你们的汗水与鲜血捍卫中国足球，给处于低谷的中国足球、遭受打击的中国球迷带去一份新的希望"更是值得国安球迷终身铭记，不过可惜的是，国安最后在1998年初的半决赛中大比分完败水原三星，这是后话。

另外需要提及的是，倒数第二轮国安客场对申花的比赛，上半年9：1大胜的国安实施战略调整，最终以半主力半替补的阵容1：2小负对手，再次为足协杯决战申花留出伏笔。

当年的足协杯赛，从第2轮开始参赛的国安一上来即两回合4：2淘汰了辽宁，随即又凭借卡西亚诺主客场的各一粒进球总比分2：1险胜上海豫园，半决赛面对八一，在谢峰、符宾等人参加十强赛的情况下，凭借安德雷斯、卡西亚诺、南方、王涛等人的进球更是以两回合8：0的大比分狂胜晋级。

1997年12月28日，足协杯决赛，国安主场对上海申花，最终的结果是2：1国安成功卫冕，比赛中虽然邓乐军率先自造乌龙，不过国安还是凭借卡西和南方的进球实现了反超。卡西进球后的庆祝方式和南方进球后表情痛苦的奔跑给太多人留下了深刻记忆，而我印象更深的却是赛后金指接受记者采访，面对记者挑衅般地问对于米乐的乌龙球怎么看时表现出的霸气："我就是要让邓乐军打首发，就是要让他打后卫，我们的目的就是要压制对方的吴承瑛。事实证明，我们的安排就是有成效的！最后我们赢了！”（原话记不清楚了，但大概就是这个意思。）或许也是从那个时候起，对于18岁的我而言，终于知道了什么才是北京该有的气质！我就是要玩儿我自己的，别人？爱谁谁！

然而，足协杯的卫冕终究不能完全取代联赛不能问鼎所带来的失落。同时，1997年对于中国足球而言因为国家队的失利，让所有人都陷入一种迷茫的纠结中，一种矬子里面拔将军的感觉，让人觉得冠军争不争或许都不值得再大书特书了吧。

金志扬在国家队失利之后接受采访的一语：“低水平的国内联赛，名次的争夺并没有更多的实际意义”，也让一直无法拿到冠军的国安球迷有些释然。当然，老金的观点还是时不时地会被其他地区球迷以“等你们先拿到冠军再说吧”而奚落。实际上，这像极了我一直坚持的人生准则：快乐开心永远都应该是第一位的，赚钱并不应该成为我们人生的主要目的，为了明天的快乐而在今天委屈自己同样不值得。但是朋友们总是回以一句：“还是等你赚到钱以后再说吧。”这些话让我不屑争辩同时却也真实地无话可说。没有冠军的国安就这样和一事无成的我相依为命地并肩站到一起，甚至也成为日后自己在面对挫折时候选择逃避和游戏人生的借口……

1997年就这样在一地鸡毛中落幕，后来因为冈巴、卡西的优异表现，国安冲动般地终身买断了巴拉圭国青队20岁的小将罗曼，这个消息和冈巴最终获得当年的中国足球先生还是多少给了北京球迷一丝安慰。远走重庆的高峰表现优异，全年联赛攻进9个进球。加盟广州松日的高洪波以甲B最佳射手的身份带领广州成功冲上甲A。北京球迷欷歔不已的同时，也为两人的表现而稍感欣慰，北京球迷毕竟是要体现出那份有别于其他人的大气！每一个为北京足球作出过贡献的人都值得北京球迷一生铭记，感谢所有，为大家祝福。

1997年甲A联赛积分表

名次/球队	场次	胜	平	负	进球	失球	净胜球	积分
01大连万达	22	15	6	1	47	16	31	51
02上海申花	22	11	7	4	36	22	14	40
03北京国安	22	8	10	4	34	20	14	34
04延边敖东	22	8	5	9	22	22	0	29
05济南泰山	22	7	7	8	19	22	–3	28
06四川全兴	22	6	9	7	29	27	2	27
07前卫寰岛	22	7	5	9	26	29	–3	26
08广州太阳神	22	5	10	7	14	20	–6	25
09八　一	22	5	10	7	21	32	–11	25
10青岛海牛	22	6	7	9	16	27	–11	25
11天津三星	22	5	8	8	21	26	–5	23
12广东宏远	22	4	4	14	16	38	–22	16

1997赛季北京国安队人员名单：

领　　队：杨　群

主 教 练：金志扬

助理教练：郭瑞龙、李松海、沈祥福

队　　医：双印

主　　场：北京工人体育场

队　　员：1号符宾　2号刘建军　3号谢朝阳　4号韩旭　5号李红军　6号魏克兴　7号谢峰　8号曹限东　9号王涛　10号杨晨　11号冈波斯　12号胡建平　13号吕军　14号周宁　15号邓乐军　16号李洪政　17号徐阳　18号王少磊　19号于光　20号南方　21号英加纳　22号姚健　23安德雷斯　24号卡西亚诺

1997赛季全国足球甲级A组联赛季军、足协杯赛冠军、超霸杯冠军、亚优杯季军

日期	轮次	对阵及比分	进球队员	
3月16日	第1轮	北京国安　0：0　四川全兴		
3月23日	第2轮	广东宏远　2：1　北京国安	胡建平	马克、埃米尔
3月27日	第3轮	北京国安　2：1　济南泰山	胡建平、谢峰	李霄鹏
3月30日	第4轮	北京国安　1：1　八　　一	英加纳	胡云峰
4月6日	第5轮	前卫寰岛　0：0　北京国安		
6月29日	第6轮	天津三星　1：1　北京国安	韩旭	孙建军
7月6日	第7轮	北京国安　2：0　青岛海牛	李洪政、吕军	
7月10日	第8轮	广州太阳神0：3　北京国安	英加纳、英加纳、周宁	
7月13日	第9轮	大连万达　5：1　北京国安	冈波斯	王涛、郝海东3球、王鹏
7月20日	第10轮	北京国安　9：1　上海申花	安德雷斯3球；曹限东、冈波斯2球、卡西亚诺3球	吴承瑛
7月24日	第11轮	延边敖东　2：2　北京国安	曹限东、安德雷斯	黄东春、黄东春
7月27日	第12轮	四川全兴　0：2　北京国安	冈波斯、卡西亚诺	
8月3日	第13轮	北京国安　4：1　广东宏远	安德雷斯3球、卡西亚诺	马克
11月16日	第14轮	济南泰山　0：0　北京国安		
11月20日	第15轮	八　　一　1：0　北京国安		潘毅
11月23日	第16轮	北京国安　0：0　前卫寰岛		
11月30日	第17轮	北京国安　1：1　天津三星	邓乐军	孙建军
11月26日	第18轮	青岛海牛　0：1　北京国安	安德雷斯	

续表

12月7日	第19轮	北京国安 1：1 广州太阳神	安德雷斯	胡志军
12月14日	第20轮	北京国安 0：0 大连万达		
12月18日	第21轮	上海申花 2：1 北京国安	冈波斯	吴承瑛、祁宏
12月21日	第22轮	北京国安 2：1 延边敖东	卡西亚诺、安德雷斯	李灿杰
5月10日	足协杯	辽宁双星 1：3 北京国安	南方、周宁、谢朝阳	庄毅
5月18日	足协杯	北京国安 1：1 辽宁双星	冈波斯*	曲圣卿
9月7日	足协杯	上海豫园 0：1 北京国安	卡西亚诺	
9月14日	足协杯	北京国安 1：1 上海豫园	卡西亚诺	略
9月20日	足协杯	八 一 0：5 北京国安	南方、南方、安德雷斯、安德雷斯、卡西亚诺	
9月27日	足协杯	北京国安 3：0 八 一	安德雷斯、安德雷斯、王涛	
12月28日	足协杯	北京国安 2：1 上海申花	卡西亚诺、南方	乌龙（邓乐军）
3月9日	96超霸杯	大连万达 3：2 北京国安	杨晨、谢峰*	王涛、王涛*、李明
11月	商业比赛	北京国安 3：0 福冈黄蜂	安德雷斯、安德雷斯、安德雷斯	
8月27日	97/98亚优杯	北京国安 4：0 新拉迪安特	周宁、邓乐军、南方、魏克兴	
8月29日	97/98亚优杯	新拉迪安特0：8 北京国安	曹限东、王涛、冈波斯、安德雷斯5球	
9月25日	97/98亚优杯	阿巴哈尼 0：1 北京国安	卡西亚诺	
11月2日	97/98亚优杯	北京国安 2：0 阿巴哈尼	安德雷斯、卡西亚诺	
12月3日	97/98亚优杯	川崎贝尔迪0：2 北京国安	冈波斯、周宁	
12月11日	97/98亚优杯	北京国安 1：0 川崎贝尔迪	南方	

〈仅供参考，*为点球，#为任意球〉

1998

★ 关键词：十八棵青松、金球、世界杯、杨晨留洋、高洪波退役、国安买断威克瑞

★ 大事记：北京国安2：1大连万达（超霸杯）

北京国安5：0深圳平安（联赛）

青岛海牛2：2北京国安（联赛）

“1998年宿命般地成为中国足球凄风苦雨、步履艰难的一年。中国球迷经历了充满希望的1994年，看到了激情燃烧的1995年，走过了满怀期待的1996年，最后却依旧倒在了写满泪水和失望的1997年！4年职业联赛的火爆，并没有为苦大仇深的中国足球冲进世界杯的终极目标带来结果上的蜕变。太多原本就是因为无聊才选择关注足球的人们，再次随着社会的整体意识的盲从而随波逐流。放弃，成为沉重的中国足球不得不面对的话题。”

“首都的球队，争就争第一！其实这恰恰迎合了北京人骨子里的大爷脾气，既然争不到第一，至于亚军还是勉强保级对于京城球迷而言，或许已经无所谓。不再有激情的保守打法就这样对北京球市进行着潜移默化的伤害……”

“就是在这样一种条件和随时都会遭受歧视等不公平待遇的处境下，倔犟而坚强的杨晨最终凭借自己的努力拿到了租借合同，并且在一个表现优异的赛季之后成功转会。让自己，让北京，让一名来自足球水平相对落后国家的球员得到了应有的尊重！为我们找回了属于中国人的荣誉！这种坚持激励着年轻的我们，无论在学习上遇到多大的困难都不应该放弃，感谢杨晨。”

这一年我19岁，继续求学。回忆着春节晚会上面王菲和那英的《相约98》，我们也一度对这个年份充满期待。那时候的世界体坛，网坛还是连续6年排名世界第一的桑普拉斯的时代，费德勒、纳达尔还不知道在干什么；NBA也还是乔丹的天下，虽然当时不喜欢篮球，也知道彼时乔丹的影响力绝对不是今日的科比、麦迪可以比拟的，而足球江湖更是将迎来我看球生涯的第一届世界杯赛。

然而我关于中国足球、关于国安的记忆却陷入一片混乱。

1998年宿命般地成为中国足球凄风苦雨、步履艰难的一年。中国球迷经历了充满希望的1994年，看到了激情燃烧的1995年，走过了满怀期待的1996年，最后却依旧倒在了写满泪水和失望的1997年！4年职业联赛的火爆并没有为苦大仇深的中国足球冲进世界杯的终极目标带来结果上的蜕变。太多原本就是因为无聊才选择关注足球的人们，再次随着社会的整体意识的盲从而随波逐流。放弃，成为沉重的中国足球不得不面对的话题。

好在此时的我依旧没有太多别的嗜好，完成学业的闲暇之余去操场上踢两脚球已经成为我最大的乐趣。时间，永远是治疗伤痛最有效的良药。随着国家队冲击世界杯的失利，以戚务生为首的教练班子自动解散，英国人霍顿在亿万国人期待的目光中高调上任，并在随即开始的东亚4强赛中带领刚刚铩羽的中国国家队力压韩国取得第二名，其中在同最后的冠军日本队的比赛中，在十强赛上发挥欠佳的黎兵状态神勇，梅开二度力助中国队完胜，也让球迷在拿霍顿同戚务生的对比之中，内心

深处再次开起蠢蠢欲动的希望之火。

至于国安，既然当初选择关注，既然它还依旧代表着北京，有什么理由放弃呢？毕竟在过去3年里国安带给了我无限的快乐，即便1997年冲击世界杯失利，也干脆把它看作自己成长路上的一份记忆吧。迷茫、枯燥的学生时代有一群人，有一支队伍同你的生活息息相关，又何尝不会给你的生活平添一份色彩呢？爱足球，就选择继续！

不过事实的残酷就在于，1998赛季的联赛尚未开始，作为国安球迷的我们就必须选择放弃对于联赛冠军的追逐，这是一个让人泄气的命题！继上赛季失去锋线二高之后，国安1995赛季创造辉煌的原班人马再次分崩离析，逐渐在队里失去主力位置的邓乐军、谢峰、曹限东、符宾纷纷提出转会，国安无一例外地全部批准。只是可惜老将们的转会大多被当时中国足协的摘牌制度所困，最终出现了诸多意料之外的结局。

最终，邓乐军转会山东，老将谢峰南下深圳，原本打算去前卫寰岛同高峰相聚的曹限东被青岛颐中海牛截牌，符宾转会前卫寰岛，同时1996年从八一转会而来的大王涛租借长春亚泰，同样在1996年从日本回归的魏克兴选择退役，而国安的补充就是从辽宁队引进中场球员李东波，以及春训期间毛遂自荐加盟的原北京首钢队门将刘新伟。原本国安还一度在摘牌大会上摘得大连的魏意民，只是魏意民最后得知被国安摘牌，不愿来京而撤销上榜了。同时俱乐部一直商谈的引进威克瑞球员的计划也迟迟没有进展。结果，在开赛之初原本兵强马壮的国安就瞬间变成了著名的“十八棵青松”。好在我们还是续约了卡西亚诺、冈波斯、安德雷斯3名外援，也保证了在前场的攻击线上不至于因为国内球员的离去而太伤元气。

生活就像一盒巧克力，你永远不知道会得到什么。就当大多数北京球迷对当时的国安不抱什么希望的时候，在3月12日的超霸杯上，缺兵少将的国安却在新帅沈祥福的带领下上演了一出精彩绝伦的悬疑大戏。

徐根宝的大连队还是过于忌惮咱们的三个火枪手了，上半场大连凭借小王涛的进球1：0领先，下半场开赛不久内梅切克却因为对冈波斯的犯规被罚出场。当我们认为机会来了的时候，卡西和大宝子也相继被罚下！九打十，一球落后，然而国安在86分钟由安德雷斯接胡建平的角球头球攻门扳平比分！加时赛，少一人的国安足足同对手僵持了27分钟，当球迷们开始祈祷可以守住最后的3分钟，用运气来赌一把点球的轮盘赌的时候，新赛季晋升为主力门将的姚健开球，由14号改穿6号的周宁甩开大步闪过刘玉建的防守，在金斯苦苦的追赶之下直插禁区横传，大安中路跟进抢点球进，金球！绝杀！1998年第一冠，沈指给了所有人一份信心。新国安有新面貌！

在当年的世界杯上，意大利对智利一战，当看到巴乔接马尔蒂尼长传横敲中路，维埃里推射建功的时候，我的眼前分明浮现的就是大安的进球。中国足球水平落后是不假，不过如果我们怀着一颗欣赏的心去看待我们自己的足球，谁说就一定看不到艺术！

联赛开锣，国安首轮比赛客场挑战深圳，虽然最终国安0：0战平对手全身而退，不过，当时出任深圳右后卫的谢峰两次极具威胁的打门还是让京城球迷感慨万千，昨天还在你的呐喊助威声中身披绿色战袍一次次地为着北京的荣誉在冲锋陷阵，转瞬间已经作为对手站在了国安的面前。虽然每个人都清楚这就是职业联赛的必然，但是大家心里终究不能轻易释然。

随后的比赛，回归主场的国安凭借卡西亚诺的进球1：0气走八一。第3轮比赛客场挑战广州太阳神，李东波90分钟的进球帮助国安2：2逼平对手。3轮比赛过后，国安勉强地跟在第一集团的大部队后面。不过，功利意味十足的打法以及1胜2平的成绩虽然没有输球，也确实让球迷看不到什么争冠的可能。

现在想来，面对当时人员大面积流失的现实，或许也只有沈祥福制定的保守打法才是最合适的选择，虽然看上去被动挨打，不过一分一分的积累也保证了国安始终排在甲A的第一集团。只是，面对当初国安俱乐部董事长王军豪气云天的“北京的球队，要争就争第一”的霸气宣言，从1998赛季开始，慢慢趋于保守、务实的国安虽然用始终处在第一集团的现状维持了队员们的信心，但是球迷们的兴趣却正在一点点地衰减。首都的球队，争就争第一！其实这恰恰迎合了北京人骨子里的大爷脾气，既然争不到第一，至于亚军还是勉强保级对于京城球迷而言，或许已经无所谓。不再有激情的保守打法就这样对北京球市进行着潜移默化的伤害……

打完客场同广州太阳神的比赛，国安联赛暂停，出征当时跨年度的亚优杯半决赛，国安对阵来自韩国的水原三星。这对于痴心的国安球迷来说应该是又一次痛彻心扉的失败。记得为了备战这场比赛，国安还召回了1997赛季买断的巴拉圭小将罗曼。为此，在当时只能报3个外援名额的情况下，好像还放弃了表现出色的安德雷斯。关于这场比赛的过程我已经记忆模糊，只是在朦胧的印象里，这是一场同1995年客场挑战广东宏远类似的比赛，小将罗曼和冈波斯相继被罚出场国安最终大比分失利而结束比赛。不仅遗憾地没能进军最后的决赛，0：5也成为了国安外战历史上最惨痛的一次失败。

好在，在随后同土库曼球队争夺三四名的比赛中，虽然国安只有卡西一名外援可以比赛，但最终还是凭借卡西亚诺的神勇表现4：1战胜对手，取得当年亚优杯第3名的成绩。

回到联赛中，国安继续着主场争胜、客场保平的战术指导思想，并且最终务实地在不被外界看好的情况下保持了12轮不败，直到第13轮做客广州迎战松日，终被赵昌宏一球击败。至此半程联赛结束，国安13战5胜7平1负，积22分排名大连、上海之后位居第3位，新人李东波3球进账。这其中，第4轮主场3：1胜山东的比赛中还有个小花絮。为国安攻进最后一粒进球的是王少磊，这也是在国安期间备受球迷诟病的老王为国安打进的唯一一粒进球，可惜的是这唯一的进球最终还因为电视导播在重放之前比赛中的一个慢镜头而被电视机前的球迷生生错过了。这居然成为了一个在电视直播中没有记录的进球！想想，真是替王少磊可惜。

上半程结束，由于法国世界杯的开赛，甲A联赛识趣地选择了休整。在此期间也终于有了1998赛季在日后值得北京足球大书特书的地方。那就是国安最终斥资1200万人民币买断了北京威克瑞，不仅有效解决了人员不足的危机，更是为北京足球补充了徐云龙、陶伟、杨璞、邵佳一、薛申、田野等一批在以后的日子里扛起北京足球大旗的孩子，薛申也在第22轮客场同青岛海牛的比赛中攻进了威克瑞一代的首粒进球。这一在事后看来颇具偶然色彩的无奈之举，最终为2009年国安赢得历史上的第一个联赛冠军奠定了坚实的人员基础。

7月26日，下半程首轮国安主场迎战深圳平安，伤愈复出的卡西亚诺上演帽子戏法，独进3球，于光、安德雷斯也纷纷建功。刚刚随着健力宝的回国解散而加盟国安的陶伟也在这场比赛中首次代表国安替补出场出任双后腰之一，并且贡献了一次助攻。国安最终5：0狂胜，气势如虹。不过，随后的客场比赛，国安却再次被八一队3：1完败，由于当年联赛最后八一队惨遭降级，日后想起当时潘毅和黄勇的进球，依旧让一直立志争冠的国安球迷无地自容。另外让球迷们如鲠在喉的比赛也继续上演：在第22轮客场挑战青岛颐中海牛的比赛中，国安上半场凭借大安和薛申的进球2：0领先，却在下半场被庄毅和曹限东两个同北京足球颇有渊源的球员把比分扳平。旧人的反戈一击，让我们总是有意无意之中去相信，这其中就是有着一丝报复的色彩，一种悔恨、气愤而又无奈的情绪就这样挥之不去地占据我们的脑海。就这样，国安队如过山车一般起伏不定地结束了后半程的联赛，全年13个主客场比赛，国安主场10胜3平保持不败，而客场却是10平3负无一胜绩。全年比赛结束，国安最终维持着上半程的排名，位居大连、上海之后，再度取得1998年度甲A联赛的第3名。

散落在1998年足球记忆长河的零星碎片大多依旧是和个体有关。

▲ 国安1998年纪念扑克

▲ 1998年的回忆

高洪波，退役。在1997年转会广州，以甲B最佳射手的表现带领松日冲上甲A，并且帮助松日在1998赛季的甲A联赛中站稳脚跟之后，33岁的高洪波最终选择告别绿茵场。这位京城球迷心目中举足轻重的“冷面杀手”就这样在远离北京的广州，结束了自己的球员生涯。不知道有多少国安的球迷会如我一样，为没能够亲眼看到作为运动员的高洪波在先农坛或者工体的草坪上同北京足球挥手告别而深感遗憾。

李金羽，连续的多场比赛进球，激情四射的庆祝方式。在这个冲击世界杯失败以后灰暗、沮丧的赛季里，年底由霍顿挂帅，混编方式出征亚运会足球比赛的中国国家队还是给了处在低谷期的中国球迷一份美好的记忆。虽然，在同伊朗的两次交锋中，中国队再次连续两次惜败。不过，李金羽的激情出演，还是让我们对未来多了一份期待。

杨晨，赛季中途加盟德甲法兰克福。同期，李金羽加盟法甲球队南锡，范志毅、孙继海加盟英甲水晶宫。对于当时冲击世界杯失利的中国足球而言，走出去就是当时唯一让希望得以延续的办法。当国安在联赛的下半年踌躇不前之时，从遥远的日耳曼传回来的每一个杨晨表现出色的消息都给了我们莫大的精神安慰。也正是因为杨晨，不仅让法兰克福在中国名声大振，甚至就连原本在欧洲不入流的弗约托弗特、克里扎洛维茨等人也为中国球迷耳熟能详。然而，杨晨只身闯荡德甲的不易，一直等到马明宇在亚运会男足集训的回忆中提及时，才被我们知晓。初到德国试训的杨晨，因为来自足球水平落后的中国，连被俱乐部安排的临时住所都同其他试训球员有差别。毫无疑问，提供给杨晨的接待条件是最差的。当时德国人给来自中国北京的杨晨安排的房子是只有一个房间和厨房的老房子，破旧不堪。至于说旧到何种地步，杨晨关于房子电梯的描述甚至让人无语。那是一种最老式的电梯，一边是电梯一边是石头，电梯的升降是要靠石头的重量来牵引的……**就是在这样一种条件和随时都会遭受歧视等不公平待遇的处境下，倔犟而坚强的杨晨最终凭借自己的努力拿到了租借合同，并且在一个表现优异的赛季之后成功转会。让自己，让北京，让一名来自足球水平相对落后国家的球员得到了应有的尊重！为我们找回了属于中国人的荣誉！这种坚持激励着年轻的我们，无论在学习上遇到多大的困难都不应该放弃，感谢杨晨。**

冈波斯，这个由中国联赛走出去的小个子，因为在甲A联赛表现出色，不仅成功被选进巴拉圭国家队，更是成为甲A联赛中参加世界杯比赛的第一人。少了中国队的世界杯，巴拉圭就是我们最大的精神寄托，也正因如此，成为一代传奇的疯狂门神奇拉维特举重若轻的王者风范也第一次征服了我们那颗属于足球的心。1998年我所经历的第一届世界杯也留下了太多难忘的回忆：巴乔的完美归来、智利的恐怖双萨、巴拉圭的钢铁防线、尼日利亚的疯狂、西班牙的泪水、欧文的魔幻一击、萨内蒂的绝妙任意球、小贝的红牌、小毛驴奥尔特加的冲动一顶、博格坎普的绝杀、拉小提琴的金左脚苏克、伟大的布兰科、神奇的图拉姆，直到最后齐祖的横空出世伴随着罗尼不甘的表情……

足球带给了我太多的快乐，而让我能够喜欢、学会欣赏这一切的是北京国安。在我心里，永远没有人，没有其他的任何球队可以将其替代。无论世界杯踢得多精彩，在我心中最期待的依旧是北京国安的辉煌，我始终相信，无论国家队层面上的中国足球最终走向何方，代表着我们心中最纯粹足球精神的北京国安，早晚一定会为我们正名！

1998年甲A联赛积分表

名次/球队	场次	胜	平	负	进球	失球	净胜球	积分
01大连万达	26	19	5	2	64	16	48	62
02上海申花	26	11	12	3	43	23	20	45
03北京国安	26	10	13	3	32	19	13	43
04广州松日	26	10	6	10	23	33	–10	36
05四川全兴	26	8	10	8	32	34	–2	34
06青岛海牛	26	8	8	10	24	30	–6	32
07前卫寰岛	26	8	8	10	29	29	0	32
08武汉红金龙	26	8	8	10	26	33	–7	32
09山东鲁能泰山	26	8	8	10	39	40	–1	32
10沈阳海狮	26	7	10	9	19	28	–9	31
11延边敖东	26	9	4	13	25	31	–6	31
12深圳平安	26	7	9	10	29	43	–14	30
13八　一	26	8	5	13	27	37	–10	29
14广州太阳神	26	4	8	14	25	41	–16	20

1998赛季北京国安队人员名单：

领　　队：杨　群

主 教 练：金志扬

助理教练：郭瑞龙、李松海、沈祥福、胡建平（兼）

队　　医：双印、张阳

主　　场：北京工人体育场

队　　员：1号刘新伟　2号刘建军　3号谢朝阳　4号韩旭　5号李红军　6号周宁　7号李东波　8号杨璞　9号田野　11号冈波斯　12号胡建平　13号吕军　14号薛申　15号陶伟　16号李洪政　17号徐阳　18号王少磊　19号于光　20号南方　22号姚健　23号安德雷斯　24号卡西亚诺

1998赛季获全国足球甲级A组联赛季军

日期	轮次	对阵及比分	进球队员	
3月22日	第1轮	深圳平安 0：0 北京国安		
3月29日	第2轮	北京国安 1：0 八一	卡西亚诺	
4月5日	第3轮	广州太阳神2：2 北京国安	安德雷斯、李东波	伊万沙、谭恩德
4月23日	第4轮	北京国安 3：1 山东鲁能	南方、李洪政、王少磊	邢锐
5月6日	第5轮	北京国安 2：0 延边敖东	周宁、安德雷斯	
4月19日	第6轮	上海申花 0：0 北京国安		
4月26日	第7轮	北京国安 2：0 沈阳海狮	安德雷斯*、安德雷斯	
4月30日	第8轮	武汉雅琪 0：0 北京国安		
5月3日	第9轮	北京国安 2：1 青岛海牛	李东波、安德雷斯	纪玉杰
5月10日	第10轮	四川全兴 0：0 北京国安		
5月17日	第11轮	前卫寰岛 0：0 北京国安		
5月31日	第12轮	北京国安 1：1 大连万达	李东波	郝海东
6月7日	第13轮	广州松日 1：0 北京国安		赵昌宏
7月26日	第14轮	北京国安 5：0 深圳平安	于光、安德雷斯、卡西亚诺、卡西亚诺、卡西亚诺	
8月2日	第15轮	八一 3：1 北京国安	徐阳	潘毅、黄勇、潘毅
8月6日	第16轮	北京国安 1：0 广州太阳神	安德雷斯	
8月9日	第17轮	山东鲁能 3：3 北京国安	乌龙（宋黎辉）、胡建平、胡建平	阿米尔、李霄鹏、李霄鹏
8月16日	第18轮	延边敖东 2：0 北京国安		朴淳培、黄东春

续表

8月23日	第19轮	北京国安　1：1　上海申花	安德雷斯	弗拉维奥
9月6日	第20轮	沈阳海狮　0：0　北京国安		
9月13日	第21轮	北京国安　2：1　武汉红金龙	冈波斯、安德雷斯	余捷
9月20日	第22轮	青岛海牛　2：2　北京国安	韩旭、薛申	庄毅、曹限东
10月4日	第23轮	北京国安　0：0　四川全兴		
10月11日	第24轮	北京国安　2：0　前卫寰岛	冈波斯、周宁	
10月18日	第25轮	大连万达　0：0　北京国安		
10月25日	第26轮	北京国安　2：1　广州松日	冈波斯*、卡西亚诺	胡志军
7月15日	足协杯	天津泰达　1：3　北京国安	卡西亚诺、安德雷斯、李东波	佐拉
7月19日	足协杯	北京国安　2：0　天津泰达	安德雷斯、徐阳	
8月27日	足协杯	辽宁天润　1：0　北京国安		张玉宁
8月30日	足协杯	北京国安　0：0　辽宁天润		
3月12日	97超霸杯	北京国安　2：1　大连万达	安德雷斯、安德雷斯（金球）	王涛
2月13日	97/98亚优杯	水原三星　5：0　北京国安		略
4月12日	97/98亚优杯	克派达格　1：4　北京国安	卡西亚诺、卡西亚诺、李洪政、卡西亚诺	谢尔盖
9月16日	98/99亚优杯	绍尔戈卡　1：0　北京国安		略
10月3日	98/99亚优杯	北京国安　4：0　绍尔戈卡	谢朝阳、冈波斯、薛申、胡建平	
11月4日	98/99亚优杯	北京国安　0：2　韩全南龙		略
11月28日	98/99亚优杯	韩全南龙　2：0　北京国安		略

〈仅供参考，*为点球，#为任意球〉

卧薪尝胆 1999—2003

这个阶段的叙述需要回到足球本身。从1999年到2003年的 5 年中，霍顿率领的国奥队九强赛的失利虽然让中国球迷继续感受着抓狂一般的痛苦，但是中国国家队却在米卢的带领下取得了历史性的突破，成功打进了2002年韩日世界杯决赛阶段的比赛。虽然世界杯的三场比赛三战皆墨尽失9球，但是终究这是中国足球历史长河中的一个节点。或许只有当此后的我们不知道什么时候才可以再次迎来有中国队参加的世界杯赛事的时候，我们才会明白其实有时候输球也是一种幸福。

加上沈祥福的中青队在2001年阿根廷世青赛上凭借曲波的惊艳一击打出的那场荡气回肠的比赛，总体上而言，至少在当时看上去这5年是中国足球回报全国球迷的一个阶段。

1999年我离开学校，迫不及待地跑到一家挂名在航天部旗下的小工厂上班，对于自由的向往应该是这个选择的最大动力。自己开始尝试着去接触社会，而国安也开始了一段励精图治、卧薪尝胆的复兴之路。1999年应该说从人员上已经开始进行新老交替的国安距离新人们走向成熟还有着遥远的距离。沈祥福率领的青年军开始接受国安“旧人”们的轮番挑战和反戈一击，金志扬曾经著名的“那些当年为你拼死拼活玩过命的人，一转眼就变成了你的敌人，我们能不为此感到心寒吗？”让我深有同感。这一年的我体验着一个人离开学校，和同学一起在单位旁边租个小房子像个“大人”一样的生活。虽然走出了校园，内心狂热外表冷漠的性格还是注定了我的生活单调而枯燥，不忘的只有对于国安的继续关注。虽然全年没有什么闪光的时候，但是最后一轮对于辽宁的阻击还是成为我们津津乐道的焦点，也一度带我们重温了金指时期的激情和那份没落贵族依旧底蕴十足的骄傲！可是换个角度，我们的尴尬则是如果没有之前大量的人员流失所导致反戈一击的情况出现，1999年其实应该是属于国安夺冠的最佳年份，是我们自己将机会拱手送人。

2000年是我父母分开的年份，终于熬到孩子毕业自己出来找工作才掉回头去解决他们的问题。对此，我只有感激。即便分开，我依旧希望他们都能够找到属于自己的幸福，明天比今天更幸福。我永远都是他们二老的儿子。只是，这个结果还是给我的生活带来了变化，从此北京国安成为了我唯一的精神寄托。

2000赛季的退出风波，没有人会了解我内心深处的恐惧。当最终俱乐部由王军亲自出面宣告国安终将留守的那一刻，我告诉自己：追随国安，此生永不放弃！

随后的几年，中国球迷虽然“享受”到阎世铎豪赌世界杯所带来的短暂快乐。但是这种拔苗助长违背足球发展规律所带来的直接恶果还是迅速到来，假球、黑哨等负面消息开始层出不穷，甲A联赛非但没有因为国足第一次冲进世界杯而强势复苏，反而是在一片噪杂声中彻底走向没落。而国安自己虽然曾经一度凭借彼得大帝的驾临在2002赛季强势崛起，但是俱乐部的不作为还是让这次本来可以成为北京足球王者回归的机会变得虚无缥缈。

至此，国安开始不厌其烦地重复着外援引进不利，内援火力虚无的无奈，2003赛季“意外”夺得的足协杯冠军也不足以消除人们日渐形成的对于俱乐部“起大早，赶晚集”“说大话，使小钱”的尴尬印象。同时这几年中经历了1999年的意外之后，换了新东家的大连队继续强势完成了自己三连冠的霸业。看着对手把冠军拿到手软，国安球迷面对自己时常高唱的“永远争第一”时已经明显的底气不足……

这一阶段的国安，强迫着自己的球迷学会面对积分榜的麻木，放弃对冠军的渴望，把关注足球的快乐分解到每一场胜利比赛的90分钟内，分解到我们把皮球攻进对手球门的瞬间。北京足球让我们在看不到明天的无奈之中继续！

同时，2003年的我在经历了两份工作之后，终究还是在“国安精神”的感召之下放弃了几乎毫无压力一成不变的操作工的工作，在完成了新的学业之后不安分地开始了自己机遇和挑战并存的销售生活，尝试漂流！坦白说，被动性格的我并不适应这种需要主动出击的工作方式，但是同时，有国安的日子还是帮我化解了大部分的压力。甚至国安无冠的现实也给了我继续“混日子”的借口。是呀，低水平的联赛，名次的争夺本来就是没有什么实际意义。而选择一份“混”的生活，混得好或者不好又能差到哪里去呢？权当是自己人生经验的一种积累吧。

当然，无论你是否每天都在拼命地奔波忙碌，还是你选择悠闲地虚度光阴，时间都永远不会因此而停下脚步。偶尔当我们静下心来回过头，重拾过去的时候，我们还是会发现，当时间来到2003年，在悄无声息之中，我们曾经疯狂追逐的1995年的黄金一代已经开始渐渐老去：1998年高洪波退役；1999年胡建平退役；2000年邓乐军、曹限东、吕军退役；2001年谢峰退役；2003年高峰、刘建军、谢朝阳退役……

1999

★ 关键词：外援、三连败、卡西回归、杨晨保级、国奥九强赛、阻击辽小虎

★ 大事记：北京国安0：1上海申花（联赛）

北京国安6：0武汉红桃K（联赛）

法兰克福5：1凯泽斯劳滕（德甲）

中国国奥1：1韩国国奥（九强赛）

北京国安1：1辽宁抚顺（联赛）

“1999年的联赛现在想起来，也是我们自己错过了一次问鼎甲A的黄金机会。之前联赛的巨无霸大连万达，因为当家前锋郝海东在亚运会赛事上对裁判的挑衅，被亚足联处以停赛一年的重罚，失去主心骨的大连队也因此元气大伤。万达选择了没落，而原本一直属于联赛三甲军团的上海和北京也随着中国足球大环境的萧条而激情不在。三强的整体低迷最终导致1999年联赛群雄并起的混乱局面。不知道在1999赛季最后的冠军山东鲁能出炉的时候，有多少北京球迷会痛惜地慨叹：如果我们队里还有高峰、还有曹限东，还有谢峰，还有米乐，还有卡西、大安、冈波斯……冠军，我们又何须等太久呢……”

“更多的感动来自赛后，当终场哨声响起，法兰克福最终被宣布保级成功的时候，全场球迷冲进球场挖草坪、剪球网的小幸福瞬间弥漫。这时候，我在想，我们的足球为什么就不能像别人一样享受简单的小幸福呢？如果将来国安拿冠军了，我一定也要冲进球场去挖一小块草坪拿回去种植，剪一小块球网拿回去挂在墙上……”

这一年我20岁，开始走出校园，去接触这个除去足球以外一切未知的社会。

1999年也曾经是个充满梦想的年份。随着健力宝的回国解散，国安在收获陶伟以后，在赛季初又抢来同样是健力宝球员的商毅，加上从青岛转会而来的庄毅、从火车头租借的李毅、从武汉转会而来的高雷雷以及从长春回归的大王涛，相比从国安转会去了云南的刘建军，被金指带到天津的吕军、于光、孙永城、桂平、马茎，以及最后时刻转会乙级球队长春亚泰的李洪政和远赴德国加盟曼海姆的周宁等人，国安的阵容在国内球员层面上特别是进攻端的实力上还是得到了有效的补充。

只是，在日后想来，关于1999年的引援注定还有一段让京城球迷难以释怀的插曲，那就是国安当年一度钟情的李玮峰，因为健力宝解散之初火车头坚持只租不卖而被国安暂时放弃。等到1999年初旧事重提，又因为火车头被深圳整体收购之后，深圳方面的不同意出售而被迫提交足协仲裁。本来在李玮峰的具体归属问题上，火车头方面也没有有力证据，国安还是有机会获胜的，然而仅仅因为摘牌大会上李毅的中途上榜并且租借国安，让足协觉得国安已经占了便宜，所以最终还是从补偿的角度考虑让李玮峰留在了深圳平安。国安就此失去了李玮峰这位在日后的中国足坛引起太多非议、但无人否认其能力的强力中后卫。李玮峰搭档徐云龙，仅凭想象都已经让京城球迷心动不已，只可惜，足协的优柔寡断最终毁了这组或许可以成“魔”的传奇。

更可惜的是外援，在因为种种原因放弃了两个赛季表现出色的三杆洋枪之后，国安早早锁定了被沈祥福十分看好的路易和费雷，并且一度草签了协议。然而，最终这两位都因为倒在了具有中国特色的12分钟跑上面，而不得不被国安放弃。直到赛季开始阶段，国安才匆匆选定了匈牙利国脚——留着小胡子的米哈利、比利时甲级队中锋的托肯和来自南斯拉夫的佩塔。从三个人的履历看本来同水货无缘，并且联赛前三轮凭借托肯的三个进球，国安还一度占据积分榜榜首。谁知道这一切不过是昙花一现的假象，随着比赛的深入，米哈利越来越体现出一名标准国内球员的水准，而托肯跟队伍的感觉格格不入，可怜的佩塔更是因为国家的战争等原因无心恋战，一天到晚穿个呼吁和平的小背心郁郁寡欢。外援的不利，也最终导致了以一帮几乎就没有什么联赛经验的青年军为主的国安队自此迎来了自己的困难时期。

最遗憾的是庄毅，一个曾经靠一己之力扛着辽足前行的独行杀手。在那个曾经单纯而狂热的年代，当刚刚开始了解足球的同学在回家的车上向邻座女生大秀自己欣赏杨晨、周宁，喜欢谢朝阳、韩旭的“独特品位”的时候，人家小姑娘只一句：“我觉得庄毅也不错”，哥们儿立即无语。等跑回家去翻遍所有资料才知道：庄毅，15岁时就入选国少，1991年入选中青，同年进入辽宁一队，1993年入选国奥，1994年就成为辽宁队的最佳射手。看完一时惊为天人！就是这么一个极具天赋的天才球员，在上年青岛做客工体的赛后，沈祥福单独请庄毅出去吃饭，诚邀其加盟，随后不久，上海也派人同青岛接洽希望买入庄毅。到了年底转会期，生性单纯的庄毅原本打算给大家做做样子有个交代，所以才向青岛方面递交了转会申请，打算等俱乐部作一番挽留后事情就可以这样过去了，然而，令其没有想到的是青岛方面居然未加挽留直接将其放弃。措手不及的庄毅最后才选择了加盟国安，这种有心无意的勉强注定不会擦出什么璀璨的火花。经历了赛季初的几轮比赛，还未给新东家打进一个球，伤病就找上了庄毅。昔日的独行杀手也就此在北京度过了自己足球人生的一个灰色赛季，并且直接导致其状态全无，在第二年转会离开北京之后早早退役！

当然，关于1999年的转会京城球迷不会忽略的事件一定还有一个，那就是曹限东的回归。去年原本打算去前卫寰岛和高峰会合的东子最终被青岛半路劫杀，在度过了一个漠视、冷落的上半赛季，曾经的国安中场阴谋家还是凭借自己的实力在球队中站稳脚跟。不过，原本就并非意中人的拉郎配还是唤起了曹限东太多的思乡之情。虽然在去年同青岛的客场比赛中正是曹限东的进球让国安几乎到手的三分变为一分，不过，痴心的国安球迷依旧天真地期盼着东子的回归。试想一下在当时国安一水青年军的阵容里，如果中场还有曹限东这样经验丰富的老将，那对于陶伟、邵佳一等人的成长将会带来怎样的帮助啊！可惜，国安俱乐部最终还是没有将球迷们的期望转为现实。欲重回国安无门的曹限东，最后几经周折选择加盟了升上甲B不久的北京宽利，曾经的国安中场核心最终却落得屈身甲B，京城球迷欷歔不已。

1999年的联赛现在想起来，也是我们自己错过了一次问鼎甲A的黄金机会。之前联赛的巨无霸大连万达，因为当家前锋郝海东在亚运会赛事上对裁判的挑衅，被亚足联处以停赛一年的重罚，失去主心骨的大连队也因此元气大伤。万达选择了没落，而原本一直属于联赛三甲军团的上海和北京也随着中国足球大环境的萧条而激情不在。三强的整体低迷最终导致1999年联赛群雄并起的混乱局面。不知道在1999赛季最后的冠军山东鲁能出炉的时候，有多少北京球迷会痛惜地慨叹：如果我们队里还有高峰，还有曹限东，还有谢峰，还有米乐，还有卡西、大安、冈波斯……冠军，我们又何须等太久呢……

首轮联赛，国安惊人相似地重复着去年的开局，0：0客场再平深圳平安。而当轮7场比赛主队居然无一胜绩，同时作为卫冕冠军的大连万达更是在主场被刚刚升上甲A的辽宁青年军一球攻陷，这也预示着一个混乱赛季的开始。

第 2 轮比赛，国安主场迎战沈阳海狮。新赛季首次在京城球迷面前亮相的国安最终凭借托肯、李毅、高雷雷三位新人的四个进球完胜对手。大连客场0：0平天津，上海主场1：1平吉林，两强开赛不胜！到第三轮客场挑战武汉红桃K，在泥泞的场地中凭借托肯的进球绝杀对手之后，大连客场1：1再平深圳，上海客场0：0闷和山东，两强继续不胜。我们惊讶地发现，国安居然凭借前三轮比赛 2 胜 1 平的成绩，同四川全兴一起并列积分榜榜首！

这是一个出乎了绝大多数北京球迷意料的局面，我们甚至不太相信这个结果。不过，积分榜是实实在在放在那里的，北京球迷开始对下一场比赛主场迎战青岛海牛充满期待，这也是一场会让邵佳一终生铭记的比赛，比赛进行到下半场70多分钟的时候，佳一中路包抄破门，取得了自己职业生涯的第一粒进球，国安则借此在比赛接近尾声的时候取得领先。不过，就当我们以为国安终将以1：0的比分战胜对手的时候，在伤停补时阶段马永康给了京城球迷迎头一击，1：1国安几乎到手的三分就这样在瞬间失去！沈指麾下年轻的国安队在面对向冠军冲击的契机时所表现出来的缺乏霸气也就此给了京城球迷太多功利、保守的印记。坦白讲，这其实也是当时国安真实实力的体现，太多的苛责对于沈祥福也确实有失公允。

不过，无论责任在谁，国安离榜首的距离被慢慢拉大已经成为不可逆转的趋势。第 5 轮做客广州迎战松日，时任松日主教练的正是高洪波！结果胡志军一球气走国安。第 6 轮坐镇工体主场迎战申花，在门将姚健被对手铲伤替补刘新伟首次代表国安登场，以及徐云龙被红牌罚下的情况下，终被祁宏偷袭得手，国安0：1再次惜败！这不仅是国安自1996年被宿茂臻长途奔袭输掉比赛之后近三年主场的再次输球，更是在职业联赛历史上首次主场被上海队攻陷！当面对京城媒体，祁宏一番慷慨激昂“我们就是踢得比北京队好，即便你们没有人被罚下，我们也一样可以赢球”的声音传来，相信所有京城球迷心中都是那份虽有不甘却无话可说的郁闷和抓狂。不仅拿不到冠军，还要在输球之后承受着来自对手的轻视，对于已经把“永远争第一”深深烙印在骨子里的京城球迷而言，这不啻于一份莫大的耻辱！

然而，厄运还远没有终结。就在国安刚刚被人改写了主场不败的历史之后，又一个京城球迷不愿面对的“纪录”从天而降：三连败，并且又是一个在此之前从未胜过自己的对手，天津泰达。而时任天津队主教练的又是同北京足球有着千丝万缕联系的国安教父——金志扬！连续三场比赛，国安就这样在看上去均不该输球的时候连续失利。对于球迷而言，竞技层面上的失败是由那些曾经为了我们共同的荣誉而拼死奋斗的人们亲手带来的，这种痛又岂止是双倍就可以轻易描述的！

7轮比赛结束，曾经还排名榜首的国安迅速滑落到中下游，北京球迷天真的冠军梦再次被残酷的现实碾得粉碎。随后的6轮比赛，国安客场1：1平吉林、主场1：0胜山东、主场0：1负重庆、客场0：1负四川、主场2：1胜大连、客场1：1平辽宁，再次取得2胜2平2负不上不下的成绩。半程联赛结束，国安13轮联赛只取得4胜4平5负积16分、位列积分榜第9位的可怜成绩。在此期间，虽然也有着李毅、东波的经典任意球配合绝杀山东、时隔三年之后再次主场凭借南方的两个进球力克大连，以及杨璞的联赛首球等值得球迷记忆的场面，但是同时也有迎战重庆，再被高峰的进球绝杀这个让京城球迷扼腕的巨大痛楚……

二者相抵，在过去的半年中最大的慰藉或者说是感动，却恰恰来自远走德国的超级杨！在5月29日德甲的最后一轮比赛中，法兰克福主场5：1狂胜凯泽斯劳滕，成功保级。在央视体育现场直播的情况下，杨晨以一记石破天惊的爆射为法兰克福首开纪录，不知道在那一刻有多少中国球迷特别是京城球迷瞬间豪气顿生！1998—1999赛季的德甲联赛结束，杨晨以8粒进球位居队内射手榜第一位！更多的感动来自赛后，当终场哨声响起，法兰克福最终被宣布保级成功的时候，全场球迷冲进球场挖草坪、剪球网的小幸福瞬间弥漫。这时候，我在想，我们的足球为什么就不能像别人一样享受简单的小幸福呢？如果将来国安拿冠军了，我一定也要冲进球场去挖一小块草坪拿回去种植，剪一小块球网拿回去挂在墙上……

下半赛季开始前，国安终于无法容忍三名外援的表现，两度请回了曾经的功臣卡西亚诺，同时引进了来自乌拉圭佩纳罗尔的拉雷阿和来自巴拉圭奥林匹亚的巴雷德斯。卡西身披29号，巴雷德斯31号，拉雷阿32号。三名新援首战即以4：1大胜首回合0：0逼平国安的深圳平安，卡西亚诺梅开二度。第16轮比赛国安更是以主场6：0狂胜武汉红桃K宣告激情回归，继而开启4胜4平的8轮不败，三名外援在此期间联手贡献了14粒进球。然而年轻的队伍注定要为自己的稚嫩付出代价。在第22轮客场挑战山东鲁能的比赛中，国安被宿茂臻和巴力斯塔的两粒进球击败。随后客场挑战重庆隆鑫又被重庆的当家外援马克梅开二度完败。

23轮比赛结束后联赛暂停，在新任主帅霍顿带领下的中国国奥队迎来悉尼奥运会男足预选赛的亚洲区决赛——九强赛。或许是因为健力宝曾经给大家带来的希望，也或许是因为霍顿入主中国之初所取得的一系列二三线杯赛的成绩，中国球迷再次对这支国奥队寄予希望。小组赛6场比赛，国奥队6战6胜进20球而一球不失。“黄金一代”的口号瞬间叫响！九强赛，中国、韩国、巴林三队分为一组。中国队首战客场挑战韩国，在占尽优势的情况下被申秉皓以一记争议进球击败。次战迎战巴林，李金羽两脚精彩的射门帮助国奥2：1反败为胜。

决定最终能否出线的关键战役：中国国奥坐镇上海八万人体育场，众志成城迎来直接的竞争对手韩国国奥！只要我们能够毕其功于一役，就将迎来中国足球的新生。可惜的是在这场关键战役中，队里的核心球员孙继海因伤缺阵！这注定又是一场让中国球迷纠结的比赛，随着裁判的一声哨响，国奥发动了潮水般的进攻：第一分钟即获得角球，韩国门将及时扑救；5分钟之内再次两度获得任意球，一次传球被挡，一次射门偏出；紧接着就是肇俊哲中路漂亮的远射击中门楣……上半场比赛开场的一段时间，中国队将韩国压在半场狂攻，可惜得势不得分，而韩国队高质量的反击也威胁着中国队的大门。比赛就这样呈现出一种混乱的胶着状态。比赛进行到将近45分钟的时候，比分依旧为0：0！然而，中国足球注定历经磨难，在上半场比赛的补时阶段，韩国队获得角球。角球开出，李东国在中国队5名球员封堵的情况下起脚射门中的，中国队0：1结束上半场！中场休息，坐在电视机前的我看着时任央视现场解说的黄健翔眼中含泪不停地说："中国队要改变，我们还有机会，我们还有张玉宁，还有张效瑞……"说实话，我当时的感受，心如刀绞。下半场的比赛，霍顿如愿地派上张玉宁和张效瑞加强进攻，放手一搏。只可惜，张玉宁扳平了比分，张效瑞足以戏耍韩国队员，但是二人谁也没有能力挽救中国队再次出局的命运……

最后的比赛，客场出征巴林的国奥，士气低落。守门员陈东更是以一个持球时间过长的失误成就了巴林人的进球，最终0：1输掉比赛。"黄金一代"的命运就此终结！

回顾1999年国奥的四场比赛，特别是同韩国国奥的两度交锋，应该说这确实是一届从实力上最接近韩国，甚至可以称为是同时期亚洲一流水准的中国国奥队。首战韩国，右路的郑智和左边的黄勇表现出色，在同韩国人的对抗中明显占据上风；次战韩国，左路的陶伟也表现出不逊于对手的实力，更何况我们同时还拥有在亚洲范围内都明显技高一筹的孙继海和张效瑞。只可惜，霍顿给中国球员带来现代足球理念的同时，也固执地坚守着自己平行站位的442打法，并最终导致才华横溢的张效瑞、孙继海以及张玉宁等人没能为这届国奥贡献出自己的全部能量。当然，从另外的角度，我们也必须为霍顿眼光独到地重用郑智、李铁、黄勇等人击节叫好。或许这就是中国足球所该有的磨难，成也霍顿，败也霍顿吧！

结束间歇期，联赛继续，国安主场迎战四川全兴，结果是又一次遗憾地被邹侑根偷袭一球惜败。国安就这样在不知不觉间迎来又一轮的三连败。直到联赛倒数第2轮，客场挑战当年比国安还要没落的大连队，最终凭借商毅的进球1：0小胜对手，实现了一个赛季对大连的双杀。

当然，1999年留在京城球迷记忆最深处的比赛注定是最后一轮的激情大战——阻击辽小虎！自从第18轮主场2：1战胜青岛海牛开始，当年红极一时的青年近卫军辽小虎就保持了8轮的积分榜榜首位置。截至最后一轮比赛之前，辽宁积46分排名榜首，山东积45分紧随其后。只要辽宁队最后一轮在客场取胜国安，毫无疑问地就将创造中国足坛的“凯泽斯劳滕神话”，不过，年轻的辽足最终还是倒在经验的欠缺之上。

1999年12月5日，14：35 比赛开始。赛前对胜利极度渴望的辽宁队一上来即反客为主，大举进攻。上半场比赛第13分钟，曲圣卿接队友妙传后怒射破门，辽宁队迅速取得一球领先的优势。不过，暂时落后的国安没有丝毫要放弃比赛的迹象。相反，却是用更加积极的态度、更加凶狠的逼抢来同对手竭力抗衡。大约30分钟时，谢朝阳凶狠的逼抢将李金羽撞得头破血流。简单包扎之后继续上场拼杀的李金羽也加深了辽小虎的悲壮。两分钟后，受到李金羽流血事件影响而失去理智的辽宁队员吕刚恶意犯规，放倒南方。主裁判当机立断，出示红牌将其驱逐出场！一时辽宁队员阵脚大乱，外籍门将更是不惜穿越大半个球场来质问主裁。上半场比赛结束，辽宁队暂时1：0领先，国安取得人数上的优势。下半场比赛，双方继续死磕。第27分钟，辽宁队发动反击，李金羽禁区内的射门直奔空门而去，李红军飞身杀出，将球阻挡在球门线外。国安立即还以颜色，8号杨璞一脚怒射击中横梁。沈祥福看出场上形势占优，大胆放手一搏。令旗一挥，高雷雷登场。两分钟后，高雷雷沿中路带球闪过对方后卫，一记精彩的大力轰门……工体沸腾，辽宁球员瘫倒在地……最后的结果，众志成城的国安1：1逼平对手！

赛前辽宁队员面对摄像机说出：“我们就是来拿冠军的”“我们要把庆功会开到人民大会堂”同赛后李金羽一把鼻涕一把泪的“有你们这么踢球的吗”形成了鲜明的对比。在一场放在其他球队必定体现“默契”的比赛中，国安选择了捍卫尊严。李红军的舍命封堵、杨璞的轰中横梁、高雷雷的雷霆一击，甚至包括赛后曲东同李红军的“舌战”所引发的杨世卓同对方门将法布雷斯的“纠缠”，最终导致两支球队冲突的升级，无不从侧面证明了北京对于保卫这场比赛的决心！

国安1：1逼平对手的结果，最终让在最后一轮比赛5：0狂胜武汉红桃K的山东鲁能，如愿捧得自己职业化以来的第一个联赛冠军。太多的旁观者也无不为国安坚持公平竞赛的精神所感动，只是国安自己的球迷明白，对于这场比赛，我们所看重的也只有北京的荣誉，没有人希望我们的城市被人质疑。至于阻击，最终帮助别人夺取冠军，这种感觉就如同打翻五味瓶，个中滋味也只有国安球迷才能体会。1999年国安就这样用一场平局为整个没落的1999赛季画上了一个完整却不完美的句号，最终凭借9胜9平8负的成绩，位列1999赛季甲A联赛第6位。

回首1999赛季国安同山东、辽宁、四川、重庆等队的两回合交手，国安只是凭借一口气两度战平同样年轻的辽宁，并且利用一记精彩的任意球配合小胜山东。其余的主客场的5场比赛，无论结果和过程几乎都堪称完败。而山东、辽宁、四川、重庆最终排名联赛前4位，也正好说明了国安队当时的真实水平。这一年的国安，就像初入社会的我，用一种茫然无知的懵懂对抗着来自这个社会的压力。既然年轻的成长注定要付出代价，那么就让自己陪着这支年轻的国安一起，继续前进，一起努力。

1999年甲A联赛积分表

名次/球队	场次	胜	平	负	进球	失球	净胜球	积分
01鲁能泰山	26	13	9	4	33	13	20	48
02辽宁抚顺	26	13	8	5	42	24	18	47
03四川全兴	26	12	9	5	38	20	18	45
04重庆隆鑫	26	10	10	6	40	27	13	40
05上海申花	26	9	11	6	26	25	1	38
06北京国安	26	9	9	8	38	25	13	36
07天津泰达	26	8	11	7	32	28	4	35
08吉林敖东	26	8	9	9	27	40	–13	33
09大连万达	26	7	10	9	30	30	0	31
10青岛海牛	26	8	6	12	30	36	–6	30
11沈阳海狮	26	5	13	8	28	32	–4	28
12深圳平安	26	7	7	12	22	39	–17	28
13广州松日	26	7	6	13	24	36	–12	27
14武汉红桃K	26	3	8	15	18	53	–35	17

1999赛季北京国安队人员名单：

领　　队：郭瑞龙

主 教 练：沈祥福

助理教练：郭瑞龙、李松海、魏克兴

队　　医：双印、张阳

主　　场：北京工人体育场

队　　员：1号刘新伟　2号佩塔　3号谢朝阳　4号韩旭　5号李红军　6号托肯　7号李东波　8号杨璞　9号田野　10号商毅　11号庄毅　12胡建平　13号徐云龙　14号薛申　15号陶伟；16李毅　17号徐阳　18号王少磊　19号邵佳一　20号南方　21号高雷雷　22号姚健　23号杨铮　24号刘正坤　25号王硕　26号王涛　27号米哈利　29号卡西亚诺　30号杨世卓　31号巴雷德斯　32号拉雷阿

1999赛季全国足球甲级A组联赛第6名

日期	轮次	对阵及比分	进球队员	
3月21日	第1轮	深圳平安　0：0　北京国安		
3月28日	第2轮	北京国安　4：0　沈阳海狮	托肯、托肯、李毅、高雷雷	
4月1日	第3轮	武汉红桃 K0：1　北京国安	托肯	
4月4日	第4轮	北京国安　1：1　青岛海牛	邵佳一	马永康
4月11日	第5轮	广州松日　1：0　北京国安		胡志军
4月25日	第6轮	北京国安　0：1　上海申花		祁宏
4月29日	第7轮	天津泰达　2：1　北京国安	高雷雷	孙建军、阿迪巴
5月2日	第8轮	吉林敖东　1：1　北京国安	南方	泰尼
5月9日	第9轮	北京国安　1：0　山东鲁能	李毅	
6月20日	第10轮	北京国安　0：1　重庆隆鑫		高峰
6月24日	第11轮	四川全兴　1：0　北京国安		哈吉
6月27日	第12轮	北京国安　2：1　大连万达	南方、南方	王涛
7月4日	第13轮	辽宁抚顺　1：1　北京国安	杨璞	张玉宁
7月18日	第14轮	北京国安　4：1　深圳平安	卡西亚诺、南方、卡西亚诺、商毅	张军
7月25日	第15轮	沈阳海狮　3：3　北京国安	韩旭、拉雷阿、商毅	谢育新、谢育新、艾迪瓦多
7月29日	第16轮	北京国安　6：0　武汉红桃 K	韩旭、卡西亚诺、巴雷德斯、卡西亚诺、巴雷德斯、韩旭	
8月1日	第17轮	青岛海牛　2：2　北京国安	巴德雷斯、韩旭	彭伟军、威廉

续表

8月8日	第18轮	北京国安　3：0　广州松日	卡西亚诺、卡西亚诺、卡西亚诺	
8月15日	第19轮	上海申花　2：2　北京国安	卡西亚诺、李毅	马赛罗、马赛罗
8月29日	第20轮	北京国安　1：1　天津泰达	巴雷德斯	张效瑞
9月5日	第21轮	北京国安　3：0　吉林敖东	韩旭、卡西亚诺、李毅	
9月9日	第22轮	山东鲁能　2：0　北京国安		宿茂臻、巴力斯塔
9月12日	第23轮	重庆隆鑫　2：0　北京国安		马克、马克
11月21日	第24轮	北京国安　0：1　四川全兴		邹侑根
11月28日	第25轮	大连万达　0：1　北京国安	商毅	
12月5日	第26轮	北京国安　1：1　辽宁抚顺	高雷雷	曲圣卿
5月23日	足协杯	广东宏远　0：3　北京国安	薛申、托肯、商毅	
6月2日	足协杯	北京国安　5：2　广东宏远	托肯、田野、田野、杨璞、徐云龙	伊迈沙、简建辉
6月6日	足协杯	北京国安　0：0　山东鲁能		
7月11日	足协杯	山东鲁能　1：0　北京国安		李明

〈仅供参考，*为点球，#为任意球〉

2000

★ 关键词：外教、米乐退役、王涛转会、退出风波、足协杯逆转、亚洲杯

★ 大事记：吉林敖东2：1北京国安（联赛）

北京国安4：0厦门夏新（足协杯）

中　　国2：3日　　本（亚洲杯）

北京国安1：0重庆隆鑫（足协杯）

“对于足球，对于一支球队，对于有些人、有些企业、有些机构而言，或许就是一个高兴就来、难过就走的游戏或者所谓的什么工具，而对于在其中投入了巨大感情的球迷群体而言，它像氧气一样重要。关注中国足球的群体，随着成绩的起伏，来来去去地流失了很多人。然而，不管我们的成绩有多不堪，终究还是会有人留下来，一直默默地在关注，默默地在祝福、在参与。足球，真的在潜移默化之中渗透到我们生活中每一个细节里面。如果没有了足球，我们很多人的生活将不知道何以为继……”

“国安是北京的一面旗帜，这就好比插在阵地上的战旗，总得有人保证它屹立不倒。”

这一年我21岁，继续在初入社会的茫然之中摸爬滚打。

2000年也是中国足球重整旗鼓、整装待发、重新上路的一年！随着九强赛的失利，英国人霍顿被解聘回国。备战2002年世界杯预选赛的中国国家队终于迎来历史上最具分量的教头：连续带队冲进世界杯决赛阶段比赛的南斯拉夫人米卢蒂诺维奇！无论之前，中国国家队带给球迷怎样多的失败，也无论戚务生、霍顿等人给中国足球下了怎样的定义，神奇教头米卢蒂诺维奇辉煌的执教履历还是最大限度地让国人重拾对国家队的信心。

国安方面，自从去年带队1：1阻击辽宁结束全年比赛之后，主教练沈祥福向俱乐部表示想要出国深造的意愿。就在俱乐部准备安排沈指出国的时候，却传来了中国足协的一纸调令：沈祥福被任命为新一届中国青年队的主教练。沈祥福最终放弃出国留学，到足协报到。而国安方面从1999赛季联赛下半段就已经开始物色的主教练人选也逐渐浮出水面，南斯拉夫U21国家队主教练乔利奇驾临京城，或许是国安相中了乔老爷带青年队的经验，也或许是去年来自南斯拉夫的桑特拉奇带领山东勇夺双冠王的惊艳表现。不管球迷们作何感想，新千年的甲A联赛，南斯拉夫教练大会合成为当年一道独特的景观。

新千年伊始，首先牵动球迷心绪的照例是摘牌大会。经历了过去几年连番球星大甩卖的人才流失，北京球迷也已经习惯了俱乐部在转会市场上的风格。过去的一年中，国安队中甚至已经没有谁可以成为转会市场上炙手可热的球员了，球迷的担心也就慢慢变得多余。在早早地放弃了上赛季3名救火外援之后，李毅回归深圳，庄毅转会沈阳，租借在外的刘建军和桂平则回到国安，同时在摘牌大会上，国安成功摘得自己多年的苦主——大连的空霸小王涛，这也多少算给近几个赛季的人员流失挽回了点人气。

然而关于转会，最让国安球迷牵肠挂肚、欷歔不已的3个人却是高峰、卡西亚诺和邓乐军。加盟寰岛三年的高峰出现在转会的挂牌名单中，然而昔日的快刀浪子居然沦落到了无人问津的境地，最后几经周折才被沈阳海狮“收容”，回想起当初金志扬苦口婆心地劝说高峰留在北京未果，今日高峰的处境让京城球迷既牵挂又心痛。而一直梦想着能够帮助国安圆一回冠军梦，对国安情有独钟的卡西在1999赛季半程加盟即为球队攻进9粒进球之后，却被国安放弃，最终加盟新科冠军山东鲁能。至于邓乐军，自从远离国安加盟山东之后，度过了短暂的蜜月期，然后就逐渐地淡出了球迷的视线。新赛季已经厌倦山东生活的米乐欲回国安苦于无门，最终南下加盟厦门。然而却在海埂面对具有中国特色的12分钟跑心生倦意，继而毅然宣布退役。据报道，时年不过28岁！

或许是上赛季辽宁的表现和鲁能的冠军让俱乐部看到了某种希望，新千年的国安从赛季备战开始还是显示出求变的决心。新教练带领下的国安积极地准备赛季前的一系列事宜，然而新赛季的征程却并没有想象中的那般顺利。首先，确定完主帅不久就奔赴海埂训练的国安，刚刚抵达海埂没几天，就闹出翻译愤然辞职的新闻。个中是非球迷们当然无从知晓，不过从各路媒体的相关报道中，乔老爷独断专横、脾气火爆的性格已经初露端倪。然后就是在转会摘牌过程中，得而复失申思的大连实德态度强硬地表示，要收回已经同国安草签协议的小王涛，时任国安副总的杨祖武杨大爷据理力争，甚至出具了当初为了让大连能够摘得申思国安放弃把申思作为引援第一人选的协议，但是双方最终还是闹到要等足协纪律委员会的仲裁，小王涛转会国安就这样陷入了结局未卜的双方扯皮中。

经过海埂的集训，慧眼识珠的乔利奇始尝试将陶伟的位置前提，日后看来，这或许就是“短命”的乔利奇留给国安最大的财富了。同时在海埂期间，国安还错过了来自莫斯科鱼雷队的强力前锋卡莫利采夫，一个据说是参加过欧冠的选手。因为其对中国特色的12分钟跑没什么信心，最终选择离去，这还让当时沈阳海狮队主教练涅波姆尼亚奇大呼可惜。时至今日，我也没弄清楚当时媒体报道的这个卡莫利采夫，同日后乌兹别克队中场核心卡西莫夫有没有什么联系。如果是同一个人，想来就更遗憾了。结束海埂的春训，2月11日国安飞赴塞浦路斯进行海外集训。原本计划好的磨合阵型的拉练之旅，最终却因为赶上塞浦路斯的多雨季节而出师不利，同时，热身赛对手的水平也是参差不齐。好在经过二十几天的集训，国安最终确定了南斯拉夫中后卫别戈维奇、萨尔瓦多国脚阿玛加以及回归的巴拉圭小将罗曼等3名外援，同时几经周折的小王涛也成功加盟，回到队里。

与此同时，2000年的超霸杯赛在上海进行。一直对冠军念念不忘的辽小虎在虹口体育场4：2酣畅淋漓地完胜山东鲁能，终于出了去年被对手夺走冠军的一口恶气。同时替补前锋曲乐恒横空出世，上演帽子戏法，更是让旁人惊羡辽小虎深厚的人才储备。可惜不久后即传出了轰动一时的车祸事件，张玉宁“老七”绰号的叫响更是给了中国足球已经日渐衰落的形象以沉重的一击。当然，作为国安球迷，我们对于当年超霸杯的关注更多地只是源于我们曾经的英雄卡西亚诺的远走山东，并且在比赛中为山东鲁能攻进一球。看着卡西一如既往的良好表现，想着他已经身披山东队服的现实，我们也只有对新赛季的国安抱有更多期待。

联赛开赛之前，中国足协的“绿化江河杯”义赛率先打响，国安在先农坛迎战北京宽利。当时我连交往女孩子的手段都是领着人家去看国安的比赛，这是我们在一起看的第一场球。只可惜，90分钟的比赛，国安只是艰难地2：2战平了当时在甲B也属弱旅的宽利。比赛中罗曼率先为国安进球，宽利随后连进两球将比分反超，南方下半场扳平比分，最后通过互射点球，国安才以8：7艰难赢得比赛。我只有忙不迭地给小姑娘解释：赛季刚刚开始，热身赛的结果不重要，大家就是找找状态……

当时也确实很少有人看好国安。“鲁辽走势依旧，连沪反弹在即”成为当时媒体主流的观点。不过，我已经开始慢慢不屑于所谓的专业媒体们并不靠谱的球队分析。何况相比于去年国安迎来了新外教，换了新外援，队员们又成熟了一岁，特别是身高达1.94米的空霸小王涛的最终加盟，对于当时一想起曾经身高1米7左右的李红军防守小王涛时所难以消除的恐惧而言，这不仅是治愈的良药，更有一种压力转移的意味。我想我们还是应该对国安的2000赛季多点期待。

可就当我对我们的新赛季充满期待之际，国安的表现却迎头给了京城球迷一记闷棍。首轮联赛，国安客战大连，赛前郝海东嚣张的“主场打国安至少2：0”的妄言被完美实现。因为小王涛体测没过，缺席前3轮比赛，而乔利奇固执的铁腕政策又导致了谢朝阳、韩旭、李红军等老将接连受伤。以南方、罗曼、陶伟、商毅等人为主的国安队在力量上同大连队差距明显，缺乏经验的新人桂平首度代表国安出场就被两张黄牌罚下。张恩华两记简单粗暴、霸气十足的头球，轻易将年轻的国安击溃。感觉上，我们同大连就不是一个重量级的。赛后，球队内部对于主教练乔利奇的不满也迅速被披露出来，见诸报端。仅此一场比赛，我知道自己的冠军梦又一次提早破灭……

第2轮比赛，国安回到主场，迎战由金志扬率领的天津泰达。在此之前，天津队还从没有在国安的主场赢过球。而携首轮比赛2：0干净利落地斩吉林于马下的天津队，在赛前就高喊着要终结客场不胜的历史。然而，此时的国安却让球迷们心里没底，以前面对天津都坚信可以大比分轻易战胜对手的豪气也已经慢慢消退。

本场比赛，李红军、谢朝阳、李东波等人重回首发。看上去，国安想先稳定住局面，不过这次率先失球的依旧是我们自己。上半场比赛打到大约30分钟，天津队刘欣利用角球的机会攻入一球。虽然刘欣随后就在上半场比赛即将结束的时候累积两张黄牌被罚出场，而乔利奇也迅速作出下半场比赛用南方替下谢朝阳，以加强进攻的改变，并且最终由别戈维奇将比分扳平。但是，天津队还是利用裁判赠予的姚健接回传球犯规的判定，在禁区内获得间接任意球机会，由外援埃默森攻门得手，最终2：1赢得比赛的胜利。天津泰达终于在由国安培养的教练金志扬的带领下，改写了客场不胜国安的历史。此战过后，两连胜的天津荣登榜首，而国安自己却因开赛以来的两连败而积分垫底……

对于怀揣着“永远争第一”梦想的国安球迷，这无论如何都是一个难以接受的事实。全场高呼“乔利奇下课”甚至都不足以表达球迷们的愤怒，当乔老爷子退场的时候，工体第一次出现了将投掷物扔向自己球队主教练的场面，不久传出消息：乔利奇说，“如果再有球迷朝我扔东西，那我就只能走了”。同时，老队员南方、李红军等人同老爷子矛盾升级……此时的我，体验着混乱的国安带给我们的真实感受：伤痛欲绝！

虽然，此后的国安也紧急召开会议，安抚着球队、媒体和球迷等各方面的情绪，但是在第3轮客场挑战上海申花的比赛中，失利还是再次如约而至。脾气暴躁的乔利奇因为主场负于天津之后，在新闻发布会上表达了对于当值主裁判的不满，而被中国足协停赛一场，被罚上看台的乔老爷只能眼睁睁地看着卞军再度敲开国安队的球门。乔老爷改变不了国安连续失利的局面，也就注定无法改变自己提前下课的命运！结束客场同上海的比赛之后，回到北京的国安队于3天后宣布：乔利奇将出国负责为国安寻找合适的外援人选，球队方面，由原助理教练魏克兴出任执行教练，负责国安的训练。

国安俱乐部历史上的第一位外籍主教练乔老爷，就这样被下课了！

现在回忆起这位国安历史上的第一位外籍主教练，我都不知道乔老爷子到底想没想通自己为什么会下课。站在球迷的角度，无论是球队内部有人从中作梗，或者是年轻球员的不成熟，其实都不应该成为托词或者借口。竞技项目，成王败寇就是唯一的评判标准。道理很简单，或许我们每个人都有很多自己认为远大的理想要去实现，可是，又能预留出多少实现理想的时间和空间呢？一位不仅曾经辉煌，而且在当下也是其国家青年队主教练的人必定有着太多中国足球需要学习的东西。可结果是执教3场，赛果皆墨。乔老爷挖掘、锻炼新人的想法，不妥协的个性，要让北京国安在未来成为中国最好球队的豪情，以及自认为足够中国足球吸收和消化的水平，最终只能在老人固执、刚愎自用的行事方式下烟消云散。如果我们非要给这个结果下个定义的话，只能说乔利奇执教国安，是一个在错误的时间、错误的地点发生的美丽的误会。但愿，如果注定乔老爷和国安还有些缘分，期待着他有机会可以执教国安的年轻人吧。

乔老爷下课，当时年仅36岁的魏克兴临危受命。在此期间，一直缺席前3轮比赛的小王涛在体测的补测中涉险过关。这也多亏了当时身在甲B的曹限东的鼓励和帮助，东子的一句：“帮王涛，事先没人让我这么做，可我感到这是一个北京人应该做的。”再次让京城球迷怀念起曾经的无限美好……

第4轮比赛，国安客场挑战四川全兴。换帅之后的国安队众志成城，通过体测的小王涛也披挂上场。魏克兴变阵451，放弃前三轮表现不佳的外援阿玛亚，由杨璞、南方、李东波、商毅、高雷雷组成5人中场，国安最终有惊无险地以0：0逼平对手，全身而退，也取得了2000赛季开赛以来的首个积分。

第5轮比赛，回到主场迎战云南红塔。魏克兴再次调整阵容，起用陶伟。结果，正是凭借陶伟的两次定位球助攻，杨璞和小王涛的两记头球，国安在落后的情况下反败为胜，终于迎来了久违的3分。第二次代表国安首发的小王涛也为自己的新东家打进首粒进球，他那个把队服脱了一半又穿回去的庆祝方式，直到今天都是我们关于他几年国安生涯记忆中的第一个美好瞬间。而当时云南队助攻外援福迪率先进球的球员，正是日后为国安2009年夺冠立下汗马功劳的周挺。回头想想，缘分这东西也确实有趣，或许将来和你一起并肩战斗的人，注定就是曾经给你留下过深刻印象的那个人吧。

随后的比赛，陶伟开始找到感觉。第6轮比赛，国安主场3：0战胜深圳平安，陶伟先是角球助攻徐阳，最后又自己补射建功。而一直被球迷寄予厚望的小将罗曼，也终于打进了加盟国安以来的首粒联赛进球，国安重新上路。接下来的比赛，国安在客场0：0战平青岛海牛，至此魏克兴上任以来国安4轮比赛保持不败，取得2胜2平，排名上升到第10位。

第8轮比赛国安客场挑战吉林敖东。虽然在我心里一直认为吉林队有些克国安，不过面对7轮比赛过后只取得2平5负，位居倒数第一的对手，国安球迷还是在赛前认为，虽然我们自己2平2负的客场成绩也没好到哪儿去，不过吉林队的状态这么差，国安保个平局至少没什么问题吧。只是，比赛最终还是出了意外，在扛住对手前15分钟的猛攻之后，国安开始寻求反攻的机会。就在这个阶段，敖东的张庆华在与小王涛争夺落点的时候倒地，当值主裁判张业端认定小王涛故意肘击对手，红牌！国安10打11！小王涛的意外下场，瞬间让国安反攻的形势急转而下，国安防线收缩，用防守反击坚持到了上半场比赛结束，两队比分暂时停留在0：0。下半场的比赛，敖东队继续围着国安狂攻，并且在3分钟内由千学峰和马赛罗连入两球。国安只是由替补上场的南方利用对方失误扳回一分，最终1：2输掉了比赛。

表面上看起来这就是一场普通的比赛，国安球迷对于少打一人最终失利的结果也并非不能接受，毕竟我们的实力已经不比当初。小王涛的意外下场反而给京城球迷为输球找到了一点心理安慰。不过，事情却并没有像我们想的这样简单结束。赛后不久，有媒体传出消息，王涛的红牌是因为他同当值主裁判张业端之前就有过一些误会，如果从规则上分析，或许一张黄牌会显得更合理。

结束第8轮联赛之后，国安队奔赴河南参加足协杯的首轮比赛，90分钟之内凭借王涛和徐云龙的进球，国安和河南2：2战平，加时赛王涛金球绝杀对手，国安有惊无险地淘汰河南建业，晋级足协杯赛第2轮。在此期间，原是国安教练组成员的郭瑞龙远赴四川，执教成都五牛，国安球迷再次感受到铁打的营盘，流水的兵，职业足球所带来的淡化人情的概念已经逐渐地在我们的意识里形成。随着第二次外援体测的临近，国安也开始积极筹划着替换原有外援的人选。

然而，就当一切看上去在按部就班地进行时，5月9日，来自足协的一纸罚单却引起了轩然大波，足协纪律委员会认定国安球员王涛肘击吉林敖东球员张庆华为恶意犯规，必须接受停赛2场、罚款3000元的处罚。从开赛三连败到乔利奇下课，直至此次王涛被追加处罚，以及赛后媒体认定判罚过严的报道，让一直就感觉颇多不顺的国安副董事长李士林得知消息后拍案而起，第一时间公开宣称如果足协不更改处罚决定，国安队将考虑退出甲A联赛！

说实话，当这个消息传来，并不知道俱乐部真实意图的我心生恐惧。对于足球，对于一支球队，对于有些人、有些企业、有些机构而言，或许就是一个高兴就来、难过就走的游戏，或者所谓的什么工具，而对于在其中投入了巨大感情的球迷群体而言，它像氧气一样重要。关注中国足球的群体，随着成绩的起伏，来来去去地流逝失了很多人。然而，不管我们的成绩有多不堪，终究还是会有人留下来，一直默默地在关注，默默地在祝福、在参与。足球，真的在潜移默化之中渗透到我们生活中每一个细节里面。如果没有了足球，我们很多人的生活将不知道何以为继……

就在国安向足协提请申诉的过程中，声言退出足坛的北京国安俱乐部副董事长李士林率先辞去在俱乐部的职务。李士林认为，首先中国的足球环境让其很难应付，其次今年开赛以来出现的诸多负面消息，以及国安在联赛中的低迷表现必须有人来承担责任，而他本人难逃其咎，因此辞职。至此，国安足球职业化以来的最大根基已经开始动摇……随后再次传出消息，如果国安的申诉得不到满意答复，俱乐部将很有可能采取进一步的行动。京城球迷们的恐惧在加剧……

与此同时，第9轮国安主场对山东的比赛照常进行。绵绵细雨之中，卡西亚诺一个人大闹工体，先是一记头球确保新东家客场带走3分，随后因同国安外援别戈维奇的冲突又被罚红牌离场。卡西的表现再次让京城球迷陷入迷茫，不过相比于处在风口浪尖的俱乐部，国安的生死存亡显然更让京城球迷牵挂："国安，因为有你，我们不再孤单""国安，我们相信你能再创辉煌""国安，我们期待你早日走出低谷"……现场标语纷繁，球迷们真挚的情感让人不忍直视……

第10轮比赛客场挑战重庆之前，足协传回消息：维持对国安球员王涛的处罚决定。媒体报道，国安副董事长李士林表示将选择一种对京城球迷负责、让北京足球平稳过渡的方式退出。对于是否参加5月18日客场的比赛，俱乐部暂时还没有定论……

5月17日下午2点，中信集团董事长王军召开新闻发布会，谴责足协不公正判罚的同时郑重表示，国安不会退出中国足坛，请北京球迷放心，谁买国安都不会卖！做事做到底，起码对北京球迷有个交代。即便国安受到这样那样的"待遇"，不过，为了首都足球的大局考虑，一定要把国安办好，同时还要加大投入！球迷们奔走相告，这是咱们老当家的出面表态，国安没事了！随后，中国足协例行公事地召开新闻发布会，声明处罚的合理性，以及对国安俱乐部以大局为重的态度表示赞赏。17日傍晚，国安全队飞抵重庆。

5月18日，国安挑战时由李章洙带队，已经四连胜，同上海、山东同积18分排名榜首的重庆，韩旭顶替王涛出任高中锋，最终国安凭借杨璞的点球和高雷雷的单刀，同对手2∶2战平。赛后，媒体条件反射地认为，足协为了"回报"顾全大局的国安，在裁判的问题上给予了国安照顾，最大的证据就是符宾禁区内绊倒韩旭，国安所得到的点球。对于此，京城球迷根本无暇顾及。终场哨响，说再多、争再多又有什么用呢？符宾的犯规到底该不该判点球，反正球迷说了也不算，一场平局对于国安球迷而言，也没什么可值得炫耀的地方。只是"符宾禁区内绊倒韩旭"这个字眼再次让京城球迷思绪万千……

接下来的第11轮比赛，小王涛虽然复出，可惜国安却在比赛中得势不得分，王涛的射门也被门柱拒之门外，国安主场0∶0战平辽宁。媒体继续爆料，中信集团空降李博伦就任国安俱乐部副董事长。在第12轮比赛主场迎战厦门之前，国安又迎来一位新援：南斯拉夫后腰伊利奇。对垒厦门一役，别戈维奇、伊利奇、罗曼3人首发，国安终于在时隔多场之后重拥3外援，然而在上半场王涛的一记重炮被门柱挡出之后，下半场比赛，曾经的国安克星——原山东济南泰山的唐晓程一脚似传似射的弧线球意外地攻陷国安队球门。随后的国安连续调兵遣将，先后换上邵佳一、高雷雷、薛申展开狂攻，而厦门则愉快地打起了防守反击，甚至险些再度敲开国安球门。最终，国安主场0：1再败。连续不胜的局面甚至让曾经“胜也爱你，败也爱你”的国安球迷也开始忍不住地倒戈相向！12轮比赛过后，国安2胜4平6负，仅积10分位列积分榜倒数第3位，“永远争第一”的国安就这样在平息了所有矛盾风波之后，再度掉入降级圈！

俱乐部继续采取行动：停发奖金，改革奖惩制度以培养队员责任心；从二队上调路姜、张帅、陈东、楚志、胡鹏翔等年轻球员，增强球队内部竞争；并且再度启动寻找新外援人选方案，力保国安成绩反弹。在此期间，替补出战的国安还抽空同来访的荷兰劲旅阿贾克斯进行了一场友谊赛，结果，在联赛中尽显颓势的国安，居然凭借南方一脚让京城球迷觉得匪夷所思的任意球1：1战平对手！

此后的第13轮客场挑战沈阳海狮的比赛，俱乐部的一系列工作迅速见到成效。国安依靠杨璞和田野的两次突破博得两粒点球，王涛两次主罚轻松梅开二度。国安取得开赛以来的首个客场胜利。随后穿插在联赛当中的足协杯赛第2轮，做客柳州的国安又凭借邵佳一和王涛的进球，2：1淘汰对手八一，顺利晋级。国安的状态终于开始慢慢回升。

下半程首战，国安迎来第一回合2：0完败自己的大连实德。3名外援因伤缺阵，国安组成以邵佳一、徐云龙、杨璞、陶伟、田野为主打的青年军，小将路姜第一次代表国安首发出场，小王涛首次迎战旧主。年轻的国安队在实力上同拥有郝海东、李明、潘塔、奥兰多、安迪尔森、张恩华等人的大连队差距明显，虽然邵佳一以一记技惊四座的任意球为国安先拔头筹，但是国安依旧没人能够阻挡住第一回合交锋就已经完爆过我们的张恩华的再次高空轰炸。当比分被扳成1：1后不久，徐云龙因伤下场。此时国安想保一分的希望都已经是岌岌可危的了。下半时比赛，正值当打之年的潘塔最终绝杀，去年还曾双杀对手的国安，就这样在新千年的赛季中只能接受被对手双杀的残酷现实。唯一的收获，或许就是连续出场并且表现稳定的邵佳一了。

此战过后，国安排名再次滑落至倒数第3位。保级的声音已经数度被媒体提及，坦白讲，就我自己而言这是一个让人十分厌恶的消息。“永远争第一”的国安，居然沦为要为能否保级而费尽思量，这着实足够讽刺。不过，我始终相信，即便我们暂时落后，以国安的实力，保级也不该是我们要考虑的问题！

而此时2000年的欧洲杯正如火如荼踢得不亦乐乎：如精灵一般的葡萄牙人上演着一出出神奇的表演，同中国足球有千丝万缕联系的南斯拉夫人，仅仅用几分钟就证明了自己在足球上的话语权。两相比较，当我们还在为枯燥、野蛮、缓慢而混乱的中超疾呼呐喊的时候，世界的另一端，在同样一个“足球”的命题下，别人却是在享受着一次从精神到视觉的饕餮盛宴。环顾可以容纳6万人的工人体育场，看着不足一万的稀稀拉拉的人群，我忽然想，我们是不是也应该在选择上作出点改变呢？

答案是：不！

“国安是北京的一面旗帜，这就好比插在阵地上的战旗，总得有人保证让它屹立不倒。”——我一直喜欢这句话。其实，足球之所以能够让这么多人疯狂地对其趋之若鹜，本身就不仅仅是因为它能用来欣赏，足球应该是和平年代的“战争”！虽然，我们在整个战役上不能够像别人一样气势恢弘，但是，对于胜利的渴望，对于和自己家乡球队并肩作战的执著，这一点我们不输给任何人！在精神上，我们对于每一场比赛的投入和期盼都是平等的！我们不用羡慕任何人！

第15轮比赛，国安客场挑战天津泰达。赛前国安再次火速搞定一名新援，被深圳平安弃用的巴西球员桑德鲁火线加盟。而日后值得京城球迷玩味的却是，深圳方面取代桑德鲁的正是日后在中国足坛呼风唤雨的堤亚哥！桑德鲁在国安同泰达的比赛中首发出场，国安也凭借逐渐晋升主力的邵佳一两脚精彩的角球助攻帮助小王涛梅开二度。虽然天津队补时阶段由张效瑞扳回一球，国安最终还是在客场2：1力克对手，也直接导致前半程意气风发的金志扬濒临下课边缘。国安方面则由新任俱乐部副董事长的李博伦，宣布执行教练魏克兴正式出任国安足球俱乐部主教练。

借魏克兴扶正的东风，第16轮主场同申花的比赛，国安再度凭借小王涛以及新近加盟的外援桑德鲁的神勇表现3：3战平对手。虽然上半场就以2：0领先，到最后被对手追成平局，不过一场荡气回肠的比赛还是多少宣告了国安气势的回归。随后的比赛，国安再次凭借桑德鲁的进球1：0小胜四川全兴，客场0：0逼平云南红塔，四轮比赛2胜2平，国安迅速摆脱降级威胁，上升至积分榜第7位。

随着国安状态的逐步调整，国家队主教练米卢蒂诺维奇也开始越发地关注国安球员。为了备战当年的中韩对抗赛，米卢更是一口气招入徐云龙、徐阳、邵佳一、商毅、王涛等5名国安球员。可是，也就在足协刚刚宣布国家队集训名单的当天，出征足协杯第3轮比赛的国安却在客场3球完败于厦门夏新。在小王涛首先罚失点球之后，厦门队外援阿米尔梅开二度，随后唐晓程又单骑闯关将比分锁定在3：0！消息传回北京，京城球迷目瞪口呆，几乎没有人对国安晋级下一轮比赛再抱有希望。

然而，区别于联赛，国安注定是足协杯赛的王者！7月23日，足协杯第3轮第二回合国安主场迎战厦门夏新，魏克兴布出怪阵：主力前锋小王涛和桑德鲁替补，南方和徐云龙联袂出现在前锋线。上半场比赛，南方和徐云龙连续冲击对方后防线，第8分钟厦门队15号石勇故意手球犯规被红牌罚下。30分钟左右，小王涛登场。上半场比赛国安狂攻无果，0：0。下半场比赛魏克兴换上桑德鲁继续加强进攻，第2分钟桑德鲁争抢厦门队员禁区内手球，点球！杨璞主罚一蹴而就，1：0！20分钟左右国安获得任意球，邵佳一主罚，徐云龙头球建功，2：0！厦门队开始换人，力求守住最后的优势。国安队继续狂攻：30分钟左右杨璞突入禁区，被对方守门员铲倒，还是点球！杨璞亲自主罚梅开二度，3：0！国安终将两回合比分扳为3：3平，一个不可能完成的奇迹诞生。然而，一切还没有结束，奇迹在继续：双方总比分战平，加时赛开始，就在所有京城球迷还在为刚才紧张的45分钟回味的时候，国安中圈开球吊至对方门前，桑德鲁插上，叩关成功。终场哨响！4：0！国安金球制胜！

这是一粒不可思议的进球，更是一场不可思议的比赛。继1996年足协杯赛客场0：2、主场4：0逆转战胜四川全兴之后，国安又在一场客场0：3失利的比赛中，主场4：0逆转对手！这一刻，足协杯的标志性旗手——北京国安王者归来！

回到联赛中第19轮比赛，做客深圳。国安上调国家队的几名主力球员疲态尽显。老练的朱广沪很明显地作了专门部署，徐云龙镇守的右路成为深圳队的主攻方向。最后的结果是陈永强和李毅的两个进球帮助深圳队2：0轻取国安。而在这场比赛中，下半时替换上场的小将商毅在被对手铲伤之后的坚持比赛，更是最终导致其左膝外侧副韧带完全断裂！对于这个曾经代表着国家队，在同水晶宫的热身赛上有过进球的国安新秀而言，充满希望的2000赛季就这样提前报废。深圳之行，国安损兵折将，完败而归。

经过一周休整之后的国安队在第20轮迎战上门挑战的青岛海牛。魏克兴再度变阵，前几场表现不错的桑德鲁替补，一直首发右后卫的徐云龙改打前锋，南方顶替受伤的小将商毅。这一系列变化让青岛队始料未及，徐云龙在前场大范围的拼抢以及小王涛的强力进攻，让对方后卫疲于奔命。邵佳一的两次定位球助攻，小王涛和徐阳双双梅开二度，国安4：1大胜对手。下半程的比赛国安在收获王涛不断进球的同时，邵佳一的崛起则是给了球迷莫大的惊喜。乔利奇时代接连失守于定位球的国安，迅速转变为最具任意球杀伤力的球队。邵佳一的绝妙弧线，小王涛等人的接应进球终于在风雨飘摇了将近一年之后，给2000年的甲A烙上了国安印记。

接下来第21轮比赛国安主场迎战吉林，状态正盛的王涛再次梅开二度，不仅报了首回合被罚下场随后球队失利的一箭之仇，而且帮助球队再次以4：1的大比分战胜对手。国安的好状态延续，随后的足协杯半决赛客场迎战武汉红桃K，凭借韩旭的梅开二度和杨璞的进球，国安3：1战胜对手。回到主场虽然被郑斌偷袭得手一球小负，国安最终还是凭借两回合3：2的总比分再度晋级足协杯赛决赛！

经过短暂调整，联赛重新开始。第22轮国安客场挑战山东，失去了因伤停赛的主力前锋小王涛的国安再次凭借邵佳一的角球助攻徐阳率先进球，而山东方面攻破国安城池的也宿命般地依旧是卡西亚诺。当2000赛季的甲A联赛落幕，卡西最后捧得最佳射手的时候，回想起国安过去一年拼尽全力却碌碌无为的罗曼和中途加盟救火的被深圳弃用的桑德鲁，我们才知道原来最好的曾经一直就在我们身边……卡西亚诺，注定是北京球迷心中永远的痛！

第23轮比赛，国安面对足协杯决赛的对手重庆隆鑫。或许是因为为最后的决赛考虑，双方的主教练魏克兴和李章洙大打心理战：国安方面，主力前锋小王涛被雪藏。而重庆方面更是在上半场几乎放弃进攻。伊利奇、田野、邵佳一上半场的3粒进球帮助国安3：0领先，下半场重庆开始发力，国安选择退守，比坎尼奇、曾斌连扳两球，最终国安3：2结束比赛。这一结果也为后来的足协杯决赛留下了无尽遐想。

随后两轮联赛，国安接连迎战保级对手：客场对垒辽宁，王涛、别戈维奇、徐云龙等因为伤病和3张黄牌停赛等原因高挂免战牌，国安客场1：2落败，坊间风传国安放水。客场挑战厦门，国安俱乐部特意发表声明绝不做假。徐云龙结束停赛复出首发出场，并且在1：2落后的情况下梅开二度，帮助球队最终4：2大胜对手。

联赛收官之战，国安坐镇主场迎战沈阳海狮。在一场毫无压力的比赛中，国安从领先、落后、追平、反超，到最后再被对手追平，双方联手上演了一出精彩的对攻大战。小王涛再次梅开二度，韩旭完美收场。稍微惋惜的是，在比赛中队员们曾经数次为小王涛创造机会，然而这位在全年联赛中6次上演梅开二度好戏的射手，最终还是没有上演帽子戏法的运气。2000年联赛总进球数最后定格在13个，终以两粒进球的差距成全了国安的旧将卡西亚诺荣登联赛最佳射手宝座。北京国安也以26战9胜8平9负，积35分位列联赛第6位的成绩结束了2000年的甲A之旅。

联赛结束，第12届亚洲杯开锣。当经历过1996年国奥预选赛、1996年亚洲杯、1997年十强赛、去年的国奥九强赛等一系列失利的我们，已经开始学会不要对中国男足的国字号球队再抱有不切实际的期望的时候，来自南斯拉夫的神奇老头米卢蒂诺维奇却再次带给了我们希望。小组赛期间2：2战平韩国、0：0战平科威特、4：0大胜印尼的中国队以小组第1的成绩出线，1/4决赛面对卡塔尔，凭借着李明、祁宏、杨晨的3粒进球，3：1轻取对手。国人的热情再度被点燃。半决赛迎战日本，在范志毅自摆乌龙的情况下，祁宏和杨晨的两粒精彩进球把比分反超。虽然此后范志毅再次无谓犯规送给对方一个任意球，并且由西泽明训补射扳平比分，紧接着明神智和的进球帮助日本队完成反超，但是，这一次的中国队却并没有选择放弃！球员一直拼到最后一刻的精神真实地感染了电视机前的中国球迷。虽然比赛最终失利，但是在终场前奋不顾身射门而被日本门将撞晕在地的祁宏，在医院里醒来后的第一句“我的球进了吗？我们赢没赢？”还是让我们知道足球场上还有一种叫拼搏的精神远比结果更值得我们记忆。

决战三四名的比赛，米卢在人员不整的情况下，乾坤大挪移全替补出战，最终一球小负韩国。虽然比赛输了，但是米卢麾下的中国队还是让球迷看到了一年后冲击韩日世界杯的希望，特别是留学归来的杨晨和不甘认输的祁宏等人的突然崛起，更是给中国足球在精神层面上打了一针强心剂！

亚洲杯结束，国安的比赛却还没有完。不知道为什么，当年的足协杯决赛要安排在联赛结束那么长时间后进行。总之经过了漫长的等待，两地球迷还是等来了最后的争冠时刻。11月5日，决赛首回合国安坐镇主场迎战李章洙的重庆隆鑫，或许是因为间歇期太长，也或许是亚洲杯让部分队员从精神到身体上都过于疲惫，双方球员在场上都没有表现出应有的实力。国安急于在主场取得优势，而李章洙明显是想留到自己的主场再解决问题。上半场的比赛国安主攻、重庆主守，激烈有余而精彩不足，45分钟过后，双方战成0：0 。下半场比赛，风云突变。刚刚开场国安就获得对方禁区前沿的任意球机会，当大家还在以为邵佳一会主罚的时候，小王涛一脚精彩的弧线球直挂大门死角，符宾鞭长莫及，国安取得一球领先！失球后的重庆队显得多少有些着急，开始尝试压上进攻。国安也因此获得了几次破门的机会，可惜徐云龙操之过急，最终没能扩大比分。首回合国安1：0小胜！

其实，这场比赛应该说就已经给国安的2000赛季画上了一个完美的句号了。在现场为国安呐喊助威了一年的京城球迷，看着国安用希望结束了全年的主场比赛，也算有个稍感欣慰的收尾。至于次回合客场同重庆的比赛，其实我们是没抱太多期望的，一支年轻的队伍，最后打到了足协杯的决赛，这已经是一个我们可以接受的结果。足协杯这一路走来，我们幸运地发现之前淘汰的所有对手，河南、八一、厦门、武汉都是原本实力就不如我们的球队。而连续两个赛季取得第4名，强势崛起的重庆队，至少在当时的2000赛季看来实力还是明显在国安之上的，马克、米伦、比坎尼奇这三杆洋枪几乎就是令当年甲A其他球队皆闻风丧胆的最强外援攻击群。客场的比赛，但愿我们不会输得太难看……

最后的结果，国安客场1：4落败。年轻球员们的心态失衡，别戈维奇的低级失误，带伤上阵的伊利奇，为国安扳回一球的桑德鲁，以及对方势在必得的气势和不可阻挡的马克、米伦构成了国安球迷对这场比赛的全部印象。2000年的足协杯赛，国安就这样以两回合2：4的比分负于重庆，最后获得了亚军。赛后想想，这也应该是年轻的国安必然要经历的挫折。正是有了这种决赛氛围的历练，才为日后徐云龙、邵佳一、陶伟等年轻队员的成长奠定了坚实的基础。

足协杯的亚军，宣告着国安2000赛季征程的结束。经历了如过山车一般起伏的我们也终于可以平复心态，开始憧憬国安的未来。虽然在不知不觉间“永远争第一”的国安已经慢慢滑落到了中下游，但是当赛季末回首，我们却惊讶地发现自己对于国安的热情并没有因为单纯的排名而消退。暂时处在低谷的北京足球，需要的是京城球迷和年轻的国安队共同的坚守。曾经的偶像，已经成为我们在足球场上一起战斗的队友。这份强烈的参与感注定让走在肩负北京足球荣誉路上的国安队永远不会独行！

或许也正是因为这一年成长过程中所难以避免的混乱，让我们忽略了太多除去国安以外的消息。其实在2000年，中国足球还有一些值得我们记忆的瞬间：这一年，中国足球的“洋务运动”在继续，谢晖、黎兵、马明宇等人都纷纷同留洋扯上这样那样的关系；这一年，中国足球的希望在回归，继米卢在亚洲杯上带领中国队打出士气之后，年底的亚青赛上沈祥福的中青队凭借曲波的进球1：0战胜韩国队，让中国足球逢韩不胜的历史不再延续。当然，这一年还发生了一件同样对于中国足球意义深远的变革，那就是中国足协的专职副主席阎世铎上任了……

2000年甲A联赛积分表

名次/球队	场次	胜	平	负	进球	失球	净胜球	积分
01大连实德	26	17	5	4	51	20	31	56
02上海申花	26	14	8	4	36	24	12	50
03四川全兴	26	12	8	6	33	21	12	44
04重庆隆鑫	26	10	11	5	46	33	13	41
05鲁能泰山	26	12	4	10	35	31	4	40
06北京国安	26	9	8	9	38	31	7	35
07沈阳海狮	26	8	10	8	34	33	1	34
08辽宁抚顺	26	8	8	10	28	26	2	32
09深圳平安	26	8	8	10	27	27	0	32
10天津泰达	26	7	10	9	28	37	–9	31
11青岛海牛	26	6	11	9	22	29	–7	29
12云南红塔	26	8	5	13	24	42	–18	29
13厦门厦新	26	6	5	15	22	45	–23	23
14吉林敖东	26	4	5	17	20	45	–25	17

2000赛季北京国安队人员名单：

领　　队：胡建平

主 教 练：乔利奇、魏克兴

助理教练：耶瓦茨、李松海、胡建平

队　　医：双印、张阳

主　　场：北京工人体育场

队　　员：1号刘新伟　2号刘建军　3号谢朝阳　4号韩旭　5号李红军　6号别戈维奇　7号李东波　8号杨璞　9号田野　10号商毅　11号罗曼　12号阿玛加　13号徐云龙　14号薛申　15号陶伟　16号王涛　17号徐阳　18号王少磊　19号邵佳一　20号南方　21号高雷雷；22号姚健　23号杨铮　24号桂平　25号王硕　26号张帅　27号路姜　28号陈东　29号楚志　30号杨世卓　31号伊利奇　32号桑德鲁

2000赛季全国足球甲级A组联赛第6名、足协杯赛亚军

日期	轮次	对阵及比分	进球队员	
3月19日	第1轮	大连实德 2：0 北京国安		张恩华、张恩华
3月26日	第2轮	北京国安 1：2 天津泰达	别戈维奇	刘欣、埃默森
4月2日	第3轮	上海申花 1：0 北京国安		卞军
4月9日	第4轮	四川全兴 0：0 北京国安		
4月15日	第5轮	北京国安 2：1 云南红塔	杨璞、王涛	福迪
4月20日	第6轮	北京国安 3：0 深圳平安	徐阳、罗曼、陶伟	
4月23日	第7轮	青岛海牛 0：0 北京国安		
4月30日	第8轮	吉林敖东 2：1 北京国安	南方	千学峰、马赛罗
5月14日	第9轮	北京国安 0：1 山东鲁能		卡西亚诺
5月18日	第10轮	重庆隆鑫 2：2 北京国安	杨璞、高雷雷	魏新、徐鑫
5月21日	第11轮	北京国安 0：0 辽宁抚顺		
5月28日	第12轮	北京国安 0：1 厦门夏新		唐晓程
6月4日	第13轮	沈阳海狮 0：2 北京国安	王涛*、王涛*	
6月18日	第14轮	北京国安 1：2 大连实德	邵佳一	张恩华、潘塔
6月25日	第15轮	天津泰达 1：2 北京国安	王涛、王涛	张效瑞
7月2日	第16轮	北京国安 3：3 上海申花	王涛、王涛、桑得鲁	祁宏、祁宏、兰柯维奇
7月9日	第17轮	北京国安 1：0 四川全兴	桑德鲁	

续表

7月16日	第18轮	云南红塔　0：0　北京国安		
7月30日	第19轮	深圳平安　2：0　北京国安		陈永强，李毅
8月6日	第20轮	北京国安　4：1　青岛海牛	王涛、徐阳、王涛、徐阳	希尔维拉
8月20日	第21轮	北京国安　4：1　吉林敖东	王涛、南方、田野、王涛	泰力克
9月10日	第22轮	山东鲁能　1：1　北京国安	徐阳	卡西亚诺
9月14日	第23轮	北京国安　3：2　重庆隆鑫	伊利奇、田野、邵佳一	比坎尼奇、曾斌
9月17日	第24轮	辽宁抚顺　2：1　北京国安	桑德鲁	张玉宁、张玉宁
9月24日	第25轮	厦门夏新　2：4　北京国安	邵佳一、徐云龙、徐云龙、桑德鲁	王海波、唐晓程
10月1日	第26轮	北京国安　3：3　沈阳海狮	王涛、王涛、韩旭	谢尔盖、托比、杜苹
5月7日	足协杯	河南建业　2：3　北京国安	王涛*、徐云龙、王涛（金球）	苏斌、瓦西里
6月11日	足协杯	八　一　1：2　北京国安	邵佳一、王涛*	余顺平
7月20日	足协杯	厦门夏新　3：0　北京国安		巴哈、阿米尔、唐晓程
7月23日	足协杯	北京国安　4：0　厦门夏新	杨璞、徐云龙、杨璞、桑德鲁（金球）	
8月24日	足协杯	武汉红桃K1：3　北京国安	韩旭、杨璞、韩旭	刘林
8月27日	足协杯	北京国安　0：1　武汉红桃K		郑斌
11月5日	足协杯	北京国安　1：0　重庆隆鑫	王涛#	
11月12日	足协杯	重庆隆鑫　4：1　北京国安	桑德鲁	马克、米伦、马克、比坎

〈仅供参考，*为点球，#为任意球〉

2001

★ 关键词：豪赌世界杯、联赛不降级、米伦事件、阿根廷世青赛、冲击世界杯、谢峰退役

★ 大事记：北京国安1：3上海申花（联赛）

中　　国5：1印　　尼（世预赛）

中　　国1：2阿 根 廷（世青赛）

中　　国3：0阿 联 酋（世预赛）

“曲波在狂奔着怒吼！而在电视机前的我，犹如一个已经被宣判死刑的绝症病人忽然被告之一切都是误诊一样狂喜！记得当时，我是一下子从椅子上面蹦起，在原地转了两圈，然后冲到床边一把薅起正在熟睡中的朋友冲其大喊：‘进球啦！中国队进球啦！’值此一球，我知道对于中国足球，我们苦熬苦等的坚守，永远不会是白费。是中国足球在这一刻教会了我什么叫做不放弃，只有永不放弃你才能够为自己迎来机会！”

“赛前范志毅豪气万丈的十强赛宣言：‘胜利时，我会与他击掌相庆，失败后我和他都应该像个真正的老大挺身而出。’终于不再是笑柄。而赛后，当记者问及中国队队长马明宇是否觉得中国队就是B组最好的球队时，马儿握拳怒吼的一声‘耶！’更是完美诠释了黄健翔的点评：‘这就是一场不能比这再完美的比赛！中国队终于在气质上有了那么一点点亚洲强队的风范！’”

“胜利的时候，享受这个用心去体会的过程或许最真实也更真切。我从路边的小店买了一面国旗披在身上，随着混乱、嘈杂、群情激奋的人群开始围着广场转圈。就这样，默默地跟在大部队的后面，莫名地跟着大家绕圈。直到朋友们都走散，直到绕圈的队伍慢慢地变成只有我一个人……”

这一年我22岁，继续关注国安的同时，开始体验着上班、辞职、换工作以及交女朋友等诸多自己必须要开始面对的生活。

2001年对于中国球迷而言又是一个不同寻常的一年。韩国和日本对于2002年世界杯的联合申办，为中国队提供了最佳的突破时机，世界名帅米卢蒂诺维奇的神奇也让所有球迷看到了希望。而新任足协掌门阎世铎不惜一切代价地豪赌世界杯，为此更是出台了诸如禁止外籍门将，禁止现役国家队球员赴海外踢球，以及牺牲联赛取消降级等一系列让人匪夷所思的规定。

联赛方面，信誓旦旦的国安再次起了大早赶了晚集。魏克兴确定留任以后，内援方面因为国安中意的郑智被朱广沪的深圳平安摘走，国安选择了放弃引进。而随着年轻人的崛起，队里的老将李红军、刘建军、徐阳、刘新伟、王少磊等人则纷纷提出转会申请，最终李红军和刘建军远走四川，加盟了郭瑞龙执教的甲B球队成都五牛，徐阳转会山东鲁能，刘新伟加盟青岛，王少磊选择退役，继续留在国安从事青少年球员培养。面对新一轮的人员流失，国安选择了再度从二队上调年轻球员进行人员补充，同时去年就已经从德国归来的周宁正式归队，身披28号队服，再战甲A。新的人员变更意味着国安的威克瑞一代迅速上位，国安的新老交替宣告完成。以徐云龙、邵佳一、陶伟、杨璞等人为代表的青年军全面地开始以主力身份为国安征战甲A联赛。

外援方面，国安再次放弃了上赛季表现各异的桑德鲁、伊利奇、别戈维奇等人，立志选择水平更高的球员。然而随着联赛的日益临近，从去年赛季结束就已经开始风传的冈波斯、罗马里奥、苏克等人选最终全不见了踪影。两度远赴南斯拉夫和阿根廷选择外援的李博伦、杨祖武、魏克兴等人也没有在第一时间确认好新赛季的外援人选。

3月4日，新赛季的“绿化江河杯”义赛在先农坛开战，坐镇主场的国安全华班迎战天津泰达。新赛季从沈阳海狮加盟天津的高峰重回故地，再次轻灵飘逸般地一球击杀国安，也让国安二线上来的小队员们记住了谁才是先农坛这片球场上不老的主人。

直到距离联赛开赛还有4天的时候，国安千呼万唤始出来的3名外援才第一次抛头露面，3个分别名为罗宾逊、卡洛斯、迭戈的哥伦比亚小孩儿于3月7日正式同国安签约。随后，来自南斯拉夫的中后卫外援切尔梅利也在第二天到达，顺利签约。至此，国安新赛季的球队组建正式宣告完成，俱乐部誓冲三甲的新年目标也正式确立，京城球迷再次充满热情地万分期待。

联赛首轮，国安主场迎战青岛啤酒。4名外援中切尔梅利首发出场，徐云龙、陶伟、邵佳一、杨璞坐稳主力位置，王涛、周宁、谢朝阳、韩旭、姚健老骥伏枥。上半场比赛临近结束，邵佳一同徐云龙灵巧的撞墙配合，突入禁区射门得手，最终帮助国安一球小胜。凭借此球，国安时隔6年之后再度首战收获3分，看上去2001年形势一片大好……

第2轮比赛，国安继续坐镇主场迎来了自己的老对手上海申花。“打上海不用动员”这一直是咱的优良传统。在首仗取得3分之后，北京足球无限期待年轻的国安队可以在这个最直接的对手身上证明我们的实力。魏克兴延续了首轮的首发阵容，国安队员们在全场数万京城球迷的呐喊助威声中开场即展开狂攻：开场第5分钟，国安左路任意球，邵佳一传中，王涛强力头球；第10分钟，周宁下底传中，韩旭小禁区攻门；第13分钟邵佳一突破后传中，忻峰解围失误，徐云龙铲射得分！1：0！第21分钟，国安角球，韩旭近距离攻门；第31分钟徐云龙突破，忻峰犯规，国安再获禁区前沿任意球，王涛怒射击中横梁……

上半场比赛，国安完美掌控局面。徐云龙、陶伟、李东波、周宁等人的积极拼抢让以申思、祁宏为首的上海队中场七零八碎、一筹莫展，根本就组织不起有效进攻。如果不是依靠门将虞伟亮的出色表现，国安上半场甚至能以3球以上的优势领先。国安青年军的气势在上半场45分钟的比赛中展现得淋漓尽致！然而，或许是一鼓作气再而衰三而竭的缘故吧，经过中场休息的15分钟，下半场的国安忽然放弃了上半场的积极拼抢开始交出中场！申花队迅速通过大范围的左右转移占据主动，下半场比赛大约10分钟，申花队队长申思接后场吴承瑛的传球在国安禁区左侧连续晃过两名后卫，一脚势大力沉的远射洞穿姚健把守的大门，比分迅速被扳平！两分钟后，申花外援兰科维奇单骑闯关，再度连续晃过国安后卫后怒射得手，申花把比分反超了……

随后的比赛，国安想要重新加大拼抢以期夺回场上优势已经不大可能。年轻球员在此时心理上的变化直接导致场上局面的继续失衡……下半场比赛大约40几分钟时，申花外援拉萨前场抢断继而远射，再度得手。最终，主场作战的国安1：3完败对手！

应该说这场同申花的比赛很好地体现了国安的真实实力，那就是我们有能力同甲A的任何球队展开对攻，但是在对于场上节奏的把握，以及对于体能的合理分配等环节还是有着经验上的欠缺。如何让队员们在经验上、心理素质方面尽快成熟，成为以魏克兴为首的教练组接下来工作的重中之重。

接下来客场同重庆的第3轮比赛，就是轰动一时的“米伦叛逃”事件了。两轮联赛结束，国安的3个哥伦比亚小孩儿并没有获得一分钟的上场时间，而放走了上赛季打得风生水起的马克、米伦、比坎尼奇的重庆队的新外援也并没有表现出应有的水平。所以在迎战国安之前，重庆原本打算重新召回的米伦最终在同国安的比赛开始之前神秘地不辞而别，并且最终转投了同样需要外援前锋的国安，这就是一件让人浮想联翩的趣事了。

对于京城球迷而言，无论整件事情具体的来龙去脉如何、谁是谁非或许都不重要了，少了一个威胁、多了一个帮手的结果并不是什么坏事；并且也从另外的角度说明俱乐部的管理层们至少还学会了动动脑筋，兵不厌诈，竞技体育还是拿最后的结果来说话吧。比赛的结果为1：1，变阵4141的国安队最终成功客场逼平对手，虽然开场不久大龙就通过精妙的配合攻进一球，但最后被重庆追平的过程稍有遗憾，不过能够通过及时的调整，用一场客场的平局止住因为主场被上海逆转而失掉的士气，也应该足够让整个教练组欣慰的了。

随后的3轮比赛，国安连续同对手战平。虽然无一胜绩，不过考虑到山东、云南、四川三个对手的具体情况，以及落后再扳平的比赛过程，因此这也还是一个可以接受的结果，并且，在当年4月1日开赛的第5轮联赛中，捉对厮杀的14支球队7场比赛无一例外地全部战成平局。这也给一直处在黑色幽默之中的中国足球在愚人节增添了几分天意愚弄的色彩。

在此期间，小王涛的膝伤开始慢慢地影响到他自去年以来一直不错的好状态，而邵佳一、徐云龙等人初生牛犊不怕虎的敢打敢拼，在给国安带来无限激情的同时，也逐渐暴露出年轻队员对于场上形势和机会把握上的不足。6轮比赛结束，国安1胜4平1负积7分排名第10位。虽然从积分上看不到什么崛起的希望，不过场面上也没有谁可以轻易把我们的青年军打垮，也算让大家对未来多了些期待。

接下来的时间，2002年韩日世界杯预选赛亚洲区小组赛开赛，联赛暂停。出征之前，由于在之前的6轮联赛中表现异常出色，当时陕西队的马科斯还被疯传要加入中国国籍，以期代表中国队征战世界杯，最后也不了了之。小组赛首战中国队兵不血刃地10：1主场大胜马尔代夫，值得京城球迷高兴的是，来自国安的徐云龙首发出任右后卫，在比赛中率先为中国队打破僵局，并且最终上演梅开二度的好戏。当然，习惯了在比赛中寻找痛苦的中国足球媒体还是没有忽略掉马尔代夫的唯一一粒进球，“中国队10：1大胜瑕不掩疵 马尔代夫破蛋虽败犹荣”成为我们已经慢慢习惯的报道方式。

然而米卢蒂诺维奇带领的中国队注定会让中国业余的足球媒体无所适从，在随后客场同马尔代夫的比赛中，选择了练兵的中国队最后只是凭借谢晖的一记头球1：0小胜对手。在让包括对手在内的所有人大跌眼镜之后，我们媒体的报道方式却着实耐人寻味“中国队1：0小胜马尔代夫 谢晖进球成为唯一亮点”。

随后的比赛中，中国队客场4：0轻取柬埔寨。各路媒体再次纷纷表示不满，而米卢也开始有意无意地暗示中国足球应该需要更多的耐心。或许就是因为我们的媒体、球迷、社会舆论都太过浮躁而业余，最终导致我们无法真实客观地面对自己。一场普通的平局，如果情况是两球领先最后被追平，就避免不了所有人的口诛笔伐，而如果我们是两球落后、最后追平对手，那么大家的赞誉也会让你应接不暇。

全然不去关注对手是谁，我们自己的实力又处在什么样的真实水平。竞技体育到最后总是逃不掉以结果论英雄的结局，既然如此，为什么中国足球就连享受暂时的胜利带来的喜悦都得不到呢？这值得所有人反思。

5月13日，中国队迎来小组赛第一循环的最后一个对手，也是舆论始终认为我们最直接的竞争对手——印度尼西亚队。关于这场比赛，相信所有看过比赛的中国人都记住了两个人：印尼队10号库尔尼亚万和中国队20号杨晨！

赛前，媒体不负责任地夸大报道还是影响到了队员们的心态。上半场比赛，扛着口袋上场的中国球员动作僵硬表情严肃，而印尼球员的小配合却一度打得像模像样，将中国队员玩弄于股掌之间。当库尔尼亚万攻破中国队球门怒吼着狂奔的时候，电视机前的我们只能咬牙切齿地接受对方轻蔑的挑衅，相信在那一刻，所有和我一样多少次发誓不再关注中国国家队的球迷都是一样的感受：不争气的中国足球！

然而，比赛的结果却像是上天对于心理素质过于脆弱的我们的一次嘲弄。下半场比赛，祁宏上场顶替马明宇，吴承瑛前提改打三后卫，中国队开始绝地反击。在李玮峰幸运地将比分扳平后不久，上半场比赛就已经受伤的杨晨用一记舍命的冲顶将比分反超，而这次攻门也再次加重了杨晨的伤势。经过队医的紧急处理，肩膀缠满绷带的杨晨就这样拖着伤臂继续战斗。直到谢晖将比分扩大到3：1，米卢才用黎兵替换下已经明显跑动不便的杨晨。最后的比分是5：1，中国队难得一见地在上半场一球落后的情况下，下半场狂扳5球实现逆转。

旅德归来的杨晨和谢晖就这样为一直处在水深火热之中的中国足球带来了一丝振兴的希望！后面的两场比赛，中国主场3：1胜柬埔寨，客场2：0再度轻取印尼。虽然在此期间依旧有太多媒体和部分球迷在不遗余力地表达着对中国队、对于米卢的不满，并且高喊着“中国队解散”等莫名其妙的口号，不过结局却是中国队在米卢的带领下以6战全胜的战绩成功晋级十强赛！

在此期间，足协杯国安淘汰云南成功晋级下一轮。而备战世青赛的中青队继年初在香港4国赛上3：1将阿根廷国青斩落马下之后，又在出征世青赛之前，在上海4：1大胜来访的博卡青年。一时间“超白金一代”的赞誉又是铺天盖地而来，这时候想想，不要说身在其中的中国队球员，就是我等这般旁观者看完相关报道都会恍若隔世，不知道我们一直追随的中国足球到底是处在一个什么位置上。一边是惨淡凄凉的现实，一边又是虚无缥缈的吹嘘。相信不管换成谁，只要他是一直相信着媒体的报道，此时都已经搞不清中国足球的真实定位了。同时，正值青春年少、血气方刚的国安球员张帅，因为在九运会赛事上的不冷静，被中国足协处以取消中青队集训和世青赛参赛资格的重罚，也让一直舐犊情深的京城球迷爱恨交加。

联赛继续。国安客场挑战大连实德，国安小将继续着一贯的表现，冲劲有余稳定不足，虽然反戈一击的小王涛两次帮助国安将比分追平，实德最终还是凭借郝海东的出色发挥4：2击败国安。回到工体，国安迎来积分垫底的沈阳金德。新援米伦终为国安建功，率先打破僵局。随后杨璞、王涛、田野等人的入球将比分定格在4：1，国安取得联赛开赛以来的第二场胜利。

接下来的比赛，虽然国安再度迎来强援——效力德甲科特布斯的瑞典中场劳德伦德，但是却继续着3轮不胜：做客柳州1：1战平八一，工体雨战0：1惜败天津、再战西安被周皓罡和马科斯两球完败。不过，虽然国安3轮比赛只取得一分，排名却没有改变。当年状态更为糟糕的沈阳、八一、山东、青岛等队牢牢地占据着积分榜的榜尾后4位。换个角度分析，也正是因为当年联赛取消降级，直接导致所有甲A球队投入锐减，实力普遍下滑。以青年军为主的国安队才得以在联赛的中下游混迹，靠着偶尔场面上短暂的气势，维持着京城足球残存的一丝生机。

截至7月15日第17轮联赛结束，第二阶段开赛的11轮比赛，国安2胜3平6负。除去前面1胜1平3负之外，第12轮米伦世界波主场2：0胜辽宁，第13轮王涛失点球客场0：2负于深圳，第14轮邵佳一精彩远射建功，禁区内犯规送给对手点球客场1：1战平青岛，15轮被申思的任意球击退客场0：1负于上海，第16轮邵佳一、王涛、米伦三度头球建功主场3：0胜重庆，第17轮韩旭被罚出场，国安10打11客场0：2负于山东鲁能。在这一阶段的比赛中，国安的青年军们一如既往地努力拼搏着，商毅的时而前锋时而右前卫、徐云龙的时而中锋时而中后卫、陶伟的时而后腰时而左后卫，以及桂平、杨璞、田野、杨世卓等人的纷纷登场……无不在显示着这支已经逐渐开始被大家遗忘的年轻球队执著坚持的自强不息。只是，成长注定要付出代价，这样的一支完全靠着自己初生牛犊不怕虎的气势，在中国足坛里面挣扎的娃娃军还要面对半个多赛季以来几乎有不下20次的击中球门立柱、横梁同进球失之交臂的坏运气，也让京城球迷不得不慨叹老天的造化弄人。

不过，无论年轻球员们怎样地去拼搏，对竞技体育而言，成王败寇就是亘古不变的真理。工体看台上的观众还是随着国安不愠不火、一直不见起色、始终在榜尾徘徊的成绩而渐渐流失。阎世铎牺牲联赛豪赌世界杯的恶果开始显现，昔日门庭若市的甲A联赛终于落得门前冷落车马稀，甚至无人问津。一直把足球视为心中寄托的我们，青春时光再度无处安放，横遭人祸左右奄奄一息的甲A联赛，也只有在我们想要打发无聊时间的时候才会被记起。

好在足球本身的生命力足够顽强。就在联赛已经被折磨得没有人形的时候，出征阿根廷世青赛的中青队还是给我们创造了继续关注中国足球的理由！一向低调示人的沈祥福带领着中青队以1：0小胜美国、0：0战平乌克兰、0：1惜败智利三场一场不如一场的比赛幸运地以小组第三出线，入围16强，本来凭借这样的表现已经很难让国人再燃起多大的期望，况且我们的下一个对手是在小组赛阶段三战全胜狂进14球，几乎平均每场进5球的夺标大热门阿根廷队。在赛前的媒体分析，以及球员采访中，阿根廷队处处流露出对中国队的不屑，这反而激起了我们不甘屈服的斗志！虽然年初热身赛上的3：1包含了太多水分，但是中国足球真的就连追求一场体面失败的资格都没有吗？作为国安球迷，经历过当年超霸杯上逆转强手的大连万达而夺冠，我们有太多的理由说服自己选择相信低调的沈祥福和他朝夕相处的青年军心底深处的野心！

关于这场比赛的记忆应该从开赛3分钟罗德里格斯的那粒进球开始。一场被对手认定可以轻易取胜的比赛，开场3分钟就告球门失守。不知道当时坚持熬夜看球的球迷有多少人选择关上电视去睡觉，这几乎是一种自找苦吃的受虐般的煎熬！说实话，我虽然并没有马上去睡觉，但也是在电视机前期盼着阿根廷队的第二粒进球。如果半场比赛就可以被人家踢成3：0，那剩下的45分钟真可以洗洗睡了。

只是，阿根廷的运气看上去并不好。当时已经名声在外的阿根廷的球星们——萨维奥拉、罗德里格斯、罗马格若里、赫雷拉、科洛奇尼、布尔迪索等人在老帅佩克尔曼的指挥下对中国队发起了潮水般的进攻。而安琦、杜威、周鳞、张耀坤等人坚守的中国队球门却在这样一种随时会被攻陷的紧张情绪中奇迹般地坚持到了上半场比赛结束。

这是一种很复杂的看球经历，就如同一个明明已经知道结果，只希望能够早点宣判死刑而让自己彻底死心的病人，却迟迟地等不来最后的宣判！坐在电视机前的我甚至已经忘记作为一个中国球迷到底该给场上的哪支球队加油。中场休息的15分钟，我陷入从来没有过的木然。

下半场比赛开始，阿根廷队继续狂攻，中国队也伺机偷袭。短短几分钟双方均错过了一次绝好的机会，1：0的比分依旧未被改写。大约50分钟时，中国队换人，曲波替下于涛。一分钟后，胡兆军中场妙传对方身后，曲波高速插上，直入禁区。机会？单刀！对方门将出击，曲波起脚捅射……球……进了！奇迹降临，中国队将比分扳平！

曲波在狂奔着怒吼！而在电视机前的我就犹如一个已经被宣判死刑的绝症病人忽然被告之一切都是误诊一样地狂喜！记得当时，我是一下子从椅子上面蹦起，在原地转了两圈，然后冲到床边一把拍醒正在熟睡中的朋友，冲其大喊："进球啦！中国队进球啦！"只此一球，我知道对于中国足球，我们苦熬苦等的坚守，永远不会是白费。是中国足球在这一刻教会了我什么叫做不放弃，只有永不放弃，你才能够为自己迎来机会！

比赛剩余的时间对我而言就是享受了，虽然最终被阿根廷人2：1再次反超比分，并最终输掉了比赛略有些遗憾，但是，我清楚中国足球任重道远的现实，曲波的雷霆一击进球后展示的"CHINA WINER"，以及张耀坤在后场颇具大将风度的晃过对方前锋解围，甚至包括最后1：2的比分，对于中国球迷而言已经足够！"CHINA WINER"拼写上的错误，甚至都已经变成了一次美好的记忆。这个赛前精心准备的小细节，恰恰反映出中青队员们在面对强敌时的不屈，而这，让我们看到希望，让我们有勇气继续热爱我们的足球！

结束第17轮联赛，甲A再次为国家队让路，迎来休整期。中国足球第7次冲击世界杯之旅正式开启！此时关于十强赛的分组早已揭晓，中国队幸运地避开伊朗、沙特两支亚洲传统强队，同阿联酋、卡塔尔、乌兹别克、阿曼同居B组。也就是从此时起，中国队将被"抽进世界杯"的观点在媒体上开始被提及。决赛前的备战，上海4国邀请赛。首战江津出现失误，中国队在两度领先的情况下被朝鲜队将比分扳平，并最终点球失利。一时间“中国队解散”“江津是漏勺”“米卢下课”等声音再度响起，中国足球从上至下的浮躁彰显无遗！争夺三四名的比赛中，中国队3：0战胜特立尼达和多巴哥，米卢沿用上一场中饱受指责的江津为首发。杨璞率先为中国队赢得一粒点球，郝海东轻松罚进，随后宿茂臻、张玉宁两度接李霄鹏的传中锁定胜局。

结束热身比赛，中国队飞赴沈阳，进行着决赛前的最后准备。之前一直传言同米卢有过节的孙继海也利用大家共同参加国脚李明婚礼的机会同米卢冰释前嫌，顺利回归。8月17日，中国队轮空的十强赛首轮比赛开始，坐镇主场的卡塔尔队出师不利0：0被阿曼队逼平。一天后，中国队的首个对手阿联酋在主场以4：1大胜乌兹别克，一时国内舆论哗然。阿联酋队生猛的15号右后卫马苏德更是让国人想起曾经让中国足球输得一败涂地的伊朗球星马达维基亚！而此时，只有亲赴阿布扎比观察敌情的米卢依旧一副满不在乎的样子，让人摸不着头脑。

8月21日，中国队第一个对手阿联酋队飞抵沈阳。同时国足方面传出消息：来自北京国安的球员徐云龙因为高烧不退，紧急返回北京，将缺席十强赛前3场比赛。现在想来大赛开赛在即，却因为意外的伤病而不得不缺席比赛，对于一名运动员而言，这该是一种多大的打击呢？！然而，日后的徐云龙却以队长的身份带领着北京国安问鼎16年来的首个中超冠军。“不经历风雨怎么见彩虹，没有人可以随随便便成功”“天降大任于斯人也，必先……”这一类励志的豪言壮语很多很多，其实徐云龙个人的成长经历就是对一路跟随国安成长的我们最好的借鉴和鼓励。

8月25日，中国队十强赛首仗，坐镇沈阳五里河体育场迎战阿联酋！或许是经历过1997年十强赛对伊朗的历练，赛前，不知道为什么已经没有了当初那种坐卧不安的激动。中国队首发11人，让人稍感意外的是右前卫换成了来自山东鲁能的李霄鹏，媒体此前一直报道的李明并没有进入18人的大名单，而这也最终成为了比赛关键的胜负手。上半场比赛中国队正是凭借李霄鹏开场3分钟的门前抢点首开纪录，随后又是李霄鹏的助攻帮助祁宏将比分扩大为2：0，当范志毅插上助攻接祁宏开出的任意球头球点至后门柱，郝海东轻松捅射建功。将比分锁定为3：0之后，队里的两位大佬范志毅和郝海东一抱泯恩仇。我们知道，这支中国队注定不同以往！

赛前范志毅豪气万丈的十强赛宣言“胜利时，我会与他击掌相庆，失败后我和他都应该像个真正的老大挺身而出”终于不再是笑柄。而赛后当记者问及中国队队长马明宇是否觉得中国队就是B组最好的球队时，马儿握拳怒吼的一声：“耶！”更是完美诠释了黄健翔的点评——“这是一场不能比这再完美的比赛！中国队终于在气质上有了那么一点点亚洲强队的风范！”

若干年后，随着这支历史上第一次冲进世界杯的球队在世界杯决赛阶段的3场比赛失利，人们开始逐渐淡忘他们当时在亚洲范围内所具有的这种气质。或许是1997年十强赛的失败太过诡异而让球迷印象深刻，时至今日也有太多球迷坚持认为1997年的国家队才是中国历届国家队中最强的一拨。其实翻看两拨国家队的主力阵容，我们可以惊讶地发现，作为球队场上核心的一批人，范志毅、孙继海、马明宇、李铁、郝海东、于根伟等只能是比4年前更成熟，而杨晨、祁宏、李霄鹏、李玮峰、吴承瑛、江津等人也比同位置上的黎兵、姚夏、李明、张恩华、毛毅军、区楚良更出色。何况，米卢也确实比戚务生等人更睿智。本来这种时空交错的对比就没什么意义，我只是想说2001年这届国家队就是为中国足球创造了历史的一批人，他们理应得到该有的尊重！

主场酣畅淋漓地将小组最强对手3球斩落马下，这也预示着这次中国队冲击世界杯的征程注定会有一个好结果。次战阿曼，米卢一直力挺的江津上半场成功扑出对方点球，而米卢点拨的新人祁宏继首场建功之后再度进球，替换上场的国安小将杨璞更是用创造点球来回报米卢的知遇之恩，屡在关键时刻犯错的范大将军冷静地将点球罚入，中国队客场2：0完胜阿曼！随后的比赛中国队虽然在客场遭遇了卡塔尔人的顽强阻击，不过还是凭借李玮峰在终场前的进球1：1逼平对手。紧接着，主场2：0力擒乌兹别克，客场1：0再胜阿联酋。就这样迎来了10月7日同阿曼的关键一战，这将成为决定中国队历史性突破的一刻！

关于这场比赛的意义，其实当年的我并没有太多的冲动，只是感觉即便联赛中国安队的成绩不好，但我还是应该为中国足球的精彩而高兴。作为一个球迷，首先要为自己的国家队呐喊，这就是我们的使命。为此，我们特意约了几个朋友，一起来到一个朋友虎坊桥附近的家中集体观看这场比赛。是役，于根伟顶替3张黄牌停赛的祁宏首发出任前腰。中国队开场即展开狂攻，并且终于在上半时后半段，通过李铁、李霄鹏、郝海东等人的一系列配合，最终由于根伟在门前抢点攻入一球。

2001年10月7日，中国足球历史性突破的一天。

随后的时间，电视机前的我们就开始期盼着比赛的结束。当比赛的终场哨响，中国队最终以1：0获胜，我的第一感觉就是中国队进世界杯原来并不是一件多么难的事情。现在回头想想，见证中国足球职业化最初的那几年该是我等新一批的球迷多么大的幸福！相比于苦守了中国足球44年的老一辈球迷，其实我们流过的泪水根本就不值一提，而对于日后并没有从精神上彻头彻尾经历过2001年十强赛的新球迷们而言，再想等到中国队冲进世界杯……恐怕就不知道要再经过几个轮回了……

比赛终场哨响，我和朋友一起下楼走到大街上，和四面八方的球迷一起拥向我们心中的圣地——天安门广场！这应该是我有生以来第一次真正意义上的游行。在当时那个已经不再单纯的年代，中国男足终于冲进了世界杯，还是让太多太多的人不能自已，还是有着把数以万计的民众自发地聚集到一起的魔力。

或许由前面的连续不败奠定起来的信心，已经提前消耗了结果降临时的激情，也或许是性格使然，每逢这种全民沸腾的时刻，我反而感觉并不一定非要参与其中了。反正大家都在拼了命地扯着脖子呐喊，也不缺我一个。何况，有太多太多的一眼就能够看出来根本就不是球迷的人也在随着人流高兴地手舞足蹈、摇旗呐喊。胜利的时候，享受这个用心体会过的过程或许最真实也更真切。我从路边的小店买了一面国旗披在身上，随着混乱、嘈杂、群情激奋的人群开始围着广场转圈。就这样，默默地跟在大部队的后面，莫名地跟着大家绕圈。直到朋友们都走散，直到绕圈的队伍慢慢地变成只有我一个人……

后面的两场无关紧要的比赛，中国队主场3：0生擒卡塔尔，替补出征0：1小负乌兹别克，中国队第7次冲击世界杯的旅程终于圆满地宣告结束。10月25日，甲A联赛战火重燃。第18轮联赛国安主场迎战云南红塔，开赛仅仅40几秒钟，陶伟直塞身后，米伦得球传中，小王涛头球破网，国安迅速取得领先。随后王涛点球再破门，田野上演梅开二度。国安收官阶段首战4：1大胜对手。不过，即便如此，中国国家队已经历史性地冲进了世界杯，工体的上座率却没有改变。或许，也只有到了这个时候，冷静下来的人们才会知道，其实联赛才是一个国家足球的根本。

随后的比赛国安继续上演着年轻球员的不成熟：客场挑战四川0：2完败，主场迎战大连只能打半场好球的国安再度在下半场溃不成军，最终以1：3饮恨。接下来的客场比赛，国安对垒当时比自己更年轻和不成熟的沈阳金德。在对手率先攻进一球，然后开始全场死守的情况下，国安在最后时刻把韩旭派遣上场改打中锋，并且最终利用杨璞的点球和南方的头球反败为胜，也取得了2001赛季客场比赛的首个3分。

最后的5轮比赛，国安主场三连胜客场两连败。除去外援劳德伦德终于为国安建功，在第22轮帮助球队一球击退八一之外，也几乎没有什么值得记忆的片段。糟糕的整体成绩更是让工体的球迷人数惨不忍睹地减至几千人！赛季排名最终固定在了第8位，比最后的冠军队大连万达足足少了20分，净胜球一项上更是“历史性”地变为负数。连续3个赛季以来国安两次第6、一次第8。虽然彻底完成了新老交替，不过也逐渐沦为了甲A赛场的中游球队，我们对冠军的期望遥遥无期！

当年的足协杯赛，国安在一路淘汰了云南红塔、深圳科健、武汉红金龙等队之后再次晋级决赛。可惜对决的对手是当年的班霸大连实德，使尽浑身解数的国安最终还是主客场双输对手，总比分1：3失利。虽然国安继续着一年以来的拼搏精神，伤愈复出的徐云龙在客场还一度扳平比分，但是随着切尔梅利的被罚下场，国安注定无法改写失利的结局。京城球迷就这样在国家队首度进军世界杯的喜悦和国安队风雨飘摇惨淡战绩的失望之中陷入彷徨……

这一年，远在深圳已经35岁的谢峰最终选择了退役，开始了自己的教练生涯。

2001年甲A联赛积分表

名次/球队	场次	胜	平	负	进球	失球	净胜球	积分
01大连实德	26	16	5	5	58	31	27	53
02上海申花	26	15	3	8	39	28	11	48
03辽宁抚顺	26	15	3	8	39	32	7	48
04四川商务通	26	14	5	7	36	29	7	47
05深圳科健	26	13	7	6	34	18	16	46
06山东鲁能	26	13	6	7	42	32	10	45
7天津泰达	26	10	6	10	38	31	7	36
08 北京国安	26	9	6	11	30	33	–3	33
09陕西国力	26	8	8	10	31	41	–10	32
10云南红塔	26	8	7	11	34	32	2	31
11 重庆力帆	26	7	10	9	24	27	–3	31
12 八一振邦	26	5	10	11	24	36	–12	25
13青岛啤酒	26	5	7	14	22	35	–13	22
14沈阳金德	26	2	1	23	23	69	–46	7

2001赛季北京国安队人员名单：

领　队：胡建平

主教练：魏克兴、胡建平（兼）、李松海、米洛文·拉耶瓦茨（MILOVAN RAJEVAC）

翻　译：蒋晓军

队　医：双印、张阳

主　场：北京工人体育场

队　员：1号楚志　2号刘正坤　3号谢朝阳　4号韩旭　5号切尔梅利　6号卡洛斯　7号李东波　8号杨璞　9号田野　10号商毅　11号罗宾逊　12号迭戈　13号徐云龙　4号薛申　15号陶伟　16号王涛　17号高大卫　18号路姜　19号邵佳一　20号南方　21号高雷雷　22号姚健　23号杜文辉　24号桂平　25号崔魏　26号张帅　27号康斯贝　28号周宁　29号米伦　30号杨世卓　32号劳德伦德

2001赛季全国足球甲A联赛第8名、足协杯赛亚军

日期	轮次	对阵及比分	进球队员	
3月11日	第1轮	北京国安 1:0 青岛啤酒	邵佳一	
3月18日	第2轮	北京国安 1:3 上海申花	徐云龙	申思、兰柯维奇、拉萨
3月25日	第3轮	重庆力帆 1:1 北京国安	徐云龙	赵立春
3月29日	第4轮	北京国安 0:0 山东鲁能		
4月1日	第5轮	云南红塔 2:2 北京国安	切尔梅利、王涛	王光伟、科斯塔*
4月8日	第6轮	北京国安 1:1 四川商务通	王涛*	黎兵
5月31日	第7轮	大连实德 4:2 北京国安	王涛、王涛*	邹捷、奥兰多、郝海东、王鹏*
6月3日	第8轮	北京国安 4:1 沈阳金德	米伦、杨璞、王涛*、田野	闵劲*
6月10日	第9轮	八一振邦 1:1 北京国安	薛申	魏意民
6月14日	第10轮	北京国安 0:1 天津泰达		卡斯蒂亚诺
6月17日	第11轮	陕西国力 2:0 北京国安		周皓罡、马科斯
6月24日	第12轮	北京国安 2:0 辽宁抚顺	米伦、田野	
6月28日	第13轮	深圳科健 2:0 北京国安		堤亚哥、郑智
7月1日	第14轮	青岛啤酒 1:1 北京国安	邵佳一	埃默森*
7月8日	第15轮	上海申花 1:0 北京国安		申思
7月12日	第16轮	北京国安 3:0 重庆力帆	邵佳一、王涛、米伦	
7月15日	第17轮	山东鲁能 2:0 北京国安		兰普提、兰普提

续表

10月25日	第18轮	北京国安　4：1　云南红塔	王涛、王涛、田野、田野	胡伟
10月28日	第19轮	四川商务通2：0　北京国安		孙晓轩、姚夏
11月4日	第20轮	北京国安　1：3　大连实德	杨璞	史尔江、郝海东、奥兰多
11月8日	第21轮	沈阳金德　1：2　北京国安	杨璞*、南方	杜苹
11月25日	第22轮	北京国安　1：0　八一振邦	劳德伦德	
12月2日	第23轮	天津泰达　2：0　北京国安		桑托斯、韩燕鸣
12月6日	第24轮	北京国安　2：0　陕西国力	王涛、田野	
12月9日	第25轮	辽宁抚顺　2：0　北京国安		李金羽、张玉宁
12月16日	第26轮	北京国安　1：0　深圳科健	王涛	
5月26日	足协杯	云南红塔　0：1　北京国安	米伦	
7月29日	足协杯	北京国安　2：1　深圳科健	田野、王涛*	堤亚哥
8月5日	足协杯	深圳科健　1：1　北京国安	田野	杨光
9月2日	足协杯	武汉红金龙0：0　北京国安		
9月9日	足协杯	北京国安　3：1　武汉红金龙	薛申、米伦、商毅	张斌
12月23日	足协杯	北京国安　0：1　大连实德		李明
12月30日	足协杯	大连实德　2：1　北京国安	徐云龙	奥兰多、史尔江

〈仅供参考，*为点球，#为任意球〉

2002

★ 关键词：争冠、新帅彼得、同城德比、世界杯溃败、巴辛闹赛场、抽签定排名

★ 大事记：北京国安1：0辽宁波导（联赛）

上海中远1：1北京国安（联赛）

中　　国0：2哥斯达黎加（世界杯）

北京国安0：1沈阳金德（联赛）

四川大河3：3北京国安（联赛）

大连实德2：1北京国安（联赛）

“虽然，中国足球一度风雨飘摇，而国安过去几个赛季的表现也惨不忍睹，甚至，我们都已经渐渐地淡忘了它的存在。但是，如果让国安真的从此彻底从我们的眼前消失，这恐怕就绝不仅仅是我一个人打死也不能接受的现实了！”

“徐云龙赛后的表示：‘结果比较满意，但是过程一般。让中远闭上嘴巴就行了，别动不动就让三球四球的’，以及邵佳一的总结：‘这就是国安。你越强，我还就越不怵’更是铿锵有力，掷地有声！国安的青年军们从此役之后正式扛起了北京足球不畏强手的传统，这面代表着北京足球精神和灵魂的大旗。”

“在‘为国足最后一次呐喊’的国内音乐人为足球而举办的演唱会上初试啼声的周迅和载歌载舞的陈琳，前者已经成为今天国内大红大紫的影视巨星，后者则在国安终于获得16年来的首个联赛冠军之后，伴随着京城多年不遇的第一场雪香消玉殒。或者美好，或者看似美好的前景，或者平凡，或者暂时平凡的生活，或许都是一瞬间的事吧……”

“还有人问我为什么非要像个疯子一样地去迷恋中国足球吗？这一场比赛就是所有问题的最好答案了。其实，我们又何必非要苦大仇深地把中国足球搞得这么沉重呢？一个游戏，一份信仰，只要你参与了，坚持了并且从中体会到快乐了，难道还不够吗？我爱足球，因为这是一项可以给我带来快乐的运动！它曾经给我带来过快乐，并且我坚信以后还会更多！”

这一年我23岁，再度经历着工作上的变更，体会着不可预知的人生际遇。而2002年的中国足球，实际上已经处在崩溃的边缘：一方面是首次进军世界杯的国家队“英雄们” 终于扬眉吐气的高调亮相，而另一方面却是国内已经被假球、黑哨搞得焦头烂额却总有人想要欲盖弥彰的足球困局。

参加完足协杯赛，国安2002新赛季的备战马上开启。其间，国安新赛季将选择外教执教的消息得到证实。一时间李章洙、霍顿、皮特科维奇等人纷纷同国安扯上关系，更有好事媒体炮制出“国安已经同桑特拉奇签约”等让国安球迷激动不已实则非常不靠谱的假消息。直至曾经执教申花的前红星大帅彼得洛维奇驾临北京，国安真正的外教人选才开始浮出水面。

相比于主教练人选的更替，同期一则国安俱乐部的官方消息在日后看来才是对未来的国安有着更为深远影响的事情！1月7日国安俱乐部宣布：国安俱乐部董事长王军、副董事长李士林自今日起辞去国安俱乐部的领导职位。同时，国安总公司经研究决定：由罗宁主管国安俱乐部，李建一任国安俱乐部董事长，马冰任国安俱乐部总经理。彼德洛维奇为国安队主教练，魏克兴任国安副总经理、领队兼教练，南斯拉夫人米奇继续任助教。另外，原北京威克瑞教练杨洪民顶替退休的老教练李松海成为国安队新的守门员教练。不过，戏剧性的是这位老兄还没来得及在北京球迷眼前混个脸熟，就被后来老彼得请来传授经验的专家托米奇给取代了。

俱乐部一系列的大动作或许也预示着我们终于可以迎来一个充满希望的新赛

季。新帅彼得洛维奇首度接受媒体采访时“作为一个大都市，北京的球队应该实力强大，至少4年内应该得到一个冠军。我来这里，就是要与大家共同努力，打造一支强大的首都球队”的表态，更是让我心潮澎湃。随后的转会摘牌大会，国安成功引进原山东队的中后卫小李明。远赴海埂集训不久，国安又迎来新赛季的首位外援，保加利亚国脚巴辛。新赛季的国安，所有工作有条不紊、按部就班地展开。

不过，随后传来的消息却是着实吓了京城球迷一大跳。首先，辽宁抚顺足球俱乐部选择同北京足协开展合作，双方共同宣布，新赛季辽宁队的主场将选择北京奥体中心！其后，再度传出消息，对此举抗议无效的国安打算采取强硬措施将自己的主场迁至山西太原！坦白讲，这对于伴随了国安7年之久的我们而言无异于晴天霹雳！作为国安球迷的我们并不害怕从此多了一个最直接的对手，而是国安要外迁的消息让我们六神无主。虽然，中国足球一度风雨飘摇，而国安过去几个赛季的表现也惨不忍睹，甚至，有些人已经渐渐地淡忘了它的存在。但是，如果让国安真的从此彻底从我们的眼前消失，这恐怕就绝不仅仅是我一个人打死也不能接受的现实了！

当然，在日后看来，这个小插曲不过是不良媒体的恶意猜测而已。辽宁队的进京不但没有让我们失去心爱的国安，反而间接促进了国安青年军的加速成长！当进驻北京的辽小虎首先采取挖墙脚的方式将国安元老郭维维请去负责市场开发的时候，国安方面迅速作出积极回应：闪电签下南斯拉夫外援兰科维奇以增强球队竞争力；对因为泡吧事件被中青队除名的张帅和路姜进行追加处罚以加强球队管理；大年初一即开赴塞浦路斯进行联赛开赛前的准备期集训并确定新赛季主打的352阵型；同时为队员们加薪以稳定军心。而对京城球迷而言最重要的一项举措则是：球迷只要交纳50元会费成为国安球迷俱乐部的会员，就可以免费观看国安队全年所有的主场比赛！

3月3日“绿化江河杯”义赛开打，经过系统备战的国安队上演了进球风暴，5：0狂胜劲旅八一，老将南方梅开二度，小将高雷雷、田野、外援兰科维奇等人也纷纷建功。新帅彼得麾下的国安队展现出良好的竞技状态。此战过后，国安的第3名外援人选也终于确定为南斯拉夫国青队球员塔尼奇。一切就绪的国安剑指联赛首轮的“同城德比”！

因为去年轰动一时的甲B五鼠的假球事件，新赛季的甲A联赛只增加了上海中远一支球队，也直接导致每轮联赛必须有一支球队轮空的尴尬局面。3月10日，在中国足协延续并出台了“联赛取消升降级”“每场比赛必须有两名21岁以下球员上场”等荒诞的规定之后，北京国安的2002甲A赛季正式开启，坐镇工人体育场，迎来历史上的第一个“德比”对手——辽宁队！

或许是国安自年初以来一系列大手笔的准备，让京城球迷重新看到了崛起的希望，也或许是打折促销的政策吸引了大批球迷，再或者是辽宁的入侵所衍生出的“同城德比”所激发出京城球迷同仇敌忾的决心，此役京城球市一扫去年的低迷，至少有大约4万球迷奔赴工体为国安的首战呐喊助威！

关于这场“同城德比”的记忆，相信大多数球迷和我一样，首先都会停留在兰科维奇和李铁莫名其妙的两张红牌上面，经过上半场比赛彼此盯防的摩擦之后，中场休息的两人再度纠缠在一起。主裁黄俊杰的两张红牌不仅直接导致国安下半时比赛的全面占优，同时也为他们带来了日后停赛5场的追加处罚。

国安最终凭借小王涛下半时的一记扫射1：0力克对手，延续了近两年的联赛开门红。老帅彼得苦心经营的352阵型也随着巴辛、小李明、陶伟以及威克瑞三少邵佳一、杨璞、徐云龙等人的出色发挥展现出了不俗的竞争力，而彼得对路姜、杨昊等年轻小将们的大胆起用，也让京城球迷对于国安的未来再次增添了太多的憧憬。辽小虎的入侵不但没有让京城球迷呈现分流，反而让出现在工体的我们更加团结，而首战的力克对手也让我们面对新赛季的征程多了几分从容。

唯一的缺憾就是同李铁火拼而牺牲掉的兰科维奇了。随着被寄予厚望的兰科的停赛，国安前锋线人选再度捉襟见肘，田野被彼得定位为小王涛式高中锋类型的替补，而灵巧性前锋人选就只能在路姜、徐云龙、高大卫、高雷雷等人身上轮番尝试。在第二轮比赛客场0：0战平云南红塔之后，第3轮比赛国安凭借小将路姜和李东波的进球，2：0力克四川大河，从而以3战2胜1平积7分的成绩荣登榜首！多年以来都不曾出现过的局面瞬间让工体爆棚，去年零星几千人的场景一去不返，2002年工体一票难求！

在第4轮客场凭借新外援塔尼奇的进球1：1战平青岛之后，眼瞅着形势一片大好的国安俱乐部继续加快动作以保证球队的稳定发挥：赛季初曾经参加球队集训的守门员教练托米奇正式同国安签约，第4外援人选也迅速确定为曾经被评为“南斯拉夫最佳中场”的南斯拉夫球员普雷迪奇。

第5轮比赛，人丁兴旺的国安主场迎战来访的重庆力帆，凭借着杨璞、邵佳一、徐云龙3名国家队球员的优异表现4：0完胜对手。这样，上升到积分榜第一位的国安也就迎来了第6轮同当时积分相同的对手上海中远的榜首大战！

这是一场被太多京城球迷忽略，实际上时至今日想起来也是荡气回肠的经典战役。那一年的上海中远凭借范志毅、申思、祁宏等人的加盟，以及几名实力不错的外援组成的主力阵容还是有着很强的战斗力的，其当时主场两胜一平的战绩也确实要好过客场一直没有胜绩的国安。赛前双方大打口水战，上海媒体放出消息，时任中远老板的徐泽宪宣称此战要为上海足球复仇，因为当年的9：1是上海足球永远的耻辱。而中远的队员和教练则认为至少可以赢北京3个球，甚至将此役目标定位为4：0绝杀对手！反观国安一端，徐云龙轻描淡写：“打上海不用动员，这是我们国安的传统。”而老彼得始终坚持认为只有大连队才是自己心目中国安队真正的对手！将对手嚣张的挑衅转化为无形的同时，却难掩一场终将死磕的杀戮！

是役，其实未曾开打国安已呈哀兵之势。原本被视为此战奇兵的国安新援普雷迪奇赛前大腿拉伤无缘出战，外援前锋兰科维奇的停赛处罚还没到解禁之时，而国安前几轮一直仰仗的主力高中锋小王涛也因伤不能登场！比赛开始，彼得祭出小将田野顶替因伤缺席的小王涛出任高中锋，国安开场即反客为主同中远大打对攻。开赛仅仅几分钟，巴辛即利用任意球的机会以一脚极具威胁的爆射给了中远一个下马威，上半时比赛临近尾声，首发出场的田野突入中远禁区，范志毅无奈犯规，裁判果断判罚点球，巴辛一蹴而就。国安一球领先结束上半场！下半场开赛不久，中远外援姆巴肘击巴辛，直接导致其鼻骨骨折，而邵佳一更是两次被对手严重犯规。但是国安球员却没人退缩，即便带伤也要战斗到最后一刻。虽然最终中远利用任意球的机会将比分扳平，但是1：1的结果还是让国安达到了目的，队员们终用自己的力量捍卫了榜首的荣誉，同时更让赛前对手的狂胜复仇的妄言成为笑柄。

徐云龙赛后的表示：“结果比较满意，但是过程一般。让中远闭上嘴巴就行了，别动不动就让三球四球的！”，以及邵佳一的总结：**“这就是国安。你越强，**

我还就越不怵。”更是铿锵有力、掷地有声！国安的青年军们从此役之后正式扛起了北京足球不畏强手的传统，这面代表着北京足球精神和灵魂的大旗。至此，截至因参加世界杯而暂停的甲A联赛第一阶段比赛，国安队以3胜3平的不败战绩以及净胜球的优势，力压同积12分的山东鲁能和上海中远而居积分榜榜首！

在此期间，虽然因为兰科维奇的受罚停赛而导致国安锋线攻击力不足，但是新赛季激情四射的国安还是凭借中场以及后卫队员的出色发挥，6场比赛攻进9球。而在防守方面，国安不但没有因为老彼得惯用的三后卫而受制敌手，反而依靠着巴辛、小李明、陶伟、姚健等人的出色发挥6场比赛仅丢2球！经过短暂的第一阶段比赛，红星大帅彼得洛维奇为国安量身定做的352阵型开始全面走向成熟，京城球迷那颗尘封已久的冠军的心也随之开始蠢蠢欲动……

只可惜，国安队良好的上升势头还是因为2002年韩日世界杯的到来而被生生按住。其实，当时作为国安球迷的我们是多么希望世界杯能够晚些时间再开赛啊，即便是有了第一次参加的中国队。

关于这届终于有了中国队身影的世界杯的记忆，其实日后我始终理不出头绪。对于中国足球，或者说我们当下面对的社会，我始终坚持认为，从每一个大家所关注的事件之中找寻不足，继而加以审判不幸地成为我们一个特定的时代特征，也是作为中国体育职业化先锋的中国足球逃脱不了的宿命。

从十强赛结束到世界杯开始的这段时间注定是中国国家队球员一生的美好记忆。无数的鲜花、掌声、名誉、金钱纷纷落入囊中，当时没有人会去质疑这一切的合理性。对于苦难的中国足球而言，44年的破冰之旅再怎么庆祝或许都不为过。只是，当时间走到2010年我们会蓦然发现，当年塑立起十强赛出线英雄铜像的“中国足球圣地”沈阳五里河体育场早已经灰飞烟灭，只能停留在我们的记忆中。而在国足出征韩国之前，在“为国足最后一次呐喊”的国内音乐人为足球而举办的演唱会上初试啼声的周迅和载歌载舞的陈琳，前者已经成为今天国内大红大紫的影视巨星，后者则在国安终于获得16年来的首个联赛冠军之后，伴随着京城多年不遇的第一场雪香消玉殒。或者美好，或者看似美好的前景，或者平凡，或者暂时平凡的生活，或许都是一瞬间的事吧……

经过0：0平韩国、3：1胜泰国、0：2负乌拉圭、0：1负埃因霍温、0：2负葡萄牙等5场热身赛的备战，抛弃了张玉宁和李明新老两代帅哥型球员的米卢带领着自己的队伍奔赴韩国。本来，且不要说和我们同分在一个小组的哥斯达黎加、土耳其、巴西三个对手，即便是面对热身赛上的乌拉圭、埃因霍温、葡萄牙，我们也毫无胜算，对于中国球迷而言，可以看到我们自己的球员和雷科巴、弗兰、阿布鲁、范博梅尔，以及在2000年欧锦赛上大放异彩的努诺戈麦斯、库托、菲戈、鲁伊科斯塔、康西卡奥等世界大牌球星较量，其实已经是在享受冲进世界杯给我们带来的视觉盛宴了，第一次，其实有我们的参与已经足够！只可惜，浮躁的社会，业余的媒体，加上脑子里进水的领导非要提出狗屁不通的“平一场、进一球、胜一场”这种让人啼笑皆非的目标。只能说，我们日后的难堪纯属自找。

不过，不管怎么样，2002年世界杯注定是我们日后回忆起来记忆碎片最多的一届。率先开打的比赛中，塞内加尔爆冷拿下法国、德国8：0完爆沙特、国安旧将冈波斯二战世界杯都让我们侧目。中国队首战，米卢有针对性地一改十强赛祁宏前腰的阵型，把李霄鹏调至中路同李铁组成双后腰，孙继海前提改打右前卫，国安小将徐云龙首发出任右后卫。应该说，米卢的战术还是起到了一定作用，而场上的中国队也一度表现出了可以同哥斯达黎加抗衡的实力。虽然队员们开场还是有些拘谨，不过首战的压力其实比赛双方都是难以避免的，前20分钟的比赛双方互有攻守呈现胶着状态，而随后的比赛却因为一次变故让中国队陷入被动。或许是过于忌惮孙继海的名号，哥斯达黎加主帅吉马良斯明显在赛前对队员作了部署，严防死守孙继海！比赛打了十几分钟，哥斯达黎加队就已经对孙继海两次严重犯规，大约20分钟时，哥斯达黎加8号索利斯的再次恶意犯规，终于让孙继海无法坚持，被曲波替换下场。上半场比赛双方暂时战成0：0平！下半场比赛双方都明显加强攻势，哥斯达黎加开始有意地攻打中国队右路，大约15分钟万乔普的起脚被徐云龙挡出，跟上的戈麦斯顺势一脚，江津扑救不及，哥斯达黎加1：0领先！丢球之后中国队节奏陷入混乱，哥斯达黎加队获得角球，中国队几乎所有球员都回防到禁区，气氛忽然变得紧张起来！战术角球开出，戈麦斯前点接应，瞬间把中国队站好的防线带乱，皮球传至门前，后排插上的赖特头球再下一城，0：2！两球落后的中国足球很少有值得我们再寄予希望的表现，这次同样也不例外。虽然米卢继续不甘心地调兵遣将，宿对于中国对来说，2002年的世界杯提前尘埃落定，欷歔之余，年轻一代在球场上所展现的希望不应被忽视。

茂臻、于根伟纷纷被派上场，但是面对愉快地打起防守反击的对手，我们已经无能为力。赛前因为缺乏系统备战所导致的体能问题，在第一次世界大赛的紧张和压力面前更是显露无遗。中国国家队的首场世界杯比赛就这样以0：2的失利告终！

而哥斯达黎加队原本还是我们在赛前设想中3个对手里面最弱的那个。这个设想其实并没有错，错的是我们对自己的定位。后面的两场比赛，我们记住的是卡洛斯的大力任意球、3R名不虚传的杀伤力、强悍的土耳其人哈桑萨斯、邵佳一的红牌、肇俊哲、杨晨的门柱、三战三负的9个失球！而我们忽略掉的恰恰是我们此次世界杯之行最大的收获：后面两场明显比第一场更为放松的心态、第一次参加大赛所收获的经验、3场比赛打满270分钟的徐云龙对大牌卡洛斯的人球分过，以及杨璞、邵佳一、杜威、曲波等年轻一代在球场上所展现出来的希望！

其实，对于中国足球而言，一粒挽回面子的进球真的有那么重要吗？3场比赛一球未进净失9球真的就是中国足球的无法承受之重吗？1998年世界杯，韩国曾经被荷兰5：0重创，本届杯赛也有沙特在德国人面前的溃不成军，可是，韩国和沙特依旧是我们在亚洲范围内的拦路虎。举例并不是说我们就甘于堕落，而是我们应该正视自己的实力，正视亚洲足球在世界足坛的地位，知耻而后勇，虚心地去学习，努力地总结经验、提高水平才是我们最需要做的事情。奚落、讥讽、谩骂、妄自菲薄不仅于事无补，对于正在成长中的中国足球而言更是一种比失利更残酷的伤害！

2002年世界杯的3场小组赛之后，社会各界对于中国足球的态度迅速有了180度的大转弯。首次进军世界杯的荣耀旋即被抛之脑后，远离甚至都不足以一解自己当初“错误”的关注而浪费了大好青春的恼怒。前一阶段因为冲击世界杯而被忽略掉的假球、黑哨等问题被再度提及，讽刺、挖苦乃至吹毛求疵般的鸡蛋里挑骨头、揪住其中的阴暗面无限放大进行批判、谩骂逐渐开始成为中国人讨论中国足球时主流的意识形态。

此时的我开始明白，社会中，人们在逐渐过上丰衣足食的生活之后，精神状态其实还停留在想要迅速摆脱沉重的阶段。足球，原本应该是一个可以给人们带来快乐的游戏，这其中有胜利，同样也有失败。喜欢、关注足球的人们必须去承受它在成长过程中的不堪和无奈。然而，中国足球却是承载了太多太多从苦难之中逐渐挣脱的中国人民对于未来的希望，当一个个强国、大国的梦想开始在我们心里燃烧的时候，足球的失败就已经变得不能接受。而“不能失败”对于尚属襁褓之中的中国足球而言，才是真正的无法承受之重！

至此，作为中国球迷的我，开始正视中国足球其实背负了太多原本不该由其背负的指责。既然我们爱足球，希望它好，那么只要我们生命不熄，就不会远离足球。这就意味着我们必须给它足够的耐心，多些理解和支持，中国足球才会有希望，我们的明天和未来才会更好！

随着中国队的出局，以及韩国、日本两位东道主“蛮横”的异军突起，2002年世界杯其实很难让我们留下太多精彩的记忆。罗纳尔迪尼奥诡异的吊射，英格兰国门老西曼的狼狈，罗纳尔多可爱的阿福头和悲壮的德国战神卡恩就是剩下的日子留给我的所有片段了，相比于暂时还在积分榜上排名第一的国安，我无限期待着我们自己的甲A联赛！

在将近3个月的休战期里，缺少了3名国脚助阵的国安队先是大意失荆州，足协杯赛首轮主场即被甲B新军青岛海利丰一球淘汰，随后的商业比赛迎战故人乔利奇领衔的贝尔格莱德红星再以两球落败。结束国内比赛，在世界杯开展得如火如荼之际，国安队则选择了远赴德国拉练。在德国期间，国安在继续演练磨合352阵型的同时，也同好不容易解除禁赛却腰伤复发无法比赛的兰科维奇解约，取而代之的则是号称多次入选奥地利国家队的31岁攻击型前卫罗兰德。

新援加盟的国安队继续燃烧着我们对冠军的渴望。然而，事情的发展总是不尽如人意！或许是国家队的失败严重地影响到了3名国脚的状态，也或许是缺乏合练导致了配合的生疏，重新开始的联赛，国安队再度成为中国足球的风向标，就像被传染了国家队失利的流感一样，迟迟找不到状态。第7轮主场迎战排名垫底的八一，3名国脚和新援罗兰德相继首发，结果却在高雷雷率先进球领先到90分钟的情况下，用张帅换下邵佳一力图守住胜果的国安在补时阶段被八一的小将钱锋将比分扳平。停留了近3个月时间的榜首位置就这样拱手让给了主场2：1战胜沈阳金德的山东鲁能！

痛失3分的国安迅速作出反应，结果却是弃用刚刚同国安签约仅仅代表球队打了67分钟比赛的罗兰德，继续寻找更加能与国安相匹配的外援！这即便是在今天看来，都是一次令人目瞪口呆、匪夷所思的抉择。加上第4轮就已经签入的南斯拉夫中场普雷迪奇，经过近3个月的休整，居然依旧因为伤病而无法代表国安出战。国安就这样再度陷入引援不利的怪圈之中。俱乐部方面传出消息，国安再度通过经纪人联系前国安外援卡西亚诺。

接下来的第8轮比赛，国安客场挑战当时同样身处积分榜中下游的上海申花。这次仅仅只有巴辛和塔尼奇两名外援出战的国安最终将上轮的黑色一分钟完美复制到对手身上！在上半场就一球落后，下半场70分钟左右李明又被红牌罚下的情况下，替补上场的小将杨昊在伤停补时阶段挑传禁区，心领神会的徐云龙接球之后冷静挑射得手！国安再度1：1战平对手，迎来联赛两连平。

虽然在补时阶段进球，扳平比分让人振奋，不过连续两场比赛，国安进攻不利的痼疾却丝毫没有好转的迹象。同申花一战，年轻球员主打的对手仅仅凭借锋线上奥兰多和马丁内斯两个实力派外援就足以将国安防线冲得七零八落。两相比较，国安的锋线引援问题让人一想起来就如坐针毡！结束同上海的比赛回到北京，国安再度迎来两名试训外援：前德甲科特布斯队的克罗地亚籍前锋拉巴克和前国安外援卡西亚诺。

关于卡西的再度被提及，其实京城球迷是有多种滋味在心头。这名堪称职业球员楷模的巴拉圭球员是国安球迷心中永远完美的战神。当卡西再度来京试训的消息传出，北京球迷没有一个人不是恨不得马上就可以看到身披绿色战袍驰骋在工体的卡西。数次回归救国安于水火的卡西就这样用自己默默的行动有力地鞭打着国安俱乐部在引援方面的业余！

第9轮国安主场迎战沈阳金德的比赛开始前，外援前锋的人选还是没能最后确定。不过早在4月初就同国安签约的普雷迪奇终于传出消息将在本场比赛中伤愈复出！最终，彼得用久疏战阵的韩旭顶替了红牌停赛的李明，同时用首次代表国安出场的普雷迪奇顶替了同上海一战的李东波，徐云龙再度顶至锋线搭档田野。

由于此战之前国安距离榜首两强山东和深圳只有1分的差距，同时近4年主场同沈阳3胜1平的不错战绩，7月14日的工体再度呈现火爆场面，期待着见证国安重回榜首的京城球迷信心满满！然而，整场比赛迟迟打不开局面的国安队却在下半场比赛被金德的杜萍抓住机会率先攻破城门。首次出场的普雷迪奇表现平平，国脚杨璞再被红牌驱逐出场。最终10人应战的国安不得不接受主场一球落败的事实。联赛开赛至今的不败金身被打破，同时在多赛一场的情况下积分跌落至第4位！

此战一输，京城一片哗然！工体上空“彼得下课”的呼喊声还在耳畔回响，彼得关于邵佳一、杨璞两名国脚状态低迷的不满，球队气氛不如从前的抱怨，以及队里对于彼得任人唯亲的批评之声就已经纷至沓来。之前因为成绩不错所掩盖的矛盾随着一场比赛的失利接连浮出水面，俱乐部终于意识到彼得对于球队的引援问题负有不可推卸的责任，开始有意地对彼得在队里的部分实权进行约束。

第10轮客场迎战天津泰达之前，在俱乐部的督促下，彼得终于同意同试训的卡西亚诺正式签约。本场比赛，前面一直首发的彼得嫡系塔尼奇开始失宠，从国安阵容里面消失，巴辛携普雷迪奇成为国安首发外援，久未露面的小王涛伤愈复出，火线加盟的卡西亚诺坐在替补席。最终凭借结束停赛的小李明的一记头球国安客场拼得3分，终于赢得第二阶段的联赛首胜。卡西亚诺的回归也最大限度地缓解了国安的锋线危机，争冠路上国安终于重回正轨！

接下来的比赛，国安凭借卡西亚诺的良好表现一鼓作气，主场2：0拿下山东，客场2：1力克陕西，以三连胜的优异成绩重回榜首！国安俱乐部也趁热打铁赶在外援申报截至之前，同曾经的国安旧将南斯拉夫后腰伊利奇再续前缘，以取代逐渐趋于平庸的塔尼奇。至此，2002赛季的国安外援在经历了兰科维奇、塔尼奇、罗兰德、巴辛、伊利奇、卡西亚诺、普雷迪奇7人之后最终确认了以后4位为主的终极组合。

经过一轮轮空的调整之后，国安即将迎来2002赛季继第6轮的对手上海中远之后的第二波天王对决：主客场分别迎战同积24分并列榜首的大连实德和深圳平安。

8月4日，主场，对手大连。在工体几乎坐满的6万京城球迷的呐喊助威声中，国安开场即同对手展开对攻，上半场前20分钟的比赛，国安打到对方30米区域的次数明显多过大连，曾一度让现场的气氛达到顶峰。不过，这种完全凭借气势的一味狂攻，在老到的大连队身上终究还是稍显稚嫩。20分钟过后，场上的形势、比赛的节奏即逐渐被大连人掌控。上半场比赛临近尾声，郝海东漂亮的鱼跃冲顶帮助大连队取得一球领先。下半场比赛，国安继续进攻，以期扳回比分，然而却再遭重创！比赛刚刚开始大约6分钟，国安前场进攻被断，大连长传反攻，胡兆军妙传阎嵩，后者禁区内停球一蹴而就，场上比分2：0！北京国安大势已去。后面比赛彼得调兵遣将，并且终于由卡西亚诺接后场长传扳回一球，不过为时已晚，国安最终主场1：2惜败对手。

8月10日，客场，对手深圳。这场比赛深圳队进攻三叉戟之一的李毅红牌停赛，而国安队李东波复出，人员齐整。然而，深圳队由改打前锋的郑智和正值巅峰的堤亚哥所组成的前锋线却最终将国安完胜。上半场比赛12分钟，个人能力出色的堤亚哥倚住小李明头球摆渡，王宏伟势大力沉的劲射轰开姚健的10指关，深圳队迅速取得领先！随后，国安3名后卫之一的韩旭受伤下场，上半场补时阶段，郑智带球突破，在3名后卫的紧逼下射门得手。国安队连续两场比赛在相同时间丢球，深圳2：0领先！下半场比赛，国安好不容易由王涛扳回一球，看到扳平希望之后不久，状态出色的堤亚哥再度突破国安3名队员的防守，助攻郑智将比分锁定为3：1，国安完败！

两轮比赛过后，全年联赛过半。深圳平安当仁不让占据榜首，而国安则一路跌出第一集团，沦为积分榜第5！应该说，同大连和深圳的这两场比赛其实反映了2002赛季国安队的真实定位。经过2000赛季和2001赛季的历练，2002年的国安在彼得洛维奇的带领下无论是在稳定性还是在战术打法的多样性上面都取得了长足的进步。但是我们也必须承认，当时的国安相比于当年的大连、深圳等球队在实力上还是存在着差距。再加上年初引援的不利以及世界杯后杨璞、邵佳一等人状态的起伏，2002年的北京国安确实不具备冠军球队的实力！冠军球队并非不能输球，但是只有被冠以“意外”情况下的失利才可以勉强被接受，特别是在面对联赛中最直接竞争对手的时候，即便不能战而胜之，场面上的不落下风也是必需的。而上述两场比赛，特别是客场对垒深圳的完败，则真切地让我们对当时国安的水平有了一个清醒的认识：冠军，至少也应该是此后两到三年的事情吧。

如此，重新调整好心态的北京足球重新上路。下半程的首场比赛，国安继续“同城德比”，做客奥体挑战辽小虎。原本客场出战的国安队因为大批球队拥趸涌入奥体，也找到了主场作战的感觉。自从塔尼奇走后，彼得开始尝试调整球队阵容，原来一直出任左中卫的陶伟开始改打中场，韩旭、谢朝阳等老将逐渐复出。本场比赛，最终凭借替补上场的邵佳一和小将张帅的两脚助攻，之前少有出场记录的周宁一脚诡异的弧线和继续表现神勇的卡西的两粒入球，国安2：1力克对手，及时止住连败颓势。随后的比赛国安主场迎战云南红塔，徐云龙上半场补时阶段的进球最终帮助国安一球小胜对手。不仅一扫之前两度在上半场补时阶段丢球的闷气，国安也凭借两连胜的表现重回三甲。

8月25日甲A联赛第18轮，国安客场挑战四川大河。

这又是一场留在京城球迷记忆深处的比赛！赛前小李明和韩旭均因伤无法出战，而巴辛又在结束同云南的比赛之后回国参加了保加利亚和德国队的热身赛，国安排出的谢朝阳、巴辛、徐云龙的后防线危机四伏，上半场比赛20分钟左右四川队黎兵甩开谢朝阳的盯防，头球先下一城，20分钟过后，卡西亚诺将巴辛的大力远射补进球门。上半场比赛双方战成1：1平，此时并没有人会想到，对于国安而言，这将是一场艰苦的比赛。

下半场比赛，四川队继续围着国安球门展开狂攻，徐云龙的后撤严重削弱了国安右路的进攻实力。比赛打到大约65分钟，马麦罗底线传中，周宁冒顶，在国安队员贴身防守的情况下，老将黎兵再度以一记霸气十足的倒钩射门为四川队建功。比分被反超后的国安队陷入混乱，随后刚刚复出，连续三轮比赛首发出场的周宁因为不满裁判判罚被出示第二张黄牌，两黄变一红被罚出场。性情依然的大宁子终究没能抑制住自己的冲动，球队落后自己却被迫离场，郁闷至极的周宁退场时在主队球迷的谩骂声中作出了一个或许在多年之后他都会为之悔恨的举动——伸出中指，扬起右臂，愤恨地指向空中……

几分钟后，猎豹姚夏利用速度突破国安防线再度建功，四川大河3：1领先，国安雪上加霜。此时，电视机前的我们脑海中闪过的是国安数次2：0领先之后被别人反败为平连追2球的场景。对于场上还少一人的我们自己，扳平？我们不知道还有多大可能！坚持把比赛看完吧，无论结果如何，既然选择同国安一起战斗，就没有人会在失败的时候当逃兵。因为有了我们，无论胜败，国安永不独行！

全场比赛83分钟，并没有放弃的彼得用张帅换下体力明显不支的巴辛，两分钟后再度换上邵佳一和小王涛作最后一搏。四川队则相继换下高兰、姚夏、马明宇加强防守。比赛临近尾声，国安继续着积极的拼抢，四川队心态逐渐放松。第4官员举牌，补时3分钟。第91分钟，邵佳一左路拿球，强行突破摆脱对手后小角度抽射……球进！就当电视机前的我们还在为扳回一球而感到庆幸的时候，国安继续进攻。全场比赛来到补时的最后一分钟，杨璞左路拿球立到禁区，小王涛头球摆渡，徐云龙得球顺势攻门……球进！3：3国安将比分扳平！

还有人问我为什么非要像个疯子一样地去迷恋中国足球吗？这一场比赛就是所有问题的最好答案了。其实，我们又何必非要苦大仇深地把中国足球搞得这么沉重呢？一个游戏，一份信仰，只要你参与了、坚持了并且从中体会到快乐了，难道还不够吗？我爱足球，因为这是一项可以给我带来快乐的运动！它曾经给我带来过快乐，并且坚信以后还会更多！

一场荡气回肠的比赛就这样在最后的3分钟成为北京球迷心中的经典。我想我们收获的应该不仅仅是一场平局带来的积分吧，相信一定还有那份顽强的自信心！只是可惜了冲动的周宁，他的冲动不仅让中国球迷彻底领教了竖中指的含义，同时也让自己的2002赛季就此终结！这样的不冷静，也确实让京城球迷面面相觑。

接下来的比赛，国安原本应该继续第19轮主场迎战青岛，结果“英明”的中国足协为了确保国奥和中青队的集训，硬生生地将9月4日的第20轮比赛提前至9月1日，这样刚刚客场踢完四川的国安队就只能马不停蹄地赶赴重庆，继续客场挑战重庆力帆。又是一场让京城球迷记忆深刻的比赛，不过这次却同惊喜无关！或许真的是因为少了小李明和韩旭两位老搭档的掩护，此前一直表现稳定的巴辛也开始大失水准。本场由陶伟、巴辛、谢朝阳所组成的防线继上一场比赛之后再度被重庆队的邱卫国、吴庆、常辉等人三度洞穿！国安客场令人大跌眼镜的3球完败，四川、重庆的两个客场国安居然6次被对手攻破球门，此前16轮比赛仅仅有12粒失球的钢铁防线瞬间崩塌！

不过，这两场比赛的学费并没有白交。意识到球队问题的彼得开始作出改变，随着韩旭、李明等人的陆续复出，彼得同时开始重用伊利奇以加强中场防守，国安终于从此前一味的攻势足球转变为更加成熟稳定、更加适合球队自身实力的防反足球。这一变化带来的好处显而易见，从第19轮补赛开始，国安取得2胜1平的成绩：第19轮主场4：1大胜青岛，第21轮主场1：1战平中远，第22轮客场2：1力克八一。经过因国奥备战亚运会而暂停的一个月休整期，国安再迎三连胜：第23轮主场2：1擒下上海申花、第24轮客场1：0小胜沈阳金德，第25轮主场4：1再胜天津泰达。卡西亚诺6场5球状态神勇，力助国安6轮比赛5胜1平豪取16分，再度回归积分榜榜首！

此时的国安如果在随后客场对山东、主场对陕西、客场对大连、主场对深圳的4场比赛中取得四连胜，那么就将获得职业联赛历史上的第一个冠军。不过，或许是前面3个赛季积累的信心确实太过脆弱，在面对关键战役的时候，国安的青年军还不足以把握自己的命运。

客战山东，本来我们有一个非常完美的开局。开场18分钟国安就已经凭借巴辛的任意球取得领先，即便是莫雷诺在上半场尾声阶段将比分扳平，从当时的场面分析，我们下半时也应该还有机会。只可惜，脾气暴躁的老彼得和巴辛却忽然没缘由地对裁判大发脾气，并且最终导致老彼得被罚离教练席。根据赛后的一系列报道，我们得知两人主要是对对方的进球是否越位存在异议。看上去情有可原，不过坦白讲，当时远在北京坐在电视机前的自己看到我们自己的球员、教练员在被对方扳平比分后的气急败坏，我还是对下半场的比赛有了一丝不祥的预感。不管怎么样，这种反应都不像一支冠军球队该有的风范。下半场的比赛国安终究无力回天，并且被对方外援谢尔盖再入一球，最终1：2失利。同轮比赛，原本落后国安1分的大连客场一球取胜天津，以反超国安2分之势重新夺回榜首！

至此，或许真的有必要好好反思一下球队对于外教、外援们的管理了。彼得的执教水平、巴辛的个人能力确实都毋庸置疑，然而，赛季初对于彼得的一味放权导致外援水平参差不齐伤病频发，这些问题对于比赛的影响，以及作为后防中坚的巴辛日益增长的火爆脾气和经常擅离职守，频频压过半场助攻所体现出的“战术纪律”，我们真的就不能防微杜渐地早注意、早警告、早作处理吗？无论彼得和巴辛给北京足球留下过多少美好的记忆，我都更愿意相信一点，那就是外援和外教骨子里对当时中国足球的轻视。当然由于我们自身职业联赛体制的业余，我们也确实很难要求别人必须重视。但是，我想从俱乐部本身来说，只要你签了约，就必须遵守俱乐部的相关规定，既然选择甲A联赛，就必须遵守中国足球所制定的游戏规则，这是最起码的职业道德。这么多年来，无论是外援、外教，或者我们自己的球员、教练员以及相关媒体和社会各界对于中国足球的轻视、挖苦，甚至诋毁和谩骂，其实太多原因都是我们从业者的咎由自取！中国足球可以承认水平低落的事实，但是我们同样有要求别人尊重的权利，这份权利实施的前提就是我们必须首先自己尊重自己！

呵呵，扯远了，其实我无意指责彼得和巴辛，在北京足球2002年的历史中，他们两位永远是我们的英雄，瑕不掩瑜！同时也无意针对任何个体，作为一个中国球迷，我真的只是希望，从足协到俱乐部，从教练员、球员到球迷，当自强！

随后的比赛回归主场，国安迎战陕西国力。现在已经不记得当时的国力是否已经落入王珀的手里，不过相信更值得北京球迷关注的一个小细节是，当时出任国力双后腰之一的正是2009年国安冠军队成员之一的王长庆。面对这支2002赛季最为孱弱且伤病满营的球队，阵容齐整的国安势如破竹。继卡西开场10分钟即头球攻破客队大门之后，张帅、李东波、徐云龙、高大卫纷纷建功，邵佳一梅开二度最终锁定7：2的比分，国安取得大捷！同轮大连主场3：2力克山东，继续以1分的优势排名榜首。

第28轮比赛，国安轮空。大连客场一球小胜陕西，在多赛一场的情况下领先国安5分。这样第29轮国安客场挑战大连一役也就成为2002甲A最后的冠军争夺战！或许，这是一场在赛前对于京城球迷而言就是担忧大过希望的比赛。几年来羸弱的客战能力经过彼得的调教虽然有了长足的进步，但是相比于主场强悍的大连，取胜确实不仅仅需要运气，还需要奇迹！可惜，奇迹终究没有发生。开场之后，采用防守反击战术的国安一直小心翼翼，任凭大连人牢牢地控制着场上形势，组织着一次又一次的进攻。5分钟、10分钟、20分钟、30分钟……国安在巴辛的带领下，防守严密。可就当守在电视机前的我们以为国安或许会有机会的时候，大连外援扬科维奇挺身而出，两分钟内的一传一射，就残忍地宣告了国安一度激情澎湃的2002赛季功亏一篑……下半场的比赛，替补上场的普雷迪奇临近比赛结束为国安扳回一球，而随后卡西亚诺被红牌罚下。最后的比分2：1，国安就这样眼睁睁地看着9年职业联赛大连队第7次成为联赛王者！怀揣着“永远争第一”梦想的京城球迷，看着对手将自己踏在脚下的欢庆胜利，陷入的只有百转愁肠的纠结……

最后的比赛，已经了无意义。国安最终在工体的收官战中2：0战胜深圳，猛将巴辛长跪在地向京城球迷致谢，也就此同工体道别。看着这位赛季中让我们又爱又恨的拼命三郎的侠骨柔情，想着冠军的再次失去以及不知道来年还能否同巴辛相聚，京城球迷无限感慨，不胜欷歔。按照中国足协的排名制度，主客场胜负关系相同的北京和深圳抽签决定名次，魏克兴的梅花J惜败给谢峰的黑桃Q，最终国安名列当年甲A联赛的第3位。据说，根据赛前同球队签订合同时的名次要求，得知结果的老彼得还暴跳如雷，国安就这样用这一赌的失利为自己节省了10万美元的花费。其实原本深圳的净胜球就要比北京多一个，或许是赛季初没想到真的会出现如此结局，中国足协就这样用一种令人啼笑皆非的方式再次扛雷，为自己的业余再次添上浓重的一笔……

2002赛季结束，国安虽然再次同冠军失之交臂，但是红星大帅彼得所带领的队

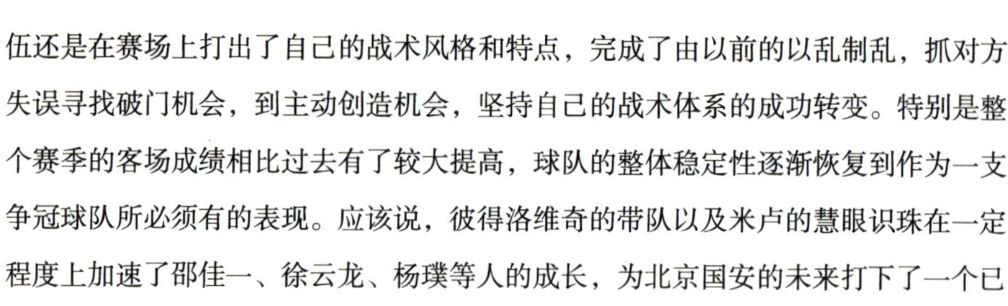

伍还是在赛场上打出了自己的战术风格和特点，完成了由以前的以乱制乱，抓对方失误寻找破门机会，到主动创造机会，坚持自己的战术体系的成功转变。特别是整个赛季的客场成绩相比过去有了较大提高，球队的整体稳定性逐渐恢复到作为一支争冠球队所必须有的表现。应该说，彼得洛维奇的带队以及米卢的慧眼识珠在一定程度上加速了邵佳一、徐云龙、杨璞等人的成长，为北京国安的未来打下了一个已具雏形的坚实基础。

2002年甲A联赛积分表

名次/球队	场次	胜	平	负	进球	失球	净胜球	积分
01大连实德	28	17	6	5	48	27	21	57
02深圳平安	28	14	10	4	42	21	21	52
03北京国安	28	15	7	6	49	29	20	52
04山东鲁能	28	14	3	11	42	42	0	45
05辽宁波导	28	12	6	10	46	43	3	42
06重庆力帆	28	10	11	7	28	25	3	41
07云南红塔	28	10	10	8	30	28	2	40
08青岛颐中	28	9	9	10	30	34	–4	36
09上海中远	28	9	8	11	37	39	–2	35
10天津泰达	28	9	7	12	37	36	1	34
11沈阳金德	28	8	10	10	34	34	0	34
12上海申花	28	9	5	14	37	41	–4	32
13八一振邦	28	6	12	10	27	41	–14	30
14四川大河	28	7	7	14	38	56	–18	28
15陕西国力	28	2	7	19	24	53	–29	13

2002赛季北京国安队人员名单：

领　队：魏克兴

主 教 练：彼得洛维奇

助理教练：魏克兴、杨洪民、拉耶瓦茨、巴约维奇、托米奇

队　医：双印、张阳

主　场：北京工人体育场

队　员：1号匂朋　2号季楠　3号谢朝阳　4号韩旭　5号普雷迪奇　6号塔尼奇　7号李东波　8号杨璞　9号田野　10号商毅　11号兰科维奇　12号崔巍　13号徐云龙　14号薛申　15号陶伟　16号王涛　17号高大卫　18号路姜　19号邵佳一　20号南方　21号高雷雷　22号姚健　23号杜文辉　24号巴辛　25号李明　26号张帅　27号路鸣　28号周宁　29号杨昊　30号杨世卓　31号邓晓磊　32号康斯贝　33号吴艳滨　36号卡西亚诺　38号伊利奇　39号罗兰德

2002赛季全国足球甲A联赛季军

日期	轮次	对阵及比分	进球队员	
3月10日	第1轮	北京国安　1：0　辽宁波导	王涛	
3月17日	第2轮	云南红塔　0：0　北京国安		
3月24日	第3轮	北京国安　2：0　四川大河	路姜、李东波	
3月31日	第4轮	青岛颐中　1：1　北京国安	塔尼奇	乌克亚
4月6日	第5轮	北京国安　4：0　重庆力帆	杨璞、邵佳一、徐云龙、杨璞	
4月14日	第6轮	上海中远　1：1　北京国安	巴辛*	姆巴
7月3日	第7轮	北京国安　1：1　八一振邦	高雷雷	钱锋
7月6日	第8轮	上海申花　1：1　北京国安	徐云龙	马丁内斯
7月14日	第9轮	北京国安　0：1　沈阳金德		杜苹
7月18日	第10轮	天津泰达　0：1　北京国安	李明	
7月21日	第11轮	北京国安　2：0　山东鲁能	卡西亚诺、杨璞	
7月28日	第12轮	陕西国力　1：2　北京国安	卡西亚诺、徐云龙	桑德鲁
8月1日	第13轮	轮空		
8月4日	第14轮	北京国安　1：2　大连实德	卡西亚诺	郝海东、阎嵩
8月10日	第15轮	深圳平安　3：1　北京国安	王涛	王宏伟、郑智、郑智
8月15日	第16轮	辽宁波导　1：2　北京国安	周宁、卡西亚诺	王新欣
8月18日	第17轮	北京国安　1：0　云南红塔	徐云龙	

续表

8月25日	第18轮	四川大河　3：3　北京国安	卡西亚诺、邵佳一、徐云龙	黎兵、黎兵、姚夏
8月28日	第20轮	重庆力帆　3：0　北京国安		邱卫国、吴庆、常辉
9月1日	第19轮	北京国安　4：1　青岛颐中	卡西亚诺、巴辛*、巴辛*、杨璞	比坎尼奇
9月8日	第21轮	北京国安　1：1　上海中远	高雷雷	阿尔西诺
9月15日	第22轮	八一振邦　1：2　北京国安	卡西亚诺、卡西亚诺	孙新波
10月16日	第23轮	北京国安　2：1　上海申花	伊里奇、徐云龙	曲圣卿
10月20日	第24轮	沈阳金德　0：1　北京国安	邵佳一	
10月26日	第25轮	北京国安　4：1　天津泰达	卡西亚诺、邵佳一、邵佳一、卡西亚诺	塞萨罗
11月3日	第26轮	山东鲁能　2：1　北京国安	巴辛	莫雷诺、谢尔盖
11月10日	第27轮	北京国安　7：2　陕西国力	卡西亚诺、张帅、李东波、邵佳一、邵佳一、徐云龙、高大卫	孙峰、黄磊
11月17日	第28轮	轮空		
11月24日	第29轮	大连实德　2：1　北京国安	普雷迪奇	尼古拉斯、扬戈维奇
11月30日	第30轮	北京国安　2：0　深圳平安	李明、徐云龙	
5月2日	足协杯	北京国安　0：1　青岛海利丰		陈文魁

〈仅供参考，*为点球，#为任意球〉

2003

★ 关键词：退役、新援、现代、裁判、回归、“非典”、科内塞、冠军、教练组

★ 大事记：大连实德　3：2城南一和（A3联赛）

大连实德　3：1城南一和（亚冠）

青岛贝莱特2：1北京现代（联赛）

上海中远　1：0北京现代（联赛）

沈阳金德　2：3北京现代（足协杯）

大连实德　0：3北京现代（足协杯）

“2003年2月9日，快刀浪子高峰宣布退役！‘怎么这次真的就不干了呢？高峰没了，中国上哪儿去找第二个高峰呢？！’金指如是说。若干年后，当做客访谈节目的高峰说出‘我退了，所以中国足球到现在没上去’的时候，我们心中那个曾经桀骜不驯的快刀浪子展翅翱翔在先农坛的绿色身影分明又一次在我们的眼前浮现……”

“当年的亚俱杯，也就是日后的亚洲冠军联赛。大连实德主场迎战韩国城南一和！继2月19日A3联赛上演帽子戏法3：2力克对手之后，郝海东再次上演梅开二度的好戏，在落后的情况下力助大连3：1逆转对手，将城南一和打得找不着北。当看到赛后李基珩等人的泪水，不知道让多少经历过1996年国奥失利的球迷大呼解气！两次逆转韩国球队，两场比赛狂进5球！郝海东就这样用一己之力向韩国人证明了中国足球的实力！对于中韩足球之间的记忆，中国第一妖锋郝海东永远是后辈们需要顶礼膜拜的传奇！”

“或许，队员们想用自己的表现告诉所有对手，无论什么时候，‘国安’都不是一个你可以轻视的对手。或许我们有着太多这样那样的困难，但是我们难以割舍的‘永远争第一’的情结会永远在无形之中激励着我们自己！‘国安永远争第一’就是北京足球永远的魂！”

“足球，永远都不会因为你觉得它会赢它就会赢，同样也不会因为你觉得它一定输的时候就一定会输，这才是足球的魅力。当有一天，我们终于明白我们关注足球、我们喜欢足球，就是因为参与其中能够给我们带来真实的喜怒哀乐，可以让我们真实的生活更加丰富多彩，那么对于暂时处于低谷的中国足球，我们还有什么可气急败坏、恼羞成怒的呢？”

这一年，我24岁。经历了3份工作，开始更加真切地体会到，对于自己而言，永远不变的或许只有足球，至少在当时确实是这样……

2002赛季结束，根据中国足协的消息，2003年为末代甲A ，2002、2003两年联赛的成绩将相加，最后取前12支球队组成中国足球的超级联赛。球迷们马不停蹄地开始憧憬2003。首先是外援和主教练的人选，这是国安每到年末都会让京城球迷忐忑不安的问题。国安这么多年来已经渐渐养成了新赛季把一切推倒重来的传统，这在2003年再次得到验证。2002赛季结束后不久传出消息：回到保加利亚度假的巴辛签约乌克兰矿工，而彼得因为家庭和身体原因也无意再与国安队续约！这就是已经见怪不怪的京城球迷虽然痛惜却早已经可以预料到的消息了。唯一的收获是，去年辅佐彼得一年的南斯拉夫人托米奇回归国安，新赛季将继续出任国安队中的守门员教练。

随后的时间，阿德里安塞、李章洙、乌赫林、车范根等人纷纷同国安扯上关系，球迷又开始对世界名帅们的个人经历作着一次次的知识普及。最终国安俱乐部宣布：2003年球队的主教练人选为前陕西国力队主帅巴西教练卡洛斯！球迷们随即在最短的时间内把卡洛斯的个人简历搜索出来，这位教练曾经在巴西带过中国健力宝青年队，也就是陶伟、商毅等人教练的经历让国安球迷或多或少地从失去彼得的遗憾中解脱出来，暂时得到些许安慰。或许，巴西人可能更适合我们的国安队吧，或许……

在此期间，一则来自山东的消息同样引起了部分京城球迷的关注，那就是效力于山东队多年的球员宿茂臻宣布退役！这是一个将京城球迷的记忆拉回到遥远的1995年那个激情年代的消息，作为曾经的国安克星，宿茂臻的退役也标志着老国安时代的记忆真的已经渐渐远去。而那个当年让京城球迷十分忌惮的宿茂臻、唐晓程经典的一高一快组合在我们记忆中的隐退，也代表着国内其他球队同样已经开始的更新换代。加上国家队的新任主帅阿里汉，中国足球，在不知不觉之中迎来了又一个新的轮回。

转会大幕开启，继宿茂臻之后，国安空霸小王涛、陕西老国门江洪接连退役。生性淡泊的小王涛居然连个新闻发布会也没有召开，就这么不声不响地离开了京城球迷的视线。效力国安3年攻进25粒联赛进球的小王涛，其实堪称国安历届前锋球员之中作用最突出的一位，特别是2000年和2001赛季多场比赛，国安几乎就是凭借王涛的一己之力脱离苦海。也正是有了王涛的独力支撑，一度以青年军为主的国安才得以保存当年作为一支豪门球队的颜面。小王涛3年效力国安的经历带给京城球迷的是一份不朽的关于低调、隐忍、朴实、高效的美好记忆！

2003年2月9日，快刀浪子高峰宣布退役！“怎么这次真的就不干了呢？高峰没了，中国上哪儿去找第二个高峰呢？！”金指如是说。若干年后，当做客访谈节目的高峰说出“我退了，所以中国足球到现在没上去”的时候，我们心中那个曾经桀骜不驯的快刀浪子展翅翱翔在先农坛的绿色身影分明又一次在我们的眼前浮现……

转会截至，国安在失去了彼得、巴辛、小王涛等人之后，2002年表现优异的小李明因为待遇问题同国安谈判破裂，最终加盟了上海中远，而卡西亚诺方面居然离奇地传出俱乐部因为同其经纪人联系不上也渐渐没了消息。1月4日，国安召开新闻发布会，宣布邵佳一成功租借德甲球队慕尼黑1860，佳一加盟德甲经过了鑫源摩托的介入之后终于成行。至此，国安上赛季的球队主力已经尽失4人，后防线更是三去其二！面对球队新赛季再度宣称的目标：冠军！京城球迷不知所以……

3月2日，新帅卡洛斯携安德烈、马库斯、雷吉纳尔多3名巴西新援，带领着新赛季的国安踏上征程。启用了新标志、换了新球衣的国安首度亮相，迎战足协杯赛对手——珠海安平。首发阵容，雷吉纳尔多取代巴辛，马库斯取代伊利奇，安德烈取代卡西亚诺，而邵佳一的替换人选，卡洛斯留给了小将杜文辉。整场比赛，经过人员调整的国安最终凭借马库斯和徐云龙的两粒进球2：0战胜对手。卡洛斯带队首战告捷。不过，承载了京城球迷太多希望的巴西3人组却并没有展现出强过巴辛、伊利奇、卡西亚诺等人的实力，京城球迷对于2003年问鼎甲A的信心继续流失……

随后的两场小组赛，国安再度5：2取胜广州香雪，3：0取胜上海中远，以小组第一的身份晋级足协杯16强。杨璞、徐云龙、雷吉纳尔多、田野以及小将杜文辉等人纷纷建功。3月12日，国安举行同北京现代汽车有限公司的冠名签约仪式，从2003年开始的3年内，国安将对外宣传“北京国安足球俱乐部北京现代汽车足球队”这个拗口的称谓，不过对于球迷而言，只要还是咱国安，叫什么也没所谓。我们的第一反应其实是：既然有钱了，咱们的第四外援会不会来个狠角色？

3月15日，末代甲A开幕，深圳、沈阳、中远、青岛等队率先登场，国安首轮同辽宁的比赛第二天进行。不过在甲A开幕之际，这一天有一场比赛却不能不提，那就是当年的亚俱杯，也就是日后的亚洲冠军联赛。大连实德主场迎战韩国城南一和！继2月19日A3联赛上演帽子戏法3：2力克对手之后，郝海东再次上演梅开二度的好戏，在落后的情况下力助大连3：1逆转对手，将城南一和打得找不着北。当看到赛后李基珩等人的泪水，不知道让多少经历过1996年国奥失利的球迷大呼解气！两次逆转韩国球队，两场比赛狂进5球！郝海东就这样用一己之力向韩国人证明了中国足球的实力！对于中韩足球之间的记忆，中国第一妖锋郝海东永远是后辈们需要顶礼膜拜的传奇！

3月16日，国安联赛首轮，继续“同城德比”坐镇工体迎战辽宁。卡洛斯最终放弃了备受质疑的后腰外援马库斯，停赛半年之久的周宁低调回归。国安凭借上半场的快攻由路姜和安德烈30分钟之内两度建功，再次实现开门红。按说首次代表球队出场就有一球进账表现，安德烈理应得到球迷的认可，只可惜他之前的卡西亚诺太过出色并且在京城球迷心中的无可代替，当看到安德烈在浪费了几次门前机会的时候，已经知道俱乐部面对重新回到北京的卡西还在犹豫不决的数万京城球迷，在现场齐声高呼：卡西！卡西！卡西……

第2轮比赛客场挑战云南红塔之前，媒体开始大肆报道国安旧将卡西亚诺以及曾经在陕西、深圳等队效力的卡洛斯的老部下巴西球员马科斯来京试训的消息。从各方面都显示出力求争冠的北京足球对于现有外援人选的不满。本场比赛，卡洛斯还是选择给马库斯一次机会，老马首发出场。不过曾经是国安屡战屡胜的手下败将云南红塔这次却凭借上半时小将杨威的一脚远射，最终1：0取得了比赛的胜利，比赛中被替换下场的马库斯一时间被京城媒体认定为输球的罪魁祸首，而赛后卡洛斯为自己爱徒的辩解更是让其高水平主教练的高大形象顿时渺小不少。

回到北京，俱乐部的首要任务就是第一时间同马库斯解约，随后正式签下卡西亚诺和马科斯，卡西重披36号战袍，马科斯也选择了曾经一度象征着实力和效率的小王涛的16号。至此，关于外援，国安再度让京城球迷目瞪口呆，经历太多太多类似的情节，球迷对于俱乐部真的是已经无话可说。国安这么多年选择外援的历史，如果非要总结的话，只有两个字：折腾！

不管怎么样，卡西和马科斯的火线加盟还是让京城球队对于下面即将开始的第3轮主场同天津的比赛多了几分期待。不过未经磨合就仓促上阵的两人终究已经过了巅峰期，卡西一如既往的勇猛，但已不见视进球如草芥的效率，反而难掩疲惫。马科斯的动作依稀可见当年的风采，但也已经不是三度落后三度追平大连的魔兽。最终国安主场0：0惜平天津，再度让京城球迷味如嚼蜡，“卡洛斯下课”的声音开始零星响起。而赛后传来周宁被卢欣的恶意犯规铲成重伤，至少伤停3个月的消息更是让我们感觉得不偿失。

3天后的客场之旅，俱乐部为了挽回球迷的热情，组织了赴客场看球的活动。当时150元/位的价格，现在想来也确实是俱乐部为了球队和球迷作出的很大的牺牲，这是我第一次赴客场看球。一路上包了几辆大巴车的我们浩浩荡荡，虽然对于客场取胜心里并没有什么把握，但是大家的热情还是很容易就把自己感动。等大巴车驶离北京到达青岛的时候，我甚至已经开始坚定地相信我们一定会带回3分。

这场比赛进行得异常惨烈，李章洙的队伍虽然刚刚在上轮客场战胜山东，但是此前同北京的交锋却无一胜绩。开场之后，青岛毫无保留地展开狂攻，明显是李章洙的球队！而国安却对对方的节奏不太适应，手忙脚乱地疲于招架也仅仅维持了20分钟，青岛队即由外援彼得洛维奇攻门得手！领先之后的青岛队依旧没有退缩防守，反而更加咄咄逼人。国安形势危急！处在现场数万球迷包围中的我们，开始拼命地为国安呐喊助威，说来奇怪，仅仅不足千人的我们居然就凭借整齐的喊声把现场数万人的声浪都压了下去！几分钟后，国安组织进攻，路姜传中，安德烈奋勇争顶！随着青岛门前的一阵混乱，皮球落入网中。安德烈怒吼着冲向客队球迷看台，我们更是异常激动，拼了命地往看台的最前方跑。手中不停地挥舞着国安的围巾、队服，享受着现场数万球迷鸦雀无声之后诅咒般的"掌声"……

上半场比赛国安将比分扳平，下半场比赛国安开始努力控制场上节奏。安德烈拼抢受伤，简单包扎后轻伤不下火线，现场的我们热血沸腾。不过，陷入兴奋状态的国安终究还是不够老练，在安德烈再一次错失机会之后，姚夏的怒射帮助青岛再度领先。剩下的比赛，虽然我们依旧拼命地呐喊，卡洛斯也换上马科斯、杜文辉、田野继续加强进攻，可惜最终国安还是客场1：2惜败对手！青岛队在李章洙的带领下职业联赛以来首次战胜国安，而国安已经连续三场不胜……

这期间还传来了三元牛奶赞助辽足的新闻，一时间搞得京城球迷纷纷致电三元集团以及国安俱乐部，质问为什么作为老牌的北京企业，三元就不能和国安联手，反而要赞助外人！现在想来当时的我们真的是傻得可爱。当时，辽足易名也确实闹得满城风雨，时任辽宁省体育局局长的崔大林甚至都被记者要求表态，辽足到底还属不属于辽宁。最终随着辽足的回归，三元赞助也是不了了之，无疾而终，闹得大家都不愉快。不过，对于国安而言，这个时候的新闻还是很好地转移了京城媒体的视线，让球队因为暂时成绩不好的压力得到一丝缓解。

第5轮比赛，坐镇工体迎战来访的重庆。祭出薛申、高雷雷两位奇兵的卡洛斯依旧没能等来一场胜利。在付出雷吉纳尔多重伤、杨璞红牌的代价后，最终只是凭借马科斯和安德烈的两个进球2：2战平对手。"卡洛斯下课"再次响彻工体，卡洛斯的信任危机继续加重。更为可怕的是，上赛季彼得洛维奇苦心经营起来的球队的自信也不见了踪影，新赛季目标定位冠军的国安就这样陷入了迷茫、困惑甚至恐慌。而只有排名榜首球队一半的积分，仅仅排名积分榜第11位的现实也让京城球迷原本就信心不足的冠军希望再次破灭。我们知道，2003年的冠军梦依旧还只是个梦……

接下来第6轮客场同上海中远的比赛，国安继续遭遇不顺。半场就获得10个前场任意球的中远，最终依靠任意球由祁宏建功，在卡西的进球硬生生地被裁判吹出来之后，国安0：1败走客场。徐云龙赛后怒不可遏冲地向裁判，卡洛斯则无奈地心灰意冷。

让我们引用当时的一家南方体育媒体的报道还原一下当时的场景：

“在周三北京客场对中远的比赛中，卡西亚诺在第21分钟的进球被判无效让现代队上下十分愤怒，连卡洛斯也对裁判使出了一句地道的中国国骂。比赛结束后，徐云龙和裁判发生了冲突，当魏克兴等人上来拉住他时，徐云龙还甩开他们的手，叫嚷着：‘别拉我，别拉我！’大有上去打裁判一顿的架势。当很多摄影记者把镜头对准他时，徐云龙大怒：‘别照我，去照照他，照照那个黑心裁判！’面对赛后的采访，徐云龙依旧怒气难平：‘我本来想进个球献给上场比赛被冤枉吃红牌的杨璞，但没想到我们的结局居然比上一场还惨，进的球都能被吹出来！我退场的时候正好碰上裁判，其实当时我也没太急，还心平气和地问他：‘那球是越位吗？’结果他来了一句：‘回去看录像去，别他妈问我！’总让我们球员尊重裁判，裁判为什么不尊重我们！’而主教练卡洛斯在和主裁判握手时，表情相当绅士，也没有任何过分的动作，但是握完手后，卡洛斯竟然指着裁判的鼻子用中文叫出一句国骂：‘我×你妈×。’骂完后他随即又恢复了慈祥和善的老样子。赛后，卡洛斯在接受记者们的采访时痛苦地表示：‘我以前在国力的时候就老是受到裁判的算计，为此我的心脏病一直没好过。没想到到了北京这样的大俱乐部也会这样，我受不了。’其实卡洛斯已经对通过申诉对裁判进行处罚没有任何指望了：‘不说是如此，说了还是如此，干脆不说了。’”

赛后，中国足协裁委会通过观看比赛录像，确认了卡西在北京与中远队的比赛中所攻入的一球是好球，没有任何越位嫌疑，主裁判及第二助理裁判郑伟祥对此球的判罚属于严重失误。不过，对于国安损失的积分于事无补。当值主裁判，正是日后在2009年全运会赛场上被天津青年队球员追得满场飞奔的何志彪！

想想当时，远在北京守在电视机前的我们甚至开始琢磨，为什么我们就总是要受欺负，难道咱们的俱乐部就不能也做做裁判的“工作”？在6年后的2010年我们必须为当初这种荒诞而愚蠢的想法而脸红！其实，坦白讲，在此之前我一直以为裁判的失误原本也应该是足球赛场上的一道另类风景……

回到北京，卡洛斯正式向国安俱乐部董事会递交辞呈。4月12日，国安足球俱乐部正式与其解除了工作合同。同时，足协宣布对徐云龙停赛两场、罚款3000元的处罚决定。4月14日，已经参加国家队集训的徐云龙再次接到中国足协的通知，他被中国国家队正式除名。或许也就是从这一刻起，简单粗暴的中国足协让我感觉到，“中国国家足球队”在当时已经不足以代表中国足球的真实水平。不论按照时下社会的道德标准应该如何衡量，反正在当时24岁的自己的心中，这就是我最真实的想法。

4月17日，国安宣布，彼得回归。2003联赛的目标调整为进前八，确保2004年的中超席位。

打完第6轮联赛，为了备战雅典奥运会预选赛，以及东亚四强赛，甲A第一阶段比赛完成，进入休整期。不过原计划6月初开赛的第二阶段联赛却因为“非典”疫情的爆发而变得遥遥无期。在这个时候，人们连生活都陷入了恐慌，更不要说看什么比赛了。我到现在都可以清晰地回忆起，当时人们疯狂冲进超市抢购大米、牛奶、方便面的情景，原本琳琅满目的货架转眼一片狼藉，即便是心中不以为然的我也很容易被盲从的人们所感染。虽然，在第二天的时候，你就可以看到精明的商人们迅速地将已经空了的柜台重新铺满货品。

从4月9日第6轮比赛结束到7月2日联赛的重新开启，2003年的末代甲A注定会是一段不同寻常的记忆。等到疫情渐渐散去，我们继续静下心来回头寻找我们的国安。忽然发现，旧人卡洛斯和杨晨重新回归，然而这次却同国安不再有关系：卡洛斯重新执教陕西，杨晨加盟深圳。而同样贵为昔日传奇的卡西亚诺则已经离我们而去。这次，是彻底地离去，诀别！回头寻找当时的消息，我们得知妻子、孩子一直陪伴在自己身边的卡西是因为家人对于疫情的恐惧而怀揣着对京城球迷的无限愧疚而去。作为一个男人，必须要为自己的妻子和孩子负责，这原本就无可厚非，但我们知道重情重义的卡西最终作出这个两难的抉择一定是经过了莫大的挣扎。临上飞机之前，不舍的卡西依旧给出承诺，如果联赛顺利开打后，现代队还需要他，他会义无反顾地回来，这是他回报中国和北京球迷的一个心愿。只可惜，以后的事实告诉我们：这，已经没有机会。该死的疫情，终究还是使京城球迷失去了一位并肩战斗的好兄弟！从此后，我们只有遥祝卡西，遥祝为北京足球而生的卡西幸福、平安！

7月2日国安出征湘潭客场挑战八一，经过长时间休战期的国安明显没有调整好球队状态，也或者说少了卡西、徐云龙的国安，原本就不是拥有隋东亮、黄勇、郭辉、马成、赵家林、姜坤、陆博飞等人的八一队的对手。在上半场被刘俊威和黄勇利用任意球的机会两度攻破球门之后，杨璞罚失点球。国安最终客场0：2落败，2004年的中超资格都已经变得岌岌可危。而同轮比赛传来的消息却是重回甲A的杨晨在代表新东家深圳的比赛中率先进球，帮助球队2：1力克重庆！重回陕西的卡洛斯带领着排名垫底的国力1：1战平强敌上海中远！京城球迷又是只剩欷歔……

第8轮比赛继续客场，变阵451的国安最终0：0战平山东。在四后卫的体系中雷吉纳尔多也踢出了加盟国安以来最出色的一场比赛。从这点上讲，彼得的知人善用和敏锐的洞察力证明了其作为一代名帅的水平。但是，面对少了巴辛、卡西、伊利奇、李明、邵佳一等人的现状，彼得一再强调球队的实力明显大不如前，也说明老爷子的心气也是明显的今不如昔。其实，即便少了上述几位，雷吉纳尔多、安德烈以及马科斯也还是对球队多少有个补充，而邵佳一在彼得时期也曾经一度沦为替补。不管怎么样，连战不胜都不该是目前这支国安应该有的水平。

经过了第9轮的轮空，以逸待劳的国安第10轮主场迎来了故人卡洛斯率领的陕西国力。面对刚刚因为老卡回归而渐渐找回状态的对手，国安队难得地打出一场好球，在结束停赛复出的徐云龙的带领下向对手发起了潮水般的进攻。最终凭借张帅、安德烈、杨璞的3粒精彩进球，国安3：0完胜对手，也取得了开赛以来的第二场胜利。

不过一场比赛的胜利还是无法掩盖球队士气的低落。第11轮比赛客场挑战拥有郑智、李玮峰、堤亚哥以及反戈旧主的杨晨的深圳队，主力门将姚健诡异地神秘失踪，首发出场的小将杨世卓同队友众志成城地足足守了90分钟，最后却在伤停补时阶段被深圳队替补上场的小将张辛昕头球绝杀！而这更是张辛昕代表深圳队在甲A赛场上的首粒进球。当若干年后，刚刚转会国安就帮助球队获得了职业化以来的第一个联赛冠军的时候，我们才明白张辛昕同国安的缘分原来早已注定，连老天都一直在给我们提醒，可惜我们自己一直冥顽不化。

比赛之后，彼得再次表达了对于这粒失球的愤怒，以及对于田野、李东波等球员没有防守住对方传球的不满，甚至表达出对二次接手国安队的后悔。到了这个时候，作为球迷的我们心中无尽哀凉，曾经那支充满朝气和希望，始终保持着旺盛战斗力，不到比赛终场哨声响起绝不放弃的国安真的不见了踪影。这种状况让视“永远争第一”为终极目标的我们心痛得无以复加。

第12轮比赛主场迎战大连之前，国安再度引援。一直不入彼得法眼的马科斯最终同俱乐部解约，奔赴西安，转投曾经的恩师卡洛斯门下。国安选择的替代人选则是来自巴西达迦马的25岁后腰球员恩里克。而令人感到不可理解的地方是，直到恩里克最终同国安签约，作为主教练的彼得才知道自己麾下又多了个前达迦马球员。经过了去年引援方面的教训，从一味地听任彼得安排到全权替彼得做主，国安态度的转变决绝而突然。

7月26日主场同大连一战，刚刚到队的恩里克首发出场。徐云龙和安德烈两度帮助国安取得领先，而大连队则由外援史尔江和李尧两度将比分扳平，最终国安2∶2同对手战平。大连队继续排名榜首，而国安则继续着自己的一路下滑。虽然2∶2同榜首球队战平，并且场面上不处下风，也在一定层面上暗示了国安的实力其实并非如排名一般不堪。但是到底是什么原因导致了现在的局面，京城球迷和俱乐部一样纠结得寝食难安。

接下来的比赛国安客场挑战申花，缺少了因3张黄牌停赛的安德烈，国安队最终倒在了两记门线球上。首先是申花阿尔贝茨的大力任意球攻门击中横梁后反弹，被裁判判定已过球门线，而随后徐云龙的强力头槌则被虞伟亮在球门线上拍了一下抱在身前，国安球员示意皮球已经越过球门线，裁判却未予理会。下半场比赛徐云龙突破孙祥博得点球，杨璞的射门再被虞伟亮扑出，申花终以1∶0力克国安。申花终于继之前的三连败后触底反弹，国安则彻底坠入深渊。13轮比赛过后，仅仅领先陕西队3分，位居积分榜倒数第2位。

8月3日的比赛，坐镇工体的国安再度被沈阳金德3∶1击败！前德甲球员拉蒂尼奥和阿尤的3粒进球让现场球迷犹如被兜头泼下一盆冷水，工体首次出现球迷为客队加油对国安倒戈相向的场景。“还我国安，现代解散”的怒吼让时处8月的我们切实地感受到了寒冬时节的悲凉。彼得赛后关于比赛的点评“对北京队我已尽了全力，今天我们的失利主要是队员的心里承受不了开场就连丢两球的压力。现在球队遇到了很大困难，我希望我们齐心协力，向着好的方向努力，渡过眼下的难关”更是在无奈之中平添一份悲壮！

谁能告诉我，我可怜的国安，你到底是怎么了？

此后的时间，北京足球彻底陷入慌乱。面对成绩下滑球迷倒戈，市体育局主动出面同俱乐部沟通，国安表态检讨管理层失误，加紧物色新援，发表声明，宣告开启“中超保卫战”。8月8日的国内球员二次转会，国安迅速引进沈阳金德的前健力宝球员邱忠辉，同时再开重金，求购强援。一时间罗马尼亚国脚库鲁萨鲁、巴西前锋贾德尔等人的名字开始频繁见诸报端。

8月10日做客成都，缺少了累积3张黄牌停赛的徐云龙和雷吉纳尔多的国安再度同四川冠城1：1战平。安德烈率先为国安进球，比赛临近尾声，韩旭接潘塔的传中乌龙“建功”。此役过后，上半程联赛结束，国安队积11分位列积分榜倒数第2位。

一个多月的间歇期，参加足协杯赛的国安通过安德烈和徐云龙的两粒进球2：0淘汰武汉国测晋级下一轮。最后一名被寄予厚望的外援也在库鲁萨鲁、贾德尔、卡马拉等众多传说中的人选之后，最终确认了是来自匈牙利的国脚科内塞。面对这个陌生的人选，有过太多失望的我们依旧忐忑不安。

同时，在此期间沈祥福的国奥队正式出征雅典奥运会预选赛。在首回合主场的比赛中，杜威显示出明显高于对手一筹的头球能力，以两记头球破门帮助国奥2：0完胜对手叙利亚。不过，当我们以为国奥终将两回合轻易击溃对手的时候，出征客场的国奥却意外地被叙利亚2：3击败，最后仅仅以两回合4：3的总比分惊险晋级十二强赛。

9月21日联赛继续，迎来新援加盟的国安持续低迷。科内塞连续首发出场，然而国安却在第16、17两轮比赛中先客后主地以相同的比分0：1分别落败于辽宁和云南。到了这时候，所有人都已经开始想放弃。国安最大的问题其实是心态，所有人都明白，但是谁也没有办法改变。作为球迷的我们就只能眼睁睁地看着国安一次次地被对手击败！

27日出征天津迎战足协杯赛对手河南建业的国安队不得已派出替补球员，在这项对于国安而言一直有着良好传统的赛事中，在联赛中如此低迷的情况下，国安甚至打算放弃。不过，好在替补们争气，派出6名替补出战的国安最终凭借高雷雷和安德烈的两个进球2：1力克对手。

随后的半决赛，国安客场挑战沈阳金德这个曾经在工体3：1大胜我们的球队。或许是曾经的胜利让对手轻看国安，也或许是开场1分钟就宣告球门失守证明了国安的不堪一击。领先后的沈阳队明显有些托大，而依旧替补出战的国安再次没有放弃。高雷雷漂亮的长途奔袭帮助国安扳平比分，杨昊霸气十足的怒射完成反超！国安踢出了联赛中少见的气势！不过，比赛却没有完。第90分钟，沈阳金德队反击尹良毅直传张晓鸥，杨昊冲上来在禁区线上放倒对手。主裁判杨志强鸣哨，点球！年轻的国安几近崩溃，队员们呼啦一下围上裁判，纷纷示意犯规在禁区外，而郁闷了大半个赛季的外援雷吉纳尔多更是怒吼着冲了上去……现场一片混乱，在教练组及现场的安保人员介入之后，局面终于安稳下来。主裁判红牌将雷吉纳尔多直接罚出场外，阿尤冷静罚中点球。比分2：2平！进行加时赛。

这时候的国安，本以为赢下来的比赛却被争议点球扳平，同时处在全场球迷的嘘声之中，加上主力中后卫被罚出场，电视机前的我们都以为这次真的没机会了……加时赛开始，我们忽然发现，彼得站了起来，魏克兴站了起来，教练组成员们站了起来，替补席上的队员们也都站了起来，大家紧紧地围在一起。太多的不利局面反而让内忧外困的国安紧紧地团结在了一起！比赛第3分钟国安获得任意球，距离球门30米开外。恩里克和杨昊站在球前，恩里克掩护助跑，杨昊出脚……一记精彩的世界波！金球！曾经在联赛中用任意球攻破沈阳队大门的杨昊再度建功，国安队金球获胜晋级足协杯决赛！国安队自己拯救了自己！

彼得曾经的声音："队员们都非常拼，我要感谢他们这种顽强的精神，他们只是有了太多的压力，太想赢而已。我想我们缺的只是一场胜利，一场为球员重新树立信心的胜利。我的孩子们只是心态出现了问题。"相信本场比赛过后，我们的压力即将变为动力。随后，足协的罚单降临：雷吉纳尔多被追罚停赛10场！张帅、徐云龙被追罚停赛5场！

2003年10月1日，沈阳五里河，足协杯决赛：国安迎战大连实德！

或许是之前的遭遇彻底激发了国安球员的斗志，在这场缺失了3名主力球员的对垒中，国安竟然打出了全年最精彩的一场比赛：首次代表国安出场的邱忠辉成功冻结郝海东，小将崔巍完美看死扬科维奇，大发神威的科内塞梅开二度技惊四座的任意球建功，小将杨昊延续神勇……众志成城的国安就这样3：0完胜对手，第3次成为足协杯冠军！

这注定是一个诡异的赛季！一支积分几近垫底的球队居然硬生生地成为国内杯赛的冠军，而决赛更是击败了志在夺冠的巨无霸大连队，并且是在缺兵少将的情况下3：0完胜了尽遣主力出场的对手！或许，队员们想用自己的表现告诉所有对手，无论什么时候，“国安”都不是一个你可以轻视的对手。或许我们有着太多这样那样的困难，但是我们难以割舍的“永远争第一”的情结会永远在无形之中激励着自己！“国安永远争第一”就是北京足球永远的魂！只是冷静下来，站在另外的角度分析，这次冠军也确实不应该是单单凭借“奇迹”或者“偶然”就可以完全解释清楚的。至此，我们倒是很有必要反思一下我们自己这个混乱的赛季，到底是实力不济还是人为作祟导致了无谓消耗，这是一个需要我们必须正视的问题！

夺得冠军，回到北京。两天后国安召开新闻发布会：主教练彼得、总经理马冰下课！国安成立新的教练组团队，由在足协杯决赛阶段就已经回归球队随军出征沈阳的杨祖武任教练组组长，全权负责球队的比赛和训练事宜。教练组的其他3位成员为：魏克兴、胡建平和赵旭东。

至此，彼得洛维奇这位深受大多数京城球迷认可的红星大帅彻底离我们而去。虽然偶尔想起，我们依然会替老爷子感到不甘和委屈，但是在京城球迷心中，联赛的成绩永远都是排在第一位的。无论足协杯的冠军得到与否，联赛倒数第二的成绩注定让球迷面对这个最终的选择的时候，无语。

换帅后的首战，国安客场挑战天津。邱忠辉、崔巍开始成为球队主力，比赛中杨璞率先为国安建功，然后防守了大半场时间的国安最终因为小将崔巍的失误被于根伟将比分扳平。虽然遗憾地再次同胜利失之交臂，不过客场的1分还是止住了球队一路下滑的颓势。回到主场，迎战李章洙的青岛贝莱特。少了回国参赛的科内塞，教练组大胆变阵，第一次将陶伟前提至前腰的位置上，同田野和安德烈组成前场进攻三叉戟。结果正是凭借陶伟的出色发挥，田野梅开二度，达迦马外援恩里克也首度为国安建功，安德烈锦上添花。国安主场4：1大胜！赛后教练组组长杨祖武豪气云天：“谁说国安不行！”

接下来第20轮客场挑战重庆力帆，国安队再次遭遇曾经同徐云龙、卡洛斯等人交恶的主裁判何志彪！结果在下半场开场5分钟，新近晋升主力的小将崔巍再度因为一个轻微的犯规动作被直接红牌罚离出场！赛前本欲全取3分的国安队只能改变策略，紧急调整。最后众志成城守得0：0，客场获得一分，全身而退。

不过，应该说崔巍的红牌还是给球队下一场的排兵布阵带来了影响。在原本就少了雷吉纳尔多、张帅、徐云龙之后，崔巍的停赛直接导致国安主场迎战已经更名为国际的前上海中远队的时候，防线上人员明显的捉襟见肘。而教练组赛前寄希望于主场拿下对手的愿望就变成了空想，最终这场国安急于逃脱降级苦海的比赛，因为我们自己的急功近利而被对手的两个反击击败。赛前原本对球队状态回勇充满信心的京城球迷，再度被残酷的结果将热情扑灭。就连“杨祖武下课”这类宣泄的口号喊起来也开始变得有气无力……

然而，国安终究命不该绝。当一场0：2再度浇灭了工体部分球迷希望的时候，接下来的比赛随着徐云龙、张帅、崔巍、雷吉纳尔多等人的陆续复出，以及科内塞逐渐找到状态，国安一度取得了四连胜的佳绩，并且最终以最后8轮比赛6胜2平的不败战绩迅速攀升至积分榜第9位，成功获得2004中超元年的参赛资格。

其实，看了这么多年国安的比赛，看了这么多年中国国家队的比赛，早让我们明白了一个道理，那就是我们的足球其实不缺谩骂，因为我们永远不缺失败。但是，就犹如这个社会的浮躁总是让我们反思一样。我们关注、喜欢足球到底是为了什么呢？胜利其实每个人都喜欢，但是如果没有失败又何谈胜利！从小，老师总是教导我们说，失败是成功之母，然而，在现实中又有多少人可以真正地理解这句看上去简单通俗的道理呢？

足球，永远都不会因为你觉得它会赢它就会赢，同样也不会你觉得它一定输的时候就一定会输，这才是足球的魅力。当有一天，我们终于明白我们关注足球、喜欢足球，就是因为参与其中能够给我们带来真实的喜怒哀乐，可以让我们的生活更加丰富多彩，那么对于暂时处于低谷的中国足球，我们还有什么可气急败坏、恼羞成怒的呢？骂中国足球，不是不可以，但是我们要明白：爱足球是因为它能够给我们带来快乐，在我们把很多精力消耗在指责上时，也更应该给中国足球的每一场胜利一些真挚的掌声！

总体来说，2003赛季就这么没缘由地峰回路转地结束了。到了这个时候，我忽然发现，傻子一样的自己跟着媒体的忽悠，一会儿惊喜，一会儿沮丧，一会儿激动，一会儿绝望，就这么任由自己的情绪犹如过山车一样做了又一年的无用功，典型的庸人自扰。也或许就是从2003年起，我开始告诉自己，看足球，作为一名国安的球迷，拥有一颗平常心，享受足球带来的快乐，淡忘那些让人不愉快的经历，足矣！

2003年甲A联赛积分表

名次/球队	场次	胜	平	负	进球	失球	净胜球	积分
01上海申花	28	17	4	7	56	33	23	55
02上海中远	28	16	6	6	39	26	13	54
03大连实德	28	15	8	5	44	22	22	53
04深圳健力宝	28	12	11	5	42	21	21	47
05沈阳金德	28	11	10	7	35	31	4	43
06辽宁(三元)	28	11	8	9	39	34	5	41
07云南红塔	28	11	7	10	29	25	4	40
08四川冠城	28	9	10	9	41	42	–1	37
09北京现代	28	9	9	10	34	26	8	36
10天津康师傅	28	8	12	8	32	33	–1	36
11青岛贝莱特	28	10	5	13	40	47	–7	35
12山东鲁能	28	8	9	11	41	48	–7	33
13重庆力帆	28	6	8	14	20	34	–14	26
14八一湘潭	28	6	4	18	23	59	–36	22
15陕西国力	28	3	5	20	28	62	–34	14

2003赛季北京国安队人员名单：

领　　队：康玉明、魏克兴(兼)

主 教 练：卡洛斯 、杨祖武等教练组

助理教练：魏克兴、胡建平、赵旭东、托米奇、比利

队　　医：双 印、张 阳

主　　场：北京工人体育场

队　　员：1 勾鹏　2 季楠　3 谢朝阳　4 韩旭　5 雷吉纳尔多　6 马库斯　7 李东波　8 杨璞　9 田野　10 商毅　11 安德烈　12 崔威　13 徐云龙　14 薛申　15 陶伟　16 马科斯　17 高大卫　18 路姜　20 杨昊　21 高雷雷　22 姚健 23 杜文辉　24 王栋　25 张盟盟　26 张帅　27 路鸣　28 周宁　29 南方　30 杨世卓　31 邓晓磊　32 林震　33 于博　35 恩里克　36 卡西亚诺　37 邱忠辉　38 科内塞

2003赛季全国足球甲A联赛第9名、足协杯赛冠军、超霸杯冠军

日期	轮次	对阵及比分	进球队员	
3月16日	第1轮	北京现代　2：0　辽　宁	路姜、安德烈	
3月23日	第2轮	云南红塔　1：0　北京现代		杨威
3月26日	第3轮	北京现代　0：0　天津康师傅		
3月29日	第4轮	青岛贝莱特2：1　北京现代	乌龙	彼得洛维奇、姚夏
4月5日	第5轮	北京现代　2：2　重庆力帆	马科斯、安德烈	哈吉、魏新
4月9日	第6轮	上海中远　1：0　北京现代		祁宏
7月2日	第7轮	八一湘潭　2：0　北京现代		刘俊威、黄勇
7月6日	第8轮	山东鲁能　0：0　北京现代		
7月13日	第9轮	轮空		
7月16日	第10轮	北京现代　3：0　陕西国力	张帅、安德烈、杨璞	
7月20日	第11轮	深圳健力宝1：0　北京现代		张辛昕
7月26日	第12轮	北京现代　2：2　大连实德	徐云龙、安德烈	史尔江、李尧
7月30日	第13轮	上海申花　1：0　北京现代		阿尔贝茨
8月3日	第14轮	北京现代　1：3　沈阳金德	杨昊	拉蒂尼奥、阿尤、阿尤
8月10日	第15轮	四川冠城　1：1　北京现代	安德烈	乌龙（韩旭）
9月21日	第16轮	辽　宁　1：0　北京现代		吕刚
9月24日	第17轮	北京现代　0：1　云南红塔		孙治
10月5日	第18轮	天津康师傅1：1　北京现代	杨璞	于根伟

续表

10月11日	第19轮	北京现代 4：1 青岛贝莱特	田野、恩里克、安德烈、田野	彼得洛维奇
10月15日	第20轮	重庆力帆 0：0 北京现代		
10月18日	第21轮	北京现代 0：2 上海中远		罗金斯、伊万
10月26日	第22轮	北京现代 5：0 八 一	安德烈、科内塞、安德烈、科内塞、陶伟	
10月29日	第23轮	北京现代 3：2 山东鲁能	科内塞、杨璞、科内塞	谢尔盖、基里亚克夫
11月1日	第24轮	轮空		
11月9日	第25轮	陕西国力 0：2 北京现代	恩里克、陶伟	
11月12日	第26轮	北京现代 2：0 深圳健力宝	徐云龙、徐云龙	
11月16日	第27轮	大连实德 0：0 北京现代		
11月22日	第28轮	北京现代 2：1 上海申花	科内塞、路姜	张玉宁
11月26日	第29轮	沈阳金德 0：0 北京现代		
11月30日	第30轮	北京现代 3：1 四川冠城	安德烈*、雷吉纳尔多、安德烈	轧亚
3月2日	足协杯	北京现代 2：0 珠海安平	马库斯、徐云龙	
3月5日	足协杯	广东香雪 2：5 北京现代	乌龙、杨璞、杨璞、雷吉纳尔多、徐云龙	黎梓菲、李志海
3月8日	足协杯	北京现代 3：0 上海中远	杜文辉、田野、杜文辉	
8月16日	足协杯	北京现代 2：0 武汉国测	安德烈、徐云龙	
9月27日	足协杯	北京现代 2：1 河南建业	高雷雷、安德烈	鲁迪内
9月29日	足协杯	沈阳金德 2：3 北京现代	高雷雷、杨昊、杨昊（金球）	埃孔、阿尤
10月1日	足协杯	大连实德 0：3 北京现代	科内塞、科内塞、杨昊	

〈仅供参考，*为点球，#为任意球〉

韬光养晦 2004—2006

或许是随着年龄的增长，人总是要学会思考吧。从2004到2006这三年，我曾经一直以为是自己记忆中最为轻描淡写的时光，工作上踌躇不前，继续着玩世不恭的混着的生涯。车子、房子、一份稳定的工作，甚至给自己找个老婆，这些生活中人们定义的成功标准在我这里了无踪影。有时候我甚至不得不努力不让自己停下来思考，眼下到底过的是一种什么样的生活。

这么多年下来研究彩票，分析赔率，大奖没有小奖不断，最后的结果还是入不敷出；研究收藏，投资连环画，却因为三心二意，静不下心来而最终只落得满屋子有待未来升值的书籍。想想自己永远没有安全感的工作状态，看着一起毕业参加工作的同学、朋友们一个个按部就班地工作、生活、娶妻、生子。忽然意识到一直自命不凡的自己其实已经被大家远远地抛在了身后，对一个25岁的男人或者男孩而言，一无所有的状态甚至接近了一种耻辱。不得不承认离开校园走入社会的这几年，一直在探寻着捷径的我最终是绕了弯路。等大家都已经向着自己的人生目标脚踏实地地迈进之后，我却回到了最开始的起点。

这是一种悲观的情绪，让人无可抗拒地走向消极。也正是因为如此，当回顾这段历史，我再次发现是足球给了我最大的情感支撑。虽然生活被自己过得一塌糊涂，不忍回首。但是每当周末来临，我整装待发地出门打车然后奔赴球场的那一刻，骄傲、自豪甚至莫名的热血沸腾还是让自己瞬间对未来再次燃起希望。我知道永远都会有下一场比赛在等着自己，明天充满未知。我必须忘掉过去，时刻向前，并且充满激情！

严格地说，从2004到2006的3年对于我的看球生涯是个转折。当国字号球队再次经历了一次愚蠢的失败之后，我之前对国内足球市场可能再次走向没落的担心事后被证明完全是庸人自扰。随着国家队、国奥队一次又一次毫无意外的失利接踵而至，球迷们反而习以为常了。而因为大环境的萧条所导致的那部分跟风者的离开，也让看台上留下来的人群显得更纯粹。从这个时候起，我对“联赛才是一个国家足球水平发展的根本”有了最为清晰的认识。无论国家队再遭遇怎么样的失败，周末的那场国安的比赛已经成为了我们生活的一部分，这，其实挺好。

2004的中超元年充满混乱，也一度让人以为我们会丢掉自己的联赛。不过时间终究证明，不符合规律的东西永远不会长久，喧闹早晚都会过去。2005和2006的中超不可阻挡地继续进行，我们的快乐也一直延续。虽然，国安依旧同冠军无缘。但是看球已经成为了我们的习惯。静下心来想一想，关注足球的我们照例是收获比失去的更多。

何况，有时候不单单只有快乐才谈得上是收获。2004年意外得到的隋东亮、闫相闯和中国队表现出色的亚洲杯；2005年神勇的耶利奇，国安建队史上的第一个双料先生，以及荷兰世青赛上中青队的小伙子们史无前例荡气回肠地打出的四场好球；甚至包括2006年沈指在失去耶利奇之后防守足球功力的展示，虽然场面平淡得让人抓狂，但是在历史的数据面前，我们其实也还是有着属于自己的心理安慰。

或许，当终于在2009拥有了第一座中超联赛冠军以后，我们才能够明白，其实2004到2006的这段中超初年的时期是国安队向着联赛冠军发起冲击的第一步！正是在这三年中，徐云龙、陶伟、杨璞等人逐渐走向了成熟，也正是在这段时间内，我们补充了隋东亮、杨智、周挺、长庆，同时涌现出了杜文辉、杨昊、张帅、闫相闯、黄博文等人。不仅夯实了球队实力的厚度，而且使人员结构变得更为合理。同时，沈祥福苦心经营的防守足球也给日后取得好成绩打下了一个坚实的基础。

沈指时代的国安，是我们韬光养晦走向冠军征途的最后一次淬火！

2004

★ 关键词：中超元年、国奥失利、本土亚洲杯、罢赛、水货耶利奇、国家队折戟、G7革命

★ 大事记：北京现代　4：1　沈阳金德（联赛）

青岛贝莱特3：3　北京现代（联赛）

北京现代　1：4　深圳健力宝（联赛）

四川冠城　3：2　北京国安（联赛）

沈阳金德　3：0　北京国安（联赛）

中　　国　7：0　中国香港（世预赛）

“记得以前一直有一种声音，中国足球没有一流的球员，然而却有一流的球迷。看着工体看台上把‘卡洛斯下课！’‘彼得下课！’‘杨祖武下课！’‘魏克兴下课！’喊了一年的球迷，看着报道出‘耶利奇水货！’‘阿莱克斯水货！’‘一流球迷！’的中国足球专业媒体，从1995年坚持到2004年的我站在人群之中，真实的感觉却是：孤独！”

“适时，还一直坚持坐在看台上的球迷们更多的却是漠然，所有人甚至都已经失去了愤怒和咆哮的气力，能感觉到的只有悲哀。没有原因的，为我们自己的联赛，为中国足球而感到悲哀，时至此时，谁对谁错，是否误判，谁该妥协，还重要吗？看着我们自己的足球人，看看我们的足球管理机构，就这样亲自一点点地将我们始终不愿面对或者不敢面对的虚伪的外衣血淋淋地剥下，说实话，瞬间最真实的感受，就是一种行将毁灭的漠然。伤心，只因为我们爱足球。”

这一年我25岁，继续着自己茫然未知的未来。

在一片喧嚣之中轰轰烈烈迎来的中超元年，却是中国足坛的多事之秋。中国足协让人无语的新规定继续出台：中超联赛只可以有两名外援同时登场。另外，为了给世界杯预选赛、雅典奥运会外围赛等赛事留出足够多的备战时间，首届中超被强硬地推迟到了5月开赛。

可惜命运多舛的中国足球始终难以摆脱的传统依旧是失败！寄希望于诸如此种牺牲联赛以保全国家队赛事的做法，不仅不符足球规律，也注定于事无补。先于联赛开始的是沈指带领的超白金一代出征的雅典奥运会预选赛，时至今日都不清楚这个称谓是怎么来的。经历过那么多失败的中国媒体人依旧可以想出这么具有时代感的称谓，真的让涉世未深的初级球迷们不解。年初备战十二强赛的四国赛上，国奥队3战3胜取得冠军！不过日后想来，3：0胜俄罗斯、3：1胜摩洛哥和2：0胜罗马尼亚的3场比赛不仅水分十足，并且在首场比赛之中受伤下场的杜震宇，经过赛后的检查得知十字韧带撕裂，不得不缺席随后的十二强赛决战更是得不偿失。3月3日的十二强赛首战，中国国奥背负着国人巨大的期待再度起程，飞赴汉城挑战韩国国奥队。过程不用赘述，机关算尽的中国队最终在本场比赛中0：1失利！沈祥福力求客场守得一分的功利心理在排兵布阵上彰显无遗。可惜，保守的国奥队最终还是在比赛的尾声阶段被崔成国的长途奔袭击败。王栋在最后时刻的上抢失误更是让自己成为中国队的“罪人”。

对于双循环的淘汰赛，本来客场一球失利也不应该是什么不能接受的事情。然而，中国足球的沉重注定无法承受这样一场被寄予厚望的比赛的失败。首场比赛失利后回到国内继续备战下一场同马来西亚的比赛，而充斥在队员、教练们耳边的却都是“继续逢韩不胜 祥福难上加难”“球迷失声痛哭 恐韩噩梦继续”“20年逢韩不胜历史延续 痴心球迷赛后难掩苦闷”“雅典之路漫长而曲折 国奥锋线为最大软肋”等让人绝望的消息。

第二场比赛，主场作战却背负巨大压力的国奥队最终被马来西亚队1：1逼平。有战术无战略的国奥队就这样在首场比赛失利后彻底选择全盘放弃！曾经被媒体吹嘘为“超白金一代”，曾经在世青赛上面对阿根廷打出尊严一战的国奥队，就这样甫一出征就倒在了起跑线上。中国国字号球队的命运就是这样宿命般地永远摆脱不了悲剧的色彩。

随后的比赛，主场作战的国奥队还一度3：1战胜伊朗队。不过，这只是回光返照般的昙花一现。后面的比赛，国奥队上演两连败，最后主场目送着韩国人顺利出线。与此同时，原本都不在球迷关注范围内的2006年德国世界杯亚洲区预选赛的小组赛，阿里汉率领的中国国家队两战分别以1：0的相同比分战胜科威特和中国香港队。而当时，我们甚至都没有去想在预选赛中中国队还能够再有什么意外……

关于中国足球的失败，相信所有中国球迷都已经有了非常强的承受能力，甚至我们已经习惯了失败！接下来，我们等待着我们自己的联赛，充满希望地继续等待！

回忆我们的中超元年，记忆里有几个关键词是总在第一时间就跳出来的。夺冠无望、罢赛、革命！其余的，或许都不重要了。其实赛季初的国安难得地在内外援引进市场上大手笔表现，原八一队的隋东亮、徐宁、刘川、闫相闯，原陕西国力的郝伟成功加盟。以3年250万欧元买断科内塞，加上补充的罗马尼亚实力后腰阿莱克斯和塞黑射手耶利奇，虽然谢朝阳和李东波最终选择退役，田野和薛申也转投了深圳和天津，但是走了几名替补，却补充进几名主力。对于中超元年的冠军，2004年的国安球迷曾经一度充满期待。

在1月18日的超霸杯上，只有科内塞一名外援领衔的国安队同末代甲A冠军上海申花队联手上演了一场对攻大战，在双方梅花间竹般的7粒精彩进球之后，国安队终以4：3的比分力克对手，获得中国足球改元中超之后的首个冠军！人员并不齐整，但是却依旧可以同联赛冠军大打攻势足球，并且最终酣畅淋漓地战而胜之。这个超霸杯的冠军毫无疑问地使京城球迷对国安在2004中超元年上的表现有了更多期待。

在此期间，闹得沸沸扬扬的张帅“兴奋剂事件”也最终尘埃落定。由于上赛季误服感冒药导致尿检呈阳性的张帅以及间接责任人——球队当时的教练组组长杨祖武分别被停赛6个月，这也开创了中国足球界“兴奋剂事件”的处罚先例。从九运会违纪、泡吧到这次的“兴奋剂事件”，命运多舛的张帅原本应该警醒自己注定坎坷的足球人生，只可惜天赋异禀的他终难改掉意气用事的秉性，待到2008赛季最终的负气退役，爱之深责之切的京城球迷也只能哀叹：性格决定命运！

经历了中国足球新一轮的失败后，我们的国内比赛终于继续进行。此时，我脑海中闪过的一个词是，宿命！就像之前多次出现的情形，北京国安又一次成为中国足球的风向标！赛前被球迷寄予厚望的联赛，被我们认为可以为中国足球的失败疗伤的北京国安，最终却将我们已经结痂的伤口硬生生地撕开！

在首先开始的足协杯赛中，继客场大意失荆州地被武汉黄鹤楼2：1击败后，回到主场的国安居然再一次被对手2：0完败！卫冕冠军就这样在第一轮比赛中即被一支来自中甲的球队以4：1的大比分淘汰，国安在超霸杯上气贯长虹的勇气消失殆尽，反而表现出极不稳定的心态和脆弱的后防。或许，在这个时候我们就应该意识到，作为一支志在夺冠的球队，仅仅凭着一口气是无法始终保持一个良好的竞技状态的。冠军球队，必须有高水平的训练、良好的整体技战术能力才可以把有着不错个人能力的队员们捏合在一起，持续地发挥出一支球队的战斗力。从这点上看，2004年原本形势不错的国安为了等待兵败国奥的沈祥福的回归而延续了2003年中方教练组的带队模式，并且暂时由魏克兴出任执行教练的做法，无异于坐失良机。

足协杯失利之后，国安迅速传来消息：第2名外援确定为来自罗马尼亚的后腰球员阿莱克斯，同时第3名外援人选也确定为来自克罗地亚的前锋球员布莱。通过媒体的大肆渲染，我们得知这是两名实力超强的外援，唯一的遗憾就是两人都还在参加本国联赛，必须等赛季结束才可以来国安。偶尔的一点点好消息就可以满足的我们这时候开始安慰自己，足协杯失利也没什么，毕竟我们已经拿过了几次。被淘汰了也好，或许专攻联赛的国安就可以给我们带来更大的惊喜了！

可惜，关于国安外援的故事总是执著地不尽如人意。

直到联赛开始前两天，迟迟确定不了来京日期的克罗地亚前锋布莱正式被国安放弃，由来自塞黑甲级联赛伏伊伏丁那队的射手耶利奇火线顶替。日后看来，这是一次让京城球迷庆幸的意外。不过在当时，这则消息则更像是一段恼人的插曲。

联赛首轮，国安主场迎战四川冠城。新赛季原本人员充足的国安队因为阿莱克斯、耶利奇的迟到，邱忠辉、郝伟、徐宁等人热身赛上的受伤以及张帅的受罚停赛，反而在排名布阵上显得捉襟见肘。最终，只有科内塞一名外援首发，徐云龙后撤中后卫，同时派出高大卫、崔巍、高雷雷等多名年轻球员的国安队在领先一球的情况下，在比赛临近尾声的时候被对手将比分扳平，中超元年国安出师不利！而一直期望着能讨个好彩头的京城球迷，深藏于心底对冠军的期待再度动摇。

在本场比赛中改穿10号球衣的科内塞一如既往的神勇，可惜在得不到队友有力支持的情况下只能孤掌难鸣，倒是两名新人的表现更能引发球迷的注意。赛前一天才刚刚到达北京的耶利奇几乎是在连时差都没有调整过来的情况下，便在下半场比赛中以替补出场，并且通过积极的前插显示出自己良好的抢点意识。而原八一的铁腰隋东亮虽然表现平平，却在一次奋不顾身的拼抢之中将四川冠城的刘玉建重创出场，在让京城球迷第一时间领略了其凶狠的抢断的同时，也置自己于舆论的风口浪尖。

不知道是不是媒体们大肆报道队员们因伤缺阵给了教练组和球员一种不好的心理暗示，还是以杨祖武为首的教练组自始至终就认为国安没有夺取2004年首届中超冠军的实力。在第2轮客场挑战已经沦为中游球队的上海国际的比赛中，国安队再度选择低调出征。杨璞、郝伟、邱忠辉、徐宁等人的缺阵也让国安直接真的把自己当成了哀兵，力求客场一分保平成为国安的首要目标。比赛的结果，最终和我们预料的一样取得了“成功”。在被王云率先攻破球门之后，国安最终凭借耶利奇创造的一粒争议点球，由科内塞主罚命中，客场1：1成功战平对手。不过，坦白讲，在教练、队员为最后时刻扳平对手而欣喜不已的时候，远在京城，作为国安拥趸的我们心里清楚，2004年我们对于冠军的期望依旧只是奢望！

到了这个时候，苦苦跟随国安这么多年的我多多少少开始有些心灰意冷。**其实北京足球这么多年一直拿不到冠军，绝对不仅仅是因为队员们的实力不够。1999赛**

季主力大面积流失，最后眼睁睁地看着青涩的辽小虎和刚刚有点技术足球萌芽的山东鲁能争冠军已经是我们错过的第一次机会。如果说经历了更新换代的国安在2002年还尚缺一口气的话，那么2003和2004两个混乱的赛季原本就应该是我们向冠军发起冲刺的最好时机。相比于1999年的山东鲁能，在这两年的联赛中，如果国安能够较早地完成高水平主教练和几名实力外援的配备，我们的冠军早已经落入囊中。2003年我们在卡洛斯、彼得、中方教练组以及雷吉纳尔多、马库斯、安德烈、卡西亚诺、马科斯、恩里克、科内塞7名外援的折腾中自废武功，最后居然落得堪堪保命！好不容易等到了实力上明显高出一筹的科内塞的续约，并且俱乐部也终于一改过去对国内球员转会市场的忽视，重金引进球员对现有阵容予以补充，然而2004年的我们最终还是毁在自己对工作细节的疏忽，以及忽略了一支冠军球队最重要的高水平教练团队的组建上。花了重金打造球队，最终却不得不接受在开赛之初缺兵少将的尴尬，并且还是在一个史无前例的5月开打的赛季。而比赛开始，低调保守的教练组又一味地认为自己的球队就是没有冠军的实力而早早放弃！凡此种种，应该说北京足球职业化的第一个联赛冠军必须要等到16年后才得以实现，俱乐部在管理与大局掌控上面的业余难辞其咎！

停止感慨，继续回到当年的联赛中。

经历了开赛的两连平，第3轮比赛回到主场的国安迎战同样年轻的沈阳金德。相信京城球迷关于这场比赛的记忆大多都会被闫相闯和黄博文所占据。赛前的首发阵容，本来就只有两名外援的国安出人意料地用当时年仅18岁的小将闫相闯取代了塞黑前锋耶利奇！而比赛的进程也恰恰是国安凭借高雷雷和闫相闯的两个进球在上半场结束时2：1领先对手，下半场比赛当科内塞将比分改写为3：1后，替换闫相闯上场的年仅16岁的黄博文就用一脚推射把中超联赛最年轻射手的纪录划归自己所有。两个小将的惊艳表现也极大地引发了球迷们的关注，经过一系列的资料查找，大家得知小闯得益于国安老教练洪元硕的慧眼识珠，而小黄则是国安退役的老球员吕军三顾茅庐，于2001年从中国足球学校挖来的瑰宝。

闫相闯和黄博文的精彩表现，一方面代表着北京足球后继有人，另一方面也说明了国安在人员储备上的不足。而这，对于追求“永远争第一”的国安球迷而言相当于远水解不了近渴！

接下来的比赛国安客场挑战青岛贝莱特，曾经被金志扬看好的前八一小将孙新波一度帮助青岛队2：0领先，在替补上场的耶利奇利用补射的机会将比分扳为1：2后，下半场比赛孙新波再度助攻高明扩大比分。就当电视机前的我们认为国安终将迎来赛季首败的时候，科内塞的任意球迅速将比分改写为2：3 。伤停补时阶段，陶伟拿球连过两人后横敲中路，耶利奇拍马赶到攻门得手！国安顽强地将比分定格在3：3平！

又是一场让我们目瞪口呆的比赛，我相信一定会有球迷像当初的我一样对最后的结果激动不已，只是这次我却找不到2002年我们客场3：3追平四川队时候的兴奋。比赛的过程和结果都说明其实我们是有能力战胜对手的，而最终打平不仅不能让我们看到希望，反而让我们对新中超的征程彻底失望。**总是莫名其妙地底气不足的国安，只有在背水一战的时候才可以激发潜力，这让人无解！**随后的首届中超杯，一直有着杯赛传统的国安竟然直接选择放弃！全替补出征山东的国安最终被鲁能5：0屠戮！次回合回到主场的国安虽然凭借耶利奇的梅开二度2：1战胜对手，不过还是以两回合2：6的大比分被对手淘汰！

教练组放弃中超杯力保联赛的想法，或许有着足够多的理由。只可惜，在从小就经历金指“宁可被打死，不能被吓死”的教导、伴随着国安一路走来的我们看来，这等于国安主动向敌人宣告自己技不如人！这等于背叛“国安永远争第一”的精神！这带给我们的就是一种比失去中超冠军希望更残酷的伤害。

6月13日，第5轮，主场迎战深圳健力宝。终于迎来罗马尼亚强援阿莱克斯的国安队再出惊人之举，到队仅仅5天的阿莱克斯取代已经逐渐找到状态的耶利奇首发出场，担任主力后腰！结果在这场比赛中，率先取得进球的国安等来的却是一场史无前例的溃败。朱广沪率领的拥有李雷雷、陆博飞、杨晨、薛申、张辛昕、小李明等人的“北京二队”最终完爆“一队”，在路姜进球后不久，深圳即由薛申右路传中，杨晨摆渡，外援考瓦克斯头球中的！紧随其后，同样是薛申的右路传球，深圳外援吉马气贯长虹的倒钩破门！场上比分2：1，深圳队一分钟内完成反超。国安的噩梦却并没有结束，上半场比赛第35分钟，还是薛申的传球，忻峰再度头球敲开国安队球门。仅仅半场比赛，薛申上演的助攻帽子戏法就已经彻底将国安击溃！

下半场比赛，考瓦克斯的再度建功将比分最终锁定为4：1！坐拥主场，尽失4球，这是职业化以来国安从未有过的失败！而这居然还是发生在我们原本打算争取冠军的赛季！这场比赛的失利，对京城球迷的打击残酷而深远，此时的我们已经不是奢望不奢望中超冠军的问题了，而是我们已经无法正视我们自己球队的真实实力。这是一场让人绝望的比赛，绝望！

比赛结束，京城球迷陷入深深的无聊情绪之中找不到头绪。大家在极度失望之余对于足球偶尔产生的涟漪，也只是对于曾经辉煌年代的缅怀。那一颗颗属于冠军的心也早已经不知道何时随着雨打风吹去，踪迹了无痕。其实，拿不拿冠军，对于北京足球而言甚至都无所谓，最重要是我们北京足球的魂还在，可这次，我们真实地感觉到，魂飞魄散！在工体，北京足球永远的圣地，被对手如砍瓜切菜一般4球完爆……作为现场球迷，我甚至感觉自己对不起这块土地，是我们没能用自己的呐喊助威给球员带来更大的动力……北京足球的荣誉不是哪一个人的，失败也不该只是由场上的队员和教练员们来承担，这一次，就是北京足球的失败，所有让自己同北京足球息息相关的人们，集体的，失败……

第二天的媒体，首先让崔巍成为这次大败的借口。对于一名原本实力不错的年轻球员，对其残酷的口诛笔伐直至其体无完肤。随后，再把“水货”的矛头指向罗马尼亚新援阿莱克斯，全然不顾教练组完全不符足球规律地让其首发出场。日后的我们联想到同样的一批人当初是如何地给耶利奇下的定义，联想到仅仅打了几十分钟就离我们而去的奥地利国脚罗兰德，我们终于明白，中国的“足球媒体”是多么的业余！曾经的我们还一度傻傻地追随着媒体的声音，现在才明白如何对教练、队员的指责和猜疑原来是多么的不靠谱。

记得以前一直有一种声音，中国足球没有一流的球员，然而却有一流的球迷。看着工体看台上把“卡洛斯下课！”“彼得下课！”“杨祖武下课！”“魏克兴下课！”喊了一年的球迷，看着报道出“耶利奇水货！”“阿莱克斯水货！”“一流球迷！”的中国足球专业媒体，从1995年坚持到2004年的我站在人群之中，真实的感觉却是：孤独！

接下来的比赛，耶利奇和科内塞二人轮换出场竞相发威：国安主场2：0胜天津，耶利奇、陶伟进球；客场2：2平申花，科内塞、陶伟进球；第8轮客场挑战大连，大部分时间少一人的国安虽然继续得益于耶利奇、科内塞二人竞争所带来的进球，不过在最后时刻的丢球还是导致最终1：2惜败对手。八轮过后，国家队出征亚洲杯，联赛暂停。

在雷哈格尔的希腊队震惊了整个欧洲之后，阿里汉所率领的中国国家队在这次本土的亚洲杯上也给中国球迷交出了一份合格的答卷。虽然，在日后看来这近似于中国足球的一次回光返照！本来，联赛间歇期的亚洲杯对于中国球迷而言多少还能算是一次补偿和安慰，毕竟决赛惜败日本已经是我们在亚洲杯历史上的最好成绩。即便渺茫，也还是让人看到一丝希望的光亮。邵佳一的光芒四射、徐云龙的绝杀卡塔尔、众志成城击退伊朗、断了肋骨坚持打完比赛的李玮峰，包括决赛惜败日本所创造出来的机会和表现出来的勇气。可以说，这届亚洲杯的成功举办和良好表现至少在当时给了中国球迷太多期望的理由！

只是可惜，苦命的中国球迷由中国足球带来的好心情总是显得那么短暂。

回到联赛中，从国奥回归的沈祥福开始出任国安队总教练。同时，国安终于迎回了因受伤停赛的郝伟和杨璞，前面仅仅签了两个月临时租借合同的耶利奇也凭借自己的良好表现为自己赢来了新的工作合同。可就当球迷认为得到人员补充的国安将再度尝试向联赛第一集团发起冲击的时候，我们却忽然发现队里又少了科内塞和闫相闯！这二人再度因为间歇期的伤病而不得不缺席联赛。中超元年，国安诸事不利！

接下来，国安的不顺在继续：第二阶段首战联赛第9轮，做客辽宁的国安凭借杨昊的世界波一直领先到90分钟，补时阶段辽宁队角球，就在角球即将发出的时候张帅同对方外援发生冲突，被黄俊杰直接红牌罚下。角球发出，朱锴禁区外劲射碰防守球员后变向入网，终场比分1：1平！

第10轮，国安主场迎战山东鲁能。国安再次凭借高雷雷的进球领先到90分钟！伤停补时阶段，当看着山东队几乎是最后一次进攻的机会，球最终落在崔巍脚下的时候，我们甚至有一瞬间的窃喜，只要大脚开出国安注定赢得比赛。崔巍起脚……球出底线，角球！不会这么巧吧？！一丝不祥的预感闪过心头。山东队角球开出，国安队员将球顶出禁区。矫哲禁区前沿赢球劲射……球进！算上亚洲杯前的比赛，国安连续3场联赛在补时阶段丢球，方式如出一辙，京城球迷的郁闷可想而知。

第11轮客场挑战重庆的国安队始终小心翼翼，终于没再让终场失球的噩梦延续。不过少了科内塞竞争的耶利奇一再错失得分机会，国安最终只能0：0战平对手。三连平的喧嚣，甚至让我们忽略了以王大雷、邓卓祥、杨旭、黄洁、祝一帆、于大宝等人为主的国少队时隔12年之后为中国足球再度捧回的U17亚锦赛冠军！一帮十几岁的孩子们赢来的冠军就这样成为中国足球的遮羞布，国少载誉归来，中国足协专职主席阎世铎亲自到场迎接！

可惜，即便是站在掩耳盗铃的中国足协的角度，虚假的繁华落尽后依旧只能尽归萧条！

中超联赛继续，第12轮北京国安客场挑战开赛至今尚无胜绩的四川冠城队，第18分钟徐云龙进球，1：0，第22分钟耶利奇进球，2：0。看上去这将是一场可以轻松取胜的比赛。上半场第45分钟，四川队角球，王锁龙扳回一球，2：1！国安队补时丢球的痼疾重现！下半场比赛，第68分钟陶伟中路得球直传，徐云龙接球突入禁区后横传，孙寿博出击失误，耶利奇后点包抄将球打进，3：1。电视机前的我们悬着的心终于可以归于平静。然而，现场却是一片混乱，主场球迷开始向场内投掷杂物，比赛中断。主裁判张雷迅速跑向边裁，然后……张雷叫过高雷雷，出示黄牌。紧接着，裁判宣布耶利奇进球无效！场上比分2：1，球场再度陷入混乱……

让我们还原一下事情的原委：在场外治伤的高雷雷在没有得到主裁判示意的情况下自主进入场地，抢断对方球员的脚下球传给了徐云龙，徐云龙传给了陶伟。陶伟将球直线向前输送给前插的徐云龙，徐云龙带球突入对方禁区之后横传门前，左路跟进的36号外援耶利奇面对空门推射入网。争议的焦点：裁判认为高雷雷私自进场触球犯规。国安方面认为，经过4次传递后的进球足以说明裁判的默许，同时国安也表达了对于第四官员和边裁不作为的抗议。

在裁判将国安队执行教练魏克兴罚出指挥席后，比赛继续。四川队角球，杨朋锋高高跃起头球中的，场上比分被扳为2：2平！张帅抗议裁判，黄牌。国安球员心态明显产生变化，越发急躁。补时阶段，四川队再获角球，几乎无人防守的丹尼尔再度头球破网。场上比分3：2，国安最终被逆转失利！

面对赛后国安俱乐部第一时间要求返还3分或者择日重赛的申诉，中国足协息事宁人：根据多次出现球迷向场地投掷杂物，造成比赛因此一度中断的现象，作出处罚决定，对四川赛区提出警告处罚，并罚款1万元，而对于当值裁判是否犯错以及高雷雷进入场地是否违规则均未涉及。中国足协的不作为，最终为这场比赛的争议判罚成为罢赛的导火索埋下伏笔。

接下来主场迎战上海国际的比赛，因为魏克兴的停赛，回归国安的沈祥福暂时走上前台。而国安也最终凭借对方门将的失误借由耶利奇和陶伟的两粒进球2：0轻取对手，一扫6轮不胜的颓势。虽然在此期间，随国家队集训肌肉撕裂的科内塞最终久治不愈而选择回国治疗，注定缺席余下联赛，但是随着沈祥福的强势登场，以及伤号邱忠辉、徐宁、闫相闯等人的陆续回归，国安还是乐观地认为，取胜国际队就是赛季强势转折的契机。“目标不会调整，国安永远争第一。现在队员们信心已经恢复，下面的比赛目标就是连胜！”俱乐部踌躇满志。

接下来10月2日客场对沈阳的比赛，就是当年轰动一时的罢赛了。上半场比赛进行到30分钟阿莱克斯就因为两黄变一红被罚出场，紧接着10打11的国安在半场结束前再被对手攻破球门，半场结束一球落后。下半场比赛，众志成城的国安终于由陶伟利用点球将比分扳平。之后仅仅5分钟，沈阳球员张扬带球突入禁区，经过同张帅的轻微接触后倒地。裁判哨声响起，点球……

从不公平待遇导致失利的郁闷和委屈，到力克强敌继而对未来充满希望，再到遭受不公平判罚而即将导致再次失利。显然，俱乐部无法接受如此大的心理落差。杨祖武站在场地中打电话的场景注定成为中国足球的一个历史记忆。僵持到最后，从未面对如此困局的中国足球束手无策。魔鬼的冲动，最终导致覆水难收。主裁判周伟新只能提前吹响终场哨，中国足球的第一场罢赛，就这样在众目睽睽之下宣告诞生！随后不久，虽然足协迅速表明立场并且宣布对国安俱乐部的处罚决定，但是大连实德、上海国际等俱乐部还是增援般地纷纷罢赛和提早离场。G7联盟的称谓正式叫响，中国足协的懦弱和无能彰显无遗。2004的中超元年就这样陷入一地鸡毛之中。

适时，还一直坚持坐在看台上的球迷们更多的却是漠然，所有人甚至都已经失去了愤怒和咆哮的气力，能感觉到的只有悲哀，为我们自己的联赛，为中国足球而

感到悲哀，时至此时，谁对谁错，是否误判，谁该妥协，还重要吗？看着我们自己的足球人，看看我们的足球管理机构，就这样亲自地一点点地将我们始终不愿面对或者不敢面对的虚伪的外衣血淋淋地剥下，说实话，瞬间我最真实的感受，就是一种行将毁灭的漠然。伤心，只因为我们爱足球。

事情是怎么过去的已经记不清了，留在记忆中的只有最后惨淡的现实。在国安罢赛之后进行的世界杯预选赛上，客场出征的中国队最终被科威特一球击败，直接导致了最后“著名”的7：0 PK 6：1的弱智失败。在第一次进军世界杯正式比赛之后，中国队迅速被淘汰在世界杯预选赛亚洲区小组赛之外……

此时的我们遭受的是联赛和国字号球队同步萎靡的双重打击。

记忆的最后，混乱而模糊。经过各方努力，以北京国安、大连实德、上海中远、青岛颐中、深圳健力宝、四川冠城、辽宁中誉7家俱乐部所组成的G7“革命”最终偃旗息鼓。虽然，大家举着的是呼吁以联赛俱乐部代表组成的“中超委员会”在足协制度上的话语权分量分割的大旗，不过即便如此，当时幼稚如我者都会想到这注定会是一场无疾而终的起义。中国的事情，自上而下总是更容易。何况，这次风波的过程，草率而仓促。

不管怎么样，联赛得以继续进行。继第15轮凭借陶伟的任意球和耶利奇的漂亮进球2：0取胜青岛之后，国安再迎客场两连败，第16轮0：2负深圳，第17轮0：3负天津。同天津一役，国安在开场30多分钟之内就连丢3球，下半场比赛，天津球迷不停地向场内投掷杂物，边裁被击中后头破血流，比赛被迫中断，直至更换边裁后才得以继续进行。而随后杜文辉的劲射击中横梁，耶利奇的补射破门被判越位！国安最终3球落败，赛后更是传来姚健涉嫌“打假球”的传闻，虽然消息的真伪无从考证，但是姚健自此之后便失去了主力位置，直到赛季结束再无出场机会并因此导致其最终诀别国安，更是让京城球迷再度欷歔。

后面5轮比赛国安4胜1负：陶伟经过主场战上海上演帽子戏法一役，正式宣告自己在球队中场核心身份的确立；耶利奇彻底爆发，5场进4球；高雷雷、隋东亮、徐云龙等人也相继进球。最后，联赛结束被扣3分的国安最终以积28分的成绩名列第7。深圳也成为继大连、上海、山东之后又一个拥有联赛冠军的城市，而“永远争第一”的国安在面对这个小字辈新贵时的窘迫，更是让一路走来的北京球迷在落寞和纠结中继续抓狂。

国字号球队的成绩就那样儿了，我们或许还可以学着去接受，可是就在我们自己的联赛中，深圳队都可以拿冠军了！国安，我们的第一到底还要等多久……

2004年甲A联赛积分表

名次/球队	场次	胜	平	负	进球	失球	净胜球	积分
01深圳健力宝	22	11	9	2	30	13	17	42
02山东鲁能	22	10	6	6	44	29	15	36
03上海国际	22	8	8	6	39	31	8	36
04辽宁中誉	22	10	2	10	39	40	–1	32
05大连实德	22	10	6	6	33	26	7	30
06天津康师傅	22	7	8	7	28	29	–1	29
07北京现代	22	8	7	7	35	33	2	28
08沈阳金德	22	7	5	10	23	29	–6	26
09四川冠城	22	4	11	7	29	37	–8	23
10上海申花	22	4	10	8	28	37	–9	22
11青岛贝莱特	22	4	9	9	21	28	–7	21
12重庆力帆	22	4	9	9	14	31	–17	21

2004赛季北京国安队人员名单：

球队全称：北京国安足球俱乐部队		球队简称：北京现代	
领队：杨祖武	队医：双印、张阳	翻译/队务：蒋晓军、李卓夫	
主教练：魏克兴(执行)	助理教练：胡建平	守门员教练：托米奇	体能教练：赵旭东

报名运动员

姓名	号码	出生日期	身高cm	体重Kg	场上位置	外籍	参赛证号
勾鹏	1	1982-07-19	185	84	守门员		MA09772
季楠	2	1984-04-30	186	76	后卫		MA09795
张帅	3	1981-07-20	182	72	后卫		MP0739
韩旭	4	1973-09-28	184	76	后卫		MP0759
郝伟	5	1976-12-27	183	72	后卫		MP0841
隋东亮	6	1977-09-24	180	79	前卫		MP0607
邱忠辉	7	1977-06-15	180	73	后卫		MP0051
杨 璞	8	1978-03-30	178	72	后卫		MP0762
徐宁	9	1979-03-23	186	80	前锋		MP1014
克里斯蒂安	10	1977-01-07	178	73	前锋	匈牙利	MP1774
崔威	12	1983-04-07	183	74	前卫		MA09804
徐云龙	13	1979-02-17	182	78	前卫		MP0765
李洪哲	14	1987-02-01	188	75	后卫		MA08916
陶 伟	15	1978-03-11	176	70	后卫		MP0767
黄博文	16	1987-07-13	177	65	前卫		MA25559
高大卫	17	1983-08-17	180	73	后卫		MA09793
路 姜	18	1981-06-30	181	71	前卫		MP0740
杨 昊	20	1983-08-19	176	63	前卫		MA09805
高雷雷	21	1980-07-15	178	73	前卫		MP0773
姚健	22	1973-06-06	190	90	守门员		MP0774
杜文辉	23	1983-12-19	182	73	前锋		MA09785
王栋	24	1985-06-11	179	74	前卫		MA09845
张盟盟	25	1983-01-17	176	71	前卫		MA09794
郝强	26	1986-01-17	181	74	后卫		MA09836
路鸣	27	1982-09-21	176	69	前卫		MP1533
周宁	28	1974-04-02	188	84	前卫		MP0755
南方	29	1973-12-15	177	72	前卫		MP0772
杨世卓	30	1980-10-25	189	82	守门员		MP0778
邓晓磊	31	1983-03-07	178	77	前锋		MA09801
闫相闯	32	1986-09-05	180	71	前卫		MA06432
于博	33	1985-01-17	186	83	守门员		MA09818
丹.阿来克萨	35	1979-10-28	185	77	前卫	罗马尼亚	MP1822
布.耶利奇	36	1977-05-05	182	78	前锋	塞尔维亚	MP1820
商毅	37	1979-01-20	180	68	前卫		MP0764

2004赛季中超联赛第7名

日期	轮次	对阵及比分			进球队员	
5月16日	第1轮	北京现代	1：1	四川冠城	乌龙	丹尼尔
5月22日	第2轮	上海国际	1：1	北京现代	科内塞*	王云
5月26日	第3轮	北京现代	4：1	沈阳金德	高雷雷、闫相闯、科内塞、黄博文	于贵军
5月29日	第4轮	青岛贝莱特	3：3	北京现代	耶利奇、科内塞、耶利奇	孙新波、孙新波、高明
6月13日	第5轮	北京现代	1：4	深圳健力宝	路姜	考瓦克斯、吉马、忻峰、考瓦克斯
6月16日	第6轮	北京现代	2：0	天津康师傅	耶利奇、陶伟	
6月19日	第7轮	上海申花	2：2	北京现代	科内塞、陶伟	阿尔贝茨、皮特·维拉
6月27日	第8轮	大连实德	2：1	北京现代	耶利奇	郝海东、西利亚克
9月11日	第9轮	辽宁中誉	1：1	北京现代	杨昊	朱楷
9月15日	第10轮	北京现代	1：1	山东鲁能	高雷雷	矫哲
9月19日	第11轮	重庆力帆	0：0	北京现代		
9月25日	第12轮	四川冠城	3：2	北京现代	徐云龙、耶利奇	王锁龙、杨朋峰、丹尼尔
9月29日	第13轮	北京现代	2：0	上海国际	耶利奇、陶伟*	
10月2日	第14轮	沈阳金德	3：0	北京现代	陶伟*	王诺吉（罢赛受处罚）
10月16日	第15轮	北京现代	2：0	青岛贝莱特	陶伟、耶利奇	
10月20日	第16轮	深圳健力宝	2：0	北京现代		忻峰、马里克
10月23日	第17轮	天津康师傅	3：0	北京现代		张恩华、于根伟、加利

续表

10月30日	第18轮	北京现代　3：0　上海申花	陶伟、陶伟、陶伟	
11月3日	第19轮	北京现代　1：0　大连实德	耶利奇	
11月24日	第20轮	北京现代　2：0　辽宁中誉	高雷雷、耶利奇	
11月28日	第21轮	山东鲁能　5：2　北京现代	高雷雷、隋东亮	王超、韩鹏、李金羽、周海滨、周海滨
12月4日	第22轮	北京现代　4：1　重庆力帆	耶利奇、耶利奇、徐云龙、高雷雷	石俊
1月18日	03超霸杯	北京现代　4：3　上海申花	科内塞、徐云龙、科内塞、杨昊	张玉宁、郑科伟、阿尔贝茨
2月24日	统营杯	北京现代　3：1　东京贝尔迪	乌龙、徐宁、伊万（试训外援）	略
2月26日	统营杯	全南飞龙　4：1　北京现代	高雷雷	莫塔、莫塔、申秉浩、卢炳俊
2月28日	统营杯	釜山偶像　4：1　北京现代	杨昊	黄哲明、库克、库克、关柄根
5月2日	足协杯	武汉黄鹤楼2：1　北京现代	科内塞	达科斯塔、威尔
5月5日	足协杯	北京现代　0：2　武汉黄鹤楼		达科斯塔、维森特
6月2日	中超杯	山东鲁能　5：0　北京现代		刘金东、尼古拉斯、尼古、宋黎辉、韩鹏
6月6日	中超杯	北京现代　2：1　山东鲁能	耶利奇、耶利奇	刘金东

〈仅供参考，*为点球，#为任意球〉

2005

★ 关键词：新时代、沈祥福、金靴耶利奇、荷兰世青赛、东亚四强赛

★ 大事记：北京现代4：0上海申花（联赛）

北京现代4：0山东鲁能（联赛）

中　　国2：1土 耳 其（世青赛）

中　　国3：2乌 克 兰（世青赛）

中　　国4：1巴 拿 马（世青赛）

中　　国2：3德　　国（世青赛）

中　　国1：1韩　　国（东亚四强赛）

“说实话，这个推迟联赛的最终决定到底是长官意志作祟还是符合当时形势的明智之举，其实对于球迷而言是无所谓的。我们最真实的感受就是，我们眼巴巴盼望着的比赛就这样在即将开始的时候被人为地硬生生地推迟了！联赛为谁而踢？我们到底是在为谁而呐喊？到底是否有人考虑过球迷的感受？在这一刻，答案清晰而残忍。”

“有时候，我们真的想不明白，到底是工体给了球队神秘的力量和勇气让我们无往不利，还是说我们原本就有着把任何对手都斩落马下的实力？这么多年一路走来，国安主客场成绩之间的巨大落差，到底是因为队员、教练员们的个人信心不济，还是因为有无神圣工体庇护的差异？这是一个让京城球迷搜肠刮肚也遍寻不着答案的悖论命题！”

“在这场比赛来临之前的日子里，其他的一切甚至都已经不再重要。无论是国安，还是国家队，更遑论工作和生活中的琐碎纠缠。从中青确认了德国青年队这个对手之后，那几天里生活所有的重心就全放在了对于这场比赛的寄托之上！这到底是一种怎样的情感，其实事到如今我自己也说不清。我只知道，爱足球，就注定会有人和我一样！足球，已经成为了一种信仰！”

“事实上，我们推崇沈指2005赛季一直坚持的攻势足球打法，也看到了沈祥福在追逐现代足球潮流和培养年轻球员等方面的努力。然而，我们也必须正视沈指在客场比赛和关键战役时的心态、战术上的不足，在战况激烈或战局变化多端时临场指挥和球队气质培养上面的欠缺。对于以‘混不吝’著称，力求‘永远争第一’的北京足球而言，沈祥福当时在执教上的心理盲区已经成为现有国安球员在精神和气质方面产生‘质变’的一个阻碍！”

“15年的时间我等来了北京国安的冠军，15年的时间我也等来了中国国家队‘恐韩症’的终结。爱上足球，就让我们一路相随。中国足球，只要我们一直关注，相信总会有一天将全面复苏，走上属于我们自己的正常轨道！中国足球，加油！”

26岁的我虽然依然彷徨，不过也开始尝试思考。

2005年是国安大开大合的一年！经历了一地鸡毛的2004年，几乎没有人会再奢望2005年国安可以拿到我们十几年都未曾拿到的冠军。所谓的G7革命由最开始的7家俱乐部集体“造反”，到最后罗宁一人的苦苦支撑，虽然最终让中国足协采取部分迫不得已的“妥协”，比如2005中超联赛只升不降等，但是太多实际问题以及最核心的“管办分离”的问题还是没有得到根本解决，而这种带头同不合理制度的抗争，也让京城球迷对国安在新赛季的前景平添一份担心。

俱乐部方面，入主球队已经有半年之久的沈祥福正式出山，重新执掌国安教鞭。由于当时败军之将的身份，再加上沈指一贯的低调，从赛季初就已经不抱什么冠军期待的北京球迷认为这其实还算一个不错的选择。日后看来，恰恰是沈指的回归，才最终决定经历了1999年到2003年完成新老交替的国安，从中超元年真正韬光养晦的开始。

2005年是俱乐部重新洗牌调整的又一个年份，首先球队决定不再同姚健、韩旭、周宁、南方等几员老将续约，宣告着1995年的黄金一代彻底退出历史舞台。无论这几名球员在刚刚结束的赛季是否为球队作出了贡献，也无论新人们是否更优秀，4号，韩旭！20号，南方！22号，姚健！14号，周宁！这几乎就是京城球迷不加思索的条件反射。1995年痕迹的彻底清除，在京城球迷心中躲不开的永远是那份不由自主的怀念。

随着几名老将的退役，国安在门将以及中后卫位置上的缺陷变得更加明显。门将方面，在经过了安琦和杨君两位“大牌”的炒作之后，最终因为二人平均500万的价格作罢，1983年龄段中青队门将，原深圳科健的杨智最终脱颖而出，以大约50万的价格成功加盟，同自己当年同在中青的队友杨昊顺利会合。这一在当时看来无足轻重，甚至在部分球迷看来是 “说大话，使小钱”的选择，实则为国安未来数年在门将位置上投入了一份收益颇丰的“重量级”保险。而中后卫方面，因为一直没有找到价廉物美的合适人选，新赛季的沈祥福也就只能在现有球员之中内部挖潜了。

外援方面，由于回国养伤的科内塞迟迟不愿回归，耶利奇和阿莱克斯也就成为国安2005赛季得以第一时间确认的两名外援。关于科内塞的故事有太多版本叙述，腿伤未愈、家人不愿其来中国踢球，以及科内塞本人对于混乱的中超联赛心生倦意，总之，人家就是宁愿毁约作出赔偿，也不回来了。不久后，科内塞在匈牙利接受当地媒体采访的时候，终于说出了对于中国足球的看法，让我们一解究竟：第一，中国球员的失误“很低级”，难以摆脱“故意”的嫌疑。第二，中国的联赛不正常，即便是在主场也看不到更多的球迷。第三，虽然可以挣到更多钱，但是感觉回到那里，会毁掉自己！……对于中超而言，这或许才是最真实的讽刺，然而对于京城球迷而言，我们也不得不为了科内塞此举反而间接让国安继续拥有一直被队里认为是“浪费机会的最佳射手”的耶利奇而感到庆幸。同时，耶利奇和阿莱克斯两人的继续效力也让国安难得地保持了阵容和打法的延续性。

当然，2005年建队之初面对队里人员的实际情况，沈指列出的张耀坤、曲波、高明、吴坪枫等引援名单，包括对科内塞的寄予厚望，还是说明沈指是曾经有过对于冠军的期望的，只是最终的结果让他不得不选择放弃罢了。而没有了降级压力的中超，也为国安演练以攻代守的攻势足球提供了一个“合适”的平台。

2月中旬，出征新加坡邀请赛的国安队分别以3：1和4：0的比分战胜新加坡国奥和新加坡明星联队，取得邀请赛冠军，沈指也确定了新赛季以耶利奇、阿莱克斯、徐云龙、陶伟、隋东亮、张帅等人为主的主力阵容。一切就绪的国安，再度信心满满地准备出征二年级的中超联赛。

不过，在此期间，中国足球的一系列变动还是再次影响到中超联赛的进程。

值得球迷们关注的事情在今天看来也确实不少：重整旗鼓的国家队任命了刚刚率领深圳健力宝取得首个中超冠军的朱广沪为新一届主教练；而在日后给中国球迷带来最大喜悦的邓卓祥从乙级球队广东名峰加盟武汉，这个在中青队一度被安排去踢左后卫的球员最终证明了是金子总会发光得真理；前国安球员田野在加盟天津仅仅一年之后再度转投厦门；山东鲁能继2004年引进李金羽之后，2005年再度出手引进郑智、高明、前国安外援巴辛和罗马尼亚现役国脚丹丘内斯库，“中国皇马”初具雏形。当然，对于中国足球而言，最具决定意义的变动注定是，中国足协专职副主席的换人！一路唱着乡间俚语走来的阎世铎终于走了，而新任掌门人的谢亚龙甫一亮相带来的冲击就是不同凡响：在2月24日召开的中超联赛工作会议上，中国足协以及会议委员们最终通过决议，原定于3月5日开始的中超联赛推迟至4月2日！

说实话，这个推迟联赛的最终决定到底是长官意志作祟还是符合当时形势的明智之举，其实对于球迷而言是无所谓的。我们最真实的感受就是，我们眼巴巴盼望着的比赛就这样在即将开始的时候被人为地硬生生地推迟了！联赛为谁而踢？我们到底是在为谁而呐喊？到底是否有人考虑过球迷的感受？在这一刻，答案清晰而残忍。中国足球的从业者们就这样持中超联赛的“魅力”考验着中国球迷残存的那点儿耐心！

3月26日，先于联赛开始的足协杯赛首轮，国安主场迎战南京有有。虽然比赛最终凭借陶伟的任意球1：0力克对手，然而开场仅仅二十几分钟之后，上赛季就因为被泰达球员芦欣踢断了右腿的胫骨和腓骨、几乎休战了整个赛季的邱忠辉噩梦重燃，他再度因为对手的恶意犯规而导致右小腿下1/3处胫骨骨裂，虽然不用动手术，但至少要休养3个月，等待伤处慢慢长好。本来就缺少后卫球员的国安队雪上加霜。唯一的利好是，经过了长时间的集训和演练之后，沈指麾下的国安队，主打攻势足球的路线和以陶伟为组织核心的343阵型终于演练成熟，呼之欲出！

4月2日，2005赛季中超终于开始。联赛首轮，国安客场1：1打平金德。这个结果不出所有北京球迷的意料。老好人的沈指，经历了一年折腾的国安，客场作战，对于夺冠无望的我们而言，打平是一个虽心有不甘，却也不得不欣然接受的最现实的结果。虽然沈阳金德几乎就是2005赛季中超最羸弱的那个对手，但是无论是金志扬、杨祖武、魏克兴还是沈祥福，“国产教练”的客场成绩永远是中国足球的一个死结！如果说开场不久，后撤改打中后卫的阿莱克斯和杨世卓因为配合不默契的失球是个意外，全场比赛占尽优势也只能1：1打平对手是偶然的话，那么让我们静下心来好好梳理一下国安过去几年的客场成绩，那注定会是一个让人只能对冠军充满绝望的结果。仅此一场比赛，其实就已经让早在赛季前就清楚冠军无望的我们打消了最后一丝侥幸，看不到冠军的希望让所有的北京球迷必须学会习惯对积分榜麻木。

2005赛季，就让京城球迷把快乐建立在仅有的13个主场比赛上吧。冠军？爱谁谁，随它们去吧。能在一年中踢出几场漂亮的比赛，特别是在工体的草坪上不给来犯的敌人什么机会就已经是北京球迷在2005赛季最终的盼望了。工体，这个见证球迷和球队一起并肩作战的地方，就这样承载着我们最后的尊严！

联赛第2轮，国安坐镇主场迎战申花。毫无疑问，地球人都知道这是一场不用动员的比赛。现在想想，遇强不弱的后半句虽然是遇弱不强，连在一起也不算是对球队的一种褒奖，但是至少在当时也或多或少地体现了北京这座城市的某种气质吧。当耶利奇强行抹过杜威，面对虞伟亮一记大力轰门将比分改写的时候，工体的激情被瞬间点燃。而后徐云龙蛮不讲理霸道十足的长途奔袭在冲破杜威和卞军两个人合力的狼狈围堵之后，再次宣告破门得分，刹那间站在工体看台上的我们分明体会到一种王座在向工体招手的激动，一份舍我其谁的霸气油然而生。胜利，永远可以带给你无限的激情。变阵442的国安最终4：0完胜对手，耶利奇梅开二度，杨昊最后时刻漂亮的凌空抽射建功。几年前祁宏面对北京媒体的那次挑衅，又一次被干干净净地彻底击碎，随风飘散在空中……

有时候，我们真的想不明白，到底是工体给了球队神秘的力量和勇气让我们无往不利，还是说我们原本就有着把任何对手都斩落马下的实力？这么多年一路走来，国安主客场成绩之间的巨大落差，到底是因为队员、教练员们的个人信心不济，还是因为有无神圣工体庇护的差异？这是一个让京城球迷搜肠刮肚也遍寻不着答案的悖论命题！

第3轮客场国安再度惜败武汉，隋东亮漂亮的进球终究没能敌过武汉恐怖双森的威力。国安客场告负也成就了对方就此开始的黑马七连胜，想想这竟然是国安十几年都未曾完成的壮举。“客场输球很正常”，教练组和队员们之间的这种认识和情绪，依旧是左右国安成绩的最大瓶颈。而后回归工体迎战来访的青岛中能则又是一场酣畅淋漓的4：1大胜，首度代表国安出现在工体的杨智给京城球迷交出了一份满意的答卷。而比赛中耶利奇霸气十足的千里走单骑更是成为京城球迷心中不朽的经典之作！4轮比赛打进5球的效率不仅使耶利奇迅速摆脱了“浪费机会”的恶名，同时也使自己占据射手榜首位，成为金靴最有力的竞争者。

接下来的3轮比赛耶利奇停止了继续进球的步伐，国安也只是在客场凭借杜文辉在最后时刻的进球1：0绝杀深圳，时隔一年半后再次客场全取3分。其余的两场比赛——客场1：2输四川、主场0：0平辽宁则连续不胜。不过，好在耶利奇的进球荒并没有持续太长时间。第8轮客场挑战上海国际，国安再度凭借耶利奇的梅开二度2：0完胜对手。并且，连续三场比赛随着耶利奇新一波的 3 场比赛5个进球的神勇，国安豪取三连胜！

第一阶段的10场比赛打完，国安6胜2平2负积20分，以距离榜首球队大连实德仅仅3分的差距排名第3位，而经历的6个客场比赛也居然取得3场胜利的不俗成绩！当家射手耶利奇更是以10场比赛10个进球的完美表现牢牢占据着射手榜的第一位，新人杨智也凭借自己的稳定发挥，取代杨世卓坐稳国安队主力门将位置。虽然，过往的历史让我们依旧没有多少争冠的底气，但是，耶利奇的神勇还是再一次顽强地唤起了尘封在京城球迷心底许久的那份其实永远都未曾彻底消逝的激情……

一个多月的休战期，对于再度充满渴望的京城球迷而言显得无聊而漫长，即便期间还有足协杯和中超杯的赛事。或许，对于杯赛已经有些审美疲劳的京城球迷而言，联赛才是那个可以证明北京足球大爷范儿的真正舞台！

不过，也正是在这个原本枯燥的休战期，赛前并没有被寄予多少厚望的中国足球再一次给我们带来了惊喜，带来了又一次真实的激动！首先，参加当年亚冠联赛的两支中国球队山东鲁能和深圳健力宝历史上首次双双力压磐田、横滨、水原三星等日韩球队，以小组头名的身份杀入 8 强。虽然最终两队都难逃被对手屠戮的终极命运，但是即便是在今日看来，这依旧是一份后来者们难以企及的成绩。其次，由德国老人克劳琛率领出征荷兰世青赛的中青队，这一次带给全国球迷的几乎就是一次前无古人，甚至或许也将后无来者的中国足球国字号球队的真正经典！

就像我们在2010年2月10日的晚上会感叹自己终于没有错过国家队32年来首胜

韩国的比赛一样，中青队的这次世青赛之旅带给我们的是一次从头至尾的唯美，对于每一个错过比赛的深爱着中国足球的球迷而言，这注定是一份难以弥补的终身遗憾！在这届一代球王梅西初登世界大赛舞台的世青赛上，中青队的小伙子们表现出了他们令人难以置信的实力和从容。

2005年6月11日晚，中青队首战，对手是欧青赛亚军土耳其队。本来由于在赛前国内媒体连番炒作的关于克劳琛水平如何业余，行为如何固执，中青队前景如何渺茫的不实报道下，我们对于这场比赛几乎是不抱什么希望的，但愿能够不被对手屠戮就好。然而，从比赛的进程来看，这其实就是一场势均力敌的较量。当灵巧的谭望嵩摆脱防守，倒地铲射率先为中青队建功的时候，有谁会想到这样一个才华横溢、充满灵性的小球员日后会陷入无穷无尽的“粗鲁”“野蛮”“暴力”的指责声中！当时的我所能够感受到的就是一种希望，中国足球的希望。在80多分钟土耳其将比分扳平的时候，说实话，我已经断定这会是一场平局，或者说从心里已经愿意接受一场平局。中国足球的历史在潜移默化之中已经教会了我们不要有太多的奢望。扳平比分的土耳其继续压制进攻，而中青队的小伙子们也并没有一味死守。补时阶段，被替换上场的董方卓强行突入禁区大力轰门，为中青队在最后时刻赢得角球，角球开出，土耳其球员解围出禁区，守候在弧顶处的赵旭日迎球怒射……这是一脚连直播镜头也没有跟上的打门，当赵旭日起脚时我的第一反应就是，比赛结束，平了。可当镜头顺着皮球的飞行轨迹跟进，电视画面上出现的却是土耳其球员瘫倒在地的表情！球，进了！赵旭日绝杀土耳其！随着这粒突如其来的进球，裁判吹响终场哨。中青队首战2：1力克土耳其，为小组出线取得先机。

2005年6月13日19点43分，此刻，我头痛得厉害 。原本想走掉，却仍是淡淡的不舍。回忆吧，世青赛，灿烂的中青：闪光的陈涛、冯潇庭；奋力拼争的朱挺、卢琳；久负盛名的谭望嵩、蒿俊闵，当然还有拯救了所有人的赵旭日！梦回2001，当年的曲波带来的狂喜再一次重复。感谢足球，让我残存的快乐得以继续。唉！但愿有人同我一样，可以看到董方卓代替卢琳、赵旭日换下郜林，幸运的克劳琛！我依旧认为这是一个会误了这帮孩子的人！希望我的感觉会有错……

国安，中超杯，对手山东鲁能。2：2的主场，造化弄人的比分。2：3的客场，让

人不忍目睹。唉！没办法的北京！看看现在的中青：谭望嵩、崔鹏、陈涛、卢琳、朱挺、冯潇庭、赵旭日……一个国安的孩子也没有啊……

从工体出来的当晚，给朋友打了一个电话。散漫、懒、没事业心、装成熟……这是别人给我的定义。混！混到自己心死的绝望。至少，这些刻薄的言辞确实是自己没出息的真实反映。一个不小了的男人，男人！愧对啊！

回到今天，莫名的冲突。工作上的失误，进一步验证了告别的朋友给我的最后定义，幼稚、不成熟！无颜生存啊！“成熟代表良心的流失”，为了生存，就再给自己一个借口。

2005年6月13日20点14分，感觉痛苦，来自欲裂的头和疲惫的心，以及渐渐流失的希望、对等待被放弃的恐惧……算了，还是努力让自己坚持下去吧：1年、2年、10年、20年……待回头……我相信自己同样会惊见现在的幼稚……

这是自己在当时两天后的日记，虽然在今天看来文字幼稚，思维单纯，为赋新词强说愁。但是，也算真实地记录了足球在我的生活中的份量。可以想象得出，媒体对于克劳琛的误读对于当时我的影响，而赵旭日充满偶然色彩的一脚并没有完全抵消我因为国安在中超杯被山东鲁能淘汰的遗憾。记得那时候的我恰好处在工作的不如意和琐碎生活的压力之中，依旧幼稚的心智甚至不足以面对此类生活中最习以为常微不足道的小羁绊。多愁善感的情绪，倔犟偏执的性格几乎扼杀了我在当时的所有快乐。正是足球，让我即便是独自在风雨中依旧有勇气硬着头皮继续前行……

6月14日晚，小组赛第2轮，对手乌克兰。中青队在先失一球的情况下，由朱挺以一记技惊四座的侧身凌空抽射将比分扳平，这是一粒中国足球极少有的精彩进球。下半场比赛双方各罚中一粒点球，而打进漂亮进球的朱挺因为不满裁判判罚被罚出场。场上形势呈现胶着状态，慢慢变得波澜不惊。就当我们认为打平拿一分依旧可以确保小组出线占据主动的时候，中青队的小伙子再次向对手发难：赵铭突破赢得角球，陈涛角球罚入禁区，前点球员漏过皮球，后点一个迅捷的身影拍马赶到，头球冲顶，球进！崔鹏！中青队3∶2再度反超比分，并且将比分保持到终场，完美实现两连胜！

2005年6月15日20点整。现在的心情，只有激动！

“沃罗贝在第18分钟的进球现在看起来颇有点自掘坟墓的味道。也就是在这个失球之后，中青队知耻而后勇，突然把比赛节奏牢牢地控制在了自己的手里。即便是朱挺被罚下，也无法影响青春少年摧毁一切的决心。青春的字典里没有失败，挫折被看成重新崛起的力量。偷袭得手的乌克兰人，笑容尚未蒸发已凝结成为了眼眶中的泪水，他们突然发现，自己必须面对的是来自高加索山脉东侧冲动的惩罚。

陈涛的点球作为游戏的开始，朱挺的犯规作为游戏的铺垫，崔鹏的头球作为游戏的结果。何谓悲剧？扼杀看得见摸得着的希望就是人世间最大的悲剧。值得庆幸的是，这一次中国队只是这出悲剧的导演，而并非悲剧的主角。”

这是来自足球报的评论，当时的头版标题是两个字“怒放”。不知道别人怎么看，反正我的感觉是大家都有些激动得语无伦次。直到此时此刻，我依然清晰地记得黄健翔形容朱挺的那脚射门时的措辞：“清脆玲珑！”一个被公认为央视体育最具才气的评论员，在那一刻有的也只是激动。

对于自己，我甚至不知道该作何形容。我只知道当朱挺以这记漂亮的凌空抽射破门时，我感到的是战栗！一种浑身上下在发抖的战栗！我知道自己在狂喜！一种久违了的发自肺腑不由自主的开心。

比赛结束，中国队最终以3：2取胜乌克兰。我甚至看到了明天的阳光，看到了青春年少的希望，看到了生活的美好。

感谢朱挺，感谢这届中青的所有人，即便明天我有可能会看到你们失利后的泪水，我依然会把这次比赛、会把所有队员以胜利者的姿态永远留在心中。

我发现的是一份自己一直以来苦寻的东西：自信！或许没有人懂，一场普普通通的足球比赛会被人拿来如此神经质般地四处标榜……以微笑面对嘲笑，你的人生只有你自己最懂，当我们混迹于人潮人海的社会之中，我相信只要保留了一份信仰就足以支撑！

2005年6月15日20点36分。以年轻的心去面对明天，保持在路上的状态。人在奔波，就是要少一点绝望感。相信明天吧，让我们迎着希望一路前行……

这是中乌之战后我的日记。从比赛结束到第二天傍晚，我就这样在旁人疑惑的目光中延续着激动，一直激动，不能自已的亢奋和那份无法言说的激动。无论当时的记录有多稚嫩，这份感觉即便是现在想起来，我依旧如沐其中。其实喜欢上足球是我值得庆幸的事情，真的需要感谢足球，是它带给了我最真实、简单的那份快乐。

6月18日凌晨，小组赛最后一场。中青队的小伙子们再度兵不血刃地以4：1轻取巴拿马，无论之前我们对于这支激情四溢的中青队有没有足够多的信心，周海滨、郜林、蒿俊闵、卢琳的4粒进球证明了中国青年队就是这个小组中实力最强的那支队伍。小组赛三战全胜的中青队强势晋级十六强！

而随后朱广沪带领的中国国家队在长沙贺龙体育场2：2战平了我们曾经的世界杯对手——哥斯达黎加。老朱精心设计的角球战术和孙祥漂亮的进球并不能掩盖队员们在场上所表现出来的慌乱、无助和技战术能力的匮乏。两相比较之下，6月22日中哥之中的第二回合比赛以及中青队在1/8决赛同德国青年队的死磕，后者明显让我们有着更多期待！同时，同期开战的足协杯赛第2轮首回合国安主场同武汉的比赛，虽然凭借耶利奇的进球,国安顺利取胜。不过，在当时也只能是作为中青队下一战的提前助兴，讨个好彩头了。

2005年6月21日0点33分。原本没打算今天再说什么的，可终究还是割舍不下。就当整理一下这几天的心情吧：曾经的野兽，善良的姑娘，透支的年华，虚幻的欲望。而后，回到足球——4：1中青拿下巴拿马！

坦白地说，赛前我还是有过输球的担心的，不是实力的问题，而是对我们所谓的足球传统的惯性使然，这属于历史遗留问题。再次感谢小伙子们，或者说再次感谢这帮哥们儿！

诚然，就如黄健翔所言，对于这支国青，我们的思维显得过于胆小，即便是一群被吓惯了的人，即便是一群被称为中国球迷的人！面对这支队伍也应该有理由去畅想，甚至嚣张！“第一场比赛进2个，第二场比赛进3个，第三场比赛进4个，第四场比赛我们不要求只要赢了就行，可是如果你们非要进五个，那我们也没意见啊！”这是北京电视台某体育节目主持人的评论。

1/8决赛，对阵德国，胜败未卜！

我会考虑到败，但同时也会考虑到胜！对于代表国字号的球队，这已经是我们的一种胜利。想想卢琳罚进的那个精彩任意球之前巴拿马队员的犯规，那是在被陈涛用一个轻盈的脚内侧变线所晃过后的无奈之举。这种过人方式，至今我只在现役球员中两个人的身上见过：一个是克里斯帝亚诺罗纳尔多，另一个是切尔西的乔科尔！

足够了！这支中青队已经带给我足够多的快乐，远甚于2001年曲波攻破阿根廷大门时的狂喜。感谢！感谢！除了感谢，还是感谢！

我不想去想什么中国国家队VS哥斯达黎加；也不在乎李毅浪费的小肇绝妙的直传，抑或李纬峰将球带进小禁区后的茫然；甚至不愿去猜想将来现在的这帮孩子有可能会被环境所污染，我只考虑现在，就在这支中青队身上已经代表了中国足球的进步！违反规律的东西早晚都会得到修正，时间！我们所需的也仅仅就是时间而已。

替朱挺伤伤心吧，一个因年轻的冲动而招致的惩罚。在我们看来这应该足够朱挺记上一辈子了，但愿明天的朱挺不要为失利而担上所有责任就好。

第１场2个，第２场3个，第２场4个，9个进球9名队员！让我们期待吧：董方卓、冯潇霆、赵铭、王洪亮、陈涛、刘宇、苑维玮、邹游、毛彪……当然还有第一位攻进两球的队员，甚至第一位梅开二度的队员……

今夜至凌晨，期待中青！

这是中青队决战德国之前的寄语。在这场比赛来临之前的日子里，其他的一切甚至都已经不再重要。无论是国安，还是国家队，更遑论工作和生活中的琐碎纠缠。从中青确认了德国青年队这个对手之后，那几天里我生活所有的重心就全放在了对于这场比赛的寄托之上！这到底是一种怎样的情感，其实事到如今我自已也说不清。我只知道，爱足球，就注定会有人和我一样！足球，已经成为了一种信仰！

6月21日晚，荷兰世青赛1/8决赛，中国青年队迎战德国青年队。因为不满裁判而遭受追加处罚的朱挺继小组对巴拿马一役之后继续缺阵，克劳琛也再度没有首发起用董方卓，而是延续小组赛的打法，祭出451阵型同德国队展开纠缠。上半场比赛，陈涛利用漂亮的直接任意球和郜林创造的点球梅开二度，德国队则抓住杨程扑球脱手和中青队造越位失误两度扳平比分。下半场比赛，双方的谨慎导致场面的平淡。替换上场的赵旭日寻觅良久终于觅得起脚劲射的机会，可惜这次被横梁拒之门外。在陈涛浪费了一次绝佳的禁区内头球攻门的机会之后，德国人最终用一次类似的头球攻门锁定胜局！而直到此时，克劳琛才记起场下的董方卓，可惜留给小董的时间已经无多，中青队最终2：3惜败对手。赢得了荷兰观众起立鼓掌致敬的中青队就这样用一场真正配得上“虽败犹荣”的比赛结束了此次荷兰世青赛的征程。

2005年6月23日0点7分。缅怀国青！

终于结束了。不管今天的报纸怎么评论，反正在电视中我没有看到国青队员们的泪水。其实，在昨夜最让我感伤的恰恰不是比赛的失利，也不是队员们可能的泪水，而是黄健翔的解说。当陈涛的任意球破网，当陈涛的点球再次将比分超出，给我带来极大震撼的是黄健翔的两次呐喊，“球进啦——————”

第一次，我惊讶。第二次，我在努力控制自己的泪水。我眼前浮现出的是1999年国奥九强赛时咱们主场对阵韩国，中场时的情形。那次是伤痛欲绝，这次是喜极而泣。不变的是，全部发自内心！在感谢这届国青的同时，感谢黄健翔！

朱挺的痛惜、董方卓的出离愤怒、老头对换人时机的把握，都已不应再是议论的话题。只希望，在足球圈里会有人对本届世青上赵旭日的表现有自己的理解。如果以10分为满分，我打3分，全部留给那一脚的凌空。一个多少有些资质的队员，如果没有了一点朱挺的精神，明天的赵旭日将一无是处，但愿担心会是瞎操心……

低估了克劳琛的眼光，我道歉。

比赛输了，国青也即将解散。让我们在梦中重温美好的同时祝愿这帮队员走好：朱挺、陈涛、蒿俊闵、崔鹏、谭望嵩、郜林、董方卓、周海滨、卢琳、冯潇霆、赵铭、郑涛、刘宇、杨程、苑维伟、赵旭日、王洪亮、邹游、毛彪、王永珀、王寿挺、关震、于子千、闫相闯……

祝福所有关心中国足球的人！

引用上面四段当时的记忆，不知道会不会让有些朋友嘲笑自己当时的幼稚，我唯一能够确认的就是这些都是5年前的自己最真实的感受。曾经想过，把这次回忆完全写成自己直观感受的回忆录，但是我想十几年的时间，我们一路陪伴着中国足球、陪伴着北京国安走过的同时也被足球陪伴着，在我们经历过的数百场比赛中，相信每个人的感动应该不尽相同，虽然我们的目标一致。所以，这次叙述的主线还是平实的资料记录为主。我只想给我们共同走过的那些岁月一个还算清晰的标注，至少，对于我，已足够。

当年的这支完全是为了备战2008年奥运的国青队，在当时带给了我们所有人一份从未有过的信心，同时，随着世青赛任务的结束也带给了大家更为忐忑不安的恐慌。虽然我们的足球备受诟病，但是中国的青少年足球还是有着偶尔的辉煌，只是伤仲永的故事一再上演，中国足球的青年才俊最后无一例外走向没落的悲剧情结，严重地左右着中国球迷的神经。

当以上队员最终走完失败的奥运之旅，我们只能痛心疾首地看到：无球可踢几近忧郁的陈涛、整日陷入各种传闻消磨着青春的郜林、灵性不再挺着小肚腩的崔鹏、永远同伤病进行无休止抗争的赵铭，以及被我们这个社会无尽妖魔化的谭望嵩……

中国足球沉重的历史和腐化的体制还是没有打算放过这批曾经才华横溢的球员，而仅仅作为球迷的我们唯一能做的也只是无能为力的观望。记得国青结束世青赛征程的时候，黄健翔曾经提出一个观点，那就是我们可不可以不要把中国足球40年的失败史都背在这些孩子的身上，就给他们一个独立的断代史，然后看看他们的足球人生到底是胜利多还是失败多。在刚刚过去的2010年的东亚四强赛上，我们还是欣喜地发现已经逐渐成为新一届国家队中坚的冯潇霆、赵旭日、郜林！联系到最近两年周海滨、冯潇霆、蒿俊闵、陈涛、郜林、董方卓等人对于自身命运的抗争，80后的球员再度让我们看到了那份倔犟的希望！

作为一名北京国安的球迷，同时更是一名中国足球的球迷，我把自己的祝福继续留给他们当中的每一个人，祝福曾经给我们带来无限欢乐的中国球员们努力、加油。期待着看到当年激情燃烧的荷兰世青赛一代继续绽放在中国足球的明天！加油，陈涛！加油，崔鹏！加油，所有当年国青的小伙子们！

回到国安， 6月25日足协杯第2轮次回合的比赛，国安凭借徐云龙的进球淘汰武汉之后，又从陕西租借了邵佳一的小学校友、曾经效力于北京宏登和陕西国力两支球队的左脚球员王存。休战了一个半月之久的中超联赛重新开启。7月2日第11

轮，国安主场迎战山东鲁能。少了3战黄牌停赛的郑智，山东鲁能开局不利。刚刚开场，重回工体的巴辛就在同耶利奇的拼抢之中受伤，而随后正是带伤坚持的巴辛的一次停球失误给了徐云龙直接攻门的机会，利用这次攻门的机会，国安最终由耶利奇补射建功，迅速取得一球领先。接下来的比赛，耶利奇、徐云龙、陶伟等人状态大勇，而巴辛则明显地步履蹒跚，第26分钟，李金羽在同隋东亮的拼抢中再次受伤倒地。3分钟后，陶伟禁区内漂亮的假动作摆脱防守，轻松攻门得手。场上比分2：0！两球落后的山东队及时调整阵容，换下因伤无法坚持的巴辛和李金羽，而在场上少了郑智、巴辛、李金羽3个主心骨的山东队注定大势已去。第35分钟，陶伟主罚角球，诡异的弧线让时任山东队门将的宗垒惊慌失措，国安再入一球。上半场比赛结束，国安3球领先！下半场比赛，在杨智扑出对方为数不多的几次有威胁的射门之后，耶利奇、陶伟、徐云龙3人之间的配合再度发威，并且由耶利奇完成最后一击。国安锁定胜局，4：0！又是一场酣畅淋漓的大胜！国安迎来联赛四连胜，同时上升至积分榜次席！

现在想来，这场比赛的胜利其实是个假象，麻醉的是我们自己。4：0的比分甚至让人完全忽略了郑智的缺席和巴辛、李金羽、王超等人的因伤下场，包括队员、教练和京城球迷虽然嘴上不说，但心里都开始认为我们或许就是有着横扫一切对手的实力！

而真实的情况是：接下来的比赛国安四轮不胜！

第12轮客战天津，上半场比赛国安两度被对方敲开城门，虽然下半场比赛一开始就由带伤坚持比赛的耶利奇接徐云龙的巧妙直塞扳回一球，最终还是客场1：2惜败对手。第13轮比赛回到工体，迎战排名榜首的大连实德。这场比赛，赛前也曾被我们一厢情愿地冠以“冠军争夺战的天王山战役”等字眼，可结果却是大连人凭借3：0、4：1的比赛进程让我们顿时感觉了无生趣。虽然耶利奇、高雷雷、徐云龙努力扳回3球，国安最终还是3：4主场失利，两连败的国安也迅速下滑至积分榜第5位！

应该说，这场同大连队的比赛，就是一场有着明显沈祥福痕迹的失利，一心求稳的沈祥福虽然看上去还保留了几分当初金志扬敢跟大连人死磕的勇气，但是缺少了因累积两张黄牌停赛的阿莱克斯，陶伟后撤，杨璞改打后腰，高雷雷和闫相闯出任左右两个边前卫的做法，特别是上半场过于求稳的打法还是暴露了老沈的底气不足。当大连人大比分领先，精神懈怠之后，国安在重新解放出来回归前卫线的陶伟的引领下反攻的3粒进球，与其说是队员们留给球迷们的希望，还不如被直接看做是对于沈指临场指挥的一次拨乱反正！

事实上，我们推崇沈指2005赛季一直坚持的攻势足球打法，也看到了沈祥福在追逐现代足球潮流和培养年轻球员等方面的努力。然而，我们也必须正视沈指在客场比赛和关键战役时的心态、战术上的不足，在战况激烈或战局变化多端时临场指挥和球队气质培养上面的欠缺。对于以“混不吝”著称、力求“永远争第一”的北京足球而言，沈祥福当时在执教上的心理盲区已经成为现有国安球员在精神和气质方面产生“质变”的一个阻碍！

接下来国安主场同沈阳金德的比赛，不知道球队的运气是否是受到两连败的影响，打到整场比赛60多分钟的时候还以两球领先，却在随后不到半小时的时间里被对手连追两球将比分扳平！当比赛进入补时阶段，刘建业的突然远射就像炮弹一样洞穿国安球门的那一刻，相信现场的所有球迷都和我一样，瞬间呆若木鸡！如果说3：4惜败大连，我们还可以心存侥幸地自诩为一支强队的话，那么刘建业的这一脚远射就等于彻底击落了我们最后的那块遮羞布，沈阳金德，这是一支在赛前13场比赛仅仅取得1胜3平9负6个积分排名垫底的超级鱼腩之旅！

工体，我们曾经攻无不克的圣地。现如今我们奈何不了排名榜首的大连实德，而居然也拿不下排名垫底的对手！这一负一平两场比赛所带来的巨大落差，远比在最后时刻丢球让对手扳平比分更让我们无比绝望。第二阶段的最后一场比赛，第15轮国安客场挑战上海申花，结果在9：1八周年纪念日，国安遭受黑色一分钟的“洗礼”。整场比赛，依靠着杨智的神勇发挥，被动防守了足足90分钟的国安队在最后时刻再被肖战波的任意球攻破球门。也让第二阶段的5场比赛，彻底成为京城球迷一次高开低走的噩梦之旅！

打完第二阶段比赛，国家队开始备战东亚四强赛。对于这个并不知道从什么时候就悄然冒出来的赛事，应该说带给我们的喜悦大过痛苦。特别是当时间走到2010年中国队终于攻破韩国这座堡垒的时候，相信更不会有球迷不同意我的说法了。这届比赛，中国队冠军！

当然，在此之前关于国安的消息永远是我不会忽略的。7月23日和26日两天国安同“伟大”的皇马和曼联分别进行了两场商业比赛。虽然看上去轰轰烈烈，不过经过这么多年足球赛事的洗礼，对于此类商业比赛我个人是没什么感觉的。无论你是再大牌的球星，这种出工不出力的“比赛”按说都不应该在一个职业化已经进行得如火如荼的国家上演，而我们继续乐于炒作的此类商业比赛，不知道是不是也从另外的角度证明着我们职业化水平的“业余”！两场比赛，国安2：3负于皇马，路姜和耶利奇进球；国安0：3负于曼联，张帅、杨璞同范尼、C罗发生冲突，这就是我所有的记忆了。

7月31日东亚四强赛国家队首战，老对手韩国。关于这场比赛的记忆，应该说被日本人西村雄一占去了大半。这位出任当值主裁的老兄，比赛一上来就把李玮峰犯规而站在一旁观看的郜林给罚了下去！然而让我们目瞪口呆的表演才刚刚开始。下半时比赛，少一人的中国队依靠着孙祥漂亮的凌空抽射，重炮轰开李云在把守的韩国队大门，率先取得领先优势。虽然韩国队在第73分钟由金珍圭扳平比分，不过从场面上看少一人的我们也并没有处在明显的劣势。只是比赛的均衡在第83分钟再度被当值主裁西村雄一打破，韩国队员突入禁区，在同曹阳身体接触后倒地，西村雄一判定曹阳犯规，点球！同时出示红牌直接将其罚下！中国队9打11，不过，在混乱的局面当中我们还是注意到一个细节，那就是守门员教练徐弢在裁判判罚点球比赛暂停的间歇，迅速跑到中国队的球门后面，喊过门将李雷雷面授机宜。韩国队点球，李东国助跑，打门……李雷雷一个侧扑成功将球没收！中国队士气大振！然而，就在这电光火石的转瞬间，一直对裁判喋喋不休的李玮峰居然再被西村雄一累积两张黄牌罚下！中国队8打11！这是一种我们几乎从未经历过的场面，接下来的比赛韩国队展开狂攻，而中国队反而难得一见的众志成城。终场哨响，场上比分1：1平！

虽然中国国家队不胜韩国的纪录还在延续，但是我们必须承认这场比赛给了我们莫大的勇气和信心。不胜确实还在继续，不过“恐韩”的说法注定要随着这场刚刚过去的90分钟比赛而烟消云散了。10打11、9打11、8打11，在这样窘迫的环境中，中国队表现出的是顽强！韩国人在拥有3个人员优势的情况下面对我们的防守依旧无能为力这也说明，中韩之间的差距绝对不像20多年历史那般沉重。这，让我们看到了新的希望。

2005年8月1日，星期一，中国迎战韩国。最后的结果：1：1平！高兴！

其实，冷静下来想，稀村熊一的判罚对于中国足球来说未必不是一件好事。至少，它的这种表现转移了所有的矛盾。试想，如果比赛没有意外发生而我们也没有最终赢下比赛，那么朱广沪要面对的舆论压力会有多少，谁敢断言？！反正我是对我们的"霉体"没有多少信心！

不论结果，在赛后的报道中给我留下印象最深的是《足球》报关于比赛中一个细节的描述：当我们被判罚点球时，当曹阳被莫名地罚下场时，朱广沪指导想到的是韩国队罚球手李东国罚球的习惯方式，并且记得让守门员教练徐弢去告诉李雷雷注意。仅此，我看到我们明天的希望……

我们不缺有天赋的队员，至少在亚洲范围内如此。李雷雷、李玮峰、杜威、孙继海、孙祥、李铁、肇俊哲、郑智、邵佳一、陈涛、蒿俊闵、朱挺、董方卓、谢晖、李金羽……加上一个敬业的视足球为生命的朱广沪！这次，我真的对我们的明天有了些许的信心……

感谢最后的八名队员，感谢你们保住了最后的比分。你们这次的坚持带给全国球迷的是一份久违的信心啊！谢谢，真的谢谢！

祝福国足的下一场比赛！

这是当时赛后我最真实的感受。在接下来的两场同日本和朝鲜队的比赛中，中国队2：2战平日本，2：0力克朝鲜，并最终以3战1胜2平的不败战绩成功登顶，获得冠军！

2005年8月9 日，星期二，19点17分。

最后了，结束了，冠军！

回忆我的十几年球迷生涯，不管什么人以什么方式一直在诋毁中国足球，至少，我会一直心存感激！联赛里的北京国安，1997年十强赛上国家队片刻留存的希望，1998年世界杯巴拉圭对西班牙之战，阿根廷世青赛曲波攻进阿根廷的一球，预选赛对印尼杨晨的带伤上阵，本届世青赛国青小伙子们的表现……

反正，做了球迷的我，快乐比痛苦多！

这次的冠军，给我的感觉等同于2002世界杯的突破，代表不了质的改变，但是很好地封住了那些不怀好意的、原本对足球就是一知半解的伪球迷跃跃欲试的唾沫。即使面对胡搅蛮缠的狡辩，我也凭空多了一件武器。所以，我高兴！

当然，心底的快乐源于简单的足球，源于看到我们自己身上的希望：8个人的坚持、朱指导的冷静、沉默男人的力量、漂亮而且成熟的谢晖，当我们已经习惯及时行乐的生活方式的时候，对于我们唯一深爱的足球又为什么非要去揣测它原本就无法预测的明天呢！看到了希望就请选择开心。

反正，冠军了，我是会去喝两杯的，然后等着自己高兴地带着满足的醉意睡去……

反正，现在我是开心的……

渐渐地，对于国家队比赛的记忆，原本我是无意再去回忆当时的情绪的。然而，当我们回头去翻阅曾经的心路历程，也或许只有重新开启回忆，我们才能最终明白自己日后的伤心到底为何！朱广沪，其实曾经也是一个和之前带给我们亚洲杯亚军的阿里汉一样，让中国球迷充满希望的中国国家队主教练，而最终的结果也是同样宿命般无法逃脱地灰溜溜地黯然下课。当2007年中国国家队在亚洲杯上溃败的时候，当看到举棋不定茫然若失的朱广沪的时候，我真的很难把当时的国家队主教练和曾经带给我们东亚四强赛冠军的朱广沪画上等号，看着2010年再度取得东亚四强赛冠军的高洪波，说实话，对于中国国家队层面上的历史轮回我们心有余悸……

东亚四强赛结束，京城球迷的注意力重新回到国安身上。8月10日足协杯的第3轮赛事首回合，国安主场迎战上海申花。这其实是一场被大多数京城球迷忽略掉的比赛，以至于日后我们在回忆国安的时候，总是记不起罗马尼亚铁腰阿莱克斯为国安的进球，以及很多京城球迷一直想不明白的2006赛季沈指忽然起用高大卫作为主力中锋的理由。

本场比赛中，国安主力中锋耶利奇因为感冒缺席，沈祥福选择让原本前锋出身却一直在队里改打替补后卫的高大卫本色回归，首发出场。而比赛中正是高大卫一次快速插上漂亮摆脱对方门将虞伟亮率先建功，下半场比赛又是高大卫的前场抢断形成单刀，在突破时被虞伟亮放倒为国安赢得点球，阿莱克斯主罚命中，国安得以两球完胜对手。而在赛后还有一则今日看来让京城球迷啼笑皆非的消息：因为在比赛中罚下了绊倒高大卫的申花门将虞伟亮，当值主裁万大雪还被申花方面冠以“北京队第12人”的可笑称谓。这位“北京队第12人”不知道在2007年10月4日的雨夜之后让多少京城球迷扼腕痛惜、怨恨如仇！

8月14日，第三阶段联赛开始。主场作战的国安凭借隋东亮联赛中在工体的首粒进球，攻陷武汉，而这也恰恰是东亮继上半程联赛客场对武汉的进球之后的第2粒进球。加盟国安近两年的时间，出任主力后腰的东亮并没有太多的射门机会，而2004、2005两个赛季在联赛中隋东亮打入的4粒进球却有着一个奇怪的巧合，那就是这4粒进球，不多不少地两个分配给了山东鲁能，两个分配给了武汉黄鹤楼，足球场上的故事有时候也就是这样无解的“无巧不成书”。本场比赛中由于崔巍的受伤停赛，徐云龙后撤改打中后卫，高大卫继续出任前锋携手耶利奇，也正式开启了沈指麾下的高大卫时代！

接下来的做客青岛，伤愈复出的崔巍并没有让徐云龙回归到前锋线。沈祥福排出了崔巍、徐云龙盯人，张帅拖后，高大卫继续搭档耶利奇的精心组合。应该说对于现有国安球员而言，沈指对于陶伟、徐云龙、隋东亮、杨璞、崔巍、张帅等人的定位非常准确，只是个人能力上的不足和经验上的欠缺还是导致了国安在锋线和防守两端的生涩。当被陆峰利用任意球的机会补射攻破球门，国安最终败走青岛之后，连续四场联赛哑火的耶利奇难掩失落，更是数度提及自己十分怀念曾经的锋线搭档徐云龙！

以相同的人员安排，主场再度1∶1未能拿下当年已经走向没落的深圳健力宝后，工体的上空再次回响起我们曾经一度无比熟悉的声音：沈祥福，下课！面对球迷们的质疑，沈指这次却并没有像5年前一般退缩，他给出了自己的观点：“细节决定成败，我们既需要过程也需要结果，但球迷可能更看重结果，各人的角度不同。但球队的成长需要一份耐心，不能急功近利。”想想当时球队的人员情况，今天的我们必须要为沈指当初的抉择说一声感谢！其实也正是沈祥福这份在当时看来近似偏执的坚持，才让陶伟、杨璞、隋东亮、徐云龙等人找到最适合自己的位置，才让路姜、张帅、杨智、高雷雷、崔巍、高大卫、杜文辉等人加速成熟。另外，对阵深圳的比赛虽然没能全取3分，不过国安还是得到了一个收获，那就是球队最为仰仗的射手耶利奇终于同新的搭档高大卫擦出火花，在接到高大卫的传球之后，耶利奇终以一记劲射打破此前4轮比赛的进球荒！

找回进球感觉的耶利奇再度变得不可阻挡，在第19轮主场同四川队的比赛中，国安凭借耶利奇的帽子戏法3：1取胜。而在比赛中因为高大卫意外下场而重回锋线的徐云龙更是联袂陶伟贡献了3次助攻！兴奋不已的耶利奇再度表示出对于同陶伟、徐云龙二人一起搭档的渴望。

紧接着第20轮客场同辽宁的比赛，随着邱忠辉的伤愈复出，徐云龙终于得以首发出任前锋。而徐云龙和耶利奇也没有放过这个证明两人才是国安最强攻击组合的机会，比赛仅仅打到20分钟，国安凭借徐云龙和耶利奇的进球2：0领先！然而，比赛就是这样的充满不可预知性，偶然之中验证着必然。在当值主裁判在角球开出已经飞出底线的情况下判给辽宁一记争议点球，并且由徐亮主罚命中扳回一分之后，缺少了徐云龙的国安后防接连被对方两名不满20岁的小将击穿。肖震摆脱邱忠辉的进球和丁捷最后时刻的绝杀，就这样让这场国安两球领先最后反被对手逆转的比赛恒久地留在了京城球迷的记忆之中。

8月10日穿插在联赛之中的足协杯赛第3轮的次回合比赛，国安客场出征上海申花。首回合两球在手的国安队再度稳字当头，徐云龙重回后防线，小将闫相闯首发出场搭档耶利奇。然而，前后反复的折腾让徐云龙甚至也疲于奔命，比赛中毛剑卿首先强突徐云龙助攻谢晖头球得分，然后上海队又抓住国安后防的失误由谢晖从容地梅开二度，将两回合的总比分扳平。阵容调来变去的国安队顾此失彼，90分钟被对手零封。随后不再是金球制胜而必须打满30分钟的加时赛，就完全是国安球员同上海球员意志品质的直接较量了。在两队球员都已经接近体能透支极限的比赛中，所谓阵型、打法似乎都已经不重要了，这时候拼的就是坚持、勇气、信心和运气了。最终，在加时赛的下半时，隋东亮抓住机会一脚弧线球将总比分改写为3：2，国安实现反超。最后的几分钟，上海队也无力回天。国安终以加时赛进球淘汰对手，晋级四强。

当然，沈指的偏执决定着一两场比赛的微澜是绝不会改变他的初衷的。随后的比赛徐云龙再次回归锋线，继续搭档耶利奇首发出场，而空出来的中后卫位置也轮流交给了徐宁、王存、邱忠辉、杨璞等人。前锋出身的徐宁和后腰出身的崔巍一样在沈指的麾下变成了郁闷的“创可贴”型球员。接下来在第21轮主场对上海国际，第22轮客场挑战上海中邦，第23轮主场对重庆力帆的3轮比赛中，国安状态大勇，主力射手耶利奇将自己的进球数大幅提升至21球，而陶伟更是在对中邦的比赛中上演了任意球梅开二度的好戏。基本固定阵容的国安以一波三连胜的表现结束了中超联赛第三阶段的征程。

休战的一个月时间，国安迎来足协杯半决赛的对手山东鲁能。足协杯征程上，一直是先主后客的不利赛程的国安再次首先主场作战，10月2日的比赛，少了徐云龙、阿莱克斯、杨璞、路姜等主力的国安队面对着阵容齐整的鲁能完全没了机会，最终1：3大比分落败。场面上的全面被动以及队员们毫无斗志的懒散更是招致京城球迷的广泛批评。3天后的客场比赛，尽遣主力的国安同山东大打对攻，不过虽然耶利奇、徐云龙同样在客场三破主队球门，但是由张帅、邱忠辉、王存等人组成的国安后防也没能阻止郑智、丹丘、李霄鹏、吕征等人的四度攻破国安大门。继中超杯两回合被山东鲁能以总比分5：4淘汰之后，北京国安再度被山东鲁能以两回合7：4的大比分挡在了足协杯决赛的大门之外！沈指麾下的国安就这样用一种大开大合的方式丢掉了我们关于杯赛的传统……

在此期间，朱广沪率领的中国国家队在德国汉堡AOL球场同德国队进行了一场荡气回肠的比赛，表现优异的中国队数次威胁卡恩把守的球门，甚至下半场替补上场的董方卓还有一记力压德国中卫胡特的头球击中立柱弹出，而德国队最后也只是凭借弗林斯的点球一球小胜。说实话，在当时，看完这场比赛的我豪情满怀，绝对想象不出两年之后这支同样名为“中国国家队”的队伍的落魄。中国足球，确切地说是中国国家足球队的足球身上有着太多太多让痴心的中国球迷永远无解的表现。

回忆着过往，思考着现在。2009年高洪波的国家队再次以不俗的表现战平德国，这次，甚至是平局！不是我阴暗，也并非我想诅咒，我可以对天发誓地告诉大家，中国足球的腾飞我绝对比任何人都更期待。只是，历任国足主帅高开低走的传统让人一想起来，就……有时候……有时候……坚持不需要理由……算了，对于国家队层面的足球，如果继续关注，坚持就好吧……

15年的时间我等来了北京国安的冠军，15年的时间我也等来了中国国家队“恐韩症”的终结。爱上足球，就让我们一路相随。中国足球，只要我们一直关注，相信总会有一天将全面复苏，走上属于我们自己的正常轨道！中国足球，加油！

结束一个月的休战期，不清楚是不是被鲁能大比分淘汰影响到了队员们的情绪，也或者大连队的又一次提前夺冠让队员们开始对最后的比赛心生倦意，再或者也是对手的实力确实高过自己。第24轮客场同山东鲁能的比赛，国安再以2：4的大比分失利。回顾2005全年国安同山东队的六次交手，双方居然足足打进了30个球！不知道这会不会成为中国足球的又一个纪录，北京方面虽然只取得了1胜1平4负的成绩，但是两个队的得失球之比居然是14：16，这也算一个有趣的现象了。而主场同天津、客场同大连的两场比赛，好不容易因为杨智出征东亚运而首发出场的杨世卓却只能接受两连败的结果，也算时运不济了。同时，在过去一年的比赛中饱受京城球迷诟病的崔巍也在最后同大连队的比赛中打进了一粒技惊四座的远射，只可惜随着三连败的低迷，国安的客场比赛几乎已经无人关注了，这粒匪夷所思的漂亮进球也就这样渐渐地被京城球迷遗忘了。

最终，休战前还一度三连胜的国安，就这样以三连败作为2005赛季的收官之作，沈指带队的国安，就这样在保持了开局不胜的“传统”之后又迎来了收官之战输球的“先例”！ 国安也以26战12胜4平10负的成绩位居积分榜第6位，以一个跌宕起伏的赛季再次宣告了同联赛冠军的无缘！

而最后3轮比赛虽然再度陷入进球荒，但是耶利奇还是凭借之前建立起来的巨大优势，最终以21个进球成为2005赛季中超的最佳射手，也是国安职业化以来出产的第一位金靴。同时，整个赛季的神勇表现也使耶利奇最终得以染指2005赛季的中国足球先生。这是耶利奇最后为北京足球所贡献的荣誉！只可惜，这位或许注定就是为北京足球而生的射手同北京足球的缘分也就这么多，新赛季最终转投他队的耶利奇成为继卡西亚诺之后北京球迷心中永远难以触碰的忧伤……

两年时间，杯赛、联赛、商业比赛中的40多粒进球，耶利奇称得上是国安历史上带给我们最多快乐的最高效射手，作为两个互相“成就”的个体，“国安”

和“耶利奇”之间原本应该惺惺相惜，可惜因为我们头脑中的太多“私心杂念”而不得不分道扬镳。如果时光倒流，在北京度过了其人生中最有成就感的两年时光的耶利奇是否还会意气地为了10万美元而出走？如果时光倒流，看着耶利奇走后一茬又一茬的水货前锋在大肆挥霍着我们在门前创造出来的机会，国安俱乐部的领导们又是否还会认为10万美元的代价就是得不偿失呢……失去耶利奇，有太多的国安球迷直到今天都不愿意原谅俱乐部的过失。其实，又何苦？算了吧，朋友们，耶利奇在两年时间里留给我们的是一份没有瑕疵的美好，这当是我们最大的荣幸了。怀念同样是生活的一部分，就让这份遗失的美好常驻你我心中吧。无论未来怎样，让我们真心祝福耶——利奇！

2005年甲A联赛积分表

名次/球队	场次	胜	平	负	进球	失球	净胜球	积分
01大连实德	26	21	2	3	57	18	39	65
02上海申花	26	15	8	3	41	23	18	53
03山东鲁能	26	15	7	4	47	30	17	52
04天津康师傅	26	14	7	5	48	26	22	49
05武汉黄鹤楼	26	11	9	6	34	26	8	42
06北京现代	26	12	4	10	46	32	14	40
07青岛中能	26	9	7	10	26	31	–5	34
08上海国际	26	8	7	11	30	32	–2	31
09辽宁中誉	26	7	8	11	34	42	–8	29
10四川冠城	26	8	5	13	28	45	–17	29
11上海中邦	26	5	7	14	18	34	–16	22
12深圳健力宝	26	4	10	12	21	42	–21	22
13沈阳金德	26	4	6	16	19	43	–24	18
14重庆力帆	26	2	7	17	16	41	–25	13

2005赛季北京国安队人员名单：

球队全称：北京国安足球俱乐部队		球队简称：北京现代	
领队：魏克兴	队医：双印、张阳	翻译/队务：蒋晓军	
主教练：沈祥福	助理教练：魏克兴、赵旭东	守门员教练：托米奇	体能教练：赵旭东

报名运动员

姓名	号码	出生日期	身高cm	体重Kg	场上位置	外籍	参赛证号
于博	1	1985-07-17	186	84	守门员		MA09818
季楠	2	1984-04-30	186	77	后卫		MA09795
张帅	3	1981-07-20	182	75	后卫		MP0739
阿莱克萨	4	1979-10-28	185	79	前卫	罗马尼亚	MP1822
郝伟	5	1976-12-27	183	72	后卫		MP0841
隋东亮	6	1977-09-24	180	79	前卫		MP0607
邱忠辉	7	1977-06-15	180	73	后卫		MP0051
杨璞	8	1978-03-30	178	76	前卫		MP0762
徐宁	9	1979-03-23	186	80	前锋		MP1014
商毅	10	1979-01-20	179	69	前锋		MP0764
耶利奇	11	1977-05-05	182	77	前锋	塞黑	MP1820
崔威	12	1983-04-07	183	77	后卫		MA09804
徐云龙	13	1979-02-17	182	79	前卫		MP0765
李洪哲	14	1987-02-01	188	80	后卫	U20	MA08916
陶伟	15	1978-03-11	176	72	前卫		MP0767
黄博文	16	1987-07-13	176	68	前卫	U20	MA25559
高大卫	17	1983-08-17	180	75	后卫		MA09793
路姜	18	1981-06-30	181	71	前卫		MP0740
杨昊	19	1983-08-19	176	66	前卫		MA09805
林峣	20	1988-01-11	194	75	守门员	U20	MA36232
高雷雷	21	1980-07-15	178	76	前卫		MP0773
杨智	22	1983-01-15	186	78	守门员		MA02132
杜文辉	23	1983-12-29	182	78	前锋		MA09785
王栋	24	1985-06-11	177	75	前卫	U20	MA09845
张盟盟	25	1983-01-17	176	73	前卫		MA09794
刘川	26	1985-06-29	181	80	后卫	U20	MA09347
路鸣	27	1982-09-21	176	70	前卫		MP1533
张宇	28	1985-03-06	182	82	前锋	U20	MA09823
王超	29	1986-02-02	184	74	前卫	U20	MA09847
杨世卓	30	1980-10-25	189	83	守门员		MP0778
闫相闯	32	1986-09-05	174	67	前卫	U20	MA09432
郑毅	33	1985-04-04	182	75	前卫	国青补偿	MA09810
王存	34	1979-08-14	180	72	前卫	不占名额	MP0797
于一航	35	1986-07-25	185	83	守门员	U20	MA09816
王振兴	36	1981-01-17	180	72	前锋	不占名额	MA09774

2005赛季中超联赛第6名

日期	轮次	对阵及比分	进球队员	
4月3日	第1轮	沈阳金德 1：1 北京现代	耶利奇	希德
4月10日	第2轮	北京现代 4：0 上海申花	耶利奇、徐云龙、耶利奇、杨昊	
4月13日	第3轮	武汉黄鹤楼3：2 北京现代	隋东亮、耶利奇	吉奥森、吉奥森、郑斌
4月17日	第4轮	北京现代 4：1 青岛中能	杨昊、杨昊、耶利奇、杜文辉	刘俊威
4月25日	第5轮	深圳健力宝0：1 北京现代	杜文辉	
5月1日	第6轮	四川冠城 2：1 北京现代	高雷雷	张耀坤、杨朋锋
5月4日	第7轮	北京现代 0：0 辽宁中誉		
5月8日	第8轮	上海国际 0：2 北京现代	耶利奇、耶利奇	
5月15日	第9轮	北京现代 3：1 上海中邦	陶伟、耶利奇、耶利奇*	杨林
5月21日	第10轮	重庆力帆 0：1 北京现代	耶利奇	
7月2日	第11轮	北京现代 4：0 山东鲁能	耶利奇、陶伟、陶伟、耶利奇	
7月6日	第12轮	天津康师傅2：1 北京现代	耶利奇	吴伟安、卢彦
7月10日	第13轮	北京现代 3：4 大连实德	耶利奇*、高雷雷、徐云龙	扬科维奇、潘塔、邹捷、马帅
7月16日	第14轮	北京现代 2：2 沈阳金德	杨璞、徐云龙	陈涛、刘建业
7月20日	第15轮	上海申花 1：0 北京现代		肖战波
8月14日	第16轮	北京现代 1：0 武汉黄鹤楼	隋东亮	
8月21日	第17轮	青岛中能 1：0 北京现代		陆峰
8月27日	第18轮	北京现代 1：1 深圳健力宝	耶利奇	王新欣
8月31日	第19轮	北京现代 3：1 四川冠城	耶利奇、耶利奇、耶利奇	王鹏
9月4日	第20轮	辽宁中誉 3：2 北京现代	徐云龙、耶利奇	徐亮、肖震、丁捷

续表

9月11日	第21轮	北京现代　3：1　上海国际	陶伟、耶利奇*、闫相闯	万厚良
9月16日	第22轮	上海中邦　1：2　北京现代	陶伟#、陶伟#	赵志鹏
9月25日	第23轮	北京现代　2：0　重庆力帆	耶利奇、闫相闯	
10月22日	第24轮	山东鲁能　4：2　北京现代	隋东亮、徐云龙	周海滨、韩鹏、丹丘、丹丘
10月30日	第25轮	北京现代　0：1　天津康师傅		吴伟安
11月5日	第26轮	大连实德　2：1　北京现代	崔巍	邹捷、闫嵩
5月18日	中超杯	北京现代　1：0　上海国际	杨璞	
5月28日	中超杯	上海国际　2：1　北京现代	路姜	阿尤、伊万
6月5日	中超杯	北京现代　2：2　山东鲁能	隋东亮、耶利奇	李金羽、韩鹏
6月12日	中超杯	山东鲁能　3：2　北京现代	耶利奇、徐云龙	郑智、郑智、郑智
2月15日	热身赛	北京现代　3：1　新加坡幼师	徐云龙、耶利奇、商毅	施佳懿
2月18日	热身赛	北京现代　4：0　新加坡联队	耶利奇、耶利奇、高雷雷、杜文辉	
7月23日	商业比赛	北京现代　2：3　皇家马德里	路姜、耶利奇	劳尔、古蒂、菲戈
7月26日	商业比赛	北京现代　0：3　曼　联		斯科尔斯、斯科尔斯、朴智星
3月26日	足协杯	北京现代　1：0　南京有有	陶伟	
6月18日	足协杯	北京现代　1：0　武汉黄鹤楼	耶利奇	
6月25日	足协杯	武汉黄鹤楼1：1　北京现代	徐云龙	张斌
8月10日	足协杯	北京现代　2：0　上海申花	高大卫、阿莱克斯*	
9月7日	足协杯	上海申花　2：1　北京现代	隋东亮（金球）	谢晖、谢晖
10月2日	足协杯	北京现代　1：3　山东鲁能	耶利奇*	周海滨、吕征、丹丘内斯库
10月5日	足协杯	山东鲁能　4：3　北京现代	耶利奇、徐云龙、耶利奇*	郑智、丹丘、李霄鹏、吕征

〈仅供参考，*为点球，#为任意球〉

2006

★ 关键词：皇马国安、防守足球、传统流失

★ 大事记：北京国安0：0山东鲁能（联赛）

山东鲁能1：0北京国安（联赛）

“或许只有当我们了解这段历史之后，回过头来看长庆为北京足球的拼杀，我会更加相信无论长庆状态好坏，他都一定是拼尽全力的。对于这份得来不易的为国安踢球的机会，长庆绝对有着比其他人更深的感受。相信他会珍惜，长庆加油！”

“这一分，绝不是我们想要的北京足球！这场比赛到最后留给我们印象最深的反倒是国安的老教练洪元硕因为不满裁判判罚而被罚上看台，其实，2006年的北京足球最缺乏的不是进攻，而是激情！”

“这种矛盾又无聊的情绪也让球迷直接忽略掉京连之战下半时徐云龙拇指脱臼之后强行复位，然后继续坚持场上拼杀的勇猛，以及国安在不经意间让大连实德连续38场比赛进球的纪录在自己手中戛然而止。”

“当然，站在2009年终于获得中超冠军的高度回眸，我们必须承认也正是沈指带队的这两年中，他苦心经营的球队战术风格的转变让国安在进攻和防守体系两方面都得到了很好的锻炼，同时也使杨智、徐云龙、陶伟、张帅、杨璞、隋东亮、闫相闯、周挺等人在各自的位置上日趋成熟，为将来的冠军打下了良好的基础！应该说，未能冲破北京足球黎明前的黑暗，也算是国安赋予沈指的悲情符号！不管怎么样，为了未来的冠军，北京球迷永远感谢沈指曾经的付出！”

这一年我27岁，现实生活中仍带着与年龄不相符的那份不成熟。

2006年，在当时没有人可以预知3年后我们将问鼎中超的时候，相信萦绕在京城球迷心里的依旧是愁肠百转的纠结。第3名的成绩是国安重新回到中超强队队列的开始，但是全年28轮联赛可怜的27粒进球以及惊人的16粒失球和距离最后的冠军山东鲁能的20个积分47粒进球的巨大差距，也让京城球迷看到希望的同时却依旧没有勇气奢望未来的冠军！

当然，在日后看来，2005赛季就已经空降到俱乐部接任总经理的李小明以及俱乐部的高层罗宁等人，实际上应该是从2005赛季或者更早的时间里就已经制定了利用几年时间练好内功，积蓄实力，以期在2008年前后冲击冠军的策略了。但是，可怜的球迷们因为过于专注的无知而继续给自己带来痛苦。

在球迷们看来，这年的“折腾”在2006年还没到来的时候就已经开始了，“皇马国安”的称谓京城球迷到今天想起来，都更愿意认为是一场闹剧。打着皇马幌子的11人国际曾经一度让北京球迷充满期待，打造具有“亚洲皇马”水准的一流俱乐部的理念也让我们激动不已。不过，随着2006赛季的一点点临近，外界一致报道正是因为其将会为国安带来水平更高的皇马二线队员作为新赛季外援的许诺，直接导致耶利奇的离去，也让京城球迷从2006年伊始就对这次“联姻”产生了怀疑。当然，球迷的怀疑以及“闹剧”的定位仅仅是针对球队成绩以及人员层面上的考虑，其实，通过日后的事态发展以及相关报道，我们还是看到了“必赢”“阿迪达斯”等新的赞助商入主国安，这或许才是此次联姻的真实目的，不过球迷不太关注罢了。

接下来球迷关注的就是徐亮的得而复失了。国安方面原本已经同辽宁方面谈妥的徐亮转会国安一事，因为辽宁省体育局的强势介入而宣告失败。时任辽宁老总的张曙光有心无力的出尔反尔，也让已经让徐亮跟队训练的国安陷入全面被动的指责之中。不过，已经决定让郝伟、杨世卓以及上赛季半路加盟的王存领衔一帮年轻队员离队的国安，继徐亮的闹剧之后采取的一些亡羊补牢的措施也还算有效。最终，2006赛季国安还是等到了杨君、周挺、李尧、王长庆、张思鹏、郎征等人的顺利加盟。

在离去的球员之中，原本被寄予厚望的前国脚郝伟加盟国安之后，因为伤病的原因，状态大不如前，只是打了寥寥的几场比赛，几乎就没给北京球迷留下什么印象，与曾经同样从山东转会而来的小李明相比更是有天壤之别。而被大家习惯称为“三儿”的杨世卓更为惋惜，在默默地为姚健打了多年替补以后，本来以为随着姚健的离队而终于守得云开见月明，又生不逢时地遇上了日后几乎就是中国国家队第一门将的杨智，最后也只能是黯然离队。至于王存，坦白讲这是一个我在整理资料的时候才发现存在过的球员，或许是他加盟国安的时间确实太短了吧。

而在引进的球员中，杨君、周挺、李尧等名将自不必多说，倒是曾经因九运会一战成名的王长庆，为了回归北京加盟国安颇费周折，当时的陕西队已经是名存实亡，队员也只有离开这条出路。王长庆一直认为按照2004年的合同规定，俱乐部欠薪3个月以上与球员的合同就自动解除，因此他认为球队欠薪已达3个月的自己有自由转会的权利，然而国力方面始终认为，按照足协的条例规定，只有待岗30个月以上才能成为自由身。一气之下，去意已决的王长庆选择回家自动下岗，甘愿自我荒废足足一个赛季，并且将国力俱乐部告到中国足协。一年以后仍然没有得到国力工资的王长庆获得了自由身。在2005年底只身来到国安试训的长庆终于用自己的表现让国安在转会截止的最后阶段放弃了一直有意的陆博飞，最终腾出了一个内援名额，然而即便是在国安同意引进之后，这桩转会也险些因为陕西方面报出的400万天价而几近夭折，根据长庆2005年一年没有踢球，2004年也只拿到了为数不多的几个月工资的事实，国安按照足协的相关规定核算出的报价只有8万块！50倍的差距让双方无法谈拢，好不容易等到足协最后裁定26万的转会价格，国安考虑后也最终认可，但是在支付转会费的时候又遇到了新的麻烦，由于国力俱乐部因为债务资产问题已经被冻结，根据相关法律规定，国安需将转会费汇至法院，作为国力偿还债务的一部分。而这又引起国安方面对陕西俱乐部是否会最终认可的担忧，事情只能一拖再拖。就这样一直到了4月底，足协才最终给出承诺：国安不管向谁支付了转会费，只要手续合理，即给王长庆注册临时参赛证。这样长庆最终才得以在国安客场出征上海之前同国安正式签约，具备了上场资格，这桩耗时长久的转会最终宣告完成。或许只有当我们了解这段历史之后，回过头来看长庆为北京足球的拼杀，我会更加地相信无论长庆状态好坏，他都一定是拼尽全力的。对于这份得来不易的为国安踢球的机会，长庆绝对有着比其他人更深的感受。相信他会珍惜，长庆加油！

另外新人门将张思鹏则是出自人民大学校队的高才生！至于郎征，这位来自河北保定，曾经作为河北队十运会主力的小伙子同样是历经坎坷，最终得以在郎效农、韩旭等人的提携下成功加盟。

外援方面，国安好不容易刚刚改变了甲A时期频繁更换外援的痼疾，却最终因为“合作伙伴”皇马和11人国际为国安联系“库托、保莱塔、古蒂、格拉维森”等大牌的一顿忽悠而又重蹈覆辙。最终，荣获上赛季的金靴以及中国足球先生的双料外援耶利奇远走厦门，实力派外援阿莱克斯更是莫名其妙地宣称要照顾怀孕的妻子而意外离队。国安只能在赛季开始前才匆匆召回科内塞，签下了来自K联赛蔚山现代的阿根廷中后卫穆萨。同时，俱乐部传出消息，11人国际推荐的第三外援人选确定，而此人正是2004赛季就曾经同国安草签合同，最终却失之交臂的克罗地亚强力中锋尼诺·布莱！

然而，这个只闻其名未见其人的“布莱”就像他的名字一样，注定同北京足球有缘无分！这次，这位令北京球迷牵肠挂肚的强力中锋最终还是没有来。由于同国安达成口头加盟协议的布莱同自己原东家的合同要到5月份才到期，国安又要求其必须赶在中超联赛开打前来到北京，对于要先放弃现有合同再来北京签合同的现实，布莱及其经纪人心存疑虑，而刚刚同阿莱克斯闹得不愉快的国安又断然不会在其没有终止原合同的情况下，即同其签署新的工作合同，国安同布莱的这段姻缘最终也就只能再度化为乌有了。这位传说中的“强力中锋”到底是何许人也，北京球迷最终也就不得而知了。

外援的引进不利，也让2005年原本把球队进攻打得风生水起的沈指变得更加务实，转而开始演练起功利十足的防守主义足球。2005年叱咤赛场的耶利奇、陶伟、徐云龙的攻击三叉戟也随着耶利奇的离开、徐云龙改打中后卫而土崩瓦解。沈指最终也以一年进攻、一年防守两种风格迥异的带队风格在向北京球迷展示了自己的执教水平之后，于2006赛季末结束了自己同北京足球的直接联系。

另外，国安新赛季的主场由于工体为筹备奥运会的扩建工程以及先农坛的老化失修，而被迫迁至城南的丰台体育中心。

在结束了赛季前热身的统营杯比赛之后，3月11日联赛首战，变阵442的国安客场不出意料地0：0逼平青岛。对于一支中游球队而言，客场拿一分就是一个完全可以接受的结果，可对于“永远争第一”的北京球迷而言，这实实在在地让人感觉如鲠在喉。明明知道自己的球队没有客场拿下对手的绝对实力，可对于保平的一分还就是心有不甘。再一次，第一轮比赛一结束，太多北京球迷心里就清楚自己的冠军梦恐怕又只能等待来年了。这甚至已经成为我们逐渐习惯了的一种开场白。

坦白讲，对2006赛季首战的这场平淡无奇的平局，我在赛后的时间里依旧像个“愤青”一样不能自已！指责场上球员都已经不足以平息那份冠军无望的火气，永远争第一，永远，远到让人失去信心和勇气，远到让人绝望！在当时，这就是最真实的情绪，从国安官网论坛到百度的国安帖吧，到处充斥着大骂球队、大骂俱乐部、大骂沈指，甚至捎带着大骂中信国安的声音，那时候的我莫名地无处宣泄火气……而“保守的沈祥福，不作为的俱乐部”这种极富个人情绪的定位也让沈指和球队背负了太多莫须有的压力。

至于丰体的第一个主场比赛在当时看来就更是一场灾难了，科内塞的任意球破门曾经一度抹平了看着远走厦门的耶利奇梅开二度力助厦门蓝狮客场逼平上海所带来的遗憾，可惜最后的结果却是我们的第一个主场比赛最终被堤亚哥的绝杀逆转。赛后的丰体近乎沉默，散场的球迷三三两两，一边走一边嘟囔着发泄着郁闷，耶利奇的话题也再次被人提起……

从第1场的442力求攻守平衡，实际上守得住却创造不出机会，到第2场改打三后卫把徐云龙调至前场，创造出机会却把握不住后场又守不住，主教练沈祥福的郁闷可想而知。只是，看着远在厦门2场进3球的耶利奇，我们又能怎么办呢？！丰体现场“耶利奇”的喊声让人心酸，现实的纠结让人抓狂。开赛不胜的局面直接唤起了京城球迷对过去美好日子的无限回忆，大家开始纷纷抱怨球队或许就不该把主场搬到丰体，更迁怒于新赛季以白色为主的新款队服。经过部分球迷的提议，网上甚至直接出现了号召大家去俱乐部暂时还在工体的办公地抗议的通知。当时的我，看到这个消息就跃跃欲试，只是可惜，等我赶到工体的时候，已经与抗议的队伍错过。即便如此，我还是自己一个人围着国安的围巾，穿着以前的绿色队服，围着工体不停转圈……

接下来的比赛，再度回归442，派出李尧和杨昊主打两个边路、陶伟为前腰的国安令人惊讶地在客场以4：0的大比分重创深圳金威。高大卫、杨昊、李尧、黄博文的4粒进球不仅让国安获得新赛季的首胜，更是创造了国安职业化以来客场获胜优势最大的一场比赛。回到北京，国安也终于迎来了由11人国际推、顶替布莱试训的第三外援中锋，玻利维亚国脚米尔顿·科因布拉。

或许是客场赢球给了球队信心，对于米尔顿的到来，球队还是表示要看看再说。第4轮主场同武汉的比赛，国安也从这场比赛开始，将主场的比赛队服款式改回了传统的绿色队服。教练组延续了客场大胜深圳的阵容，只可惜这次武汉光谷的主帅裴恩才研究了国安上轮比赛之后，明显对于老沈的排兵布阵作了针对性部署，当开场仅仅4分钟陶伟就利用任意球的机会帮助国安取得领先之后，国安迟迟无法再度扩大比分，并且连有效的射门也难以形成，现场球迷甚至开始怀疑之前客场大胜对手的球队到底和眼前的国安是不是同一支队伍。当下半场比赛在场上几乎已经失踪的科内塞被闫相闯换下，而国安也只能不停往对手禁区起高球的时候，身边居然有球迷开始提前退场！比赛最后的结果，怕什么来什么的国安终究还是没能躲过再被对手追平的宿命。只是，这次1：1的现实却让球迷连下课都懒得再喊，大家只有在悻悻退场的同时，开始考虑下一场球究竟还要不要来了……

不过，就当主场的比赛迟迟无法取得新赛季首胜，让现场球迷郁闷不已的同时，国安2006赛季伊始的客场比赛却一改往日软脚蟹的形象，继第一场战平青岛之后接连取胜。第5轮客场同沈阳金德的比赛，采取防守反击打法的国安在下半场后发制人，由科内塞接陶伟的传球怒射得手，最终以一球取胜。国安也就这样在主场1平1负尚无胜绩的情况下，客场3战2胜1平！同时，由于3月31日国安同北京现代的赞助合同到期，这场同金德的比赛也成为国安身穿胸前无广告的“裸奔”版球衣的首场比赛。

接下来的足协杯赛，面对身处中甲的对手浙江绿城，国安上下也一致认为这将是打破丰体主场不胜怪圈的好机会。客场赢下沈阳的国安并没有耽搁，甚至于比赛当天就直接从沈阳返回了北京，第二天上午就再次集中备战。可惜，健忘的我们这时候早已经不记得关于足协杯的传统，沈指的国安早在上个赛季就已经将其丢掉了。

4月5日派出大量替补以及由崔巍、徐云龙、穆萨、郎征4人组成诡异防线的国安最终意料之中地没能迈过对手，浙江绿城队中昔日大连队的强力中锋奥兰多在丰体上演梅开二度的好戏，帮助自己的球队在丰体两球完胜国安。国安也在历史上第一次足协杯赛仅仅打了一场比赛即宣告出局！

沈祥福下课？其实，下不下课又能怎么样呢！丰体现场已经流失到只能以千计的球迷甚至已经开始麻木……

接下来联赛第6轮主场同天津队的比赛，所有人都认为这一仗国安再也不能输，压力已经将球队逼到了悬崖边上，除了3分没有退路！国安也终于在比赛开始之前同玻利维亚前锋米尔顿正式签约，并迅速为其办好了联赛参赛证等一切手续。不知道是玻利维亚国脚的名头太过唬人，还是因为米尔顿和11人国际派来国安的技术总监哈维尔是老相识，总之，这位后来被京城球迷一致冠以“水货”名称的外援就这样“应景”地被留了下来。

只可惜，比赛永远不会像我们想的那样简单：你认为你已经触底了，然后就一定会反弹。国安好不容易熬到下半时比赛，一度换下穆萨，换上米尔顿搭档科内塞展开双外援前锋的强攻，并且终于利用天津队曹阳的乌龙球而意外领先。然而之后不久，周挺鲁莽的禁区内解围，不仅被判犯规，更是让自己受伤下场，赛后经过诊断，周挺右腿膝盖内侧韧带断裂，伤停3个月。而天津也正是利用此次禁区内间接任意球的机会，由吴伟安大力射门得手，扳平比分。北京国安继续主场不胜！

结束同天津队的比赛，俱乐部再次采取行动，原为俱乐部青少部总经理的洪元硕出任国安队领队兼助理教练一职，以期在一定程度上缓解国安队主教练沈祥福的压力。而国安也继续着“主场虫客场龙”的诡异表现，第7轮客场同西安国际的比赛，国安再度凭借徐云龙和闫相闯的进球2：0取胜，同时新援米尔顿也为球队贡献了自己的首次助攻。

到了这个时候，一直对球队心生积怨的京城球迷忽然惊讶地发现，虽然球队主场成绩一直不尽如人意，然而我们的客场比赛居然是神奇的三连胜。并且，国安的排名已经在不知不觉间上升到积分榜的第3名。

经过第8轮比赛轮空的休整，第9轮比赛国安坐镇主场迎来了一路势如破竹、豪取五连胜、8轮比赛狂进22球，以领先第2名5分的优势排名榜首的山东鲁能！本场比赛之前，“谁能阻挡鲁能”已经成为当时舆论鼓噪球迷的最强音。就这样，5场不败的国安迎战五连胜的山东，赛前不知道国安球迷有多少信心，我只记得那场比赛，丰体第一次被填满。即便没有人说，我们也都清楚自己的期待。因为我们是国安，国安！

0：0的结果应该说明奇迹没有发生，不知道别人怎么看国安终结山东连胜的表现。我只知道沈指11个人的放弃进攻全面防守战术取得最后“胜利”的同时，也彻彻底底把球迷们不死的冠军期望击得粉碎。2006年的冠军我们都知道不可能了，同时，我们遗失的还有1997年客场跟大连叫板的那份北京爷们儿的豪气。面对对手轻轻松松的五连胜、毫不把其他球队放在眼里的嚣张，所有的京城球迷都在期待着国安可以在自己的地盘上将山东鲁能斩落马下，即便我们没有这个实力，“舍得一身剐敢把皇帝拉下马”的气魄也是来到丰体现场每一个京城球迷的心声。然而，沈指就是用一种“示弱”的姿态保住了一分，取得了他自己心中的成功。只可惜这一刻，甚至让人想到了放弃。这一分，绝不是我们想要的北京足球！这场比赛到最后留给我们印象最深的，反倒是国安的老教练洪元硕因为不满裁判判罚而被罚上看台，其实，2006年的北京足球最缺乏的不是进攻，而是激情！

接下来的比赛，国安继续不愠不火，第10轮比赛在客场0：0逼平上海申花，客场的连胜势头终结，然而回到丰体的国安也终于在第11轮迎战重庆力帆的比赛中，凭借闫相闯的进球打破了丰体不胜的怪圈，只不过这依旧是一场双方总进球不超过一个的乏味比赛。就这样，2006赛季几乎所有球队都被国安的防守足球搞得苦不堪言，但凡国安参加的比赛，无论过程还是结果都注定无可救药地陷入乏善可陈、进球寥寥的局面之中。

主场终于取胜之后，第12轮做客大连的比赛，摆出铁桶阵的国安再度以“稳定”的表现收获着0：0的结果。虽然国安继续着自己“恐怖”的连续不失球的场次，然而4场比赛1粒进球的事实也让球迷们在欣喜着坚如磐石的防守的同时，也无可奈何地品尝着进攻乏力的苦果。这种矛盾又无聊的情绪也让球迷直接忽略掉京连之战下半时徐云龙拇指脱臼之后强行复位，然后继续坚持场上拼杀的勇猛，以及国安在不经意间让大连实德连续38场比赛进球的纪录在自己手中戛然而止。

在第13轮主场同辽宁队的比赛中，面对早早就被罚下一人的对手，国安最终凭借陶伟的进球1：0力克对手。也就此宣告了昔日“主场龙”的彻底归来。不过，国安球迷在2006年的欣喜注定只有那么多，就在球迷暗自庆幸球队终于在自己的主场找到赢球感觉之后，接下来做客长春的国安，却令人匪夷所思地被升班马长春亚泰以4：1的大比分重创！国安转瞬之间就让曾经目睹在深圳的客场4球拿下对手的京城球迷体会到自己的球队被对手屠戮的感受。这场比赛也让作为国安拥趸的我们甚至有了些许释然：这一天还是来了，实力不行，一味地死守终究也不是出路！至此，国安在“主场虫客场龙”和“主场龙客场虫”之间完成了诡异的180度转身，从此开始了主场连胜而客场几乎再无胜绩的新征程。

接下来的两个主场，国安不出意外地分别依靠陶伟和王长庆的进球以相同的1：0的比分力克对手，喜迎主场四连胜的同时也让自己再度回归积分榜的第3名。16轮比赛过后，中超联赛第一阶段结束，等待着2006年德国世界杯结束之后的重新开赛。

关于2006年世界杯我就不再赘述了，缺少了我们自己的国家队，欣赏着属于别人的精彩终究是找不到归属。反正我个人的记忆就是被黄健翔的惊天一吼和齐达内的冲天一怒所占据了。

继续国安因为世界杯而迎来的一个半月的间歇期，国安再度反思着自己在外援的引用上的失误，新赛季重新回归的被寄予厚望而改穿10号球衣的科内塞，十几场比赛打下来只有区区的2个进球，当年仅凭一己之力就能力克对手的“小怪物”已经遍寻不到曾经的火力。而11人国际推荐而来的玻利维亚国脚米尔顿也因为自己10

场比赛无一进球而得到“白板前锋”的称谓，更是被不客气的京城球迷直接划归到了“水货”的范围里。

其实在今天想来，对于热衷于攻势足球的科内塞和米尔顿类型的前锋而言，2006年的国安赛季不啻于一次噩梦之旅。沈指痴迷地放弃进攻全面防守的功利主义足球，对于任何前锋而言几乎都是灾难性的。所以当年叱咤风云的“小怪物”完全找不到当年的状态而甘于沉沦也就不足为奇了。从这个角度而言，玻利维亚前锋米尔顿或许也不应该被我们简单地以“水货”盖棺论定。

不过，无论二人到底得到什么评价，世界杯期间忙于和慕尼黑1860打官司扯皮的国安最终还是没能找到科内塞和米尔顿的替代人选。7月12日联赛重新开始，客场挑战上海联城的国安外援阵容依旧是第一阶段的3名：穆萨、科内塞、米尔顿。而比赛的结果也同样是我们已经习以为常的0：0。

后面的记忆因为无趣而变得模糊，国安延续着自己全民防守的功利性生存足球。偶尔我们也会怀疑，那支后面十个人不过半场，前面一个叫高大卫的人在拼命疯抢的球队还是不是我们曾经的国安？在第二阶段的前6场比赛中，虽然国安延续着自己的不败纪录，并且把主场连胜的场次提高到了7场之多，也一度占据积分榜第2的位置，不过我们距离榜首山东鲁能的积分差距却并没见缩小，反而被进一步拉大。在国安队终于把球员宿舍和俱乐部办公地点整体搬至丰体附近的丰台天信英合商务花园以后，国安也终于用一场3：1的胜利让京城球迷多多少少地痛快了一回。不过，紧接着，经过一轮轮空的国安发现，自己第24轮客场挑战山东的比赛，将决定山东人是否可以踩着自己的肩膀提前6轮夺冠!

客场出征之前，国安率先同世界杯后逐渐从大名单中消失的玻利维亚外援米尔顿提前解约，国安方面给出的解释是米尔顿虽然技术不错，但是速度缓慢、对抗能力不足，同时无法适应国安队的打法，不能在比赛中发挥作用。沈指的防守足球就这样又制造了一出“水货”的冤假错案。而因为伤病等原因，科内塞也没有随队奔赴济南。关于外援，俱乐部的思维京城球迷们永远猜不透。

8月27日晚的比赛，仅有穆萨一名外援出战的国安在付出了5张黄牌的代价之后，最终还是没能阻止山东人的夺冠。凭借韩鹏的进球取得比赛胜利的鲁能泰山，更是实现了提前6轮夺冠的夙愿。远在北京电视机前的我们看着比赛结束后，所有的鲁能队员高举冠军的旗帜，在队长舒畅的带领下绕场一周，向现场的4万多名山东球迷致意，看着李金羽、崔鹏、郑智、韩鹏等队员脱下身上的队服，扔向看台，看着鲁能队员把主帅图巴高高抛向上空和现场球迷们一起把山东省体育中心球场变成了欢乐的海洋，看着2006年中超联赛的冠军属于山东鲁能泰山，看着终于得偿冠军所愿的巴辛夸张地聆听球迷们的呐喊！我们木然……

或许是山东的提前夺冠让太多人泄了气吧，回到丰体的国安再度被沈龙元攻陷，以0：1的比分惜败给上海申花，也让自己争夺联赛亚军参加亚冠的希望最终破灭。此后的比赛虽然小将杜文辉神奇地连续四轮进球，国安也取得了3胜1平的不俗战绩，不过2006年的收官之战，做客厦门的国安还是延续了沈指时代最后一轮输球的习惯。2006赛季的中超，国安就这样以28轮比赛27个进球16个失球的表现取得了13胜10平5负积49分、最终排名积分榜第3位的成绩。看着我们队里最佳射手的高大卫、陶伟等人的5个进球，再看看山东李金羽、郑智两个人的40几个进球，我们甚至对2007年都失去了希望……

全年28场比赛，6场0：0，8场1：0，有时候我们甚至怀疑是不是沈指也成为在刚刚过去的2004—2005赛季的英超联赛中切尔西主帅莫里尼奥的拥趸。老沈的功利主义足球分明具有了几分莫里尼奥麾下切尔西的影子，只可惜，备受欧洲主流足球圈子指责的莫里尼奥最终还是为切尔西时隔50年之后捧回了新的冠军奖杯，而沈指麾下的国安在丢掉激情的同时却只能混迹三甲，也就注定沈指执教国安只能是壮志未酬身先“死”了。

当然，站在2009年终于获得中超冠军的高度回眸，我们必须承认也正是沈指带队的这两年中，他苦心经营的球队战术风格的转变让国安在进攻和防守体系两方面都得到了很好的锻炼，同时也使杨智、徐云龙、陶伟、张帅、杨璞、隋东亮、闫相闯、周挺等人在各自的位置上日趋成熟，为将来的冠军打下了良好的基础！应该说，未能冲破北京足球黎明前的黑暗，也算是国安赋予沈指的悲情符号！不管怎么样，为了未来的冠军，北京球迷永远感谢沈指曾经的付出！

2006年甲A联赛积分表

名次/球队	场次	胜	平	负	进球	失球	净胜球	积分
01山东鲁能	28	22	3	3	74	26	48	69
02上海申花	28	14	10	4	37	19	18	52
03北京国安	28	13	10	5	27	16	11	49
04长春亚泰	28	13	7	8	41	26	15	46
05大连实德	28	13	6	9	43	29	14	45
06天津康师傅	28	10	10	8	40	38	2	40
07上海联城	28	9	12	7	32	25	7	39
08厦门蓝狮	28	9	11	8	28	27	1	38
09西安国际	28	8	12	8	33	34	–1	36
10武汉光谷	28	8	7	13	28	42	–14	31
11深圳金威	28	8	6	14	21	42	–21	30
12沈阳金德	28	6	8	14	22	42	–20	26
13辽宁队	28	6	8	14	24	42	–18	26
14青岛中能	28	6	7	15	25	36	–11	25
15重庆力帆	28	3	7	18	20	51	–31	16

2006赛季北京国安队人员名单：

球队全称：北京国安足球俱乐部队		球队简称：北京现代	
领队：魏克兴	队医：双印、张阳	翻译/队务：蒋晓军	
主教练：沈祥福	助理教练：魏克兴（兼）	守门员教练：托米奇	体能教练：赵旭东

报名运动员

姓名	号码	出生日期	身高cm	体重Kg	场上位置	外籍	参赛证号
杨君	1	1981-06-10	187	78	守门员		MP0039
郎征	2	1986-07-22	188	79	后卫		MA05690
张帅	3	1981-07-20	182	75	后卫		MP0739
穆萨	4	1979-01-15	190	83	后卫	阿根廷	MP1877
邱忠辉	5	1977-06-15	180	74	后卫		MP0051
隋东亮	6	1977-09-24	178	79	前卫		MP0607
王长庆	7	1981-03-21	178	75	*	前卫	MA09550
杨璞	8	1978-03-30	178	76	前卫		MP0762
徐宁	9	1979-03-23	186	80	前锋		MP1014
科内塞	10	1975-05-30	178	77	前锋	匈牙利	MP1774
闫相闯	11	1986-09-05	174	66	前锋		MA09432
崔威	12	1983-04-07	182	78	后卫		MA09804
徐云龙	13	1979-02-17	181	80	前卫		MP0765
王栋	14	1985-06-11	177	74	前卫		MA09845
陶伟	15	1978-03-11	176	70	前卫		MP0767
黄博文	16	1987-07-13	181	72	前卫		MA25559
高大卫	17	1983-08-17	180	75	前锋		M09793
路姜	18	1981-06-30	181	71	前卫		MP0740
杨昊	19	1983-08-19	176	66	前卫		MA09805
李尧	20	1977-11-21	175	65	前卫		MP0908
高雷雷	21	1980-07-15	178	76	前卫		MP0773
杨智	22	1983-06-06	186	79	守门员		MA02132
杜文辉	23	1983-12-19	182	78	前锋		MA09785
王超	24	1986-02-02	182	77	前卫		MA09847
于一航	25	1986-07-25	180	80	守门员		MA09847
郝强	26	1986-01-17	180	78	后卫		MA09836
周挺	27	1979-02-05	181	78	前卫		MP0878
于雷	28	1985-05-22	180	77	后卫		MA09840
商毅	29	1979-01-20	179	67	前锋		MP0764
米尔顿	30	1975-04-05	184	83	前锋	玻利维亚	MP1902

2006赛季中超联赛季军

日期	轮次	对阵及比分	进球队员	
3月11日	第1轮	青岛中能　0：0　北京国安		
3月19日	第2轮	北京国安　1：2　上海联城	科内塞#	张效瑞、堤亚哥
3月25日	第3轮	深圳金威　0：4　北京国安	高大卫、杨昊、李尧、黄博文	
3月29日	第4轮	北京国安　1：1　武汉光谷	陶伟#	郑斌
4月1日	第5轮	沈阳金德　0：1　北京国安	科内塞	
4月8日	第6轮	北京国安　1：1　天津康师傅	乌龙	吴伟安
4月15日	第7轮	西安浐灞　0：2　北京国安	徐云龙、闫相闯	
4月19日	第8轮	轮空		
4月22日	第9轮	北京国安　0：0　山东鲁能		
4月30日	第10轮	上海申花　0：0　北京国安		
5月6日	第11轮	北京国安　1：0　重庆力帆	闫相闯	
5月10日	第12轮	大连实德　0：0　北京国安		
5月13日	第13轮	北京国安　1：0　辽宁中誉	陶伟	
5月20日	第14轮	长春亚泰　4：1　北京国安	张帅	埃尔维斯、唐京、卡巴雷罗、曹添堡
5月24日	第15轮	北京国安　1：0　厦门蓝狮	陶伟	
5月28日	第16轮	北京国安　1：0　青岛中能	王长庆	
7月12日	第17轮	上海联城　0：0　北京国安		

续表

7月16日	第18轮	北京国安　2：0　深圳金威	高大卫、高大卫	
7月23日	第19轮	武汉光谷　1：1　北京国安	高大卫	王小诗
7月26日	第20轮	北京国安　1：0　沈阳金德	闫相闯	
7月30日	第21轮	天津康师傅0：0　北京国安		
8月20日	第22轮	北京国安　3：1　西安浐灞	陶伟#、陶伟、高大卫	郑涛
8月23日	第23轮	轮空		
8月27日	第24轮	山东鲁能　1：0　北京国安		韩鹏
9月9日	第25轮	北京国安　0：1　上海申花		沈龙元
9月17日	第26轮	重庆力帆　1：1　北京国安	杜文辉	吴庆#
9月24日	第27轮	北京国安　1：0　大连实德	杜文辉	
10月1日	第28轮	辽宁中誉　1：2　北京国安	杜文辉#、王长庆	郭辉
10月15日	第29轮	北京国安　1：0　长春亚泰	杜文辉	
10月22日	第30轮	厦门蓝狮　2：0　北京国安		邹侑根、王博
2月23日	统营杯	大邱FC　3：1　北京国安	高雷雷	卢相来、李相一、张南席
2月25日	统营杯	北京国安　0：0　昆士兰怒吼		
2月27日	统营杯	仁川联合　2：3　北京国安	高大卫、科内塞、高大卫	略
4月5日	足协杯	北京国安　0：2　浙江绿城		奥兰多、奥兰多

〈仅供参考，*为点球，#为任意球〉

2009年10月31日，当终于可以喊出“我们是冠军”的时候，我甚至有一种恍如隔世的感觉，坚持了十几年，经历了一次又一次从满怀期待的喜悦到最后希望破灭后的怅然若失，我甚至已经开始对“国安永远争第一”的概念模糊。当这一刻如此真实地降临，我最直接的感觉就是：就这样冠军了？

这是一种无法言说的巨大幸福，这一刻的骄傲，让我觉得我可以承受所有人的羡慕！

感谢国安，终于让我们的坚持等来了结果。没有谁会不向往那个高歌猛进、铁血奔流的岁月，对于生于和平年代的我们而言，北京足球十年磨一剑的坚韧就是我们热血和激情的精神寄托！想想我们曾经一起和球队并肩战斗的每一场比赛、想想我们力压主队球迷声浪的呐喊、想想我们客战大连1∶5落败后的坚持、想想我们在2007年10月4号共同经历过的那个雨夜、想想我们面对“内定”“全民阻击”“追罚大格”时候的同仇敌忾！冠军！北京国安经历的岁月何尝不是一段励志的人生路！

这个冠军，让一直浮躁的我们终于可以在以后的日子里用一种平和的心态去参与足球，2009年10月31号之后，我对自己说，北京国安就是我永远的坚守。只此一个冠军，今生无憾！从此后，无论是胜利还是失败，我都会一如既往地继续同国安并肩战斗。有我，北京足球就永远不会独行！并且，我15年混日子的生涯也终将结束。无他，只是因为我要努力让自己配得上北京国安这个冠军球队球迷的身份！

只有享受完冠军，我们才能够更接近足球这项运动的本质。“七八年前一个飘雨的周日，我在家和朋友看足球转播，当时场上正战成4：0。电视镜头转到看台，球迷跳舞、唱歌、挥舞旗帜，非常欢快。我对朋友说“赢球时能有如此庆祝场面，很自然嘛。”朋友马上告诉我：“哦，罗伯特，你错了，他们输球了。”我顿时一愣。从那时开始，博卡变成了我心中的球队。”——这是退役之后的巴乔之所以要定居阿根廷的理由，他喜欢那里的足球，喜欢博卡。这种经历我也曾经在德甲多特蒙德队的球迷身上看到过，作为当年的欧洲冠军，在多特蒙德濒临降级的那个赛季威斯特法伦球场依旧是座无虚席！正是这种让自己同球队息息相关、紧密联系在一起永远不离不弃的执着，一直深深地感动着我。

南美和德国球迷的执着才是我们学习该如何欣赏和参与足球的标杆，也是我们最该借鉴的一种心态。其实一场比赛的90分钟不单单只有结果那么简单，一次精彩的配合、一次绝妙的突破、一次漂亮的打门、一次完美的扑救，甚至进球后令人啼笑皆非的表演，都应该是我们的乐趣所在。每个周末约上三五好友，去工体看一场任由这世界上最大牌的导演都拍不出来的悬疑大片，并且亲自参与其中，享受着跌宕起伏的比赛所带来的刺激。结束比赛之后，再和伙伴们一起去喝一杯，分享胜利的喜悦或者化解失败的哀愁，这就是多彩的生活方式，这才是足球带给我们的简单的快乐！

2010年2月10号，东亚四强赛，中国队3：0痛击韩国。其实，只要我们坚持，即便是暂时处在低谷的中国足球也一定可以为我们带来快乐。过去的已经过去，足球的希望永远会是下一场比赛。保持乐观积极的心态去看待生活、看待足球。足够了！

回顾到2009我才发现，前面的十几年，国安的每一个赛季，其实对于我们而言就是一种简单的快乐重复。一个进球接着又一个进球，一场比赛接着又一场比赛，一个赛季接着又一个赛季。这份周而复始的牵挂和参与已经成为我们生命中不可或缺的一部分。就如同我们的生活，从每一天的日出到日落，重复着人生中的一个又一个轮回。当我们学会了享受生活，或许也就懂得了什么才是足球。

回忆终于结束，2010赛季正在上演。永远争第一的国安踏上自己职业联赛历史上的第一个卫冕之路的新赛季。让我们一起加油吧，继续为我们自己的足球呐喊。当我们走进球场，呼吸一口充满硝烟的空气，我们就知道又一个属于我们充满激情和未知的新赛季开始了。

让我们一起享受足球！

2007

★ 关键词：李章洙、争冠、狂胜、绝杀、攻击组合、丰体雨夜

★ 大事记：上海申花0：2北京国安（联赛）

北京国安3：1大连实德（联赛）

山东鲁能1：6北京国安（联赛）

北京国安1：0浙江绿城（联赛）

北京国安0：1长春亚泰（联赛）

“10月4日注定会是北京球迷记忆深处的一个心结。无论是纠结或是淡泊，赛前媒体疯狂的炒作早已让饥渴的北京球迷失去理智。继1995年和2002年之后，北京时隔多年才又一次迎来这种同最直接竞争对手的天王山对决。没有人可以保持百分百的理智，没有人不会在赛前就热血沸腾地充满期待。0：1的结果，辅以凄风苦雨的天气，10月4日的晚上让太多的北京球迷伤痛欲绝。或许，也只有当真的成为冠军之后我们才能够从容地去面对，才能够去接受这份王者登基前的洗礼……”

“‘这比赛赢了！’一种久违了的踏实感在自己的周身弥漫。观众的人浪已经转了一圈又一圈了。坐在看台的顶端，我忽然有一种想哭的幸福感。原来幸福是如此简单！复仇的概念已经不知道在什么时候烟消云散了，傻傻地享受着一场北京对大连的完胜，傻傻地计算着两个队最新的积分。这是多么惬意的时刻啊……”

“这又是一场注定载入北京足球史册的比赛！经历了大半赛季的低迷，其实赛前没有谁会看好国安客战山东可保不败。当比赛结束，一位没来得及观看比赛的朋友打电话过来询问比分，我让其大胆猜测的时候，朋友的第一反应是：又输了吧！其实这就是我们所有人之前真实的心理写照。必须承认，这场比赛是国安带给球迷的又一次意外的惊喜。”

此球输了又如何？！

2007年10月4日，北京丰台体育中心。

临出门前，朋友打来电话："丰体下雨了，你丫出没出来啊？"推开窗，把手伸出去。雨落手心里，心里猛地一惊，不好的预感呼啸而过。万人空巷的购票场景、铁定冠军的舆论氛围、连一直低调的李章洙都开始叫嚣："我就说当初要夺冠吧？！"按说在这万事俱备只欠东风的口儿上应该风和月丽才对啊，怎么就下雨了呢？

比赛开始，第一次强烈地感受到自己的心跳居然会随着比赛的节奏而张弛有度。是谁说高血压、心脏病之类是不宜亲临现场的？确实有道理！长春一直在守，北京一直想攻。比赛拖到下半场，铁帅终究还是捺不住所谓高手较内力的游戏方式，守守守，你都631了我又何苦还需双后腰。即便是死也得求个轰轰烈烈吧，性情害死人哪……

隋东亮下，闫相闯上！

高洪波很聪明，我宁愿相信埃尔维斯上场替下中场的彼得罗夫而非前锋线上的达扎吉并不是他赛前的既定战术，但是作为在比赛中毫无压力的一方，利用对方的破绽加大自己成功把握的放手一搏确实很敏锐。如果小闯的两次机会能够把握住一次的话，哥们儿赛后在6路车上就不用和陌生的同样身着国安队服的小兄弟相视苦笑了，铁帅也犯不着给3万御林军兄弟道歉了，高洪波也就不用回什么长春了……

严格说，我认可"目前的中超一对一单挑，谁也没有把握就铁定赢谁"的观点。

但同时，我也同样认为2007整年的中超打到现在，球儿最漂亮的、最配得上冠军的是北京国安。

还有，当联赛还剩下8轮的时候，我认为国安夺冠的最差成绩底线是6胜2负。打到还剩下3轮的时候，成绩是4胜1负。有什么不同吗？无非是预想中的辽宁变为长春，这并不会改变自己此前200%铁定冠军的信心！哥们儿忽悠谁也不会蒙自个儿！

有什么呀！

换成老子是李章洙我就不道歉，老子还就拍着胸口告诉你们，我就是要换下隋东亮，我就是要上闫相闯，我就是要进攻，我就是要拿你长春！没错，面对可以提前宣布登顶的机会，老子就是肾上腺素直冲脑门了，在这个时候要是再拿着，就是跌了3万首都人民的份儿！没什么好解释的，也根本就不用解释。深受京城球迷爱戴的金志扬早在10年前就告诉过上海人，爷们儿就是要用邓乐军打右后卫。米乐是进了个乌龙，可咱们照样是当年的足协杯冠军。这一场球无非是一个乌龙球而已，联赛还远没完呢！

长春还有4场球，它都拿下冠军给它！可它拿得下吗？根本就不用去考虑对手都是谁，老子就是不相信。我只知道截至今天最终鹿死谁手还没定呢！国安大可不必泄什么气，一场被偷走了的比赛失利只是运气而已。谁家过年还不吃顿饺子！关上门说自家话，打好自己的比赛最重要。当初的第8名不还是给打过来了？没什么不可能的。金指导当初还有句话：站直了，别趴下！

是爷们儿就抬起头来！北京球迷在这先替球队扛着：这冠军，早晚都会是咱们的！

原本想："或许10月4日就是自己生命中最重要的时刻。"结束了才知道，矫情永远不能当饭吃。生命中最重要的时刻怎么容你如此轻易承诺，爱是永远不能放弃的……

此前，国安9战8胜1平保持不败，而长春亚泰在少赛一场的情况下落后国安2分，只要在比赛中不输球，就可以在争冠形势中占据主动。但是，赛前整个北京城毕其功于一役的决心和对于冠军的渴求让所有人都陷入躁动。

回忆2007年，10月4日注定会是北京球迷记忆深处的一个心结。这一天，国安在主场迎战长春亚泰。无论是纠结或是淡泊，赛前媒体疯狂的炒作早已经让饥渴的北京球迷失去理智。继1995年和2002年之后，北京时隔多年才又一次迎来这种同最直接竞争对手的天王山对决。没有人可以保持百分百的理智，没有人不会在赛前就热血沸腾地充满期待。0：1的结果，辅以凄风苦雨的天气，10月4日的晚上让太多的北京球迷伤痛欲绝。或许，也只有当真的成为了冠军之后我们才能够从容地去面对，才能够去接受这份王者登基前的洗礼……

2007年铁帅李章洙驾临。韩国人虽然从一开始并没有能够得到自己中意的堤亚哥，但还是携郭辉、张永海、瓦尔特·马丁内斯、阿尔松等新人和球队一起以2：0的表现攻陷上海滩，改写了国安在客场不胜申花的历史！当在赛前对媒体大肆炒作的上海队3名乌拉圭强援充满恐惧的我们，听到赛后周挺接受记者采访时说“我们就是按照我们自己的训练中练的去打，根本没有对对方的3名外援作什么专门部署”的时候，相信大多数人都从这一刻就接受了充满血性的铁帅麾下的这支国安队！李章洙的“大家都是11个人在比赛，谁能比谁强多少啊”的理论一出，北京球迷在2006年所有遗失的豪气瞬间回归。

间歇期前的比赛因为外援的问题，国安4胜7平2负的成绩平淡无奇。坦白讲，球队当时第8名的排位也使太多京城球迷再次放弃了对冠军的期盼。不过，有一场比赛却不得不提。那就是第6轮主场迎战此前同国安一样5轮不败的大连实德。自从1997年的客场大败之后，我们无论是在主场还是在客场还从来没有大比分完胜过对手。3：1的结果体现更多的不单单是在比分上，那种在场面上完全掌控后的完胜，这才是经历过1997年客场1：5完败创伤的北京球迷们最好的疗伤良方。

下面是关于本场比赛我最真实的记忆：

一场普通的比赛吗？或许是，或许不是！

2007年4月15日，一个普通却备感惬意的下午。

中超联赛第6轮，北京国安坐镇丰台体育场迎战大连。

赛前的形势是：国安以5战2胜3平积9分的成绩，屈居以4战3胜1平积10分的大连队之后。两支不败的队伍。

赛前媒体、教练、队员，包括球迷大打嘴仗。不过，相比较而言，由于历史的原

因，北京球迷还是明显的底气不足。当大连激浪的球迷喊出5：0的时候，国安的孩子们却给出了1：0、2：0、0：0、1：1、1：2、0：2的选择题。这是群被吓怕了的孩子，只是这其中也包括我自己！

对于国安，每次赛前自己都会想到赢球的种种可能。当然，对于硬币的那一面我的选择是永远强迫自己躲避而不去触碰。没有人天生就是受虐狂。所以，我只能是坚信北京可以赢！然而整整10年的阴影，一直笼罩在内心的上空。一种以螳臂当车的勇气换来的1：5的杀戮，值得尊重。可惜，悲壮带来的只能是凄美，而伤却固执地驻扎在心中。

这或许就是人们所说的底蕴吧，王者自有成王的底蕴，而弱者却成为王者成就底蕴的铺路石。当鲜花和掌声把关注带给成功者，失败就只能是成为王败为寇这句古训的又一次见证！哪怕你只是个十几岁的孩子。当你心中的希望被无情蹂躏之后，留下的甚至就是一种尊严被践踏的灰蒙。即便再给你个9：1去践踏别人的机会，那也只能是另一段恩怨的开始，同昨天流失的尊严毫无瓜葛！

在哪里跌到就在哪里站起来！只有这才是打开心结的唯一出路。不用怀疑那份嗜血的性格，更不用隐藏那颗复仇的心。或许在10年间的过往之中，随着比赛的互有胜负已经慢慢淡化了那份浓烈的仇恨，可彼此不分伯仲的场上表现却让当年的孩子找不到丝毫瞬间成王的那份快感，反而是在部分关键场次对决中的惜败再次加深了一份无法察觉的恐惧……

所以，当比赛临近，一种从未如此强烈的同仇敌忾的气氛压得我喘不过气来。我知道，这场比赛我是必须要出现在看台上的。风雨无阻！即便心底深处那份蠢蠢欲动的恐惧在作怪，也必须义无反顾。

比赛终于开始了……

铁帅排出的阵容是451，郭辉突前。瞬间闪过的“一个前锋会不会攻击力太弱”的念头转瞬被风吹走。周挺的位置是和隋东亮一起组成双后腰。刚刚开场，大连就开始在中圈弧一带肆无忌惮地带球，替周挺担心，不过大连队好像并没有意识到周挺的暂时失位。比赛继续，危险解除。张帅今天是右后卫，或许是开场还有些紧张。也或许是还没有完全从中卫的位置上适应过来，收得有些大，再加上他看球不看人的毛病，让在三看台的球迷提心吊胆。大连4号翟彦鹏、11号阎嵩几次冲击，瞬间让国安右路风声鹤

喉。球迷担心加剧……

国安打出了一次有效配合，小闯、郭辉、马丁、陶伟，球从左路转移到右路，再从右路回归中路，只是最后的射门差之毫厘。“漂亮！”球迷信心回归。球到国安后场，转移到右路，大脚长传，马丁！有机会了！射门！球进啦！

瞬间，一种狂喜降临。大家都在庆祝。想到大连先前的4场比赛每场都只攻进对方一球的事实，又一个“今天或许至少不会输了”的念头悄然而逝。

后面的比赛，记忆流失。张帅的位置感依旧考验着三看台球迷的神经，而黄博文已经不知道什么时候悄悄地来到了球场的右路。然后，上半场比赛结束。

中场休息有些无聊，这个时候总是略显烦躁。不清楚铁帅在休息室里布置着什么，同样猜测着邦弗雷雷是否会给自己的弟子们下达狂攻的指令。期待着下半场的比赛……

出场了，国安换人，黄博文上替下8号杨璞。略感意外，本以为是张帅呢！周挺拉到左路，位置有点乱。比赛开始，大连明显开始压上。球在国安半场，忽然一个长传。怎么好像单刀了？！小闯！郭辉！没错，是单刀了！射门！球进啦！小闯！

2：0！小闯在怒吼！队友们冲上来了，全场都陷入了疯狂……

后面的比赛，球迷的心就放下来了。很明显，开场的快攻得手完全打乱了大连队的计划。他们的阵型没选择的前提了，国安愉快地打起了反击。换人，王长庆上替下陶伟。马丁和小闯的位置在不停地穿插交换，每次反击都会让人看到希望。在小闯的一次将近100米的冲刺之后，已经可以明显看出大连的中后场脱节了。“这比赛赢了！”一种久违了的踏实感在我周身弥漫。观众们的人浪已经转了一圈又一圈了。坐在看台的顶端，我忽然有一种想哭的幸福感。原来幸福是如此简单！复仇的概念已经不知道在什么时候烟消云散了，傻傻地享受着一场北京对大连的完胜，傻傻地计算着两个队最新的积分。这是多么惬意的时刻啊……

最后的比分为3：1，小马丁再进一球，德利尼奇为八星大连挽回最后的尊严。郭辉受伤下场了，他的压力确实有些大。或许小闯的进球横拨给他是个更保险的选择，不过球进了，或许也没了。替补上场的杜文辉有一脚技惊四座的凌空抽射，打得漂亮，守得同样精彩……

比赛结束了。巨大的幸福感渗透进我身体的每一个角落，慢慢地转化为一种充实

的平静。随行朋友刚刚的一句话："这小黑还挺能进！"忽然让我有些后怕，想起自己之前的心灰意冷："跟我去看球吧，啊？要是国安输了今年都不看了……"

其实，怎么可能会不看呢？我们就是想要表达一份信心，这比赛我们必须赢！感谢国安，感谢2007年的这场比赛，在大家看来这或许就是一场普通的比赛，但是对于我，这是一份积压了整整10年的心结，一朝得解，无尽感怀，所有语言在这一刻尽显苍白……

前面13轮的比赛结束，国安迎来调整。刚刚加盟的堤亚哥在同巴萨的热身赛上完成同队友间的正式磨合，然后就是客场征服山东之旅：陶伟的凌空、堤亚哥的霸道、小闯和小马丁的配合以及难得为国安出场的小罗的好朋友阿德拉尔多形右实左的传球共同勾起了京城球迷对于1997年9：1狂胜上海的美妙记忆。面对山东客场不胜的历史也继上海之后终于被改写。

这又是一场注定载入北京足球史册的比赛！经历了大半赛季的低迷，其实赛前没有谁会看好国安客战山东可保不败。当比赛结束，一位没来得及观看比赛的朋友打电话过来询问比分，我让其大胆猜测的时候，朋友的第一反应是：又输了吧！其实这就是我们所有人之前真实的心理写照。必须承认，这场比赛是国安带给球迷的又一次意外的惊喜。梅开二度的堤亚哥不仅没有辜负李章洙足足半年的等待，甫一亮相，就把自己拔高到同国安历史上最具人气的王牌外援卡西亚诺相差无几的高度。

至此，李章洙心目中的完美战术模型完成最后一块拼图，杨智的铁闸，大龙和二宝的双中卫，东亮和小黄的双后腰，马丁、陶伟、潘塔、堤亚哥的十字攻击组合正式宣告王者之师的归来。客场大胜山东之后，经历了主场2：3惜败上海，正式开启国安新阵的狂飙之旅：9战8胜1平！在那段日子里，北京球迷第一次深切地感受到，原来冠军可以离我们如此之近。

联赛第22轮，国安主场迎战浙江。赛前就计划守一分的绿城队其实一直就是国安比较挠头的对手，10个人不过半场的防守，打到80分钟的0：0，当看到替换上场的郭辉在面对近在咫尺的空门都能将足球顶在横梁上，我忽然在脑海中闪过一个词：宿命！想起雅典奥运会上自己关掉电视后女排姑娘们的绝地大反击，想起自己临时换台后国安客场绝杀河南。如果，我能够马上走掉，国安是否还有机会？

从我开始看球以来，还从来没有提前退场的经历。无论胜负，享受比赛的每一分钟，鼓掌致谢拼搏了90分钟的队员们从来都是我来到球场最后的选择。而亲历绝杀更是每一个球迷梦寐以求的难得幸运，说实话，在比赛的最后时刻，我又怎么能够舍得离去？！但是，相比之下，我们更需要的是3分！对于冠军的渴望甚至已经让我们开始不由自主地相信宿命，离开！必须离开！看球十几年来，我第一次如此决绝地迅速提前离场。跑出丰体，尽力不去听、不去想，伸手拦车，蹿上座位，告诉司机师傅摇起窗户关掉广播快走。在那一刻，我就像疯了一样想要迅速离开球场。当出租车掉头疾驰驶下六里桥的时候，手机短信，5个字：太不容易了！刹那间，我完全陷入一种巨大狂喜的幸福之中……

回到家，打开电视。看到画面上赤裸上身的堤亚哥和铁帅李章洙沉肩相撞，瞬间，依旧是战栗彻骨的激情。宿命，如果是宿命的话，北京足球苦等十几年的冠军真的会在2007年降临吗？绝杀浙江的好运带来的是四连胜的完美战绩，而10月4日同长春的一战，也让自己自从1995年开始看球以来第一次，真实地感受到决战的气息！

过程和结果都不用再赘述。国安最终惜败，让整个北京城的士气都一落千丈。其实，日后想来，赢了长春我们也未必就是冠军，失利也未必就完全没有机会。可惜的是丢掉这场比赛导致对于后面3场球的放弃才是我们最终被忽略掉的结局……

2007年就这样用一个丰体的雨夜留在了所有国安球迷的心里。其实，铁帅的第一季我们原本是收获了太多东西的。无论主客场都要全取3分的性格、面对强手毫不示弱的表现，乃至看了十几年国安之后第一次让我们对阵型的解读如此清晰的4231！都已经在潜移默化之中向所有人宣告：曾经的国安，已经归来！由此，我们再次对2008充满期待！

替代陶伟的最佳人选应该是——堤亚哥!

2007赛季结束后的战术分析:

从技术角度而言，其实目前队内具备陶伟那样能拿球能做球特点的人当中，堤亚哥最合适。比较同天津一战，虽然如赛后铁帅而言：马丁、潘塔、小闯3人的轮流坐庄在一定程度上弥补了陶伟缺阵所带来的影响，但同时我们也应该看到这种打法所引起的混乱。小马丁的横冲直撞、小闯的独来独往，再加上老潘塔的积极抢断怎么也看不出组织者的模样来。

相反，3个人的风格如果直接放到阵线的最前沿，或许打乱对手防线反而会变得易如反掌，而此时堤亚哥的后插上恐怕就是比赛的胜负手了。

从战术角度考虑，目前的堤亚哥恐怕已经是在国安进攻4人组中，每个对手在赛前就一定要安排重兵围剿的重点目标了。

陶伟在时:

堤亚哥

马丁　　　　潘塔

陶 伟

为主要攻击阵型；此阵型的主要打法是以堤亚哥为支点，然后向两侧分球以及回做，为其他3人创造机会。同时陶伟可以同堤亚哥相互换位，轮流插上。

而陶伟缺阵时:

堤亚哥

马丁　　闫相闯　　潘塔

这个阵型就成为铁帅的不二之选。这种阵型由于马、闫、潘3人的频繁换位，使之失去了一个可以同堤亚哥纵向换位的人选，从而直接将其暴露在对方的包围之中。但是由于头球本身就不是堤亚哥的特长，同时咱们传中球的水平也确实不敢恭维，所以更多时候还是看起来进攻得轰轰烈烈，实则缺乏最后的致命一传。

而如果堤亚哥选择回撤，这个时候，堤亚哥的拿球、护球、分球的特点正好可以表现得淋漓尽致，同时由于对方赛前的安排，堤亚哥的回撤一定可以打乱其部署，这也就为我们乱中取胜创造了机会。此阵型唯一的顾虑应该是小闯，首先把小闯顶到最前沿后，他的冲击力够不够是一个问题，其次小闯能不能很好地同堤亚哥频繁地纵向换位也值得考虑。至于能否争抢第一落点，个人认为倒可以忽略不计了，因为目前我们的人员配备已经很好地说明了前场起高球并不适合我们。

马丁　闫相闯　潘塔

堤亚哥

至此，站在小闯前提的前提下，为了保证能够有足够的攻击力，马丁和潘塔的位置以及作用就显得更为重要。二人的相应位置也必须往前提，同时要更靠近中路，将阵型完全变为三前锋。在此情况下，加上三人的频繁换位，相信对于对手后防线的折磨恐怕就可以用恐怖来形容了。

当然，这种打法更多的是体现泽曼的进攻哲学，相信也符合铁帅将进攻进行到底的思路。但同时，整体阵型的前压也势必给全队的防守带来更大压力，而这种压力是否是隋东亮和黄博文两人可以承受的，目前看确实还是有一定风险。所以，个人认为，此种打法适合对垒弱队，比如河南，比如浙江。

而如果是相对而言攻击力比较强的队伍，小马丁以及老潘塔在中场两侧的抢断恐怕还是铁帅不能割舍的。如此的话，前面只顶一个小闯，对对手的威胁就真的显得势单力孤了。这时候，我想到一个人：郭辉！

说实话，直到现在我依旧相信郭辉的实力。但同时，前面的比赛也充分证明了他并不适合单前锋战术。

当比赛阵型变为：

小闯　郭辉

马丁　　　　潘塔

堤亚哥

我想，至少郭辉的作用绝对比他充任单前锋时要大很多。当然，由于前场进攻人数的增加，就势必要减少一名后腰。这样，就衍生出大家对于后腰防守的又一个担心。在此，我想说的是，其实在好多时候大家还是忽略了马丁、潘塔甚至是堤亚哥对于防守的贡献。就目前的中超球队而言，杨璞、大龙、张永海、张帅加上隋东亮的防守阵容，再辅佐以小黑、老潘的疯狂逼抢实际上已经足以对付所有人了。

当然，纸上谈兵远比实战要来得容易。不管怎么说任何一点阵容上的微调恐怕都会有诸如配合不默契的弊端。所以，更多时候，建议更多地提供了一种在特定情况下的可能，至于全年联赛的整体布局，恐怕还是铁帅需要再多费心思的。

加油吧，北京国安。加油吧，铁帅李章洙。期待着2008年我们能够看到激情澎湃的国安队狂飙突进！

2007年甲A联赛积分表

名次/球队	场次	胜	平	负	进球	失球	净胜球	积分
01长春亚泰	28	16	7	5	48	25	23	55
02北京国安	28	15	9	4	45	19	26	54
03山东鲁能	28	14	6	8	53	29	24	48
04上海申花	28	12	10	6	35	29	6	46
05大连实德	28	11	11	6	36	31	5	44
06天津康师傅	28	12	8	8	31	22	9	44
07武汉光谷	28	11	7	10	29	31	–2	40
08青岛中能	28	10	6	12	36	42	–6	36
09辽宁西洋	28	9	8	11	26	36	–10	35
10长沙金德	28	8	10	10	17	24	–7	34
11巴贝绿城	28	6	10	12	25	35	–10	28
12河南建业	28	5	12	11	20	28	–8	27
13陕西宝荣	28	4	14	10	24	29	–5	26
14深圳上清饮	28	5	10	13	21	42	–21	25
15厦门蓝狮	28	4	8	16	22	46	–24	20

2007赛季北京国安队人员名单：

球队全称：北京国安足球俱乐部队		球队简称：北京现代	
领队：魏克兴	队医：双印、张阳	翻译/队务：范昆淼、康玉明	
主教练：沈祥福	助理教练：李春满、洪元硕	守门员教练：托米奇	体能教练：赵旭东

报名运动员

姓名	号码	出生日期	身高cm	体重Kg	场上位置	外籍	参赛证号
张思鹏	1	1987-05-14	188	78	守门员		MA09452
郎征	2	1986-07-22	188	79	后卫		MA05690
张帅	3	1981-07-20	182	75	后卫		MP0739
周挺	4	1979-02-05	181	78	后卫		MP0878
阿德拉尔多	5	1977-06-14	182	76	后卫	巴西	——
隋东亮	6	1977-09-24	178	79	前卫		MP0607
王长庆	7	1981-03-21	178	75	前卫		MA0955
杨璞	8	1978-03-30	178	76	前卫		MP0762
马丁内斯	9	1982-11-24	176	74	前锋	洪都拉斯	——
阿尔松	10	1976-05-26	186	82	前锋	巴西	——
闫相闯	11	1986-09-05	174	66	前锋		MA0943
崔威	12	1983-04-07	182	78	后卫		MA0980
徐云龙	13	1979-02-17	181	80	后卫		MP0765
王栋	14	1985-06-11	177	74	前卫		MA0984
陶伟	15	1978-03-11	176	70	前卫		MP0767
黄博文	16	1987-07-13	181	72	前卫		MA2555
高大卫	17	1983-08-17	180	75	前锋		M09793
路姜	18	1981-06-30	181	71	前卫		MP0740
杨昊	19	1983-08-19	176	66	前卫		MA0980
李尧	20	1977-11-21	175	65	前卫		MP0908
高雷雷	21		中途离队留洋				
杨智	22	1983-06-06	186	79	守门员		MA0213
杜文辉	23	1983-12-19	182	78	前锋		MA0978
王超	24	1986-02-02	182	77	前卫		MA0984
薛申	25	1977-01-21	181	71	前卫		MP0766

姓名	号码	出生日期	身高cm	体重Kg	场上位置	外籍	参赛证号
郝强	26	1986-01-17	180	78	后卫		MA09836
潘塔	27	1973-09-04	175	68	前锋	塞尔维亚	MP1721
郭辉	28	1978-04-09	177	72	前锋		MP0618
商毅	29	1979-01-20	179	67	前锋		MP0764
张永海	30	1979-03-15	183	75	后卫		MP1154
越恺豪	31	1987-10-19	183	78	前锋		MA30308
胡崎岭	32	1987-07-19	182	72	前锋		MA08891
姚爽	33	1987-10-21	183	65	前卫		MA09518
侯森	34	1989-06-30	188	71	守门员		MA08943
程月磊	35	1987-10-28	188	80	守门员		MA40642
祝一帆	36	1988-03-01	182	67	前卫		MA09174
李洪哲	37	1987-02-01	188	75	后卫		MA08916
薛飞	38	1987-10-29	178	62	前卫		MA09517
于雷	39	1985-05-22	180	77	后卫		MA09840
王皓	40	1989-02-18	177	63	前卫		MA36241
桑一非	41	1989-02-18	175	68	前卫		MA10712
堤亚戈	42	1977-12-04	194	87	前锋	巴西	MP01967

2007赛季中超联赛亚军

日期	轮次	对阵及比分	进球队员	
3月3日	第1轮	上海申花　0：2　北京国安	陶伟*、阿尔松	
3月11日	第2轮	北京国安　0：0　河南建业		
3月18日	第3轮	武汉光谷　0：0　北京国安		
4月1日	第4轮	北京国安　1：1　深圳上清饮	马丁内斯	桑托斯
4月8日	第5轮	厦门蓝狮　1：2　北京国安	阎相闯、闫相闯	耶利奇
4月15日	第6轮	北京国安　3：1　大连实德	马丁内斯、闫相闯、马丁内斯	德利尼奇
4月22日	第7轮	浙江绿城　0：0　北京国安		
4月29日	第8轮	北京国安　3：0　辽宁西洋	杜文辉、杨昊、陶伟	
5月6日	第9轮	青岛中能　3：1　北京国安	张帅	刘健、刘健、曲波
5月13日	第10轮	北京国安　0：0　长沙金德		
5月2日	第11轮	长春亚泰　0：0　北京国安		
5月27日	第12轮	北京国安　1：1　陕西宝荣	乌龙	奥利维拉
6月17日	第13轮	天津康师傅1：0　北京国安		武奇科
6月2日	第14轮	轮空		
8月8日	第15轮	山东鲁能　1：6　北京国安	乌龙、陶伟、堤亚戈*、闫相闯、闫相闯、堤亚戈	周海滨
8月12日	第16轮	北京国安　2：3　上海申花	闫相闯、堤亚戈*	杜威、阿隆索、马丁内斯
8月19日	第17轮	河南建业　1：2　北京国安	乌龙、堤亚戈	奥利弗

续表

8月22日	第18轮	北京国安　4：1　武汉光谷	黄博文、马丁内斯、郭辉、马丁内斯	王小诗
8月26日	第19轮	深圳上清饮0：1　北京国安	徐云龙	
9月1日	第20轮	北京国安　4：1　厦门蓝狮	陶伟、陶伟、杨璞、堤亚戈*	乐倍斯
9月5日	第21轮	大连实德　1：1　北京国安	闫相闯	朱挺
9月9日	第22轮	北京国安　1：0　浙江绿城	堤亚戈	
9月16日	第23轮	辽宁西洋　2：3　北京国安	陶伟、潘塔、闫相闯	丁捷、于汉超
9月23日	第24轮	北京国安　3：0　青岛中能	马丁内斯、陶伟、马丁内斯	
9月29日	第25轮	长沙金德　0：2　北京国安	堤亚戈、陶伟	
10月4日	第26轮	北京国安　0：1　长春亚泰		埃尔韦斯
10月31日	第27轮	陕西宝荣　0：0　北京国安		
11月4日	第28轮	北京国安　2：0　天津康师傅	堤亚戈、堤亚戈	
	第29轮	轮空		
11月14日	第30轮	北京国安　1：0　山东鲁能	堤亚戈*	
8月5日	商业比赛	北京国安　0：3　巴塞罗那		多斯桑托斯、伊涅斯塔、小罗

〈仅供参考，*为点球，#为任意球〉

2008

★ 关键词：2008、堤亚哥、亚冠、武汉退出、13场不败

★ 大事记：北京国安　1：0鹿岛鹿角（亚冠）

北京国安　0：2上海申花（联赛）

天津康师傅1：3北京国安（联赛）

上海申花　1：1北京国安（联赛）

“其实，想想对于整个北京足球，对于整座北京城的荣誉而言，球员或者俱乐部究竟谁是谁非都一样不重要了，比赛失利已经成为不可更改的事实。有时候，旁人无法理解到底什么才是球迷心中那份最深的痛！事已至此，我们只有默默期盼北京足球能够早日回归正轨，下一场比赛的胜利可以早日到来。如果说一个冠军足以让之前所有的恶评清零，那么对于球迷而言，胜利永远是那剂最有效的疗伤良药。”

“13轮不败，在面对冠军无望的时候也似乎不那么重要了，我们更看重的是客场同上海的比赛。其实，阻不阻击我们根本无暇关注。只是我们不想让别人踩着我们的肩膀去拿冠军，我们就是要证明我们具备同任何一支准冠军球队抗衡的能力。这是李章洙带给北京球迷的信心之源，更是我们十几年来不断坚持的底蕴。冠军，我们始终相信早晚会属于北京！”

“堤亚哥，这是一个在外界看来毁誉参半的球员，而我不舍的是他的精彩。当陶伟面对对方球门在禁区前沿拿球的时候，无需寻找，只要看准空当一个简单的直塞，堤亚哥球到人到然后就是单刀了。这份默契和聪明的跑位是在堤亚哥来之前和堤亚哥走之后我们都绝少看见的经典。仅就足球层面而言，我始终相信自陶伟1998年入队以来的10年间，堤亚哥就是和他最有默契的那一位，于足球的美，可遇而不可求。”

2008年注定是中国人民刻骨铭心的一年。万众瞩目的奥运会的成功举办以及中国军团的完美表现，给深受自然灾害侵袭的中国人民带来了最大的精神安慰。当面对一个个生命流逝的时候，我们必须明白足球其实不过就是一场游戏。冠军，我们永远充满期待，不过，即便我们没有冠军，生活也一样要继续……

2008年这个特殊的年份，属于北京，更属于我们每一个中国人。在这样的一年中，无论国安是否可以争得冠军，无论中国足球是否可以取得突破性的成绩，在所有中国人众志成城的抗灾抢险，然后忍着悲痛给全世界人民贡献一次精彩的奥运盛典之后，精神层面的胜利就是我们最大的安慰和激励。这份属于全体中国人的情感高于足球，高于体育，高于一切形式上的东西。

2008年关于足球的记忆，难以避免的凌乱。即便是国安，我的记忆也被堤亚哥占据了大部分空间，这一年国安再次同冠军失之交臂，不知道有多少球迷会将原因归结在外援堤亚哥的不作为上面。然而对于这个问题，我一直不敢苟同。其实从先于联赛的亚冠以及联赛初期的几轮比赛来看，堤亚哥个人还是比较努力的，他的技术能力也依旧在大多数对手之上。只是，小闯之于潘塔的替换，带来的几乎是一种战术风格的转变，在控制球的打法中更多融进了速度的因素。而小闯对于比赛节奏的把握也确实与老潘塔差距不小。何况，经历了呼风唤雨的2007年下半赛季后，各支球队对于堤亚哥、陶伟的重点盯防明显加强。应该说，整个教练组还是对新赛季的困难情况严重估计不足。

必须看到，俱乐部对主教练在球队建设以及内外援选择上支持力度的不同，在过去的几年中严重影响到了球队成绩。一味的包办和完全的放手不管，我们总是在两个极端游走。关于我们时常提及的像国外球队一样进行百年俱乐部的建设，对于尚属起步阶段的中超联赛而言，需要学习和借鉴的东西也确实太多。但愿，当我们拿到一直追求的冠军之后，可以以此为契机迎来更好的突破吧。

现在想来我们错过2008赛季，其实完全是因为我们自己没有准备好，堤亚哥、小马丁内斯、斯托扬、埃尔维斯、布尔卡……好不容易在2007年下半年让球队回归正轨的俱乐部再度人为地自乱阵脚。国安这么多年，就从来没有过在赛季开始前把一切准备工作做好的时候！俱乐部在对待以金志扬、沈祥福为主的国内教练和对待以老彼得和李章洙等人为主的外教上面明显地把握不好尺度，而我们为此交的学费至少在2008赛季看上去也并没有起到任何效果。我们在赛季中期的窘迫其实是在赛季初的准备工作上就可以预料到的了。

联赛的初始阶段，亚冠所带来双线作战的压力、队员的伤病、新援斯托扬的迟迟进不了状态，以及作为前场唯一支点却屡屡陷入对手疯狂围堵、发挥大打折扣的堤亚哥，种种原因导致球队成绩的止步不前，而原本对新赛季寄予厚望的球迷也将理想与现实的巨大落差转化为了对于球员，对于俱乐部的苛责。场上脚风不顺，场下备受指责，巴西人的委屈可想而知。国安也因此陷入一种令人担忧的恶性循环……

在周挺的鲁莽最终导致国安失手于鹿岛鹿角之后，失去出线希望的国安在泰国的不思进取同样让京城球迷不能理解，更是让球队处在了舆论谴责的风口浪尖。每当我们打算重拾信心对球队寄予厚望的时候，国安就会像扶不起的阿斗一样让球迷怒其不争却无可奈何。在这个时候，我们甚至开始想李章洙的出现以及去年下半年国安狂飙突进的表现，不过是老天对于心底深处蠢蠢欲动“永远争第一”的我们开的一个玩笑罢了，永远到底有多远，或许，真的还很远！

这种消极的情绪以及队里总也理不顺的矛盾终于在第11轮主场迎战上海不胜之后彻底爆发，张帅的乌龙导致国安0：2完败，也就此终结了张帅自己的足球生涯。其实，客观上讲，即便不是个别队员的发挥失常，坐镇主场的我们也未必就能赢下对手。而张帅的糟糕表现所引发的赛后一系列事件也注定成为了北京足球的历史疑案。其实，想想对于整个北京足球，对于整座北京城的荣誉而言，球员或者俱乐部究竟谁是谁非都一样不重要了，比赛失利已经成为不可更改的事实。有时候，旁人无法理解到底什么才是球迷心中那份最深的痛！事已至此，我们只有默默期盼北京足球能够早日回归正轨，下一场比赛的胜利可以早日到来。如果说一个冠军足以让之前所有的恶评清零，那么对于球迷而言，胜利永远是那剂最有效的疗伤良药。

第12轮做客天津的比赛，因为对手阵中主力停赛、国奥备战抽调球员等原因，国安迎来最好的取胜时机，而为国安攻入第3粒进球的埃尔维斯更是给国安球迷带来一份惊喜。原本在赛前还说没有敲定外援更换人选的国安最终突袭成功，3：1完美地打了对手一个措手不及。而在2007年10月4日为北京球迷带来莫大遗憾和痛苦的长春旧将埃尔维斯，也迅速地凭借代表国安首轮出战就进球的良好表现赢得了京城球迷的认可。

随后奥运会开始前的最后3场比赛，国安也以2胜1平的结果宣告了自己状态的回归。只是可惜，2008年的国安注定无福消受全球会聚北京的人气。奥运结束，国安两个客场比赛连续失利于大连和山东，再次彻底和冠军说再见。而同武汉光谷一战引发的武汉退赛，也让国安备受舆论压力的指责。现在想来，这不过是一场人为的阴谋而已，只是国安并没有向不公平的潜规则低头，反而引发了不明真相的弱势群体所谓惺惺相惜的指责。其实，也真的没什么。国安既然代表北京，而北京独特的历史地位也注定了我们必须具备较之其他人更良好的心理素质和更具大气的包容心。冠军没有了，剩下的还有这座城市的荣誉。这更值得我们随时随地地捍卫，没有终点。

13轮不败，在面对冠军无望的时候也似乎不那么重要了，我们更看重的是客场同上海的比赛。其实，阻不阻击我们根本无暇关注。只是我们不想让别人踩着我们的肩膀去拿冠军，我们就是要证明我们具备同任何一支准冠军球队抗衡的能力。这是李章洙带给北京球迷的信心之源，更是我们十几年来不断坚持的底蕴。冠军，我们始终相信早晚会属于北京！

感谢杜文辉，感谢国安。其实有时候我们心里就是有一个情结，值得我们铭记的比赛必须打出我们的气势才可称完美。当毛剑卿率先攻破国安大门，看着满场对手球迷挑衅目光的时候，辉子力拔千钧的远射是在强势宣告我们的不屈决心，北京足球永远不会被对手轻易击倒。每一个轻视我们的人都必须付出让他自己永生难忘的代价！北京足球要的就是这个范儿，我们永远不缺的就是来自敌人的尊重！

不过，如果我们回顾打进漂亮进球的大辉子这过去的一年，我们就会发现其实队员们不稳定的表现就和球队的起伏一样让人费解，同时也就只能数次眼睁睁地看着机会从我们面前溜走。或许是因为在向冠军冲刺的这3年中，2008年的过程最为波澜不惊，也或许早早失去希望的现状让大家的注意力本来就不完全放在足球上，2008年其他的事件夺去了大家太多的关注，总之，这一年的国安，在我们走向冠军的前一年，反而没能给我们留下更多记忆。

还是让我们尝试站在个体的角度上回顾一下吧，其实经历了2007年的激情和2008年的无奈后，国安队中变化最大的人当属李章洙！这个在2007年当球队1：0领先之后，习惯继续派上一名前锋去扩大比分的铁帅，已经在2008年悄悄地向着务实完成了转身。而也正是这种当球队领先之后会考虑增加一名防守球员的转变，才最终让李章洙带领国安在2008年创造出了连胜和不败的球队新纪录。从某种意义上说，正是李章洙的这种对于攻守两端平衡的追求，才让国安在经历了2005年到2008年的4年之后，真正具备了向冠军发起冲击的气质和信心。

至于队员层面，外援的作用自不必多讲，杨智、陶伟、徐云龙的中流砥柱作用也不言自明。而入主国安2年的李章洙的最大贡献应该是让张帅、黄博文、闫相闯3名球员更上一层楼了。虽然性格决定命运的张帅令人惋惜得半途而废，但是黄博文和闫相闯两个人的轮流出彩还是在某种程度上保住了李章洙。2007年的小闯破天荒地攻进了8粒进球，成为当时老李手中最为有效的奇兵。而当2008赛季小闯居然在联赛中颗粒无收的时候，在2007赛季只有一个进球的小黄却在2008突然爆发打进7球。这种有趣的现象或许说明，其实小黄和小闯才是李章洙为自己苦心栽培的左膀右臂。当有一天黄博文和闫相闯可以联手为我们贡献精彩的时候，或许我们的冠军也就不远了吧！

应该说，2008年其实是李章洙发现问题、解决问题的一个赛季。从4231到442的转变，以及对于陶伟和隋东亮的重要性认识，都已经让老李在自己心里对2009年的球队建设有了一个渐渐明朗的战术雏形。

最后，我们需要缅怀一下的就是我们在2009赛季失去的外援们了。

堤亚哥，这是一个在外界看来毁誉参半的球员，而我不舍的是他的精彩。当陶伟面对对方球门在禁区前沿拿球的时候，无需寻找，只要看准空当一个简单的直塞，堤亚哥球到人到然后就是单刀了。这份默契和聪明的跑位是在堤亚哥来之前和堤亚哥走之后我们都绝少看见的经典。仅就足球层面而言，我始终相信自陶伟1998年入队以来的10年间，堤亚哥就是和他最有默契的那一位，于足球的美，可遇而不可求。

瓦尔特·马丁内斯，对于有理想有追求的小黑而言，离开无可厚非。对于习惯带着心疼去欣赏的我们而言，给出祝福就已足够。永远不知疲倦地奔跑和拼抢，令人匪夷所思的惊人弹跳和爆发力，脚下技术的稍显粗糙都无所谓了。其实小黑就是一个为中超联赛而生的外援，走了，可惜了。祝福小黑！

斯托扬，一个具有中国足球特色的“水货”外援。不知道马其顿人对于中国这个神秘国度的足球联赛会有一个怎样的印象。反正代表国安的首仗即直接策动了两个进球，以及赛前合影总喜欢单手扶膝就是斯托扬留给我们的所有记忆了。

埃尔维斯，一个为了自己曾经的杀戮而赎罪的非常之旅。其实对于“水牛”的实力，我们从未怀疑，那种习惯用自己的带球蹚开一条出路的打法，让我们想起的不单单是水牛还有坦克！只可惜，李章洙的柔情埃尔维斯永远不懂，在一帮玩绣花针的中间掺进一个抡大锤的，格格不入在所难免。埃尔维斯用自己的经历告诉我们，适合自己的才是最好的。

布尔卡，其实这才是正经欧洲联赛的主力球员。他是来讲课的，就看郎征们能吸收多少了。当2009年我们终于收获了冠军的时候，相信佳一一定会把这个消息带给布尔卡，这是我们共同的荣耀。

2008赛季结束，国安最终以30战15胜11平4负（因为武汉退赛，最终积分按58分计算）排名第3。虽然全年比赛经历了堤亚哥的低迷、队员间的伤病、外援的再次更迭，以及队员受处罚，并且因为武汉退赛而导致的舆论压力等种种问题，最终还是凭借埃尔维斯和布尔卡的强力增援，以及全队的不懈努力，以13轮不败的成绩强势收尾。

对于冠军的追逐，其实2008年的轨迹几乎是重复了2007年的过程：上半程比赛因为外援的不利早早失去夺冠的可能，下半程得到强援补充之后再度狂飙突进，但是为时已晚。不过，连续两个赛季国安在下半程明显表现出强过上半程的状态，也再次给了痴心不改的京城球迷对于2009赛季的些许期待。如果我们可以在赛前把准备工作做好，或许……

2008年甲A联赛积分表

名次/球队	场次	胜	平	负	进球	失球	净胜球	积分
01山东鲁能	30	18	9	3	54	25	29	63
02上海申花	30	17	10	3	58	29	29	61
03北京国安	30	16	10	4	43	27	16	58
04天津泰达	30	16	9	5	54	29	25	57
05陕西中新	30	15	7	8	41	29	12	52
06长春亚泰	30	12	9	9	53	45	8	45
07广州医药	30	10	10	10	41	42	–1	40
08浙江绿城	30	9	12	9	38	32	6	39
09青岛盛文	30	10	9	11	39	36	3	39
10河南四五	30	9	9	12	30	31	–1	36
11长沙金德	30	7	13	10	28	36	–8	34
12深圳上清饮	30	8	9	13	35	34	1	33
13成都谢菲联	30	7	11	12	30	36	–6	32
14大连海昌	30	6	12	12	30	40	–10	30
15辽宁宏运	30	6	9	15	34	47	–13	27
16武汉光谷	30	0	0	30	0	90	–90	0

2008赛季北京国安队人员名单：

球队全称：北京国安足球俱乐部队		球队简称：北京现代	
领队：魏克兴	队医：双印、张阳	翻译/队务：范昆淼、 康玉明	
主教练：李章洙	助理教练：李春满、吕军	守门员教练：托米奇	体能教练：赵旭东

报名运动员

姓名	号码	出生日期	身高cm	体重Kg	场上位置	外籍	参赛证号
张思鹏	1	1987-05-14	188	78	门将		——
郎征	2	1986-07-22	188	79	后卫		——
张帅	3	1981-07-20	182	75	后卫		——
周挺	4	1979-02-05	181	78	后卫		——
桑一非	5	1989-02-18	175	68	前卫		——
隋东亮	6	1977-09-24	178	79	前卫		——
王长庆	7	1981-03-21	178	75	前卫		——
杨璞	8	1978-03-30	178	76	前卫		——
杜文辉	9	1983-12-19	182	78	前锋		——
迪亚戈	10	1977-12-04	194	87	前锋	巴西	——
闫相闯	11	1986-09-05	174	66	前锋		——
程月磊	12	1987-10-28	188	80	门将		——
徐云龙	13	1979-02-17	181	80	后卫		——
王栋	14	1985-06-11	177	74	前卫		——
陶伟	15	1978-03-11	176	70	前卫		——
黄博文	16	1987-07-13	181	72	前卫		——
王珂	17	1983-08-31	168	70	前卫		——
路姜	18	1981-06-30	181	71	前卫		——
杨昊	19	1983-08-19	176	66	前卫		——
马丁内斯	20	1982-03-28	168	68	前锋	洪都拉斯	——
姚爽	21	1987-10-21	183	65	前卫		——
杨智	22	1983-06-06	186	79	门将		——
越恺豪	23	1987-10-19	183	79	前锋		——
杨运	24	1989-07-18	183	72	后卫		——
斯托扬	25	1979-12-22	170	68	前卫	马其顿	——

姓名	号码	出生日期	身高cm	体重Kg	场上位置	外籍	参赛证号
郝强	26	1986-01-17	180	78	后卫		——
于洋	27	1989-08-06	183	72	后卫		——
郭辉	28	1978-04-09	181	72	前锋		——
商毅	29	1979-01-20	179	67	前锋		——
张永海	30	1979-03-15	183	75	后卫		——
胡崎岭	31	1987-07-19	182	72	前锋		——
埃尔维斯	32	1978-08-01	185		前锋	洪都拉斯	——
王皓	33	1989-02-18	177	63	前卫		——
侯森	34	1989-06-30	188	71	门将		——
薛飞	35	1987-10-29	178	62	前卫		——
祝一帆	36	1988-03-01	182	67	前卫		——
刘博	37	1988-10-13	179	75	前卫		——
黄骏	38	1990-03-08	175	65	前卫		——
刘腾	39	1989-01-06	178	67	前卫		——
徐怀冀	40	1989-05-07	181	65	后卫		——
布尔卡	41	1980-03-16	185	77	后卫	罗马尼亚	——

2008赛季中超联赛季军

日期	轮次	对阵及比分	进球队员	
3月30日	第1轮	北京国安 2：0 河南四五老窖	马丁内斯、杜文辉	
4月5日	第2轮	北京国安 1：1 山东鲁能	马丁内斯	周海滨
4月13日	第3轮	武汉光谷 0：1 北京国安	郭辉（改判0：3）	
4月27日	第5轮	陕西宝荣 2：1 北京国安	马丁内斯	忻锋、姜晨
5月2日	第6轮	深圳上清饮0：0 北京国安		
5月10日	第7轮	北京国安 2：0 辽 宁	黄博文、堤亚哥	
5月17日	第8轮	长春亚泰 1：1 北京国安	黄博文	陈雷
6月25日	第9轮	浙江绿城 1：1 北京国安	陶伟#	蔡楚川
6月29日	第10轮	北京国安 0：2 上海申花		于涛、乌龙（张帅）
7月2日	第11轮	天津康师傅1：3 北京国安	黄博文、郭辉、埃尔维斯	毛彪
7月6日	第12轮	北京国安 1：0 青岛中能	堤亚哥	
7月12日	第13轮	长沙金德 1：1 北京国安	郭辉	塔雷斯
7月16日	第14轮	北京国安 3：2 广州广药	隋东亮、堤亚哥、陶伟	徐亮、高明
8月27日	第14轮	成都谢菲联1：1 北京国安	堤亚哥	丹尼尔森
9月6日	第15轮	大连实德 3：1 北京国安	杨昊	李凯、李学鹏、李学鹏
9月13日	第16轮	河南四五 1：2 北京国安	马丁内斯、埃尔维斯	奥利萨德贝
9月20日	第17轮	山东鲁能 2：0 北京国安		李金羽、王永珀

续表

9月28日	第18轮	北京国安　1：1　武汉光谷	马丁内斯（改判3：0）	陆博飞
10月1日	第19轮	广州广药　1：1　北京国安	马丁内斯	迭戈
10月5日	第20轮	北京国安　1：1　陕西宝荣	郭辉	隆尼
10月18日	第21轮	北京国安　1：0　深圳上清饮	杜文辉#	
10月22日	第22轮	辽　宁　1：2　北京国安	杜文辉、埃尔维斯	罗曼
10月25日	第23轮	北京国安　2：1　长春亚泰	黄博文#、马丁内斯	曹添堡
10月29日	第24轮	北京国安　2：1　大连实德	黄博文、埃尔维斯	詹姆斯
11月2日	第25轮	北京国安　1：0　浙江绿城	郭辉	
11月9日	第26轮	上海申花　1：1　北京国安	杜文辉	毛剑卿
11月23日	第27轮	北京国安　2：2　天津康师傅	堤亚哥、陶伟#	吴伟安、蒿俊闵
11月26日	第28轮	青岛中能　1：2　北京国安	堤亚哥、布尔卡	郑龙
11月30日	第29轮	北京国安　1：0　长沙金德	黄博文#	
12月6日	第30轮	北京国安　2：0　成都谢菲联	陶伟#、黄博文	
3月12日	亚冠联赛	越南南定　1：3　北京国安	闫相闯、杜文辉、闫相闯	黎文月
3月19日	亚冠联赛	北京国安　4：2　泰京银行	杜文辉、马丁、杜文辉、马丁	腾索巴、比亚隆
4月9日	亚冠联赛	鹿岛鹿角　1：0　北京国安		达尼洛
4月23日	亚冠联赛	北京国安　1：0　鹿岛鹿角	堤亚哥	
5月7日	亚冠联赛	北京国安　3：0　越南南定	郭辉、杨昊、杨昊	
5月21日	亚冠联赛	泰京银行　5：3　北京国安	堤亚哥*、堤亚哥、堤亚哥*	腾索巴4球、皮吉蓬

〈仅供参考，*为点球，#为任意球〉

2009

★ 关键词：换帅、阻击、冠军

★ 大事记：北京国安3：1重庆力帆（联赛）

山东鲁能2：2北京国安（联赛）

北京国安0：0上海申花（联赛）

长春亚泰2：6北京国安（联赛）

北京国安0：0河南建业（联赛）

北京国安2：1大连实德（联赛）

北京国安1：1山东鲁能（联赛）

上海申花1：1北京国安（联赛）

北京国安0：2长春亚泰（联赛）

河南建业2：2北京国安（联赛）

大连实德1：2北京国安（联赛）

北京国安4：0浙江绿城（联赛）

“9月17日上午，北京国安足球俱乐部在官方网站上公布了李章洙下课的消息：鉴于国安队在中超联赛中的状况，俱乐部决定解散球队教练组，并组成新的教练组全面主管工作，新的教练组由洪元硕任主教练。”

“虽然此前队里的最佳射手乔尔·格里菲斯被‘人为’停赛，但是这恰恰激发了国安更大的斗志。小格要以4粒进球替哥哥完成使命的宣言霸气十足，北京足球在外界一致‘内定冠军’‘全民阻击国安’的言论之中同仇敌忾！在这一刻，没有不可能！”

“2009年10月31日，这注定是北京足球永远值得铭记的一天！被老帅洪元硕激活的瑞恩·格里菲斯和埃米尔·马丁内斯终极爆发，小格两次助攻，埃米尔上演帽子戏法。国安，终于圆梦。相信，当终场哨响的那一刻，一路走来关注着国安每一场比赛的你我心中的那份感觉已经无法言说。此时此刻，只有一句话：我们是冠军！”

我们是冠军！

2009年10月29日，坐在从福州开往北京的Z60次列车上，心潮澎湃。这是一次从未有过的被幸福感时刻充盈的归京之旅。十几年了，我们这次会圆梦吗？说实话，此时的自己信心和担心是共存的，相信经历过2007年10月4日雨夜的朋友都会和我一样，在忐忑不安的担心之中充满幸福的期待，无论如何，决战！这一天还是来了。其实，对于自己而言，胜利是最完美的结果，而失利也更是自己必须放弃一切出现在工体的理由！决战时刻，每一个北京球迷的心都会和这支名叫“北京国安”的球队在一起！

2009年10月30日，北京。终于回家了，准备好球票，准备好队服。晚上一直和朋友喝茶聊天到半夜，没有理由地睡不着觉。把球票装在兜里，压在枕头下，从来就没有觉得这张小小的纸片是如此的珍贵。

2009年10月31日12：30，平常总是在赛前半小时才出发去球场的自己总是无法静下心来，吃不下东西，坐卧难安。想想算了，还是出发吧。这时候，总是一起看球的朋友纷纷来电，大家彼此通报着自己的位置，陆续出发拥向工体。

2009年10月31日13：30，坐在工体的六看台上，看着已经坐了六七成观众的球场，思绪再次陷入混乱：谁会首发？会不会发生意外？如果不能尽早打破僵局，国安会不会紧张？想起有人说那些说自己不紧张的人其实都是在掩饰紧张，队员们在如此的高压下究竟会是什么表现？拿出手机，调出罗总的电话号码看着，说什么呢？！想想，此时此刻与北京足球相关的每一个人或许心情都一样吧，该叮嘱的应该已经被叮嘱了千万遍。内定？！阻击？！所有的压力，在这最后的90分钟里就让整个北京一起扛吧。

国安，加油！

首发：门将杨智、左后卫张辛昕、左中卫徐云龙、右中卫郎征、右后卫周挺、双后腰黄博文、马季奇、左前卫马丁内斯、中前卫陶伟、右前卫闫相闯、前锋瑞恩·格里菲斯。

2009年10月31日15：30，比赛开始，第一脚向前传球马丁扛人犯规，对方任意球。从比赛的一开始，其实国安就已经摆明了自己的态度，主攻对手右路。郎征后场长传，马丁接球回做，张辛昕，陶伟，小格，马丁！进去了！打门！反弹……球进！

当时，相信所有在场的北京球迷都和我一样，当皮球滚过球门线的那一刻，我们的大脑瞬间短路，一片空白，继而就是突然爆发的狂喜。幸福就是这样让人难以置信地降临！几分钟后，深圳方面传来消息，巴尔克斯进球，河南一球落后。一股强大的气场此时开始从工体的上方出现，慢慢地向着球场的方向聚拢。

比赛的前15分钟，让人较为担忧的郎征和张辛昕表现正常。倒是核心陶伟的频

2009，我们的冠军现场。

频放铲显示了老队员们对于这个冠军的极度渴望，这种踢法也让球迷对原本体能不佳的陶伟暗暗担心。20分钟过后，闫相闯沿右路的两次长途奔袭，完美实施了“形右实左”战术对敌人的迷惑，同时也让对手的阵型变得七零八落，黄博文和陶伟的任意球考验对手之后，场面呈现胶着状态，不过对手始终无法在国安球门前30米区域形成真正威胁，也让工体所有悬着的心逐渐归于平静。国安1：0结束上半场比赛。

中场休息，难得的喘息机会。比赛从一开始到上半场比赛结束，气氛自始至终的紧张。“绿茵场上呼喊着你的名字，绿色身影是我们的明星……”工体数万球迷集体高唱《国安永远争第一》，在场的每一个人就这样被自己真实地感动着。相信即便是远道而来的浙江球迷也会为北京足球十几年的坚持而动容。想想对手的处境，看看我们自己。其实，即便是还在争冠军，我们也应该对国安充满感激。

下半场比赛，决战的45分钟！刚刚开场，浙江首先完成一次头球攻门，杨智一如既往的稳健。国安前场右侧任意球，周挺左右变向摆脱回敲，郎征再次把球立到禁区，对手解围，球到左侧，黄博文挑传马丁，马丁胸部停球，摆腿……世界波！啊————

哈哈，相信当所有人看到马丁停球摆腿的那一刻，大家几乎都是想说完蛋的。这个赛季以来马丁屡屡在同样的位置拿球，可是一旦接近禁区，最后的结果就总是不了了之。无论是否有队友包抄，马丁摆腿的姿势就注定不会是一脚合格的传中。谁曾想到，马丁这次是要攻门，小角度左脚外脚背抽射，这是一次霸气十足的选择！中超先生埃米尔·马丁内斯，完美归来！

2：0的比分，我们期待了十几年的冠军几乎触手可及。但是，此刻没有一个人可以完全放下心来，这十几年来2：0领先最后被扳成2：2的场景在脑海中一闪而过。随后的比赛，国安阵型开始回缩，直到经历对方球员抢断郎征脚下球，突入禁区横传被杨智拦下的虚惊之后，阵型再次前压，埃米尔继续着良好的竞技状态，脚下节奏清晰而明快。随后，保罗上场替下郎征。现场球迷的开心果保罗刚一上场，即用两个小跳博得全场笑声，一直紧张的气氛也随之化解。

对手开始全面压上进攻，第75分钟杜文辉上替下陶伟。马成飞铲马季奇，黄博文任意球开到禁区，对手解围，国安回顶禁区，杜文辉卡住身位，乔尔丹推人，点球！

周挺推射，3：0！太多一直站立欢呼的球迷已经坐下，任由泪水变为我们唯一的

宣泄途径。此时此刻，我已经看到一个庞大气场的形成，越来越近，越来越低。当小格直塞，马丁突入禁区挑射得手，完成帽子戏法的瞬间，气场爆发。已经不需要终场哨声响起，我们知道，北京足球等了16年的冠军到手了……

2009年注定会成为北京球迷刻骨铭心的一年，特别是那些从职业化初期一直坚持到今天的国安球迷。十几年的永远争第一，终于梦圆。在那刹那间，真的是已经没有语言可以形容。当日本籍裁判今村义郎鸣响终场哨，当所有的队员和球迷绕场欢庆完毕。走在工体外回家的路上，我的心情竟然从复杂慢慢归于平静，就像此前每一个周末的散场回家。

我们就这样成为冠军了吗？终于夺冠了？当和朋友一起坐在庆祝的酒桌上，朋友告诉我："冠军了，喊吧，想怎么喊就怎么喊。"可是，我却喊不出来了……咱们从今天起就是冠军了，是不是应该低调点呢？呵呵，其实，我们心里已经心花怒放。

当第二天早上我睁开眼，打开窗看到窗外漫天的大雪，打开电视看到关于中超的节目，我才真切地感受到，我们真的是冠军了……

或许，在当时我们太多的人还远远没有意识到，这是怎样的一份荣誉。当若干年以后，人们回忆起北京足球的历史，2009年注定会是最为浓墨重彩的一笔，我们，参与其中的每一个人都已经在潜移默化之中创造了历史。这，是我们足以用一生的时间来珍藏的荣耀！

人的一生总要做点什么。一份十几年的坚持，最终得来了冠军的结果。不知道可不可以将这份坚持当做自己的信仰，但是我们都清楚一个人的一生也没有几个15年坚持……

2009年伊始，就注定让北京球迷充满期待。首先球队主场重新回归北京足球的福地——工人体育场，而后国安从未有过的高调宣称：2009中超的目标，是冠军！续约李章洙、引进澳大利亚金靴射手乔尔·格里菲斯、从竞争对手手里挖来亚洲外援名额的瑞恩·格里菲斯、上一年度的中超抢断王达科·马季奇、喀麦隆的高大中后卫威廉·保罗，以及最后一刻引进的上一年度的中超足球先生埃米尔·马丁内斯。加上内援张辛昕，国安这么多年以来第一次在赛季开始之前，将内外援的引进工作落实得如此彻底。而这，也让所有京城球迷第一次真实地感觉到那份对冠军的渴望。

关于2009年的亚冠，只能说是个美丽的错误。胜澳大利亚纽卡斯尔、平日本名古屋只是个假象，而两负韩国蔚山现代倒真真实实地成为放弃亚冠的借口。面对北京足球苦苦等了15年的联赛冠军，这一刻几乎就是没有什么不可以放弃的了。

联赛首战，国安坐镇工体面对弱旅重庆，其实对于誓在争冠的我们而言，这应该是一场不足以引起任何波澜的必须拿下的比赛。首发，小闯取代郭辉、陶伟的442阵型。随着裁判的一声哨响，北京队开始了暴风骤雨般的急攻：长庆接中场长传，左脚停球右脚侧身凌空！在那一刹那，我甚至相信，如果球进了，将意味着北京终将在一个酣畅淋漓的赛季中拿到最后的冠军。可惜，差之毫厘，横梁硬生生地将皮球拒之门外。

而后，是一波波更强烈的进攻：大脚前传、快得令人目眩的出球，随便一个刚过中线的任意球都可以看到两名中卫的压上助攻！直至在一次两名中后卫出现在对方禁区里的抢断造成对方的失误，大龙抢断搓传，乔尔头球中的……当队员们紧紧抱在一起庆祝的时候，相信在场的每一个人都会有一种血脉喷张的冲动。再然后，保罗终于在对方有针对性的数次冲击之下冒顶，重庆进球，1：1上半场比赛结束。

中场休息的15分钟，躁动的人群很难完全安静下来，夹杂着对保罗的谩骂，夹杂着对于小闯的不满，球迷面带笑容乐观地调侃着，一名年近50的老球迷居然对自己身边的老伴说：如果这球平了，回去就把套票烧了……对于冠军的极度渴望，严重地左右着我们对于失败的承受能力！

最终凭借乔尔、大龙、黄博文的3粒进球，国安3：1拿下对手。不过一味盲目的猛打猛冲在显露我们对于冠军的极度渴望而三军用命的同时，也暴露了国安在技战术打法上的苍白无形。结果可喜、过程堪忧的首战比赛也预示了国安2009年的冠军征途注定不会是一帆风顺。

第2轮客战长沙，辉子最后时刻将空门的机会打在横梁上的0：0；第3轮陶伟下半场临危救主的1：1。短短3轮比赛，赛前被寄予厚望的国安就处在一片舆论的风口浪尖。第4轮客场2：0拿下成都，第5轮客场2：2绝地大反击逼平山东。可就在京城球迷还没能够好好享受这两场比赛中队员们的优异表现带来的慰藉，足协的处罚随之而来：乔尔·格里菲斯停赛5场！周挺停赛6场！而小黄更是在同蔚山现代的亚冠比赛中重伤离场，至少伤停3个月！

后面的2轮比赛，客场0：1不敌陕西，主场0：0被上海逼平。京城球迷哀鸿遍野，不知道有多少人从那时起再次对新赛季的冠军开始不抱希望。然而，国安却总是出乎我们的意料，在第8轮客场挑战长春的比赛中，瑞恩和小闯状态大勇纷纷梅开二度帮助国安最终6：2横扫对手，不仅长长地出了一口2007年主场失利的恶气，更是让球队以此为契机迎来了一波四连胜的精彩表现。球迷渴望冠军的希望之火再次周而复始地被点燃。

接下来的4场比赛：国安主场惜平河南，客场逼平广药，主场绝杀大连，客场惜败浙江。虽然没能够用一场胜利来为上半赛季做个收尾，不过还是凭借15战7胜6平2负积27分的表现，历史上第一次在联赛半程结束的时候位居积分榜榜首。

由于有了2007、2008两个赛季下半年明显优于上半年表现的经历，暂时位居积分榜第一位的国安给了京城球迷最多的期待。北京球迷第一次真实感受到冠军似乎正在由一片朦胧之中向着北京走来！

然而，令京城球迷措手不及的却是联赛下半程的比赛刚刚开始，国安就莫名其妙地陷入低迷。英超亚洲杯，全主力出战的国安1：1惜平赫尔城，可爱的大保罗建功。虽然此前不久，浙江绿城刚刚以2：8的大比分负于曼联，让中超再次成为部分人的笑柄。作为领头羊的国安在场面上完全不输于全力出战的赫尔城的表现还是恢复了球迷们的部分信心。只是，对于3天后就将开始的中超联赛而言，这次所谓关乎中超荣誉的商业比赛最终还是彻底沦为鸡肋。

8月2日的重庆，当陶伟以一脚令人目瞪口呆的超远距离任意球破网的时候，恐怕没有人会想到国安最终会输掉比赛。首次代表重庆登场的前巴西球星埃尔顿，也确实名声太盛，让二宝、大保罗、马季奇等所有防守队员如临大敌。继在首回合交锋时让保罗难堪之后，哥斯达黎加人金尼再次成为国安克星，替补上场扳平比分。然后，曾经一度传出被国安看中的小将黄希扬梅开二度，国安反而1：3落后！当乔尔踢飞点球以后，恐怕就没有人相信国安可以再扳回比分。这时候再寄希望于国安取胜，还不如寄希望于其他夺冠竞争对手的失分。当周挺以令人惊艳的表现连续过人扳回一球，国安最终2：3惜败之后，山东客场战平深圳、上海客场战平江苏、长春主场打平长沙、大连主场打平天津、河南客场0：2完败广州的消息还是给了京城球迷些许安慰。

8月8日，当整个北京城都沉浸在鸟巢意大利超级杯的热潮之中的时候，远在厦门的我清楚心中挂念的是在第二天晚上开赛的国安主场同长沙金德的中超联赛。客场连续失分，主场面对弱旅。这几乎就是毫无退路的背水一战了，挺身而出的还是陶伟！在开赛不久就以一记精彩的任意球破网之后，陶伟再次凭借一粒点球让国安在上半场即以2：0的比分领先。同时，他也创造了自己连续3场比赛3粒任意球进账的个人纪录。当下半场替换上场的小格接马丁的直塞，攻进第3个球以后，京城球迷压抑了许久的激情也得以最终释放，更为欣喜的是，伤停达3个月之久的黄博文也在本场比赛中宣告复出。在冲往冠军的征途中，国安再次上路。

球迷的幸福总是如此短暂，当我们好不容易再次看到希望的时候，国安再败！第18轮做客江苏，开场仅仅8分钟，就被谭斯以一脚莫名其妙的远射攻破球门。在余下的80多分钟时间里，国安也完全没有展现出任何可以扳平甚至反超的迹象，最终落败。在不知不觉间我们已是客场三连败，而最直接的竞争对手山东鲁能凭借主场战胜上海申花完成反超。同时，曾经击败国安的重庆，在击败国安之后连续两轮比赛被对手6球屠戮更是让京城球迷一片茫然。

再次回到工体，这次的对手是我们曾经在客场2：0完胜的成都谢菲联。虽然客场三连败，不过主场6胜3平的成绩还是让球迷相信这次我们依旧可以取得3分。当身处异乡的我盘算着上半场只要2：0就应该差不多拿下的时候，结果却是对方以两粒进球让所有的国安球迷目瞪口呆！半场比赛结束，场上比分0：2！京城球迷中脆弱如我者，不知道有多少人在那休息的15分钟里对于冠军的渴望已经降至零点。直到当下半场替换上场的小格以一脚怒射扳回一球，然后不知是冲着队友还是球迷猛烈地挥手，才忽然让我们如梦初醒，队员们并没有放弃！球迷更不能放弃！回忆到这里，忽然记起事后看录像回放的时候，才发现当时的主持人宋建生在小格入球的刹那间喊出的“漂亮”，是怎样的一种撕心裂肺！当狂喜降临，其实简单的呼喊就是我们最直接的宣泄。这是和我一样从1995年一路坚持下来的见证人啊。有太多太多的人在期盼，有太多太多的我们在并肩作战，是的，我们永远不应该放弃，永远不能放弃！相信小格的激情感染了当时所有的人。此后，虽然比赛的时间在流逝，但我们已经开始坚信我们可以扳回比分。当大格接中场挑传，倚住后卫一脚弹射扳平比分，我们，所有爱着国安的人们，那颗冠军的心再次重归澎湃！这就是一场结果没有3分，过程却远胜3分的信心之战。

第19轮比赛结束，国安虽然在主场只取得了一场遗憾的平局，然而此前排名第一的山东却再次在长春折戟，国安迅速拉近同对手之间的积分距离。更为重要的是，下场比赛我们即将坐镇工体迎战排名第一的山东鲁能！

本场比赛大龙复出，国安全主力迎敌。本来前30分钟的比赛平淡无奇，感觉上李章洙在求稳。面对求稳的国安，今非昔比的山东更是显得束手无策。然而，第32分钟韩鹏接桑德罗回做后距离球门30米开外的一脚远射最终打破了比赛的平衡。实事求是地说，这是一粒精彩的进球。甚至可以评为本年度中超最佳进球！只可惜，受难的一方却是国安。不过，足球有时候就是要相信宿命。国安此前同前几名球队交手不败的战绩，以及山东客场自2000年之后8年不胜国安的历史还是给了球迷太多期待。小将张稀哲的上场是个意外，联想到对天津和广药时候的祝一帆，总是感觉李章洙的思路开始混乱。不过，这也最终成为挽救比赛的一个起点，比赛再次接近尾声，正是小将张稀哲的一脚直传，给了马丁内斯抢断西切罗的机会，点球！从下半场就开始频频压上助攻的周挺当仁不让，一脚劲射扳平比分，更是一解客战山东时的郁闷。最终两队打平的结果让客场取胜的河南抢占榜首，冠军争夺再度陷入混乱。

第21轮面对国安多年的苦主陕西中新，这是一个我们许久都未曾赢过的对手。比赛的进程出乎意料的顺利，刚刚换帅的陕西队看起来也丢掉了以前一直对垒国安的心理优势。乔尔抢断忻峰的横传建功，而后又一脚精彩的弧线球击中横梁。上半时的比赛，国安优势尽显。中场休息过后的下半场比赛，陶伟绝妙的传球，大格被放倒在禁区内，点球。不过，此时依旧在场上的陶伟却没有主罚，上轮刚刚点球建功的周挺再次走向罚球点。对于客队门将吴彦晟而言，如果他在赛前做足了功课，这就是一次最好的检验。周挺将球迷的担忧变成现实，他的半高球被吴彦晟生生拒之门外，这也让京城球迷一直悬着的心继续高悬。此后陕西队李彦、王鹏等人多次错过门前建功的机会更是吓出球迷们一身的冷汗。好在这次运气终于选择了眷顾国安，最终比赛以1：0的比分结束。当随后的比赛陆续传来河南主场被江苏逼平，山东客场被青岛击败，国安再次凭借净胜球的优势回归榜首的时候，我们更是发现，这次的运气竟然是如此的好！

也或许就是因为运气太好了的原因，同陕西的比赛一结束，从媒体到俱乐部就纷纷出现对球队表现不满意的声音。李章洙越来越真切地感受到来自帅位下面火山口的烘烤。客场对上海，这是一场微妙的比赛，更是一场表演。在赛前朱骏大打心理战抛出的“内定冠军”，以及号召“全民阻击国安”的口号在一定程度上左右了并不成熟的中国足球人的视线，更是让我们忽略了在国安球队内部或许已经开始萌动的不安。赫莱布推倒周挺后的进球帮助上海主场领先，而这一争议判罚的受害方国安却选择了欣然接受。随着比赛的进行，双方球员开始更多地把注意力放在了犯规上，戴琳禁区内钩倒瑞恩，徐云龙飞铲扬科，激烈有余的比赛让双方都因拼得太凶而阵型混乱给了对手机会。最终，近几年老李一手提拔起来的黄博文以一脚抢射扳平比分，挽救了处于风口浪尖的李章洙。河南继续客场输球，山东主场4：0大胜天津，国安依旧凭借净胜球的优势排名榜首。

第23轮国安主场同长春的比赛，现在看来注定就是2009年国安的一个分水岭。对手长春上一轮比赛刚刚以替补阵容0：4大比分完败给急需保级的对手深圳，现在却要尽遣主力来响应“阻击国安”。比赛的过程也像极了2007年10月4日雨夜的进程，上半场比赛双方都乏善可陈，下半场比赛当大格错过一次绝佳的进球机会后不久，对方刚刚替换上场的舒巴舍奇突入禁区，被徐云龙放倒。曹添堡点球命中，长春1：0领先。其实，对手如何上不上主力对于我们而言根本不重要，也不应该成为赛后输球的借口。不过，对比之前多次0：1落后对手的局面，我们扳平了江苏、扳平了山东、扳平了上海，而这次却是终场前再丢一球，0：2完败对手，同时本年度的工体不败被终结！河南客场2：1击败山东，国安也终于可以不再凭借竞争对手的同时输球而被推上积分榜榜首位了……

李章洙，下课？！

作为一名李章洙个人拥趸的球迷，我不得不承认就目前而言，李章洙下课已经成为“最好”的选择。即便非战之罪，李章洙也确实不再是当初的铁帅李章洙了。

将近三年的时间，李章洙给国安身上打上了深深的“男人”烙印。这是无论金

指、沈指或者老彼得都不曾做到的。三年总的客场成绩，特别是对联赛排名前几位的球队打出的精气神，给了国安在联赛中自我定位莫大的底气，一支具备冲冠的队伍才得以形成，这是李章洙对于北京足球不可磨灭的贡献！

至于老李的训练水平和临场指挥，球迷不好太多评价。毕竟球迷不过足球的门外汉而已，就谈谈我的直观印象吧。高强度的体能训练，不应该被拿来指责。就中国足球的这点水准，如果连点体能都没有，更一无是处了。取得多大的荣誉，就要吃多大的苦。队员们应该坚持，而不是抱怨。具体到临场，老李力挽狂澜的点睛之笔和莫名其妙的晕招共存，这也是让我最费解的地方。

固执的问题就不用说了，中国足球的大环境还是浮躁多过理智。大骂马丁的人不在少数，认为长庆和辉子不该上场的比骂马丁的还多，小闯就不用说了。可不知道都用没用脑子想过，不用马丁、长庆、杜文辉、小闯，国安的边路还有人吗？真是打游戏打多了，分不清虚拟和现实了吗？！三年的执教，李章洙让黄博文和张帅得到了质的提高，三年的时间，李章洙让国安对4231的打法要求了然于胸。固执本身就是一把“双刃剑”，而李章洙有这个资本。

说到李章洙的临场指挥，我一直对2007年客场绝杀辽宁印象深刻，当比分被辽宁追成1：2的时候，老李用张永海替换周挺然后让张帅拉边，继而形成对老潘塔强有力的支持，进而改变场上局面的指挥绝对是名帅水准。而每场比赛的目标3分，落后时搏命般地换人也曾经让我们津津乐道。即便是在压力过大的2009赛季，如果我们用心去看的话，老李换上的路姜完成对大连的绝杀，老李换上的陶伟帮助追平江苏，老李换上的小格第一次触球改写比分，老李换上的周挺一脚怒射引领反攻，老李换上的瑞恩续写下半场连追2球的经典……当偶然一再出现，我们必须承认这就是老李的智慧！我一直认为，只要李章洙的能力得以正常施展，带领国安取得联赛冠军不是问题！

可惜，中国社会的大染缸终究没有放过李章洙。现在再回过头来讨论这3年的引援问题已经毫无意义了，不过2009年李章洙面对俱乐部历史上最大手笔的外援引进而没有取得应有的效果已经是事实了。或许，从赛季初国安最终确认以大小格、马季奇、埃米尔·马丁内斯、威廉·保罗为新赛季的外援开始，李章洙对于2009赛季的心态就发生了微妙的变化，他知道在一个明确目标的赛季中，他需要顾及的已经不单单是足球场上那点事了！

新赛季俱乐部在各项工作上投入的大量精力和财力并没有使球队争冠的压力减轻多少，而不负责任的舆论报道也在很大程度上严重左右了国安人的心态。各路神仙依次登场，李章洙安身立命地兼顾，让赛场变得莫名其妙。

祝一帆，是老李的第一个盾牌，在对天津的比赛中，让一名几乎没有联赛经历的孩子在工体的5万多名观众面前上场，锻炼新人吗？李章洙毕竟不是温格和弗爵爷，这和他的性格以及惯性思维严重冲突。后面的对广药就不用说了，最终老李等到了解决这个人选问题的方法。张稀哲，这或许是一个很有希望的孩子，不过我相信几乎没有谁可以只是通过几场业余性质的比赛，就能断定他会成为职业足球的成功者，这次他上场的比赛是对山东！再有就是主场对长春的薛飞了，杨昊上半场明显不在状态，连业余如我的球迷都能够看得出来，李章洙真的看不到吗？！陶伟上场替换杨昊，比赛就是一个惯性的延续。可结果却是为了给小将一个机会而将阵型来个乾坤大挪移？

如果说以上换人李章洙都有自己正常思路的话，那算我中伤吧。可是，当我们3：0领先长沙的时候，替换陶伟的却是杨昊，这时候祝一帆又在哪儿呢？

以上种种，过于业余。我很难相信这全部来自李章洙的本意，老李是个聪明人，这毋庸置疑。在同各方面利益的较量中，李章洙不愿妥协地用自己的方式依次还击，将帅之间，雇主和雇员之间不再是信任关系，何谈冠军！

退一步，这只是我小人之心的无端猜测。可是作为一个球队十几年的忠实拥趸都会有的疑虑，又如何保证不被诸多别有用心之辈利用呢？这到底算不算我们工作的最终失误？

说到底，一个赛季初原本就没有按照主教练设想组队的阵容，以及大小格、保罗、埃米尔、马季奇等人状态的起伏不定和自身能力的不足，再加上国内球员的能力平平，我们就是一支具备了冲冠实力的队伍而已。如何优化组合，协调各方面关系，让球队尽可能地发挥出最大的技战术水平才是我们得以最终争冠的根本。可我们都做了什么呢？把所有的赌注和压力一股脑地推到李章洙身上，然后看着一个背负莫大压力的人在那儿艰难前行。难道，除了真心球迷就真的没有人会再痛心吗？

最后，回到我们目前面临的形势上。李章洙众叛亲离，并且自乱阵脚已经是不争的事实，各方面的猜疑、指责和莫名的压力已经让昔日的铁帅乱了方寸，他现在的每一场比赛，每一场换人都几乎是一次不计后果的赌注。老李的赌注越大，后面的比赛也就越危险。其实我们必须看到，球队的真实实力不过如此，队员间的水平差距也不大，陶伟、小黄、大龙、杨智在场上多一分钟我们就多一分机会，瑞恩、乔尔、埃米尔、马季奇、保罗每个人都足够拼命，身体素质也相对优于我们的国内球员。尽可能多地在场上吧，只有他们才习惯创造奇迹。小闯、长庆、杜文辉、张辛昕、周挺、郎征、张永海一个人的实力不行，就两个人换着打，谁状态好谁上吧。先拿掉处于风口浪尖的李章洙，然后组一短时间内捏合队员凝聚力的教练团，剩下的比赛一场一场拼吧。现在的积分形势还都有得打，只要我们尽可能地协调好各方面利益。让队员们从更衣室内就团结在一起，打出我们的真实水平，即便最后丢了冠军也无憾啊！

今年不行，我们还有明年；明年不行，我们还有后年。北京球迷永远等得起！只是希望我们少一些内耗，多一些踏实的工作，每一个人都意识到自己肩上肩负着的是北京足球的荣誉，足够了。

最后，希望所有“北京”共勉，国安加油！

9月17日上午，北京国安俱乐部在官方网站上公布了李章洙下课的消息：鉴于国安队在中超联赛中的状况，俱乐部决定解散球队教练组，并组成新的教练组全面主管工作，新的教练组由洪元硕任主教练。

在李章洙下课之前，如果让北京球迷在冠军和李章洙之间作个选择，相信90%的人都会选择冠军。而在老李离开之后呢，相信90%以上的球迷都会认为这其实是个两难的残酷抉择。北京足球真的需要一个冠军，可在刹那间我们却发现北京人骨子里的情义不是一个冠军就可以撼动的。

真球迷大多是性情中人，性情中人又多追求完美。竞技体育的残酷让我们必须学会面对李章洙下课的现实，但是，残酷的现实也注定了在一部分人的心中，即便最后拿了冠军，2009年之于北京足球也将不堪圆满。

铁帅走了，就这么突兀而又自然地离我们而去。当心中一直惴惴不安的担忧终于变成现实，漠然更接近于绝望。对于李章洙，作为教练，几乎每一个北京球迷都承认这是一个优缺点同样突出的教练；作为男人，几乎每一个北京球迷都不得不承认这是一个有血性的爷们儿。执教国安的首仗，面对媒体一再鼓吹的上海花重金引进的3名实力外援，李章洙只是告诉我们没什么大不了的，同样都是11个人，然后2：0完胜而归，也自此拉开了每场比赛目标都是3分这种让北京人骨子里低调侧目的豪情。2007年丰体绝杀浙江的比赛注定成为李章洙的经典，当堤亚哥完成绝杀和老李以一种男人特有的沉肩撞胸来庆祝的时候，相信我们每一个人都会血脉贲张。这是北京足球十几年都不曾有的霸气！仅此，我们也必须对李章洙充满敬意。

三年的时间，究竟可以改变什么？三年的时间，又能有多少感情？2009年9月17日，这一切就这么结束了。其实，我们知道这一天是早晚都会来的。也知道，结果注定残酷。可我们又怎么能忘记那个曾经和我们一起为了北京足球的荣誉并肩战斗的人呢？丰体雨夜的眼泪，我相信是铁帅和北京球迷一起流下的。山东主场的6：1我更相信是李章洙带给北京足球的激情。在落后时铁帅搏命地起用三前锋甚至四前锋，在扳平或者反超时铁帅失态的怒吼等这一切注定在我们的记忆中永远留存。

其实，李章洙就是那个曾经为了我们北京足球的荣誉而全情投入、忘我工作的一个人。我知道即便现在也还是会有持“他就是来赚钱”观点的人。其实，凭自己能力赚钱本身就无可厚非。这里也不应该成为评说功过的审判场，作为一个球迷，这本不是我们的兴趣所在。对于关心国安的每一个人，我们只要扪心自问在这过去的3年时间里，李章洙带给我们的究竟是快乐多还是痛苦多，就足够了。

说来说去，忽然发现自己乱了。这3年来国安、李章洙所有所有的片段都扑面而来，让我无法面对，也无法再静下心来。其实，我只是想劝自己接受这个现实，可我此时此刻却真实地感觉到国安和李章洙在我的意识里早已经融为一体，在这一刻，我有的是一份失去亲人的痛。这种痛与2007年失去冠军时一样让人纠结……

只是，事已至此。下面的比赛要怎么打？我们的冠军到底还有没有希望呢？让我们直面一下新的主教练吧，洪元硕！这是一个为北京足球默默奉献了多年的老人，因为当年的高峰，洪老爷子让京城球迷熟知。或许，沿着北京足球一路走来的足迹，让伴随了北京足球职业化所有年份的老教练来完成2009年我们对于冠军的冲刺，也是天意。

洪指带队的第一场比赛是客战深圳。2：2的结果虽然不是京城球迷的期望，但是小闯内切后的抽射和大格机敏的头球吊射，以及队员们在球场上重新燃起的希望和大家圈在一起加油的气势，还是给了大家一份相比于之前更稳定的信心。同时，竞争对手山东和长春纷纷在主场被对手逼平，河南客场告负，让国安客场的一分看起来也并非不可接受。

第25轮比赛，客场对青岛。这里既有2008年布尔卡最后的绝杀迎来三连胜收官，也有2007年1：3折戟迎来赛季首败。总之，这里并不是一块国安可以轻易征服的场地。洪元硕施展妙手，小将谭天澄首发登场。相比于之前李章洙对于祝一帆、张稀哲、薛飞等人的替换上场，老爷子的这次安排明显更为主动并且也确实取得了预期的效果。在郎征以一记头球为国安首度建功以后，小格和周挺分别错过了锦上添花的机会。国安用场面上的优势证明了1：0结果的必然，也取得了近7个客场比赛的首个3分。甩开当轮输球的山东和长春，紧咬积分领先的河南。

由于第26轮国安同天津的比赛延期，河南又在第26轮联赛中客场负于长春。这样，第27轮联赛国安客场挑战河南也就成为了2009年国安冠军征程的一场天王山之战。现在想来，我们或许应该感谢2007年10月4日的那个雨夜，此番客场挑战建业，国安的心态明显比对手要平和很多，少了4张黄牌停赛的绝对主力马季奇也并没有为老帅的排兵布阵带来太多问题，并且敢于雪藏中超先生埃米尔·马丁内斯更是显出洪元硕运筹帷幄的霸气。上半场比赛，背负巨大压力的河南明显放不开手脚，被国安的快速反击将防线冲得七零八落。如果大小格和小闯能够再冷静一些，或者说运气再稍好一点，国安的上半场就不会仅仅凭借小格的一个进球而1：0领先结束了。下半场的比赛客观地说河南的运气更好一些，3分钟内宋泰林和内托的两个进球不仅颇具偶然色彩，重要的是最大限度地缓解了河南队员们场上的压力。随后的比赛，洪元硕再施妙手，先是埃米尔·马丁内斯替换大格上场，然后保罗替换二宝上场更是直接顶到对手腹地去冲击。或许直到今天也还会有人认为是裁判的补时给了国安最后扳平的机会，不过足球场上的时间其实一直就是公平的，属于我同时也属于你，不用过于矫情，我只是想说，纵观整场比赛，其实“逼平”对手的是河南！最后的进球，就是对于洪元硕临场指挥的一种褒奖。虽然，此后的时间出现了所谓的大格竖中指被追加处罚的事件。但是，从河南的客场比赛开始，国安球迷已经意识到我们等了盼了十几年的冠军，已经真的变得触手可及。

随后第26轮的补赛，国安客场0：0战平天津。终于凭借自己的表现再度占据积分榜第一！只要打好最后“三大战役”的3场球，国安就将迎来职业化历史上的第一个联赛冠军，任谁也无法阻挡！

联赛的倒数第3轮,国安主场迎战广州医药。大格停赛、二宝受伤、马季奇结束停赛重回首发，小将郎征独担大任，大龙、周挺、张辛昕、陶伟、小闯、小黄、埃米尔·马丁内斯、瑞恩·格里菲斯……国安众志成城。虽然此前队里的最佳射手乔尔·格里菲斯被“人为”停赛，但是这恰恰激发了国安更大的斗志。小格要以4粒进球替哥哥完成使命的宣言霸气十足，北京足球在外界一致“内定冠军”“全民阻击国安”的言论之中同仇敌忾！在这一刻，没有不可能！

陶伟断球直传，黄博文长驱直入，冯俊彦背后放铲，任意球！小黄罚入禁区，一个身影抢点铲射，瑞恩·格里菲斯！国安1：0领先！随后的比赛国安依旧占据优势，陶伟数次大闹对方禁区，脚底拉球的配合、变向转身的摆脱，陶伟再将京味足球演绎得淋漓尽致。下半场比赛整体上波澜不惊，国安队员延续着之前四场比赛的积极主动。替换陶伟上场的杜文辉也表现出不错的竞技状态，数次攻门威胁对手。第88分钟小黄边路回敲中路，马季奇直塞，埃米尔·马丁内斯疾风般冲出再传门前，小格迎球冲顶破门。2：0！国安完胜，继续稳居积分榜第一！同轮比赛，河南胜青岛，长春胜大连，山东客场战平长沙。群雄乱战的中超终于在随后时刻把冠军争夺战演变成了北京、河南、长春的三强争雄。

倒数第2轮比赛，国安客场挑战大连。大连，永远是值得国安尊敬的对手。金州，更是承载了太多国安球迷的伤心记忆，远的有1997年做客1：5大比分落败，近的有2002年冠军争夺战的1：2折戟以及2008年被一帮青年军3：1完胜。同国安息息相关的每一个人都清楚，这场比赛就是冠军争夺战的分水岭，我们必须打起十二分的精神去面对。

出场方面，王珂代替陶伟首发。大龙、郎征、周挺、张辛昕、小黄、马季奇、埃米尔·马丁内斯、小闯、瑞恩·格里菲斯等人悉数出场。大连方面，来自韩国的老将安贞焕领衔，携大连青年军登场。开场之后的国安队大胆前压，周挺禁区左侧得球，晃过对手后卫大力轰门，孙寿博扑球脱手。又是埃米尔·马丁内斯快如闪电般冲出，得球横传，小格包抄到位，轻松破门。国安再度早早取得领先，接下来埃米尔突入禁区射门偏出，王珂禁区前得球晃开角度打门中柱，小格头球补射高出，替补上场的陶伟接小闯回做左脚劲射被门将挡出，国安队气势如虹。最后，黄博文接小闯传球扩大比分，大连队由小将李凯扳回一球。国安客场2：1险胜。至此近4场比赛，埃米尔·马丁内斯1粒进球2次助攻，而瑞恩·格里菲斯更是4场4球。这两位在铁帅李章洙手下郁郁不得志的球员终于被老帅洪元硕完美激发。而幸莫大焉的国安也终于得益于此而获得联赛冠军点。只要最后一轮比赛战胜浙江，我们就将迎来全体京城球迷苦盼了十几年的冠军！

2009年10月31日，这注定是北京足球永远值得铭记的一天！被老帅洪元硕激活的瑞恩·格里菲斯和埃米尔·马丁内斯终极爆发，小格两次助攻，埃米尔上演帽子戏法。国安，终于圆梦。相信，当终场哨响的那一刻，一路走来关注着国安每一场比赛的你我心中的那份感觉已经无法言说。此时此刻，只有一句话：我们是冠军！

对于这个苦等了十几年的冠军，我们确实需要记住太多太多的人。不应该只是我们彼此间的感谢，更应该是我们曾经参与过、关注过、一路坚持下来的每一个人的彼此见证。俱乐部感谢了领导对球队的关怀、感谢了球迷对球队的不离不弃、感谢警方维护赛场秩序、感谢媒体的关注……感谢了太多人。作为球迷呢，我们应该感谢谁？！其实，在我们身边的每一个人都值得我们感谢。曾经的教练们、曾经的队员们、曾经的和你一起站在先农坛、丰台体育中心、北京工人体育场看台上的每一个原本的陌生人。然而，对于从1995年一路走来的自己，我却想感谢或许被大多数人忽略了的两个人：危机时刻救主的洪元硕和扛住所有压力坚持换帅的国安俱乐部董事长罗宁！在这个成王败寇的时代，是他们替所有人扛住了16年一冠的压力，所以他们也最有理由享受16年一冠所带来的膜拜！

最后让我们铭记下面的每一个人：

王军、李士林、李博伦、罗宁、李建一、杨祖武、马冰、张路、李小明、金志扬、沈祥福、杨群、李松海、郭瑞龙、双印、乔利奇、卡洛斯、彼得洛维奇、托米奇、李章洙、洪元硕、赵旭东、李立新、李春满、康玉明、张阳、米奇、杨洪民、符宾、刘建军、谢朝阳、韩旭、郭维维、姜滨、魏克兴、谢峰、曹限东、魏占奎、杨晨、高峰、胡建平、吕军、周宁、邓乐军、李洪政、闻春雨、高洪波、谢少军、南方、董育、李长江、吴春来、大王涛、徐阳、李红军、王少磊、于光、姚健、李东波、刘新伟、陶伟、杨璞、邵佳一、徐云龙、田野、薛申、商毅、李毅、庄毅、高雷雷、桂平、王硕、小王涛、路姜、张帅、杨世卓、杜文辉、杨昊、崔巍、楚志、康斯贝、刘正坤、勾鹏、季楠、路鸣、邓晓磊、吴艳滨、高大卫、小李明、邱忠辉、隋东亮、徐宁、王栋、郝强、于博、闫相闯、黄博文、郝伟、杨智、王存、杨君、周挺、李尧、王长庆、张思鹏、郎征、郭辉、张永海、岳凯豪、胡崎岭、姚爽、侯森、程月磊、薛飞、桑一非、王珂、杨运、于洋、张磊、张辛昕、张稀哲、谭天澄；林德诺、英加纳、冈波斯、安德雷斯、卡西亚诺、罗曼、托肯、米哈利、佩塔、拉雷阿、巴雷德斯、别戈维奇、阿玛加、伊利奇、桑德鲁、切尔梅利、米伦、劳德伦德、巴辛、兰科维奇、塔尼奇、罗兰德、普雷迪奇、安德烈、马库斯、雷吉纳尔多、马科斯、恩里克、科内塞、阿莱克斯、耶利奇、米尔顿、穆萨、瓦尔特·马丁内斯、阿尔松、阿德拉尔多、潘塔、堤亚哥、斯托扬、埃尔维斯、布尔卡、瑞恩·格里菲斯、乔尔·格里菲斯、埃米尔·马丁内斯、威廉·保罗、达科·马季奇……

2009年甲A联赛积分表

名次/球队	场次	胜	平	负	进球	失球	净胜球	积分
01北京国安	30	13	12	5	48	28	20	51
主场	15	9	5	1	26	10	16	32
客场	15	4	7	4	22	18	4	19
02长春亚泰	30	14	8	8	38	31	7	50
03河南建业	30	13	9	8	35	26	9	48
04山东鲁能	30	11	12	7	35	30	5	45
05上海申花	30	12	9	9	39	29	10	45
06天津泰达	30	12	9	9	36	29	7	45
07成都谢菲联	30	11	6	13	32	39	–7	39
08大连实德	30	10	8	12	27	31	–4	38
09广州医药	30	9	10	11	38	38	0	37
10江苏舜天	30	9	10	11	30	30	0	37
11深圳	30	10	10	10	36	40	–4	37
12陕西中新	30	9	10	11	26	24	2	37
13青岛中能	30	8	12	10	36	36	0	36
14长沙金德	30	6	15	9	23	31	–8	33
15杭州绿城	30	8	8	14	30	43	–13	32
16重庆力帆	30	7	8	15	27	51	–24	29

2009赛季北京国安队人员名单：

球队全称：北京国安足球俱乐部队		球队简称：北京现代	
领队：魏克兴/吕军	队医：双印、张阳	翻译/队务：蒋晓军、康玉明	
主教练：李章/洪元硕	助理教练：李春满、吕军	守门员教练：李立新	体能教练：赵旭东

报名运动员

姓名	号码	出生日期	身高cm	体重Kg	场上位置	外籍	参赛证号
张思鹏	1	1987–05–14	188	78	守门员		MA09452
郎 征	2	1986–07–22	188	79	后卫		MA05690
威 廉	3	1979–05–18	186	85	后卫	喀麦隆	——
周 挺	4	1979–02–05	181	78	后卫		MP0878
马季奇	5	1980–09–26	183	81	前卫	克罗地亚	MP01906
隋东亮	6	1977–09–24	178	79	前卫		MP0607
王长庆	7	1981–03–21	178	75	前卫		MA09550
杨 璞	8	1978–03–30	178	76	前卫		MP0762
杜文辉	9	1983–12–19	182	78	前锋		MA09785
埃米尔·马丁内斯	10	1982–09–09	172	70	前卫	洪都拉斯	——
闫相闯	11	1986–09–05	174	66	前锋		MA09432
张 磊	12	1985–04–06	187	77	守门员		MA00015
徐云龙	13	1979–02–17	181	80	后卫		MP0765
王 栋	14	1985–06–11	177	74	前卫		MA09845
陶 伟	15	1978–03–11	176	70	前卫		MP0767
黄博文	16	1987–07–13	181	72	前卫		MA25559
王 珂	17	1983–08–31	168	70	前卫		MA06882
路 姜	18	1981–06–30	181	71	前卫		MP0740
杨 昊	19	1983–08–19	176	66	前卫		MA09805
张辛昕	20	1983–10–19	178	72	前卫		MP1430
姚 爽	21	1987–10–21	183	65	前卫		MA09518
杨 智	22	1983–06–06	186	79	守门员		MA02132
瑞恩·格里菲斯	23	1981–08–21	183	80	前锋	澳大利亚	MP01917
杨 运	24	1989–07–18	183	72	后卫		MA36253
张兆辉	25	1989–01–12	184	75	前卫		MA30310

姓名	号码	出生日期	身高cm	体重Kg	场上位置	外籍	参赛证号
高大卫	26	1983-08-17	180	73	后卫		MA09793
于 洋	27	1989-08-06	183	72	后卫		MA49395
郭 辉	28	1978-04-09	177	72	前锋		MP0618
乔尔·格里菲斯	29	1979-08-21	181	78	前锋	澳大利亚	——
张永海	30	1979-03-15	183	75	后卫		MP1154
胡崎岭	31	1987-07-19	182	72	前锋		MA08891
越恺豪	32	1987-10-19	183	78	前锋		MA30308
王 皓	33	1989-02-18	177	63	前卫		MA36241
侯 森	34	1989-06-30	188	71	守门员		MA08943
薛 飞	35	1987-10-29	178	62	前卫		MA09517
祝一帆	36	1988-03-01	182	67	前卫		MA09174
李提香	37	1989-09-01	181	72	前卫		MA06772
黄 骏	38	1990-03-08	176	65	前卫		MA48709
刘 腾	39	1989-01-06	178	67	前卫		MA09273
徐怀冀	40	1989-05-07	181	65	后卫		MA02314
孟 洋	41	1989-07-16	183	74	前卫		MA36238
张稀哲	42	1991-01-23	180	70	前卫		——
谭天澄	43	1991-05-15	177	76	前锋		——

2009中超联赛冠军

日期	轮次	对阵及比分			进球队员	
3月22日	第1轮	北京国安	3：1	重庆力帆	乔尔、徐云龙、黄博文*	金尼
3月28日	第2轮	长沙金德	0：0	北京国安		
4月3日	第3轮	北京国安	1：1	江苏舜天	陶伟	戈麦斯
4月12日	第4轮	成都谢菲联	0：2	北京国安	杜文辉、乔尔	
4月17日	第5轮	山东鲁能	2：2	北京国安	乌龙、乔尔	韩鹏、韩鹏
4月26日	第6轮	西安浐灞	1：0	北京国安		王尔卓
5月1日	第7轮	北京国安	0：0	上海申花		
5月10日	第8轮	长春亚泰	2：6	北京国安	杨昊、瑞恩、瑞恩、闫相闯、隋东亮、闫相闯	曹添堡、埃尔维斯
5月15日	第9轮	北京国安	3：1	深　　圳	陶伟*、杜文辉、马丁内斯#	柳超
5月22日	第10轮	北京国安	3：1	青岛中能	杨昊、杨昊、闫相闯	姜宁
6月13日	第11轮	北京国安	1：0	天津泰达	乔尔	
6月19日	第12轮	北京国安	0：0	河南建业		
6月28日	第13轮	广州医药	1：1	北京国安	闫相闯	徐亮
7月2日	第14轮	北京国安	2：1	大连实德	乔尔、路姜	詹姆斯
7月5日	第15轮	浙江绿城	2：1	北京国安	陶伟#	马成、黄隆
8月2日	第16轮	重庆力帆	3：2	北京国安	陶伟#、乔尔*	金尼、黄希扬、黄希扬
8月8日	第17轮	北京国安	3：0	长沙金德	陶伟#、陶伟*、瑞恩	
8月22日	第18轮	江苏舜天	1：0	北京国安		谭斯

续表

8月27日	第19轮	北京国安 2:2 成都谢菲联	瑞恩、乔尔	纳托、布兰登
8月30日	第20轮	北京国安 1:1 山东鲁能	周挺*	韩鹏
9月5日	第21轮	北京国安 1:0 陕西中新	乔尔	
9月12日	第22轮	上海申花 1:1 北京国安	黄博文	赫莱布
9月16日	第23轮	北京国安 0:2 长春亚泰		曹添堡*、梅尔坎
9月19日	第24轮	深　圳 2:2 北京国安	闫相闯、乔尔	巴尔克斯、巴尔克斯
9月26日	第25轮	青岛中能 0:1 北京国安	郎征	
10月10日	第26轮	河南建业 2:2 北京国安	瑞恩、马丁内斯	宋泰林、内托
10月14日	第27轮	天津泰达 0:0 北京国安		
10月17日	第28轮	北京国安 2:0 广州医药	瑞恩、瑞恩	
10月24日	第29轮	大连实德 1:2 北京国安	瑞恩、黄博文	李凯
10月31日	第30轮	北京国安 4:0 浙江绿城	马丁内斯、马丁内斯、周挺*、马丁内斯	
3月10日	亚冠联赛	北京国安 2:0 纽卡斯尔	瑞恩、杜文辉	
3月17日	亚冠联赛	名古屋鲸八0:0 北京国安		
4月7日	亚冠联赛	蔚山现代 1:0 北京国安		吴章银
4月22日	亚冠联赛	北京国安 0:1 蔚山现代		吴章银
5月6日	亚冠联赛	纽卡斯尔 2:1 北京国安	瑞恩·格里菲斯	彼德洛夫斯基、鲁尼
5月20日	亚冠联赛	北京国安 1:1 名古屋鲸八	郭辉	新川织部
7月29日	英超亚洲杯	北京国安 1:1 赫尔城	保罗	吉奥瓦尼
7月31日	英超亚洲杯	北京国安 0:2 西汉姆联		加林顿、海因斯

〈仅供参考，*为点球，#为任意球〉